JO WALTON

In einer anderen Welt

Buch

Die fünfzehnjährige Morwenna ist auf der Flucht vor einer Mutter, die sich der finsteren Magie verschrieben hat, vor der staatlichen Fürsorge und vor der Erinnerung an den Tod ihrer Zwillingsschwester. Am schlimmsten trifft sie jedoch, dass sie ihre Heimat verlassen muss, das märchenhafte Wales, und damit ihre einzigen Freunde, die Feen und Geister, die dort in den Wäldern zu Hause sind.

Auch ihr Vater, den sie nie gekannt hat, möchte sie nicht bei sich aufnehmen und schickt sie auf ein Mädcheninternat, wo sie mit der Verständnislosigkeit der Lehrer und dem maßlosen Ehrgeiz der anderen Schülerinnen fertigwerden muss. Verzweifelt greift sie zu der Magie, die sie seit ihrer Kindheit begleitet, einer Magie, die niemand außer ihr sehen kann. Und zu ihren Büchern. In Science-Fiction- und Fantasy-Romanen findet sie mehr als nur flüchtigen Trost: Sie öffnen Tore zu anderen Welten, und das nicht nur im übertragenen Sinne.

Autorin

Jo Walton wurde in Wales geboren, lebte viele Jahre in England und hat sich 2002 in Kanada niedergelassen. Ihr erster großer Erfolg war der Roman *Tooth and Claw* (2003), der mit dem World Fantasy Award ausgezeichnet wurde. Für ihren Roman Lifelode (2010) erhielt sie den Mythopoeic Award. Sie führt ein regelmäßiges Blog und schreibt für die Internetseite tor.com eine regelmäßige Kolumne. *In einer anderen Welt* ist ihr erster Roman bei Blanvalet.

Jo Walton

In einer anderen Welt

Roman

Aus dem Amerikanischen
von Hannes Riffel

blanvalet

Die Originalausgabe erschien 2010 unter dem Titel »Among Others«
bei TOR Books, New York.

FSC
www.fsc.org
MIX
Papier aus verantwortungsvollen Quellen
FSC® C014496

Verlagsgruppe Random House FSC® N001967

1. Auflage

Redaktion: Simone Heller
Umschlaggestaltung und Artwork: © Isabelle Hirtz, Inkcraft
JvN · Herstellung: kw
Satz: Buch-Werkstatt GmbH, Bad Aibling
Druck und Bindung: GGP Media GmbH, Pößneck
Printed in Germany
ISBN 978-3-7341-6068-4
www.blanvalet.de

Dieses Buch ist für die Bibliotheken auf dieser Welt und für die Bibliothekare, die dort Tag für Tag sitzen und den Menschen Bücher ausleihen.

Danksagung und Anmerkungen

Ich möchte Tante Jane danken, die es als gegeben hingenommen hat, dass ich Schriftstellerin werde, und ihrer Tochter Sue (Ashwell), die mir den *Hobbit* und Le Guins *Erdsee*-Trilogie in die Hand gedrückt hat. Außerdem bin ich Mrs Morris dankbar, meiner Walisisch-Lehrerin, die sich dreißig Jahre lang um mich Sorgen gemacht hat.

Marcy Lace und Patrick Nielsen Hayden haben mich ermutigt, während ich dieses Buch geschrieben habe. Meine LiveJournal-Brieffreunde haben mich immer wieder mit den verschiedensten wertvollen Informationen versorgt, vor allem Mike Scott, ohne den das alles unmöglich gewesen wäre. Manche Leute beschäftigen Vollzeit-Rechercheassistenten, die nicht so schnell und wohlinformiert sind. Vielen Dank, Mike.

Emmet O'Brien und Sasha Walton und, ziemlich oft, Alexandra Whitebean haben es mit mir ausgehalten, während ich geschrieben habe. Alter Reiss hat mir ein DOS-Laptop gekauft, damit ich weiterschreiben konnte, und Janet M. Kegg hat mich mit den nötigen Batterien versorgt. Mein Nachbar René Walling hat einen Titel für dieses Buch gefunden. Meine Freunde sind die allerbesten. Ehrlich.

Louise Mallory, Caroline-Isabelle Caron, David Dyer-Bennett, Farah Mendlesohn, Edward James, Mike Scott, Janet Kegg, David Goldfarb, Rivka Wald, Sherwood Smith, Sylvia Rachel Hunter und Beth Meacham haben dieses Buch gelesen, als es fertig war, und haben nützliche Anmerkungen dazu gemacht. Liz Gorinsky und die fleißigen PR-Leute bei TOR kümmern sich immer wunderbar um meine Bücher und sorgen dafür, dass sie ihre Leser finden.

Es heißt immer, man solle über etwas schreiben, womit man vertraut ist, aber ich musste feststellen, dass das weit schwieriger ist, als sich etwas auszudenken. Es ist einfacher, sich über eine vergangene Zeit zu informieren als über das eigene Leben, und es ist viel leichter, sich mit Dingen auseinanderzusetzen, die einem emotional nicht so nahegehen. Deshalb werden Sie feststellen, dass es in Wales keine Valleys gibt, keine ausgebeuteten Kohlebergwerke und keine roten Busse; ein Jahr wie 1979 hat es nie gegeben, niemand war je fünfzehn Jahre alt, und auch ein Planet namens Erde existiert nicht. Die Feen allerdings, die sind real.

Er' perrehnne.

Ursula K. Le Guin, *Die Geißel des Himmels*

Wenn Sie ihrem jüngeren Ich einen einzigen Rat geben könnten, wie würde dieser lauten, und für welches Alter wäre er bestimmt?

Für jedes Alter zwischen 10 und 25:

Es wird besser. Ehrlich. Da draußen gibt es wirklich Menschen, die du mögen wirst und die dich mögen werden.

Farah Mendlesohn, LiveJournal, 23. Mai 2008

DONNERSTAG, 1. MAI 1975

Im Umkreis von drei Kilometern um die Phurnacite-Fabrik waren alle Bäume abgestorben. Das hatten wir mit dem Kilometerzähler nachgemessen. Die Fabrik sah aus wie etwas aus den tiefsten Tiefen der Hölle, schwarz mit himmelwärts lodernden Flammenschloten, die sich in einem dunklen Teich spiegelten. Alle Vögel und alle anderen Tiere, die aus diesem Teich tranken, starben kurz darauf. Der Geruch war unbeschreiblich. Wenn wir daran vorbeifahren mussten, kurbelten wir die Autofenster immer so weit hoch wie möglich und versuchten, den Atem anzuhalten, aber Opa sagte, so lange kann niemand den Atem anhalten, und er hatte recht. Es roch nach Schwefel, einer Chemikalie, die, wie jedermann weiß, direkt aus der Hölle stammt, und nach anderen, noch schlimmeren Sachen – nach namenlosen heißen Metallen und faulen Eiern. Meine Schwester und ich nannten die Fabrik »Mordor«, und bisher waren wir noch nie alleine dort gewesen. Wir waren zehn Jahre alt. Doch obwohl wir schon so groß waren, fassten wir uns, sobald wir aus dem Bus gestiegen waren und hinüberschauten, an den Händen.

Der Abend dämmerte bereits, und je näher wir der Fabrik kamen, umso schwärzer und schrecklicher ragte sie vor uns auf. Sechs der Schornsteine spuckten Feuer, aus vier weiteren quoll widerlicher Rauch.

»Das kann nur ein Werk des Feindes sein«, murmelte ich.

Mor wollte nicht mitspielen. »Bist du sicher, dass das klappt?«

»Die Feen waren sich sicher«, sagte ich so beschwichtigend wie möglich.
»Ich weiß, aber manchmal frage ich mich, wie viel sie von der realen Welt verstehen.«
»Ihre Welt ist real«, widersprach ich. »Nur eben auf andere Weise. Aus einer anderen Perspektive.«
»Ja.« Ihr Blick war noch immer wie gebannt auf die Fabrik gerichtet. »Aber ich weiß nicht, wie viel sie von der Perspektive der alltäglichen Welt verstehen. Und in dieser Welt befinden wir uns jetzt. Die Bäume sind tot. Hier gibt es weit und breit keine Feen.«
»Deshalb sind wir ja hier«, sagte ich.
Wir kamen an einen Zaun, der aus drei dünnen Drähten bestand, der oberste mit Stacheln. Auf einem Schild, das daran hing, stand: *Zutritt für Unbefugte verboten. Vorsicht vor den Wachhunden.* Das Tor befand sich auf der anderen Seite des Geländes.
»Sind da Hunde drin?«, fragte Mor. Sie hatte Angst vor Hunden, und Hunde wussten das. Mit mir spielten sie immer ganz fröhlich und ausgelassen, aber bei ihr sträubte sich ihnen das Nackenfell. Meine Mutter sagte, so könnten uns die Leute wenigstens auseinanderhalten. Womit sie recht gehabt hätte, wäre – und das war typisch für sie – diese Methode nicht so entsetzlich böse und außerdem furchtbar unpraktisch gewesen.
»Nein«, sagte ich.
»Woher willst du das wissen?«
»Wenn wir jetzt umkehren, nachdem wir uns solche Mühe gemacht haben und schon so weit gekommen sind, war alles umsonst. Außerdem ist das eine Quest, und du kannst nicht einfach eine Quest aufgeben, weil du Angst vor Hun-

den hast. Ich weiß nicht, was die Feen dazu sagen würden. Denk doch mal, was Leute, die sich auf eine Quest begeben, alles erdulden müssen.« Ich wusste, dass ich mir umsonst den Mund fusselig redete. Während ich sprach, starrte ich mit zusammengekniffenen Augen in die aufziehende Finsternis. Mor umklammerte meine Hand noch fester. »Außerdem sind Hunde auch Tiere. Selbst ausgebildete Wachhunde würden das Wasser trinken, und dann würden sie sterben. Wenn es da wirklich Hunde gäbe, lägen wenigstens ein paar Hundekadaver neben dem Teich, und ich sehe keine. Die bluffen nur.«

Wir krochen unter dem Zaum hindurch, wobei wir ihn abwechselnd hochhielten. Der stille Teich schien aus beschlagenem Zinn zu bestehen; die Flammen, die über den Schornsteinen zitterten, spiegelten sich darin. In den Fensteröffnungen der Fabrik brannte Licht – das Licht, bei dem die Nachtschicht arbeitete.

Hier gab es keinerlei Vegetation mehr, nicht einmal tote Bäume. Klinker und Schlacke knirschten unter unseren Füßen, und wir mussten aufpassen, dass wir nicht umknickten. Offenbar gab es hier außer uns nichts Lebendiges. Die Fenster, die auf dem gegenüberliegenden Hügel wie Sterne leuchteten, schienen unfassbar weit weg zu sein. Eine Klassenkameradin von uns wohnte dort, und als wir sie einmal besucht hatten, war uns gleich der Geruch aufgefallen, selbst im Haus. Ihr Vater arbeitete in der Fabrik. Ob er jetzt wohl hier war?

Am Rand des Teichs blieben wir stehen. Seine Oberfläche war spiegelglatt, nicht die kleinste Welle kräuselte sich am Ufer. Ich kramte in meiner Hosentasche nach der magischen Blume. »Hast du deine?«, fragte ich.

»Sie ist ein bisschen zerdrückt«, erwiderte sie und fischte sie heraus. Ich betrachtete beide. Meine sah auch nicht viel besser aus. Da standen wir nun mitten auf dem verwüsteten Gelände an dem toten Teich, in der Hand ein paar Gauchheilblüten, die, so hatten uns die Feen erklärt, die Fabrik zerstören würden. Unser Plan war mir noch nie so kindisch und dumm erschienen.

Mir fiel nichts Passendes ein, was ich hätte sagen können. »Also gut – un, dai, tri!«, flüsterte ich, und bei drei warfen wir die Blumen in den bleiernen Teich. Sie gingen unter, und im nächsten Moment war das Wasser wieder spiegelglatt. Nichts geschah. Dann bellte irgendwo weit weg ein Hund, und Mor drehte sich um und rannte los. Ich hetzte ihr nach.

»Da ist gar nichts passiert«, sagte sie, als wir die Straße erreicht hatten. Wir hatten die Strecke in einem Viertel der Zeit zurückgelegt, die wir auf dem Hinweg gebraucht hatten.

»Was hast du erwartet?«

»Dass die Fabrik in sich zusammenfällt und ein heiliger Ort wird«, erwiderte sie, als wäre das die normalste Sache der Welt. »Entweder das, oder ein paar Huorns.«

An die Huorns hatte ich überhaupt nicht mehr gedacht, und ich trauerte ihnen wirklich nach. »Ich dachte, die Blüten würden sich auflösen, und dann würden sich kreisförmig Wellen ausbreiten, und die Fabrik würde einstürzen, und die Bäume und der Efeu würden vor unseren Augen die Trümmer überwuchern, und aus dem Wasser würde wieder richtiges Wasser, und ein Vogel würde daraus trinken, und dann würden die Feen kommen und sich dort niederlassen.«

»Aber es ist überhaupt nichts passiert«, erwiderte sie mit einem Seufzer. »Wir müssen ihnen morgen sagen, dass es nicht geklappt hat. Komm jetzt – laufen wir nach Hause, oder warten wir auf den Bus?«

Aber es hatte geklappt. Am nächsten Tag lautete die Schlagzeile im *Aberdare Leader:* »Phurnacite-Fabrik schließt: Tausende werden arbeitslos.«

Diese Episode erzähle ich am Anfang, weil sie kurz und bündig ist, und außerdem hat sie Hand und Fuß, während sich das, was nun folgt, nicht so leicht erklären lässt.

Halten Sie das, was ich hier schreibe, ruhig für meine Memoiren. Für Memoiren, die später – zum Entsetzen aller Leser – angezweifelt werden, weil der Verfasser gelogen hat und sich herausstellt, dass er eine andere Hautfarbe und ein anderes Geschlecht hat, dass er einer anderen Schicht und einer anderen Konfession angehört, als ursprünglich behauptet. Allerdings habe ich genau das entgegengesetzte Problem. Ich muss mich anstrengen, nicht zu normal zu klingen. Geschichten sind nett. Geschichten erlauben einem, auszuwählen und zu vereinfachen. Das hier ist keine nette Geschichte, und es ist auch keine einfache Geschichte. Aber es kommen Feen darin vor, Sie können sie also ruhig für ein Märchen halten. Sie werden sie sowieso nicht glauben.

Streng
vertraulich.

Dies ist
KEIN Vokabelheft!

Et haec, olim,
meminisse iuvabit!

Vergil, *Aeneis*

Mittwoch, 5. September 1979

»Du wirst sehen«, sagten sie, »auf dem Land fühlst du dich ganz bestimmt schrecklich wohl. Wo es doch bei euch so … so viele Fabriken hat. Die Schule liegt mitten im Grünen – da gibt es Kühe und Gras und gesunde Luft.« Sie wollten mich loswerden. Und was war dafür besser geeignet als ein Internat? Dann konnten sie so tun, als gäbe es mich überhaupt nicht. Sie schauten mich nie direkt an. Sie schauten an mir vorbei oder kniffen die Augen zusammen. Ich gehörte nicht zu der Sorte Verwandtschaft, mit der sie sich, wenn es nach ihnen gegangen wäre, abgegeben hätten. *Er* sah mich vielleicht manchmal an, ich weiß es nicht. Ich konnte ihm nicht in die Augen blicken. Ich schaute immer mal wieder kurz zu ihm hinüber, aber mehr als sein Bart und seine Haarfarbe ist mir nicht im Gedächtnis geblieben. Sieht er mir ähnlich? Keine Ahnung.

Er hat drei ältere Schwestern. Drei! Bisher hatte ich nur Fotografien von ihnen gekannt. Da waren sie noch viel jünger gewesen, aber mit denselben Gesichtern wie heute; sie waren als Brautjungfern herausgeputzt gewesen, und meine Tante hatte neben ihnen so braun wie ein Ahornblatt ausgesehen. Auch meine Mutter war auf dem Bild gewesen, in ihrem grässlichen pinkfarbenen Hochzeitskleid (pink, weil es Dezember war und wir im Juni darauf geboren wurden – ganz schamlos war sie nicht), aber *er* nicht. Sie hatte ihn rausgerissen. Ich hatte noch nie ein Bild von ihm gesehen, nicht ein einziges. In dem Roman *Jane of Lantern Hill* von

L. M. Montgomery erkennt ein Mädchen, dessen Eltern geschieden waren, ihren Vater auf einem Bild in der Zeitung, ohne ihn jemals vorher gesehen zu haben. Nachdem wir das gelesen hatten, schauten wir uns einige Bilder an, aber sie sagten uns nichts. Wenn ich ehrlich bin, muss ich zugeben, dass wir meistens nicht groß an ihn dachten.

Selbst als ich in seinem Haus stand, war ich fast überrascht, dass es ihn gab, ihn und seine drei herrischen Halbschwestern, die von mir verlangten, dass ich Tante zu ihnen sagte. »Nicht Tantchen«, erklärten sie mir, »Tantchen klingt so gewöhnlich.« Also sagte ich Tante zu ihnen. Ich weiß, dass sie Anthea, Dorothy und Frederica heißen, wie ich überhaupt viele Dinge weiß, auch wenn manches davon gelogen ist. Nichts von dem, was meine Mutter mir erzählt hat, glaube ich wirklich, solange ich es nicht überprüft habe. Manche Dinge kann man jedoch nicht in Büchern nachschlagen. Außerdem nützt es mir nichts, dass ich ihre Namen kenne, denn ich kann sie nicht auseinanderhalten, also sage ich einfach nur Tante zu ihnen. Sie sagen äußerst förmlich »Morwenna« zu mir.

»Arlinghurst ist eine der besten Mädchenschulen im ganzen Land«, erklärte eine von ihnen.

»Wir waren alle dort«, pflichtete eine andere bei.

»Und es war wirklich prima«, schloss die dritte. Es scheint eine Angewohnheit von ihnen zu sein, abwechselnd zu sprechen.

Und ich? Ich stand einfach nur vor dem kalten Kamin, schaute unter meinen Ponyfransen hervor und stützte mich auf meinen Stock. Der ebenfalls zu den Dingen gehörte, die sie nicht sehen wollten. Als ich aus dem Wagen ausgestiegen war, hatten sie mich mitleidig gemustert. Das kann ich nicht ausstehen. Ich hätte mich gerne hingesetzt, aber ich wollte nicht darum bitten. Inzwischen kann ich auch viel besser stehen. Ich werde wieder gesund, ganz gleich, was die Ärzte sagen. Manchmal sehne ich mich so sehr danach zu rennen, dass mir alles wehtut, nicht nur das Bein.

Ich wandte mich um und betrachtete den Kamin – irgendwie musste ich mich ja ablenken. Er war aus Marmor, mit zahlreichen Ornamenten geschmückt, und einige herbstliche Birkenzweige waren kunstvoll darin arrangiert. Alles war sehr sauber, aber nicht besonders gemütlich. »Deine Uniformen besorgen wir dir gleich heute in Shrewsbury, und morgen fahren wir dich hin«, sagten sie. Morgen. Sie konnten es wirklich nicht erwarten, mich loszuwerden, mich und meinen hässlichen walisischen Akzent und mein Hinken. Schlimm genug, dass es mich überhaupt gab! Ich wollte auch ganz bestimmt nicht hier sein. Das Problem ist nur, dass ich nirgendwo anders hinkann. Bevor du sechzehn bist, erlauben sie dir nicht, alleine zu wohnen. Das habe ich im Heim herausgefunden. Außerdem ist er wirklich mein Vater, obwohl ich ihn noch nie zuvor gesehen habe. Und in gewisser Hinsicht sind diese Frauen auch meine Tanten. Wenn ich daran denke, fühle ich mich gleich noch viel einsamer. Ich bin so weit weg von zu Hause, und ich vermisse meine richtige Familie – meine Familie, die mich im Stich gelassen hat.

Und dann sind wir einkaufen gegangen, den lieben langen Tag. Die drei Tanten und ich, aber ohne meinen Vater. Ich wusste nicht, ob ich deswegen froh oder traurig sein sollte. Die Arlinghurst-Uniform musste man in einem speziellen Laden kaufen, wie damals meine Uniform fürs Gymnasium. Was waren wir stolz gewesen, als wir die Aufnahmeprüfung bestanden. »Die Elite der Valleys« haben sie uns genannt.

Das ist jetzt alles vorbei, und stattdessen werde ich gezwungen, auf dieses piekfeine Internat zu gehen, wo sie die merkwürdigsten Dinge von einem verlangen. Eine der Tanten hatte eine Liste dabei, und wir kauften alles, was darauf stand. Am Geld sparten sie jedenfalls nicht. So viel hatte noch nie jemand für mich ausgegeben. Schade, dass alles so scheußlich ist. Auch jede Menge Sportausrüstung war dabei. Ich wies sie nicht darauf hin, dass ich davon so bald nichts anziehen würde. Wenn überhaupt. Diesen Gedanken verdrängte ich lieber. Wir waren meine ganze Kindheit hindurch gerannt. Wir hatten Wettläufe gewonnen. In der Schule waren wir meistens gegeneinander angetreten und hatten das übrige Feld weit hinter uns gelassen. Opa hatte von den Olympischen Spielen gesprochen, und auch wenn er nur geträumt hatte, hatte er sie doch immerhin erwähnt. Bei den Olympischen Spielen seien noch nie Zwillinge angetreten, hatte er gesagt.

Als die Schuhe an der Reihe waren, gab es ein Problem. Ich ließ sie Hockeyschuhe und Laufschuhe und Turnschuhe kaufen, denn die konnte ich anziehen oder auch nicht. Aber als die Uniformschuhe an der Reihe waren, für den Alltag, musste ich sie bremsen. »Ich habe spezielle Schuhe«, erklärte ich, ohne sie anzuschauen. »Mit Spezialsohlen. Sie müssen extra angefertigt werden, von einem Orthopädisten. Ich kann sie nicht einfach kaufen.«

Die Verkäuferin bestätigte, dass wir solche Schuhe nicht einfach passend zur Uniform kaufen konnten. Sie hielt einen der Schulschuhe in die Höhe. Er war hässlich und unterschied sich nicht allzu sehr von den klumpigen Schuhen, die ich trage. »Könntest du in diesen hier laufen?«, fragte mich eine der Tanten.

Ich nahm den Schuh in die Hand und betrachtete ihn eingehend. »Nein«, erwiderte ich dann und drehte ihn um. »Er hat einen Absatz.« Dagegen ließ sich nichts einwenden, auch wenn die Schule wahrscheinlich nicht glaubt, dass ein Mädchen, das etwas auf sich hält, einen Schuh mit einem niedrigeren Absatz tragen würde.

Es war nicht ihre Absicht, mich vollends zu demütigen, während sie sich wie die Glucken über die Schuhe und über mich und meine maßgefertigten Schuhsohlen beugten. Das musste ich mir immer wieder ins Gedächtnis rufen, während ich wie ein Klotz dastand, ein gequältes Lächeln auf den Lippen. Sie hätten mich gerne gefragt, was mit meinem Bein nicht in Ordnung war, aber ich schaute sie stur an, und sie trauten sich nicht. Das munterte mich wieder ein wenig auf. Schließlich beließen sie es dabei und erklärten, dass die Schule das wohl oder übel würde verstehen müssen. »Meine Schuhe sind ja auch nicht gerade rot und glamourös«, sagte ich.

Das war ein Fehler, denn daraufhin starrten sie alle meine Schuhe an. Es sind Krüppelschuhe. Bei Krüppelschuhen für Damen gibt es keine große Auswahl – man kauft sie entweder in Braun oder in Schwarz. Meine sind schwarz. Mein Gehstock ist aus Holz. Früher hat er mal Opa gehört, der immer noch am Leben ist, im Krankenhaus liegt und sich bemüht, wieder gesund zu werden. Wenn er wieder gesund wird, darf ich vielleicht nach Hause zurück. Alles in allem ist das eher unwahrscheinlich, aber es ist meine einzige Hoffnung. Am Reißverschluss meiner Strickjacke baumelt mein hölzerner Schlüsselring. Er ist aus einer Baumscheibe geschnitzt, mit Rinde und allem. Er stammt aus Pembrokeshire. Ich hatte ihn schon … na ja, vorher. Ich berührte ihn, in etwa so, wie wenn man auf Holz klopft, und sah, dass sie die Geste bemerkt hatten. Ich sah, was sie sahen – einen sonderbaren, launischen verkrüppelten Teenager mit einem schmutzigen Stück Holz. Was sie stattdessen hätten sehen sollen, sind zwei strahlend selbstbewusste Kinder. Ich weiß, was passiert ist, aber sie nicht, und sie würden es auch nie verstehen.

»Ihr seid sehr englisch«, sagte ich.

Sie lächelten. Wo ich herkomme, ist »Saes« eine Beleidigung, eine Provokation – das Schlimmste, was man zu jemandem sagen kann. Es bedeutet »englisch«. Aber jetzt bin ich in England.

Wir aßen an einem Tisch zu Abend, der für sechzehn Gäste klein gewesen wäre. Doch das fünfte Gedeck, das für mich aufgelegt worden war, wirkte irgendwie fehl am Platze. Alles passte zusammen, die Tischsets, die Servietten, die Teller. Ganz anders als bei uns daheim. Das Essen war erwartungsgemäß schauderhaft – zähes Fleisch, wässrige Kartoffeln und irgend so ein grünes, längliches Gemüse, das nach Gras schmeckt. Die Leute haben mir mein Leben lang erzählt, wie furchtbar englisches Essen ist, und es ist beruhigend, dass sie recht haben. Bei Tisch wurde über Internate gesprochen, denn sie sind alle auf eins gegangen. Mir war nichts davon neu. Schließlich habe ich die *Greyfriars*-Serie, alle *Dolly*-Bücher und sämtliche Werke von Angela Brazil gelesen.

Nach dem Abendessen bat *er* mich in sein Arbeitszimmer. Die Tanten wirkten davon nicht allzu begeistert, aber sie sagten nichts. Das Arbeitszimmer war eine Riesenüberraschung, denn es ist mit Büchern vollgestopft. Eigentlich hatte ich elegante alte Lederausgaben von Dickens, Trollope und Hardy erwartet (Oma liebte Hardy), aber stattdessen sind die Regale gerammelt voll mit Taschenbüchern, das meiste davon SF. Zum ersten Mal, seit ich das Haus betreten hatte, seit ich ihm gegenüberstand, entspannte ich mich ein wenig. Wenn es hier Bücher gab, würde vielleicht nicht alles so schlimm sein.

In dem Zimmer gab es noch andere Dinge – Stühle, einen Kamin, ein Tablett mit Gläsern, einen Plattenspieler –, aber das ignorierte ich und lief, so schnell und unbeholfen mir das möglich war, zu dem SF-Regal.

Da standen eine Menge Bücher von Poul Anderson, die ich noch nicht gelesen hatte. Quer über dem Buchstaben A lag *Die Suche der Drachen*, offenbar eine Fortsetzung von »Die Drachenkönigin«, einer längeren Erzählung, die ich in einer Anthologie gelesen hatte. Auf dem Regal darunter entdeckte ich einen John Brunner, den ich noch nicht kannte. Noch besser – zwei John Brunner, nein, drei John Brunner, die ich noch nicht kannte. Mir schossen die Tränen in die Augen.

Den Sommer hatte ich fast ohne Bücher verbracht, denn ich besaß nur das, was ich mitgenommen hatte, als ich von Zuhause weggelaufen war – die dreibändige Taschenbuchausgabe von *Der Herr der Ringe* natürlich; *Die zwölf Striche der Windrose* von Ursula Le Guin, für mich die beste Storysammlung aller Zeiten; außerdem war ich damals gerade mittendrin in John Boyds *Der Überläufer*, das mir aber inzwischen nicht mehr so gut gefiel. Ich hatte *Als Hitler das rosa Kaninchen stahl* von Judith Kerr gelesen, aber nicht mitgenommen, und wenn ich daran dachte, dass Anna ihr geliebtes rosa Kaninchen zurückgelassen und stattdessen ein neues Spielzeug mitgenommen hatte, als ihre Familie das Dritte Reich verließ, wurde mir ganz unwohl, wann immer ich den Boyd anschaute.

»Kann ich …«, wollte ich fragen.

»Du kannst dir jedes Buch ausleihen, das du möchtest, wenn du darauf achtgibst und es wieder zurückbringst«, sagte er. Ich schnappte mir einen Anderson, den McCaffrey, die Brunners. »Was hast du da?«, fragte er. Ich drehte mich um und zeigte es ihm. Wir sahen beide die Bücher an, nicht einander.

»Hast du das erste davon gelesen?«, fragte er und deutete auf den McCaffrey.

»Aus der Bibliothek«, sagte ich. Ich habe die ganze Science-Fiction- und Fantasy-Sammlung in der Bibliothek von Aberdare verschlungen, von Andersons *Im Dienst der Erde* bis zu Roger Zelaznys *Götter aus Licht und Dunkelheit*, ein seltsames Buch, über das ich mir noch immer nicht ganz im Klaren bin.

»Hast du irgendetwas von Delany gelesen?«, fragte er. Er schenkte sich einen Whisky ein und trank einen Schluck. Es roch seltsam, abscheulich.

Ich schüttelte den Kopf. Er reichte mir einen Ace-Doppelband, der zur Hälfte aus *Imperiums-Stern* von Samuel R. Delany bestand. Ich drehte das Buch um, weil ich wissen wollte, was die andere Hälfte zu bieten hatte, aber er ließ ein missbilligendes »Ts-ts-ts« hören, und daraufhin sah ich ihn tatsächlich an.

»Die andere Hälfte ist Mist«, sagte er abfällig und drückte mit viel zu viel Kraft seine Zigarette aus. »Wie steht's mit Vonnegut?«

»Alles«, sagte ich selbstsicher.

»*Katzenwiege?*«

»*Frühstück für starke Männer, Geh zurück zu deiner lieben Frau und deinem Sohn* …« Ich spulte die Titel herunter. Er lächelte sichtlich erfreut. Lesen war mir stets ein Trost gewesen, und ich war geradezu süchtig nach Büchern, aber bisher hatte das noch niemanden gefreut.

»Und *Die Sirenen des Titan?*«, fragte er, als ich fertig war.

Ich schüttelte den Kopf. »Davon habe ich noch nie gehört!«

Er stellte sein Glas ab, bückte sich, zog ohne lange zu suchen das Buch heraus und legte es auf meinen Stapel. »Und Zenna Henderson?«

»*Wo ist unsere Welt?*«, hauchte ich. Das Buch hatte wirklich zu mir gesprochen. Ich liebe es. Niemand sonst, den ich kenne, hat es gelesen. Ich hatte es nicht aus der Bibliothek. Meine Mutter besaß eine amerikanische Ausgabe mit einem Loch im Einband. Ich glaube nicht, dass es eine britische Ausgabe gibt. Henderson stand nicht im Bibliothekskatalog. Zum ersten Mal wurde mir bewusst, dass er sie, wenn er mein Vater ist, was er in gewissem Sinne auch ist, vor langer Zeit *gekannt* hat. Er hat sie geheiratet. Er hatte die Fortsetzung von *Wo ist unsere Welt?* und zwei Sammelbände mit Erzählungen. Ich nahm sie, wobei ich nicht wusste, was ich von ihm halten sollte. Der Bücherstapel rutschte mir fast aus der Hand. Ich schob alles in meine Tasche, die mir über der Schulter hing, wie immer.

»Ich glaube, ich gehe jetzt ins Bett und lese«, sagte ich.

Er lächelte. Er hatte ein nettes Lächeln, ganz anders als wir. Zeit meines Lebens war mir erzählt worden, dass wir ihm ähnlich sehen, aber ich finde das nicht. Wenn er Lazarus Long ist, und wir Laz und Lor sind, dann müsste ich mich doch in ihm wiedererkennen. Aus unserer Familie haben wir niemandem ähnlich gesehen; von der Augen- und Haarfarbe abgesehen, sehe ich allerdings auch keine Übereinstimmung zwischen ihm und uns. Aber das spielt keine Rolle. Ich habe Bücher, neue Bücher, und solange ich Bücher habe, kann ich alles ertragen.

Donnerstag, 6. September 1979

Mein Vater fuhr mich in die Schule. Auf dem Rücksitz ruhte ein schicker Koffer, den ich noch nie zuvor gesehen hatte und in dem sich, wie mir die Tanten versicherten, alle Uniformen befanden, ordentlich zusammengelegt natürlich. Daneben stand eine Ledertasche mit meinen Schulsachen. Beide waren nicht im Mindesten zerschrammt, also waren sie ganz neu. Bestimmt hatten sie ein Heidengeld gekostet. In meiner eigenen Tasche befand sich alles, womit ich weggelaufen war, und außerdem die Bücher, die ich mir ausgeliehen hatte. Ich hielt sie fest an mich gedrückt, auch als sie versuchten, sie mir wegzunehmen und hinten reinzutun. Ich nickte ihnen zu, brachte jedoch keinen Ton heraus. Schon seltsam, dass es völlig unmöglich ist, diesen Leuten gegenüber irgendwelche Gefühle zu zeigen, geschweige denn in ihrer Anwesenheit zu weinen. Sie sind nicht meine Familie. Sie sind nicht wie meine Familie. Das klang wie die ersten Zeilen eines Gedichts, und ich hätte sie am liebsten in mein Notizbuch geschrieben. Ich stieg in den Wagen. Was sehr wehtat. Wenigstens hatte ich da genug Platz, um die Beine auszustrecken. Vordersitze sind besser als Rücksitze, das ist mir schon früher aufgefallen.

Ich brachte ein »Dankeschön« und ein »Auf Wiedersehen« zustande. Die Tanten küssten mich alle auf die Wange.

Mein Vater sah mich nicht an, während er fuhr, was bedeutete, dass ich ihn von der Seite anschauen konnte. Er rauchte, wobei er sich jede neue Zigarette an der Kippe der vorherigen anzündete, genau wie sie. Ich kurbelte das Fenster herunter, wegen der frischen Luft. Ich finde noch immer nicht, dass er uns irgendwie ähnlich sieht. Was nicht nur an dem Bart liegt. Ich fragte mich, was Mor von ihm gehalten hätte, und verdrängte den Gedanken, so gut es ging. Nach einer Weile sagte er zwischen zwei Zügen: »Ich habe dich als ›Markova‹ angemeldet.«

So heißt er. Daniel Markova. Das habe ich schon immer gewusst. Dieser Name steht auch in meiner Geburtsurkunde. Er war mit meiner Mutter verheiratet. Sie heißt auch so. Aber ich habe den Namen nie verwendet. Mein Nachname lautet Phelps, und so wurde ich auch in der Schule genannt. Phelps bedeutet etwas, zumindest in Aberdare – meine Großeltern, meine Familie. Mrs Markova dagegen, das ist die Verrückte, meine Mutter. Aber in Arlinghurst spielt das bestimmt keine Rolle.

»Morwenna Markova ist ein ziemlicher Zungenbrecher«, brummte ich nach einer ganzen Weile.

Er lachte. »Das habe ich auch gesagt, als ihr auf die Welt kamt. Morwenna und Morganna.«

»Sie hat gesagt, du hättest die Namen ausgesucht«, entgegnete ich leise, während ich aus dem Fenster starrte. Felder, die aussahen wie Flickenteppiche, glitten an uns vorbei. Auf manchen standen noch die Stoppeln, andere waren bereits umgepflügt.

»Das ist wohl wahr«, sagte er. »Sie hatte eine Liste gemacht, und ich sollte entscheiden. Alle Namen waren sehr lang und sehr walisisch. Ich habe ihr erklärt, das wären alles rechte Zungenbrecher, aber sie hat gesagt, die Leute würden schon Kurzformen finden. Haben sie das?«

»Ja«, erwiderte ich, den Blick weiterhin abgewandt. »Mo oder Mor. Oder Mori.« Wenn ich einmal eine berühmte Dichterin bin, werde ich mich Mori Phelps nennen. Diesen Namen schreibe ich auch in meine Bücher. Ex libris Mori Phelps. Und was hat Mori Phelps mit Morwenna Markova zu tun und mit ihrer neuen Schule? Eines Tages wirst du darüber lachen, redete ich mir ein. Du wirst zusammen mit Leuten darüber lachen, die so klug und kultiviert sind, wie ich mir das heute gar nicht vorstellen kann.

»Und deine Schwester, wurde sie Mog gerufen?«, fragte er. Bisher hatte er sie noch mit keinem Wort erwähnt. Ich schüttelte den Kopf, bis mir bewusst wurde, dass er fuhr und mich nicht ansah. »Nein«, sagte ich. »Mo oder Mor, wie ich auch.«

»Aber wie haben sie euch auseinandergehalten?« Er sah immer noch nicht zu mir herüber, sondern zündete sich eine weitere Zigarette an.

»Gar nicht.« Ich lächelte in mich hinein.

»Macht es dir etwas aus, wenn du in der Schule Markova heißt?«

»Mir ist das gleichgültig. Außerdem zahlst du ja für alles.«

Er wandte sich zu mir um, nur ganz kurz, und schaute dann wieder geradeaus. »Meine Schwestern kommen für alles auf. Ich habe kein eigenes Geld, nur das, was sie mir zugestehen. Weißt du über meine familiäre Situation Bescheid?«

Was gab es da schon zu wissen? Ich wusste nichts über ihn, außer dass er Engländer war, weshalb ich mich im Sandkasten andauernd hatte prügeln müssen, und dass er mit neunzehn meine Mutter geheiratet hatte und zwei Jahre später weggelaufen war, während sie im Krankenhaus lag und noch ein Kind bekam, das gestorben ist, und zwar an dem Schock. »Nein«, sagte ich.

»Meine Mutter war mit einem Mann namens Charles Bartleby verheiratet. Er war ziemlich reich. Sie hatten drei Töchter. Dann brach der Krieg aus. 1940 ging er als Soldat nach Frankreich, wo er gefangen genommen und in ein Lager gesteckt wurde. Meine Mutter ließ ihre drei kleinen Töchter bei ihrer Großmutter Bartleby in Old Hall, dem Haus, das wir gerade verlassen haben. Sie ging in der Kantine der RAF arbeiten, um ihren Anteil zur Verteidigung des Landes beizutragen. Dort lernte sie einen polnischen Luftwaffenoffizier namens Samuel Markova kennen und verliebte sich in ihn. Er war Jude. Ich wurde im März 1944 geboren. Im September 1944 wurde Bartleby aus dem Lager befreit und kehrte nach England zurück, wo er und meine Mutter sich scheiden ließen. Sie heiratete meinen Vater, der gerade erfahren hatte, dass seine ganze Familie in Polen ermordet worden war.«

Hatte er auch eine Frau und Kinder gehabt? Bestimmt. Ein polnischer Jude! Ich bin also zum Teil polnischer Abstammung. Und zum Teil eine Jüdin? Alles, was ich über das Judentum weiß, stammt aus *Lobgesang auf Leibowitz* und *Es stirbt in mir*. Na ja, und wohl auch aus der Bibel vermutlich.

»Meine Mutter hatte etwas eigenes Geld, aber nicht sehr viel. Nach dem Krieg hat mein Vater den Dienst bei der RAF quittiert und in einer Fabrik in Ironbridge gearbeitet. Bartleby hat sein Geld und sein Haus meinen Schwestern hinterlassen. Als ich dreizehn war, kam meine Mutter bei einem Unfall ums Leben. Meine Schwestern, die bereits erwachsen waren, kamen zu ihrer Beerdigung. Anthea machte den Vorschlag, die Kosten für meine Ausbildung zu übernehmen, und mein Vater willigte ein. Seither unterstützen sie mich. Wie du weißt, habe ich geheiratet, während ich noch auf der Universität war.«

»Was ist mit Bartleby?«, fragte ich. Er konnte nicht viel älter als mein Großvater gewesen sein.

»Er hat sich erschossen, als seine Töchter einundzwanzig wurden«, sagte er in einem Tonfall, der keine weiteren Fragen zuließ.

»Und was … was machst du?«

»Sie haben den Schlüssel zur Kasse, aber ich verwalte den Nachlass.« Er ließ die Zigarettenkippe in den Aschenbecher fallen, der bereits überquoll. »Sie zahlen mir ein Gehalt, und ich wohne im Haus. Alles sehr viktorianisch.«

»Wohnst du schon dort, seit du weggelaufen bist?«

»Ja.«

»Aber sie haben gesagt, sie wüssten nicht, wo du bist! Mein Großvater ist zu ihnen gefahren, den ganzen weiten Weg, und hat mit ihnen gesprochen.« Ich war empört.

»Sie haben gelogen.« Er hielt den Blick starr geradeaus gerichtet. »War es schlimm für dich, dass ich weggelaufen bin?«

»Ich bin auch vor ihr davongelaufen«, entgegnete ich, was keine Antwort auf seine Frage war, aber hinreichend zu sein schien.

»Ich wusste, dass eure Großeltern sich um euch kümmern würden.«

»Das haben sie. Deswegen hättest du dir keine Sorgen machen müssen.«

»Ah«, sagte er.

In dem Moment begriff ich, dass meine Anwesenheit in seinem Wagen ein einziger großer Vorwurf war. Zum einen war ich alleine gekommen, dabei hatte er Zwillinge im Stich gelassen. Zum anderen war ich verkrüppelt. Außerdem war ich hier, weil ich von Zuhause fortgerannt war. Ich hatte ihn um Hilfe bitten müssen – und was noch schlimmer war, ich hatte mich an den Sozialdienst wenden müssen, um ihn ausfindig zu machen. Ganz offensichtlich waren die Vorkehrungen, die er für uns getroffen hatte, alles andere als ausreichend gewesen. Dass ich jetzt, in diesem Moment, hier war, führte ihm vor Augen, was für ein miserabler Vater er war. Was ehrlich gesagt auch der Wahrheit entsprach. Meine Mutter mochte sein, wie sie war, aber man ließ einfach keine Kleinkinder im Stich – und schon gar nicht, wenn das bedeutete, dass sie dann ganz allein ihr ausgeliefert waren. Das war der Gipfel der Unverantwortlichkeit. Aber schließlich bin ich auch vor ihr weggelaufen.

»Anders hätte ich nicht aufwachsen wollen«, sagte ich. Meine Großeltern. Die Valleys. Meine Heimat. »Wirklich. Es war toll. Eine bessere Kindheit hätte ich gar nicht haben können.«

»Ich werde dich bald einmal zu meinem Vater mitnehmen. Vielleicht im Frühjahr.« Er setzte den Blinker, und wir bogen zwischen zwei sterbenden Ulmen hindurch in eine Einfahrt. Kies knirschte unter den Reifen. Wir waren in Arlinghurst angekommen.

Als Allererstes kam es zu einer Auseinandersetzung wegen des Chemieunterrichts. Arlinghurst ist in einem großen, eleganten Gebäude untergebracht, auf einem äußerst imposanten viktorianischen Anwesen. Aber es roch überall nach Schule – Kreide, gekochter Kohl, Desinfektionsmittel, Schweiß. Die Schulleiterin war höflich und kühl. Sie gestattete meinem Vater nicht zu rauchen, womit sie ihn gleich auf dem falschen Fuß erwischte. Ihre Stühle sind zu niedrig. Ich hatte Schwierigkeiten, von meinem aufzustehen. Aber all das hätte keine Rolle gespielt, wäre da nicht der Stundenplan gewesen, den sie mir überreichte. Erstens, jeden Tag drei Stunden Sport. Zweitens, Kunst und Religion sind Pflicht. Drittens, ich muss mich zwischen Chemie und Französisch oder Latein und Biologie entscheiden.

In *Piraten im Weltraum* schreibt Robert Heinlein, dass nur Geschichte, Sprachen und Naturwissenschaften es wert sind, studiert zu werden. Genau genommen fügt er noch Mathematik hinzu, doch bei mir haben sie den Teil des Gehirns, der dafür zuständig ist, weggelassen. Mor war in Mathe spitze. Aber ansonsten war es bei uns beiden dasselbe: Entweder begriffen wir etwas augenblicklich, oder sie hätten uns ebenso gut ein Loch in den Kopf bohren können, um etwas hineinzustopfen. »Wie ist es möglich, dass du boolesche Algebra verstehst, aber noch immer Probleme mit der schriftlichen Division hast?«, hatte mein Mathematiklehrer mich voller Verzweiflung gefragt. Na ja – Venn-Diagramme sind eben einfach, während schriftliche Division mir nach wie vor Probleme bereitet. Am schwierigsten waren die Aufgaben, bei denen irgendwelche Menschen ohne jede Motivation unbegreifliche Dinge taten. Dabei fiel es mir schwer, mich auf die eigentliche Rechnung zu konzentrieren, während ich mich fragte, warum es irgendjemanden interessieren sollte, wann zwei Züge aneinander vorbeifuhren (Spione), weshalb Sitzordnungen so wichtig waren (geschiedene Ehepaare) oder – was mir bis zum heutigen Tag ein Rätsel ist – wie man Wasser in eine Badewanne einlassen kann, ohne den Stöpsel reinzutun.

Geschichte, Sprachen und Naturwissenschaften stellen

mich nicht vor solche Probleme. Wenn man in den Naturwissenschaften etwas berechnen muss, leuchtet es immer ein, und außerdem darf man den Taschenrechner benutzen.

»Ich muss unbedingt Latein und Biologie belegen und sowohl Französisch als auch Chemie«, sagte ich und sah vom Stundenplan auf. »Auf Kunst und Religion kann ich verzichten, das lässt sich also leicht arrangieren.«

Die Schulleiterin ging in die Luft, als sie das hörte, denn Stundenpläne sind anscheinend heilig oder etwas in der Art. Ich hörte ihr nicht richtig zu. »Auf diese Schule gehen über fünfhundert Mädchen. Erwartest du, dass ich ihnen allen Ungelegenheiten bereite, um dir entgegenzukommen?«

Mein Vater, der zweifelsohne Heinlein gelesen hat, stärkte mir den Rücken. Wenn ich mich zwischen Heinlein und einer Schulleiterin entscheiden muss, steht das Ergebnis von vorneherein fest. Schließlich einigten wir uns auf einen Kompromiss: Ich werde auf Biologie verzichten müssen, kann aber die drei anderen Fächer belegen, was nur einiger Umstellungen bedurfte. Den Chemieunterricht muss ich in einer anderen Klasse besuchen, aber das ist mir gleichgültig. Einstweilen hatte ich einen Sieg errungen, und so willigte ich ein, mir meinen Schlafsaal zeigen zu lassen und die Bekanntschaft meiner Hausleiterin und meiner »neuen Freunde« zu machen.

Als sich mein Vater von mir verabschiedete, küsste er mich auf die Wange. Ich sah ihm nach, wie er zur Eingangstür hinausging. Kaum war er im Freien, zündete er sich eine Zigarette an.

Freitag, 7. September 1979

Wie sich herausstellt, ist das mit der tollen ländlichen Gegend ein ziemlicher Witz.

Na ja, zum Teil trifft es schon zu. Arlinghurst steht völlig für sich zwischen den ganzen Sportplätzen, umgeben von Ackerland. Im Umkreis von dreißig Kilometern gibt es keinen Flecken, der nicht von irgendjemandem genutzt wird. Da weiden Kühe, dumme, hässliche Viecher, schwarz und weiß wie Spielzeugkühe, nicht braun wie die echten, die wir in den Ferien gesehen haben. (*Zeigefinger ist die braune Kuh, die macht immer muh, muh, muh.*) Sie stapfen auf der Wiese herum, bis es Zeit zum Melken ist, und dann marschieren sie brav nach Hause. Das ist mir heute Nachmittag aufgefallen, als ich einen Spaziergang über das Anwesen machen durfte – diese Kühe sind ja so was von blöde! Kein Wunder, dass das Wort »Rindvieh« als Schimpfwort herhalten muss.

Ich stamme aus den walisischen »Valleys«, und es hat einen guten Grund, dass sie »die Täler« genannt werden. Hier haben sich Gletscher tief in die Berge gegraben, und flaches Land ist selten. Solche Täler gibt es überall in Wales. In den meisten stehen eine Kirche und ein paar Bauernhöfe, und im ganzen Tal leben vielleicht tausend Menschen. Mehr gibt das Land auch nicht her. Unser Tal, das Cynon Valley, hat, wie die benachbarten Täler auch, mehr als hunderttausend Einwohner, die alle in viktorianischen Reihenhäusern wohnen. An den Steilhängen sind Terrassen angelegt, auf denen sich die Häuser wie Weintrauben aneinanderschmiegen; dazwischen ist kaum genug Platz, um Wäsche aufzuhängen. Häuser und Menschen sind zusammengepfercht wie in einer Stadt, schlimmer als in einer Stadt, nur dass Aberdare keine

Stadt ist. Hatte man die Häuserreihen jedoch erst hinter sich gelassen, begann die Wildnis. Und selbst auf den Straßen konnte man die Augen zu den Bergen aufheben.

Ich hebe meine Augen auf zu den Bergen, von welchen mir Hilfe kommt – ein Psalm, der sich mir immer von selbst verstand. Die Berge waren wunderschön, grün, mit Bäumen und Schafen, und sie waren allgegenwärtig. Eine Wildnis waren sie in dem Sinne, dass jeder jederzeit dorthin gehen konnte. Sie gehörten niemandem, im Unterschied zu der flachen, eingezäunten »Landschaft« um die Schule herum. Die Berge waren Gemeindeland. Und selbst unten in den Tälern gab es Flüsse und Wälder und Ruinen, denn die Eisenwerke mussten nacheinander schließen, die Gebäude wurden aufgegeben. In den Ruinen wuchsen Pflanzen, die Wildnis eroberte sie zurück, und die Feen ließen sich darin nieder. Mit der Phurnacite-Fabrik ist tatsächlich das passiert, was wir erwartet hatten. Es hat nur ein wenig länger gedauert.

Wir spielten während unserer ganzen Kindheit in den Ruinen, manchmal allein, manchmal mit anderen Kindern oder mit den Feen. Uns war nicht klar, worum es sich bei den verfallenen Gebäuden handelte, lange Zeit nicht. In der Nähe von Tantchen Florries Haus befand sich ein altes Eisenwerk, wo wir uns besonders gerne herumtrieben. Dort trafen wir auch andere Kinder, und manchmal taten wir uns mit ihnen zusammen – zum Versteckspielen waren die Ruinen wunderbar geeignet, oder um Verfolgungsjagden zu veranstalten. Was ein Eisenwerk war, wusste ich nicht. Falls mich jemand gefragt hätte, wäre ich wohl darauf gekommen, dass dort irgendjemand mit Eisen gearbeitet hatte, aber niemand fragte mich. Es war eben ein Spielplatz. Im Herbst war alles von

Weidenröschen überwuchert. Wir wussten nur selten, wie diese Orte hießen.

Die meisten Ruinen in den Wäldern hatten keine Namen und konnten alles Mögliche sein. Für uns waren sie Hexenhütten, Riesenschlösser und Feenpaläste, und wir spielten dort *Hitlers letzte Bastion* oder *Die Mauern von Angband*, aber in Wirklichkeit waren das die Trümmer ehemaliger Fabriken. Die Feen hatten sie nicht erbaut. Sie hatten, nachdem die Menschen sie verlassen hatten, zusammen mit der Vegetation dort Einzug gehalten. Falls Sie sich jemals fragen sollten, warum die Waliser nicht in ebensolcher Zahl in die Neue Welt ausgewandert sind wie die Iren und die Schotten – das liegt nicht etwa daran, dass sie keinen Grund gehabt hätten, ihre Bauernhöfe zu verlassen. Aber sie fanden woanders Aufnahme. Oder glaubten das wenigstens. Auch Engländer ließen sich dort nieder. Die walisische Sprache zog dabei den Kürzeren. Walisisch war die Erstsprache meiner Großmutter und die Zweitsprache meiner Mutter. Ich kann nur noch ein paar Brocken. Die Familie meiner Großmutter stammt aus dem Südwesten von Wales, aus Carmarthenshire. Wir hatten noch immer Verwandtschaft dort, »Mary vom Land« und ihre Familie.

Meine Vorfahren sind, wie alle anderen auch, hierher gezogen, nachdem Eisen und Kohle entdeckt wurden. Die Menschen bauten an Ort und Stelle Schmelzhütten, Eisenbahnen für den Transport, Häuser für die Arbeiter, immer mehr Schmelzhütten, immer mehr Minen, immer mehr Häuser, bis die Täler flächendeckend besiedelt waren. Die Berge blieben jedoch weitgehend unberührt, und dorthin haben sich die Feen geflüchtet. Dann ging das Eisen aus oder konnte woanders billiger produziert werden. Kohle wurde weiterhin abgebaut, aber im Vergleich mit dem, was hier vor hundert Jahren los war, war das ein Witz. Die Eisenwerke wurden aufgegeben. Gruben schlossen. Manche Leute zogen weg, andere blieben. Schließlich waren sie inzwischen hier zu Hause. Bis wir geboren wurden, war chronische Arbeitslosigkeit an der Tagesordnung, und die Feen schlichen sich langsam wieder in die Täler zurück und nahmen die Ruinen in Besitz, die niemand haben wollte.

Als wir klein waren, hinderte uns niemand daran, in den Ruinen zu spielen, und wir kümmerten uns nicht darum, wozu sie früher gedient hatten. Wir fanden es einfach nur großartig dort. Alles war verlassen, überwuchert, abgelegen. Hatte man sich erst von zu Hause fortgestohlen, begann die Wildnis. Wir konnten immer in die eigentlichen Berge hinaufsteigen, wo die Natur noch unberührt war – dort gab es Felsen und Bäume und Schafe mit grauem Fell vom Kohlestaub, die wir nicht leiden konnten. (Ich kann nicht verstehen, wie manche Leute irgendetwas für Schafe empfinden können. Oft riefen wir »Pfefferminzsoße!«, um sie zu verscheuchen. Tantchen Teg verzog darüber immer das Gesicht und sagte, wir sollten damit aufhören, aber das schreckte uns nicht ab. Die Schafe liefen runter ins Tal, warfen Mülltonnen um und zertrampelten Gärten. Deshalb musste man auch das Gatter schließen.) Aber selbst unten im Tal stieß man überall auf Bäume und Ruinen – mitten in, unter und am Rand der Stadt. Und das war auch nicht die einzige Landschaft, die wir kannten. In den Ferien fuhren wir nach Pembrokeshire und hinauf in die richtigen Berge, die Brecon Beacons, und nach Cardiff, eine Großstadt mit tollen Geschäften. Die Valleys waren unsere Heimat, der Normalzustand, den wir nie infrage stellten.

Die Feen haben nie behauptet, sie hätten die Ruinen errichtet. Ich glaube auch nicht, dass wir sie gefragt haben, und wenn, hätten sie nur gelacht, wie meistens, wenn wir etwas von ihnen wissen wollten. Sie waren einfach da, und dann waren sie wieder fort. Manchmal redeten sie mit uns, manchmal liefen sie vor uns weg. Wie die anderen Kinder auch wussten wir, dass wir mit ihnen spielen konnten oder ohne sie. Letztlich brauchten wir nur uns und unsere Phantasie.

Die Orte meiner Kindheit waren durch magische Wege miteinander verbunden, die von Erwachsenen fast nie betreten wurden. Sie hatten *Straßen,* wir hatten die *Wege.* Man konnte ihnen nur zu Fuß folgen, und sie waren etwas Besonderes, breiter als ein Pfad, aber nicht breit genug für Autos. Manchmal verliefen sie parallel zu den Straßen, und manchmal führten sie aus dem Nirgendwo ins Nirgendwo, von einer Elbenruine zum Labyrinth des Minos. Wir gaben ihnen Namen, aber wir wussten blind, dass sie in Wirklichkeit »Dramroads« hießen. Laut ausgesprochen habe ich das Wort nie, sonst wäre mir vielleicht aufgefallen, was es eigentlich bedeutete: »Tram Road«, Schienenweg. Das Walisische verändert die Anfangskonsonanten. Genau genommen passiert das in allen Sprachen, aber meistens dauert es Jahrhunderte, während es im Walisischen geschieht, während man noch den Mund offen hat. Aus »Tram« wurde natürlich »Dram«. Früher fuhren auf diesen Schienenwegen Züge mit Waggons voller Eisenerz oder Kohle. So leer und von Laub bedeckt sie heute sein mögen, nur noch von Kindern und Feen benutzt, waren sie doch einmal kleine Bahnlinien.

Klar, wir hatten im Geschichtsunterricht aufgepasst. Selbst wenn wir uns auf die reale Welt beschränkten, wussten wir mehr über Geschichte als die meisten Leute. Wir hatten von Höhlenmenschen erfahren, von den Normannen und den Tudors. Wir wussten über die Griechen und Römer Bescheid. Aus dem Zweiten Weltkrieg kannten wir haufenweise persönliche Anekdoten. Sogar über die Geschichte unserer Familie wussen wir eine ganze Menge. Nur mit der Landschaft, in der wir lebten, hatte das nichts zu tun. Und es war die Landschaft, die uns geprägt hat, die uns zu dem machte, was wir waren, die auf alles einen Einfluss ausübte. Wir dachten, wir würden in einer Fantasywelt leben, dabei lebten wir in einer Science-Fiction-Welt. Ahnungslos, wie wir waren, spielten wir in den Ruinen von Elben und Riesen und glaubten, dass das, was die Feen in Besitz genommen hatten, ihnen auch wirklich gehörte. Ich gab den Schienenwegen Namen aus dem *Herrn der Ringe*, obwohl ich hätte erkennen müssen, dass sie aus *Wem gehört die Erde?* stammten.

Schon erstaunlich, wie groß die Dinge sind, die wir übersehen.

Dienstag, 18. September 1979

Die Schule ist schrecklich, wie erwartet. Zum einen weiß ich aus all den Internatsgeschichten, dass Sport zum Allerwichtigsten gehört. Und ich kann daran nicht teilnehmen. Außerdem haben die anderen Mädchen alle denselben Hintergrund. Sie stammen fast alle aus England, meist sogar aus der Gegend hier, und sind von der gleichen Landschaft geprägt wie die Schule. In Größe und Gestalt unterscheiden sie sich ein wenig voneinander, aber die meisten haben dieselbe Stimme. Meine Stimme, die für die Valleys vornehm war und jedem dort sofort meine Klassenzugehörigkeit verriet, brandmarkt mich hier als unzivilisierte Ausländerin. Als wäre es nicht schlimm genug, eine verkrüppelte Wilde zu sein, wurde ich mitten im Schuljahr in eine Klasse gesteckt, die sich bereits seit zwei Jahren kennt und in der sich Feindschaften und Bündnisse gebildet haben, die mir ein Rätsel sind.

Zum Glück habe ich das bald herausgefunden. Ich bin nicht dumm. Ich bin noch nie auf eine Schule gegangen, wo mich nicht alle bereits kannten, mich oder meine Familie, und ich bin noch nie als Einzelkind auf eine neue Schule gegangen, aber ich habe gerade erst drei Monate in einem Kinderheim verbracht, und schlimmer kann es hier auch nicht sein. Ich habe darauf geachtet, wie die Mädchen redeten, um die anderen Außenseiter zu identifizieren, eine Irin (Deirdre, die »Dussel« genannt wird) und eine Jüdin (Sharon, mit dem Spitznamen »Schussel«). Ich tue mein Möglichstes, mich mit ihnen anzufreunden.

Die anderen Mädchen starre ich wütend an, wenn sie versuchen, mich zu hänseln, oder wenn sie mich herablassend behandeln, und zu meiner Erleichterung muss ich feststellen, dass das auch hier seine Wirkung tut. Ich werde mit allen möglichen Schimpfnamen bedacht – Taffy, Dieb und rote Socke. Manches davon ist immerhin nicht völlig aus der Luft gegriffen – Krüppel oder Schleimer. Rote Socke nennen sie mich, weil sie glauben, ich hätte einen russischen Namen. Als ich dachte, er würde keine Rolle spielen, habe ich mich geirrt. Sie zwicken und schubsen mich, wenn sie meinen, dass es niemand sieht, aber richtig gewalttätig werden sie nie. Nach meinem Heimaufenthalt ist das nichts, rein gar nichts. Ich habe meinen Stock und meinen wütenden Blick, und bald habe ich, wenn das Licht ausgeschaltet wurde, angefangen,

Gespenstergeschichten zu erzählen. Sollen sie mich doch fürchten, solange sie mich in Ruhe lassen. Sollen sie mich hassen, solange sie mich fürchten. Für ein Internat ist das eine recht gute Strategie, auch wenn es Tiberius nicht nur Gutes gebracht hat. Das habe ich auch Sharon gesagt, und sie hat mich angeschaut, als wäre ich ein Alien. Was? Was? An die Leute hier werde ich mich nie gewöhnen.

In allen Fächern außer Mathe bin ich inzwischen die Klassenbeste. Das ging schnell. Schneller als ich dachte. Vielleicht sind die Mädchen hier nicht so klug wie die auf dem Gymnasium? Dort haben es ein oder zwei mit mir aufgenommen, aber hier bin ich konkurrenzlos. Ich bin den anderen haushoch überlegen. Merkwürdigerweise nimmt meine Beliebtheit wegen meiner Noten gleichzeitig etwas zu und ab. Der Unterricht ist ihnen gleichgültig, und sie hassen mich, weil ich sie überflügelt habe; andererseits bekommt jedes Haus für besonders gute Noten Punkte, und Hauspunkte sind ihnen wirklich wichtig. Es ist deprimierend, wie sehr dieses Internat dem gleicht, was Enid Blyton uns gezeigt hat, und wenn es in mancher Hinsicht anders ist, dann nicht zum Besseren.

In Chemie ist es nicht so schlimm, weil ich da in eine andere Klasse gehe. Da unterrichtet der Fachbetreuer für Naturwissenschaften, der einzige männliche Lehrer an der Schule, und die Mädchen wirken weit interessierter. Es ist das beste Fach auf dem Lehrplan, und ich bin froh, dass ich darum gekämpft habe. Mir ist egal, dass ich Kunst verpasse – obwohl es Tantchen Teg bestimmt leidtäte. Ich habe ihr nicht geschrieben. Ich habe daran gedacht, traue mich aber nicht. Sie würde meiner Mutter nicht verraten, wo ich bin – sie als Allerletzte –, aber das Risiko ist zu groß.

Gestern habe ich die Bibliothek entdeckt. Ich habe die Erlaubnis, dorthin zu gehen, wenn die anderen Sport haben. Es hat seine Vorteile, ein Krüppel zu sein. Die Bibliothek ist nicht besonders toll, aber sie ist weit besser als gar nichts, also beschwere ich mich nicht. Mit den Büchern, die mein Vater mir geliehen hat, bin ich durch. (Er hat recht, was die andere Hälfte von *Imperiums-Stern* betrifft, aber *Imperiums-Stern* gehört zum Besten, was ich je gelesen habe.) In den Regalen hier habe ich *Der Stier aus dem Meer* entdeckt und ein anderes Buch von Mary Renault, von dem ich noch nie gehört habe – *The Charioteer* – sowie drei SF-Romane für Erwachsene von C. S. Lewis. Die Wände in der Bibliothek sind holzvertäfelt und die Stühle mit altem, rissigem Leder gepolstert. Außer mir und der Bibliothekarin ist hier nie jemand, und ich gebe mir größte Mühe, zu Miss Carroll stets höflich zu sein.

Jetzt habe ich auch wieder die Gelegenheit, mein Tagebuch weiterzuführen. Am meisten macht mir zu schaffen, dass es hier fast unmöglich ist, alleine zu sein – dauernd wird man gefragt, was man gerade macht. »Ich schreibe ein Gedicht« oder »ich führe Tagebuch« wäre mein Todesurteil. Nach den ersten paar Tagen habe ich es gar nicht mehr versucht, obwohl ich es wirklich wollte. Hier halten sie mich sowieso schon für verschroben. Ich schlafe zusammen mit elf anderen Mädchen in einem Schlafsaal. Nicht einmal im Badezimmer bin ich allein – die Toiletten und Duschkabinen haben keine Türen, und natürlich werden dort die tollsten Witze gerissen.

Aus dem Fenster der Bibliothek blicke ich direkt auf die Äste einer sterbenden Ulme. Die Ulmen sterben hier überall – sie sind vom Schlauchpilz befallen. Meine Schuld ist das nicht. Ich kann nichts dagegen tun. Aber damit will ich mich nicht abfinden. Wenn ich nur mit den Feen reden könnte! Gut möglich, dass schon ein kleiner Eingriff helfen würde. Die sterbenden Bäume sind sehr traurig. Ich habe die Bibliothekarin gefragt, und sie hat mir eine alte Ausgabe des *New Scientist* gegeben, also habe ich alles ganz genau nachgelesen. Die Pilze sind mit einer Ladung Baumstämme aus Amerika eingeschleppt worden. Das klingt, als müsste man dagegen etwas tun können. Alle Ulmen sind eine Ulme, sie sind Klone, deshalb erwischt es sie auch alle. Die Population entwickelt keine natürliche Resistenz, weil es keine Variation gibt. Auch Zwillinge sind Klone. Wenn man sich eine Ulme anschaut, würde man nie glauben, dass sie ein Teil von allen anderen ist. Man sieht eben eine Ulme. Wenn die Leute mich jetzt anschauen, ist es das Gleiche: Sie sehen einen Menschen, nicht die Hälfte eines Zwillingspaars.

Mittwoch, 19. September 1979

Nach den Hausaufgaben und vor dem Abendessen haben wir eine halbe Stunde frei. Gestern regnete es nicht, also bin ich in der Abenddämmerung noch etwas spazieren gegangen, und zwar bis zur Umgrenzung hinunter, dem Rand des Schulgeländes. Dort ist ein Feld, auf dem schwarzweiße Kühe grasen. Sie glotzten mich apathisch an. Ansonsten gibt es da noch einen Graben und ein paar vereinzelte Bäume. Wenn es hier überhaupt Feen gibt, dann dort. Es war kühl und feucht. Der Himmel verlor ohne erkennbaren Sonnenuntergang an Farbe.

Es ist schon schwer genug, mit Feen Kontakt aufzunehmen, wenn man weiß, wo sie sich aufhalten. Feen sind wie Pilze – wenn man nicht an sie denkt, stolpert man über sie, aber wenn man sie sucht, sind sie nirgendwo. Ich hatte meinen Schlüsselring nicht dabei, und alles, was ich anhatte, war neu und ohne jede Bindung, also konnte ich nichts davon verwenden. Aber mein Stock war alt und aus Holz, vielleicht klappte es ja damit. Ich versuchte, an Ulmen zu denken und daran, dass sie Hilfe brauchten. Allmählich entspannte ich mich ein wenig.

Ich schloss die Augen und stützte mich auf meinen Stock. Dabei bemühte ich mich, die Schmerzen zu ignorieren, genauso wie die gähnende Leere, wo Mor hätte sein müssen. Der Schmerz ist schwer zu verdrängen, aber ich wusste, dass er sie verjagen würde wie nichts sonst. Als ich mir irgendwo hinter Camelot einmal die Hand verletzt habe, sind sie wie erschrockene Schafe auseinandergestoben, daran erinnere ich mich noch gut. Der Schmerz in meinem Bein besteht aus zwei Teilen, einem heftigen Ziehen und einem langsamen Mahlen. Wenn ich reglos und aufrecht dastehe, lässt das Mahlen etwas nach, und das Ziehen meldet sich erst wieder, wenn ich das Gewicht verlagere. Also konzentrierte ich mich, und schließlich gelang es mir. Ich versuchte, mir ins Gedächtnis zu rufen, was wir getan hatten, wenn wir mit ihnen spielen wollten. Ich öffnete meinen Geist. Nichts geschah. »Guten Tag?«, sagte ich leise auf Walisisch. Aber vielleicht sprechen die Feen in England ja Englisch? Oder vielleicht gibt es hier gar keine Feen. In einer solchen Landschaft ist nicht viel Platz für sie. Ich öffnete wieder die Augen. Die Kühe waren davongestapft. Zeit zum Melken also. Auf der der Schule zugewandten Seite des Grabens wuchsen ein Busch, eine kleine verkrüppelte Eberesche und ein Haselnussstrauch. Ich legte die Hand auf die Rinde der Esche, allerdings ohne große Hoffnung.

Auf einem der Äste saß eine Fee. Sie musterte mich argwöhnisch. Nicht zum ersten Mal fiel mir auf, wie sehr Feen Pflanzen ähneln. Menschen und Tiere folgen einem ganz bestimmten Schema: zwei Arme, zwei Beine, ein Kopf – ein Mensch. Oder vier Beine plus Wolle – ein Schaf. Pflanzen und Feen dagegen … klar, man sieht ihnen schon an, was sie sind, aber ein Baum kann beliebig viele Äste haben, die überall herauswachsen. Es ist eine gewisse Struktur zu erkennen, aber eine Ulme sieht der anderen nicht unbedingt ähnlich, vielleicht sogar überhaupt nicht, weil sie völlig unterschiedlich gewachsen ist. Feen sind entweder wunderschön oder furchtbar hässlich. Sie haben Augen, und viele haben sogar einen erkennbaren Kopf. Manche haben Gliedmaßen, die denen der Menschen in etwa gleichen, andere sehen eher wie Tiere aus, und wieder andere weisen überhaupt keine Ähnlichkeit mit irgendetwas auf. Diese Fee gehörte zu den Letzteren. Sie war lang und dürr, ihre Haut wie raue Rinde. Hätte ich ihre Augen nicht gesehen, hätte ich sie vielleicht für eine Kletterpflanze gehalten, die sich in einem Spinnennetz verfangen hatte. Um einen Vergleich zu bemühen: Eichen haben Eicheln und wie Hände geformte Blätter. Haselnusssträucher haben Haselnüsse und kleine rundliche Blätter. Die meisten Feen sind knorrig und grau oder grün oder braun, und meist wachsen ihnen irgendwo Haare. Diese Fee war grau, äußerst knorrig und gehörte eindeutig zum hässlicheren Teil des Spektrums.

Feen halten nicht viel von Namen. Den Feen zu Hause haben wir Namen gegeben, und sie haben auf sie gehört oder auch nicht. Offenbar fanden sie sie lustig. Sie verwenden auch keine Ortsnamen. Nicht einmal Feen nennen sie sich, das waren wir. Wenn ich es mir genau überlege, sind Substantive generell nicht ihre Stärke, und so, wie sie reden … Jedenfalls, diese Fee war mir vollkommen fremd und ich ihr, und ich kannte keinen Namen und kein Losungswort, dass ich ihr hätte geben können. Sie schaute mich nur an, als würde sie jeden Moment davonhüpfen oder mit dem Baum verschmelzen. Auch das Geschlecht der Feen ist in der Regel strittig, außer wenn es unstrittig ist, weil sie bodenlanges Haar voller Blumen haben oder einen Penis, der so groß ist wie ihr ganzer Körper, oder etwas in der Art. Diese Fee bot dafür keine Anhaltspunkte, also denke ich von ihr als »es«.

»Freund«, sagte ich, um auf Nummer sicher zu gehen.

Und dann, aus völliger Reglosigkeit, fing es an zu zappeln und kreischte los: »Weg! Gefahr! Finden!« Feen sprechen nicht wie normale Leute. Ganz gleich, wie sehr du dir wünschst, dass sie wie Galadriel sind – eine solche Rede werden sie nie halten. Dieses Feenwesen sagte seine drei Worte und verschwand, alles gleichzeitig, bevor ich die Gelegenheit hatte, ihm zu erklären, wer ich war, oder es zu fragen, ob ich den Ulmen irgendwie helfen konnte. Fast glaubte ich, geblinzelt zu haben, aber das hatte ich nicht. So ist das immer, wenn sie schnell wegwollen – von einem Augenblick auf den nächsten sind sie fort, als wären sie nie da gewesen.

Gefahr? Finden? Ich hatte keine Ahnung, was es damit meinte. Ich war mir keiner Gefahr bewusst, aber ich ging in die Schule zurück, wo die Klingel zum Abendessen läutete. Ich war eine der Letzten in der Schlange, aber das Essen ist schauderhaft, ob es nun warm ist oder nicht. Von irgendeiner Gefahr keine Spur, zumindest nicht heute Abend. Ich trank meinen wässrigen Kakao und hoffte, dass es der Fee gutging. Ich bin froh, dass sie hier ist, auch wenn sie nicht sehr mitteilsam zu sein scheint. Wenigstens etwas, das mich an zu Hause erinnert.

Donnerstag, 20. September 1979

Heute Morgen habe ich herausgefunden, was die Fee mit »finden« und »Gefahr« gemeint hat. Die Post hat einen Brief von meiner Mutter gebracht.

Ich weiß nicht, wie sie herausgekriegt hat, wo ich bin, nur weil ich die Fee gefunden habe. Die Welt funktioniert nicht nach einem einfachen, logischen Prinzip. Die Feen haben ihr bestimmt nichts verraten, und obwohl es Menschen gibt, die dazu durchaus bereit wären, hätten sie das jederzeit tun können. Ich glaube einfach, dass sie nach mir gesucht hat. In dieser fremden Landschaft und mit den ganzen neuen Sachen dürfte es schwer gewesen sein, mich zu fassen zu bekommen – außer dem Stock und einer Handvoll anderer Dinge gehört mir hier nichts, und die Sachen, die sie von mir noch hat, schwinden inzwischen bestimmt dahin. Aber als ich meinen Geist geöffnet habe, um nach den Feen zu rufen, habe ich ihre Aufmerksamkeit auf mich gelenkt. Vielleicht hat das jemanden dazu gebracht, ihr meine Adresse zu geben, oder vielleicht hat sie auf direktem Wege davon erfahren. Das spielt keine Rolle. Man findet so gut wie immer eine Abfolge von Zufällen, die widerlegt, dass Magie zur Anwendung gekommen ist. Warum? Weil sie ihre Wirkung nicht so entfaltet wie in den Büchern. Sie löst die Zufälle aus.

So funktioniert das. Wie wenn du mit dem Finger schnalzt und plötzlich eine Rose in der Hand hältst – weil jemand eine Rose aus einem Flugzeug hat fallen lassen, die genau im richtigen Moment in deiner Hand gelandet ist. Dabei gibt es eine reale Person und ein reales Flugzeug und eine reale Rose, aber das bedeutet nicht, dass du die Rose nicht in der Hand hältst, weil du gezaubert hast.

In dieser Hinsicht habe ich mich immer geirrt. Ich wollte, dass es so funktioniert wie in den Büchern. Wenn überhaupt, dann ist es am ehesten wie in *Die Geißel des Himmels*. Wir dachten, die Phurnacite-Fabrik würde vor unseren Augen einstürzen; dabei waren die Entscheidungen, sie zu schließen, bereits Wochen zuvor in London gefallen. Allerdings wären sie das nicht, wenn wir die Blumen nicht in den Teich geworfen hätten. Wenn es so funktionieren würde wie in den Geschichten, wäre es leichter zu begreifen. Und so kann man es auch viel einfacher abtun – man kann alles abtun, wenn man skeptisch veranlagt ist, denn es gibt immer eine vernünftige Erklärung. Magie entfaltet ihre Wirkung immer durch Dinge in der realen Welt, und sie ist immer widerlegbar.

Auch der Brief meiner Mutter ist in gewisser Hinsicht so. Er ist bissig, aber nicht auf eine Weise, die jemand anderem auffallen würde. Sie will mir Bilder von Mor schicken, wenn ich ihr schreibe. Sie sagt, dass sie mich vermisst, aber jetzt sei mein Vater an der Reihe, sich für eine Weile um mich zu kümmern, eine Auslegung meiner Situation, für die ich sie am liebsten erwürgen möchte. Und der Umschlag ist in ihrer unnachahmlichen Handschrift fein säuberlich an Morwenna Markova adressiert. Also weiß sie, was für einen Namen ich verwende.

Ich habe Angst. Aber die Bilder hätte ich doch gerne, und ich bin mir ziemlich sicher, dass ich mich außerhalb ihrer Reichweite befinde.

Samstag, 22. September 1979

Heute regnet es.

Ich bin in den Ort gefahren, nach Oswestry, das nicht eben viel hermacht, und habe für Sharon Schampon gekauft. Am Samstag darf sie kein Geld anrühren, weil sie Jüdin ist. Ich habe eine Bibliothek entdeckt, aber sie schließt mittags um zwölf. Wozu ist eine Bibliothek gut, die am Samstagmittag schließt? Das ist ja so was von englisch, also wirklich! Eine Buchhandlung gibt es keine, aber einen *Smiths*, der auch Bücher führt, wenn auch nur Bestseller. Immerhin, besser als gar nichts.

Nach meiner Rückkehr habe ich den Rest meines Nachmittags in der Bibliothek verbracht. *The Charioteer* hat mich ziemlich schockiert. Bisher war mir noch nicht in den Sinn gekommen, dass die Männer in Renaults Büchern über das alte Griechenland, die sich ineinander verlieben, Homosexuelle sind, aber natürlich sind sie das. Ich lese das Buch heimlich, als ob es mir jemand wegnehmen würde, wenn herauskäme, worum es geht. Erstaunlich, dass es in einer Schulbibliothek steht. Ich frage mich, ob ich die erste Leserin bin, seit sie es 1959 angeschafft haben.

Sonntag, 23. September 1979

Sonntagnachmittags sollen wir nach Hause schreiben. Ich habe meinem Vater – Daniel – recht lange Briefe geschrieben, die von Büchern handeln, mit Ausnahme einer kurzen Bemerkung, dass ich hoffe, ihm und meinen Tanten gehe es gut. Er hat im selben Stil zurückgeschrieben und mir ein Päckchen mit dem einen Buch geschickt, das ich nicht brauche, einer dreibändigen gebundenen Ausgabe des *Herrn der Ringe*. Meine Taschenbuchausgabe ist ein Geschenk von Tantchen Teg. Außerdem hat er mir *Die Welt der Drachen* geschickt, das aus »Die Drachenkönigin« besteht und dem, was unmittelbar danach geschieht, Le Guins *Stadt der Illusionen* und Larry Nivens *Der Flug des Pferdes*. Es ist okay, aber nicht so gut wie *Ringwelt* oder *Ein Geschenk der Erde*.

Heute habe ich einen Brief an meine Mutter verfasst. Ich habe ihr geschrieben, dass es mir gutgeht und dass mir der Unterricht gefällt. Ich habe ihr meine Noten und meinen Status als Klassenbeste mitgeteilt. Ich habe ihr erzählt, wie sich mein Haus beim Hockey und beim Lacrosse schlägt. Es war ein mustergültiger Brief, und genau genommen gab es dafür auch ein Muster, und zwar einen Brief, den meine irische Freundin Deirdre, der das Briefeschreiben schwerfällt, an ihre Eltern geschickt hat. Dafür darf Deirdre, zu der ich niemals Dussel sage, meine Lateinübersetzung abschreiben. Eigentlich ist sie ziemlich süß – nicht besonders helle, und sie verwendet andauernd falsche Wörter, aber sie ist nett. Sie hätte mir, glaube ich, ihren Brief auch gegeben, wenn sie nichts dafür bekommen hätte.

Dienstag, 25. September 1979

Mein Brief hat eine Reaktion provoziert, fast mit der nächsten Post. Wie versprochen hat sie mir eine Fotografie geschickt. Darauf sind wir beide am Strand zu sehen, wie wir eine Sandburg bauen. Mor hat der Kamera den Rücken zugewandt und klopft den Sand fest. Ich schaue in die Kamera oder zu Opa hinüber, der sie hält, aber außer meiner Silhouette ist nichts mehr zu sehen, denn ich bin sorgsam herausgebrannt worden.

Mittwoch, 26. September 1979

Schule, wie immer. Klassenbeste in allem außer Mathe, wie immer. Ich bin runter zum Graben gegangen, um nach der Fee zu schauen, denn das Kind war ja schon in den Brunnen gefallen, aber ich habe nichts gesehen. Die Ulmen sterben weiterhin. Lese *Jenseits des schweigenden Sterns,* das den Narnia-Büchern nicht das Wasser reichen kann. Noch ein grässlicher Brief. Magenkrämpfe.

Samstag, 29. September 1979

Bei Magie weiß man nie, woran man ist. Und man weiß auch nie, ob man wirklich etwas bewirkt oder nur herumgespielt hat. Außerdem sollte ich sowieso nichts in dieser Richtung unternehmen, denn das erregt nur ihre Aufmerksamkeit, und davon habe ich jetzt schon zu viel.

Im Sommer, wenn es nicht regnete, sind Mor und ich oft losgezogen und haben gespielt. Wir spielten Ritter, die dem Feind ein letztes verzweifeltes Gefecht lieferten, um Camelot zu verteidigen. Wir spielten, dass wir uns auf einer Quest befänden. Wir führten lange Unterhaltungen mit den Feen, bei denen wir wussten, dass wir beide Rollen sprachen. Es wäre problemlos möglich, die Feen aus diesen Erinnerungen herauszuschneiden – nur Mor natürlich nicht, sodass ich trotzdem nicht darüber reden konnte. Über meine Kindheit kann ich überhaupt nicht reden, weil ich nicht »ich« sagen kann, wenn ich »wir« meine, und wenn ich »wir« sage, führt das zu Gesprächen darüber, dass meine Schwester tot ist, und nicht über das, was mir am Herzen liegt. Das hatte ich schon im Sommer festgestellt. Also redete ich nicht darüber.

Wir schlenderten oft die Schienenwege entlang, schwatzten, sangen und spielten, und wenn wir uns einer der Ruinen näherten, schlichen wir uns an sie heran, als hätten wir damit eine bessere Chance, die Fee zu erwischen. Manchmal spähte diejenige Fee, der wir den Namen Glorfindel gegeben hatten, hinter einer Mauer hervor, und dann jagten wir begeistert hinter ihr her. Manchmal wollten sie auch, dass wir etwas ganz Bestimmtes taten. Sie wissen eine Menge, aber können nicht viel tun, nicht in der realen Welt.

Im *Herrn der Ringe* heißt es, dass die Elben dahinschwinden und im Geheimen leben. Ich habe keine Ahnung, ob Tolkien etwas von den Feen wusste. Früher glaubte ich das. Ich glaubte, dass er sie kannte, und dass sie ihm die Geschichten erzählt hatten, die er dann niederschrieb, was bedeuten würde, dass sie alle wahr sind. Feen können nicht ausdrücklich lügen. Aber unabhängig davon sprechen sie nicht seine Elbensprache. Sie sprechen Walisisch. Und die meisten sehen den Menschen auch nicht so ähnlich wie seine Elben. Und sie haben uns auch nie Geschichten erzählt, keine richtigen Geschichten. Sie haben einfach angenommen, dass wir alles wussten, dass wir ein Teil von allem waren, wie sie.

Bis zum Schluss hat uns dieses Wissen nur Gutes gebracht. Und letztlich glaube ich nicht, dass sie alles verstanden haben. Oder doch. Sie haben sich so deutlich ausgedrückt, wie es ihnen möglich ist. Wir waren es, die nichts begriffen haben.

Ich wünschte, Magie wäre dramatischer.

Sonntag, 30. September 1979

Heute habe ich Tantchen Teg geschrieben, wegen der Sache mit dem Brunnen und dem Kind, das reingefallen war.

Meine Familie ist groß und in jeder Hinsicht normal, lediglich ihre Geschichte ist ein wenig verwickelt. Sie ist nur – nein. Wenn ich mir vorstelle, es jemand Wohlgesinntem zu erklären, der nichts über sie weiß, verlässt mich schon vorher der Mut.

Meine Großmutter hatte keine Brüder oder Schwestern, aber sie ist bei ihrer Tante Syl aufgewachsen, weil ihre Mutter gestorben ist. Eigentlich ist es sogar noch komplizierter. Ich sollte eine Generation früher anfangen, wenn ich möchte, dass es irgendwer versteht. Cadwalader und Marion »Mom« Teris sind aus Westwales, wo sie eine große Familie zurückgelassen haben, nach Aberdare gezogen. Dort hat er in den Minen gearbeitet, und sie hat eine private Grundschule betrieben. Sie hatten fünf Kinder, Sylvia, Susannah, Sarah, Shulamith und Sidney. Die arme Shulamith tut mir wirklich leid, aber was hätten sie machen sollen, nachdem sie mit einer Reihe zusammenpassender Namen angefangen hatten und so viele Mädchen bekamen?

Sylvia hat nie geheiratet und die Kinder aller anderen großgezogen.

Susannah hat einen Mann geheiratet, der ein *übler Typ* war. Ein Bergarbeiter. Er hat sie geschlagen, und sie ist ihm davongelaufen und hat beide Töchter mitgenommen. Damals galt das Weglaufen als Schmach, nicht das Schlagen, also hat sie ihre Töchter Gwendolen und Olwen bei Tantchen Syl gelassen und sich in London als Dienstmagd verdingt. Tantchen Gwennie entwickelte sich zu einem ganz abscheulichen Weibstück und heiratete Onkel Ted, mit dem sie zwei Töchter und fünf Enkel hatte, die alle, wenn man ihr Glauben schenkte, so mustergültig waren, dass man sie nur hassen konnte. Tantchen Olwen wurde Krankenschwester und lebte von den dreißiger Jahren an mit einer anderen Krankenschwester zusammen, Tantchen Ethel. Sie waren wie ein verheiratetes Ehepaar, und alle behandelten sie auch so.

Sarah heiratete einen Pfarrer namens Augustus Thomas. Für sie bedeutete das einen gesellschaftlichen Aufstieg. Sie lernten sich kennen, als er Vikar in St. Fagans war, unserer örtlichen Kirche, aber sie heirateten erst, als er in der Nähe von Swansea eine Pfründe bekam. Er nahm Sarah mit dorthin, und da hatten sie einen Sohn, der ebenfalls Augustus hieß, aber Gus genannt wurde, und ihn brachte sein Vater zurück zu Tantchen Syl, nachdem die arme Sarah gestorben war. Onkel Gus kämpfte im Krieg und bekam einen Orden, und er heiratete eine englische Krankenschwester namens Esther, die keinen von uns leiden konnte. Er war der Lieblingsvetter meiner Großmutter, und sie sah ihn nie so oft, wie ihr das lieb gewesen wäre.

Shulamith heiratete Matthew Evans, einen Bergarbeiter. Sie war die Mutter meiner Großmutter, und bevor sie heiratete, war sie Lehrerin wie ihre Mutter vor ihr. Eigentlich war es einer Frau verboten, als Lehrerin zu arbeiten, wenn sie geheiratet hatte, aber eine private Grundschule konnte sie betreiben, wenn die Schüler zu ihr nach Hause kamen. Sie bekam ein Kind, das früh starb, und dann meine Großmutter Rebecca, und dann starb sie selbst.

Sidney eröffnete ein Textilgeschäft im Dorf und wurde später Bürgermeister. Er heiratete eine Frau namens Florence, die starb, als sie Tantchen Flossie zur Welt brachte. Tantchen Flossie hatte selbst drei Kinder, und dann starb ihr Mann an der Pest, die er sich von einer Ratte holte. Daraufhin fing Tantchen Flossie wieder an zu unterrichten und gab ihre Kinder Tantchen Syl – eine neue Generation, die sie großziehen durfte. So kam es, dass mein Vetter Pip, der nur sechs Jahre älter war als ich und 1958 geboren wurde, das letzte von Sylvias Kindern war, während das erste, Tantchen Gwennie, die 1898 geboren wurde, bereits sechzig Jahre zählte.

Wahrscheinlich haben Sie den Eindruck, dass da furchtbar viel gestorben wurde, und damit hätten Sie recht, aber es waren Viktorianer, und sie hatten keine Antibiotika, und sanitäre Einrichtungen waren eher die Ausnahme, und dass Erreger Krankheiten verursachen, war noch eine neue Theorie. Allerdings glaube ich, dass sie ein wenig kränklich gewesen sein müssen, denn man muss sich nur die Phelps anschauen, um den Unterschied zu erkennen. Über sie schreibe ich ein anderes Mal. Mein Tantchen Florrie, die Schwester meines Großvaters, schiebt die ganze Schuld auf die Bildung, nach der die Terises strebten. Mir ist nicht klar, wie sie das umgebracht haben soll – und Tantchen Syl, die genauso gebildet war wie alle anderen, ist weit über achtzig geworden. Ich kann mich noch an sie erinnern.

Auf dem Papier wirkt es komplizierter, als es in Wirklichkeit ist. Vielleicht sollte ich ein Diagramm zeichnen. Aber das ist nicht weiter wichtig. Sie müssen sich nicht merken, wer all diese Leute sind. Ich wollte eigentlich nur sagen, dass du, wenn du einer so großen Familie angehörst, wo jeder jeden kennt und du alles über jeden weißt, selbst wenn es lange vor deiner Geburt passiert ist, und jeder weiß, wer du bist und was dir passiert ist … jedenfalls bist du dann nie einfach nur Mor, sondern »Luke und Beckys Mor« oder »Luke Phelps Enkelin«. Außerdem, wenn man jemanden braucht, ist jemand für dich da. Vielleicht nicht deine Eltern oder auch nur deine Großeltern, aber wenn etwas Schlimmes passiert ist, nimmt dich jemand bei sich auf, so wie Tantchen Syl das immer getan hat. Aber sie war tot, bevor meine Großmutter gestorben ist, und als ich jemanden brauchte, verschwand das familiäre Netz, auf das ich gerechnet hatte, und anstatt aufgefangen zu werden, landete ich hart auf dem Boden. Niemand wollte zugeben, was mit meiner Mutter nicht stimmte, und das hätten sie tun müssen, um mir zu helfen. Und nachdem ich mich an den Sozialdienst gewandt hatte, um von ihr wegzukommen, konnten sie nichts mehr tun, denn für den Sozialdienst ist eine Tante, die du dein Leben lang gekannt hast, nichts im Vergleich zu einem Vater, dem du noch nie begegnet bist.

Auch er hat Familie.

Dienstag, 2. Oktober 1979

Wenn ich ehrlich bin, kann es *Warme Welten und andere* von James Tiptree, Jr. durchaus mit *Die zwölf Striche der Windrose* aufnehmen. Ich würde sagen, dass der Le Guin-Sammelband einen kleinen Vorsprung hat, aber so eindeutig, wie ich dachte, ist es nicht. Die anderen beiden Bücher, die heute in einem Päckchen von meinem Vater eingetroffen sind, stammen beide von Zelazny. Ich habe noch keins davon angefangen. *Götter aus Licht und Dunkelheit* war schon ziemlich seltsam.

Donnerstag, 4. Oktober 1979

Corwin von Amber und *Die Gewehre von Avalon* sind absolut genial. Während der letzten beiden Tage bin ich gar nicht mehr von ihnen losgekommen. Die Idee mit den Schatten ist erstaunlich, und die Trümpfe genauso, aber das Großartige an den beiden Büchern ist Corwins Stimme. Ich muss mehr Zelazny lesen.

Heute ist auch ein Brief von Tantchen Teg eingetroffen. Sie klingt sehr erleichtert, dass es mir gutgeht. Sie hat mir eine Pfundnote in den Umschlag gesteckt. Von unserer Familie gibt es viele Neuigkeiten. Vetter Arwel hat einen neuen Job bei British Rail in Nottingham. Tantchen Olwen muss wegen grauem Star operiert werden. Base Sylvie bekommt ein weiteres Kind – dabei ist Gail noch nicht mal zwei! Onkel Rhodri heiratet. Von meiner Mutter sagt sie nichts, aber das habe ich auch nicht erwartet. Ich habe sie ebenfalls nicht erwähnt. Außerdem habe ich ihr verschwiegen, dass ich zugunsten von Chemie auf Kunst verzichtet habe. Sie unterrichtet Kunst und würde das nicht verstehen. Chemie, Physik und Latein sind meine drei Lieblingsfächer. Die besten Noten habe ich allerdings in Englisch – wie langweilig. Wir lesen *Unser gemeinsamer Freund*, das eigentlich *Unser gemeinsamer Feind* heißen müsste. Unter diesem Titel könnte man es umschreiben, sodass Rogue Riderhood derjenige ist, den alle kennen.

Freitag, 5. Oktober 1979

Der Vater meines Großvaters war Franzose. Er stammte aus Rennes in der Bretagne, und seine Mutter war Inderin. Dem Vernehmen nach hatte er äußerst dunkle Haut, und auch mein Großvater und seine Schwestern waren ziemlich dunkel – dunkle Haare, dunkle Augen und mit einer Haut, die in der Sonne brauner wurde, als es in Europa üblich ist. Meine Mutter war genauso. Opa fand es immer furchtbar, wie schnell wir einen Sonnenbrand bekamen. Alexandre Rennes hat den Namen Phelps angenommen, als er meine Urgroßmutter Annabelle Phelps heiratete, denn sonst hätte sie ihn nicht geheiratet. Er arbeitete in den Minen. Sie war eines von acht Kindern, hatte selbst sieben Kinder, von denen fünf das Erwachsenenalter erreichten, wurde dreiundneunzig und kommandierte ihr ganzes Leben lang alle Leute herum. Sie ist ein Jahr, bevor ich auf die Welt kam, gestorben, aber während meiner ganzen Kindheit habe ich Geschichten über sie gehört.

Weil Alexandre Franzose war, sprachen sie zu Hause Englisch, im Unterschied zur Familie meiner Großmutter, die, wenn möglich, immer Walisisch sprach. Ihre fünf überlebenden Kinder heirateten alle und hatten selbst Kinder.

Der älteste Sohn, Alexander, heiratete unmittelbar vor dem Großen Krieg und ließ eine schwangere Frau zurück, als er in die Schützengräben abkommandiert wurde. Niemand sah ihn je wieder, und Tantchen Bessie erhielt nur ein Telegramm, in dem stand, er wäre verschollen. Also zog sie zu ihren Schwiegereltern, bekam das Kind – meinen Onkel John – und wurde, wie Tantchen Florrie, von meiner Urgroßmutter wie eine unbezahlte Dienstmagd behandelt. Dann, Jahre später, 1941, stieg eine junge Frau in Aberdare aus dem Bus, zusammen mit zwei ernst dreinblickenden Buben, Onkel Malcolm und Onkel Duncan. Sie ging zum Haus meiner Großmutter und behauptete, sie sei die Witwe ihres Sohnes Alexander. Er war überhaupt nicht gestorben, sondern in der Armee geblieben und nach Indien versetzt worden, wo er wieder geheiratet hatte, ohne sich vorher von Tantchen Bessie scheiden zu lassen.

Lilian, seine zweite Frau, war Engländerin, in Indien aufgewachsen und hatte etwas eigenes Geld. Sie war es gewohnt, in einem heißen Land zu leben und Bedienstete zu haben. Meine Urgroßeltern nahmen sie bei sich auf, was manche Leute unter den Umständen für sehr barmherzig hielten, aber es fiel ihr schwer, mit ihnen zusammenzuleben. Nach einer Weile redete sie mit Tantchen Bessie, die eine kleine Witwenpension bekam, und sie stellten fest, dass sie sich gemeinsam ein kleines Haus leisten konnten. Als ich geboren wurde, war der Skandal bereits ein alter Hut – ich wusste, dass sie beide die Witwen desselben Mannes waren, aber was soll man sagen? Schließlich war er tot. Die beiden Witwen verstanden sich jedenfalls sehr gut miteinander. Während des Kriegs strickten sie Socken für die Soldaten, und nach dem Krieg eröffneten sie in einem zur Straße hin gelegenen Zimmer einen Wollladen, in dem sie Wolle und selbstgestrickte Sachen verkauften. Dort roch es seltsam nach Tieren, was sie mit Schüsseln voller getrocknetem Lavendel aus Tantchen Florries Garten zu überdecken suchten, den ersten Potpourris, die ich je gesehen hatte.

Mein Großvater hatte drei Schwestern, die alle heirateten und Kinder bekamen. Eine der Töchter, Tantchen Maudie, fiel in Ungnade, weil sie einen Katholiken heiratete und nach England zog, wo sie elf Kinder hatte, das letzte davon mongoloid, und vier weitere adoptierte, zwei davon aus Afrika. Ich finde das nicht schockierend, wo sie doch für alle sorgen konnte. Sie war die Lieblingsschwester meines Großvaters gewesen, aber jetzt konnten sie nicht mehr im selben Zimmer sein, ohne sich zu streiten. In vieler Hinsicht glich sie ihrer Mutter. Mir will nicht einleuchten, was so schockierend daran ist, ein Katholik zu sein, verglichen mit einem Bigamisten, was alle dem toten Alexander nachgesehen hatten, oder einer Lesbe wie Tantchen Olwen, worüber die Leute nicht redeten, sondern was sie schweigend hinnahmen.

Tantchen Bronwen hatte drei Söhne und eine Tochter, und ihr Mann war Grubenarbeiter. Tantchen Florrie wohnte ganz in der Nähe von uns, und wir sahen sie alle naselang – meine Großmutter ließ sie die Kinder hüten. Ihr Mann, ein Bergarbeiter, war im Krieg gefallen. Sie hatte zwei kleine Buben, meinen Onkel Clem, der wegen Fälscherei ins Gefängnis gegangen ist, und Onkel Sam, der kaum je nach Hause kam. Eines Tages hatte sie in ihrem Haus den Teufel gesehen und jagte ihn mit einem Gebetbuch ins obere Stockwerk, wo sie ihn in der Abstellkammer einschloss. Hinterher bat sie meinen Großvater, die Tür zur Abstellkammer zuzumauern, damit der Teufel nicht wieder rauskonnte. Jahre später, nach ihrem Tod, riss er die Mauer ein, und wir schauten ihm dabei neugierig über die Schulter. Und was kam dabei zum Vorschein? Eine Druckerpresse. Er warf sie raus, aber nicht bevor wir eine ganze Menge unbedruckter Visitenkarten und ein paar Bleilettern stibitzt hatten.

Mein Großvater Luke war der Jüngste, und er heiratete meine Großmutter Becky, und sie hatten zwei Kinder, Elizabeth und Tegan. Meine Mutter Liz heiratete meinen Vater und hatte uns. Tantchen Teg heiratete niemanden, weil sie immer viel zu sehr damit beschäftigt war, uns großzuziehen. Für uns war sie in vieler Hinsicht eher eine viel ältere Schwester als eine Tante.

Ich vermisse sie sehr, und Opa auch.

Samstag, 6. Oktober 1979

Heute ist ein wunderschöner Tag, der schönste, seit ich hier bin.

Ich habe es in den Ort geschafft, bevor die Bibliothek zumachte, und versucht, einen Ausweis zu bekommen. Sie haben mir keinen gegeben. Ich war bemerkenswert zurückhaltend und erhob nicht einmal die Stimme. Dafür, sagten sie, bräuchten sie die Unterschrift eines Elternteils und einen Aufenthaltsnachweis. Ich erklärte ihnen, dass ich aus Arlinghurst käme, als ob sie das nicht selbst sehen konnten. Wenn wir das Gelände verlassen, müssen wir ein marineblaues Trägerkleid anziehen, einen marineblauen Blazer, einen Schulregenmantel (wenn es regnet, aber es regnet immer, nur heute scheint die Sonne) und ein Schulkäppi – im Winter ein Barett, im Sommer einen Strohhut. Für mich ist jede Art von Kopfbedeckung eine Strafe; wenn ich mich bewege, rutscht sie mir fast automatisch herunter.

Der Bibliothekar, ein noch recht junger Mann, sagte, dass ich, wenn ich aus Arlinghurst käme, die Schulbibliothek benutzen sollte. Ich erwiderte, dass ich das täte, aber sie sei für meine Bedürfnisse nicht ausreichend. Daraufhin sah er mich sogar kurz an und schob seine Brille nach oben. Für einen Moment dachte ich, ich hätte gewonnen, aber nein. »Du brauchst die Unterschrift eines Elternteils auf diesem Formular und einen Brief von der Schulbibliothekarin, in dem steht, dass du unbedingt Zugang zu dieser Bibliothek haben musst«, sagte er. Hinter ihm erstreckten sich die Regale mit Büchern in weite Ferne. Er ließ mich nicht einmal darin stöbern.

Dafür entdeckte ich eine Buchhandlung und ein Stück wildes Gelände. Die Einkaufsmeile von Oswestry besteht im Wesentlichen aus zwei Straßen mit einem Marktkreuz und, genau, einem Markt. Die Bibliothek, die in einem typisch viktorianischen Bibliotheksgebäude untergebracht ist, befindet sich in unmittelbarer Nähe. Das letzte Mal war das alles, was ich wahrgenommen hatte – die Bushaltestelle am Fuß des Hügels und die Bibliothek oben auf dem Kamm. Von dort zweigt eine Straße nach links ab, und ich dachte mir, die macht vielleicht einen Bogen und führt zur Bushaltestelle hinunter, aber dann landete ich mitten in einer reinen Wohngegend und befürchtete schon, ich müsste wieder umkehren. Hinter einer Kurve stieß ich jedoch auf einen Teich mit Wildenten und weißen Schwänen und ganz vielen Bäumen, und auf der anderen Straßenseite war eine Reihe von Läden – und eine Buchhandlung.

Ich kaufte *Triton* von Samuel Delany. Ich weiß nicht, ob mein Vater das Buch schon hat, aber egal. Es hat 85 Pence gekostet. Die Frau in der Buchhandlung war wirklich nett. Sie liest keine SF, aber sie bemüht sich, eine gute Auswahl vorrätig zu halten. Neben dem *Lears* in Cardiff konnte sie nicht bestehen, aber schlecht war das Angebot keineswegs. Ich werde meinen Vater um Taschengeld bitten, damit ich mir Bücher kaufen kann. Außerdem werde ich ihn bitten, das Bibliotheksformular zu unterschreiben. Das macht er bestimmt. Allerdings bin ich mir nicht so sicher, ob Miss Carroll diesen Brief schreiben wird.

Neben der Buchhandlung ist ein Trödelladen mit drei Regalen voller gebrauchter Bücher, alle alt und zerfleddert. Für zehn Pence habe ich dort *Spiel im Sommer* von Dodie Smith gekauft. Ihre Dalmatiner-Bücher haben mir gefallen, aber ich wusste nicht, dass sie auch historische Romane geschrieben hat. Ich werde es mir aufsparen, bis ich Lust auf eine schöne Belagerung habe.

Blieben mir noch fünf Pence. Für fünf Pence gab es nichts. Der dritte kleine Laden an der Straße war eine Bäckerei mit einem Café. Ich ging hinein, weil Sharon mich gebeten hatte, Rosinenbrötchen zu kaufen. In Arlinghurst ist das fast so etwas wie ein Gesellschaftsspiel. Entweder man kauft die Rosinenbrötchen selbst oder schickt jemand anderen los. Dann gibt man die Tüte mit entsprechenden Anweisungen in die Küche, und nach dem sonntäglichen Mittagessen bekommen die Auserwählten sie auf ihren Teller gelegt. Die Regel lautet, dass man mindestens zwei kaufen muss, auf keinen Fall nur eines für sich selbst. Beliebte Mädchen bekommen jede Woche einen ganzen Berg verschiedener Brötchen. Ich gehe für gewöhnlich leer aus. Deirdre hat nicht viel Geld, und Sharon ist Jüdin. Trotzdem, diese Woche hat sich Sharon dazu durchgerungen, einfach weil sie nett ist. Ich meine, von ihr ist das besonders nett, weil sie die Brötchen nicht einmal essen darf. Juden essen andere Dinge als wir. Sharons Essen sieht viel appetitlicher aus als das Schulessen. Es wird auf einem Tablett serviert. Ob ich es wohl auch bekäme, wenn ich sage, dass ich Jüdin bin? Aber was ist, wenn es mich dann umbringt oder ich davon krank werde? Ich sollte erst mit Sharon reden, bevor ich das versuche. Jedenfalls wollte Sharon, dass ich Brötchen kaufe, und zwar für mich und Deirdre und Karen, eine andere Freundin von ihr. Also kaufte ich Brötchen, und sie kosteten zehn Pence pro Stück oder fünfunddreißig Pence für vier. Ich habe meine fünf Pence draufgelegt und vier gekauft. Es waren Honigbrötchen, und sie kamen frisch aus dem Ofen und waren noch warm. Ich bin zum Teich hinübergeschlendert und habe eins davon gegessen. Es war köstlich!

Am Teich steht eine Bank, um die herum hohes Gras wächst, und das Ufer ist von Weiden gesäumt, die sich über das Wasser beugen. Die Blätter an den Zweigen werden bereits gelb. Trauerweide ist ein wirklich passender Name. Weiden lieben Wasser, und Erlen hassen Wasser. Oberhalb des Croggin Bog führt eine Straße entlang, die Heol y Gwern heißt, die Erlenallee, denn sie ist von Erlen gesäumt, die gepflanzt wurden, weil die Leute einen trockenen, befestigten Weg haben wollten. Wahrscheinlich schon im Neolithikum, heißt es. Jedenfalls bevor die Römer kamen. Die Geschichte der Täler nachzulesen war ein ziemlicher Schock. Wenn ich wieder zurückgehe, werde ich wohl nicht mehr in der Lage sein, alles für selbstverständlich zu nehmen.

Ich saß auf der Bank neben den Weiden, aß mein Honigbrötchen und las *Triton*. Es gibt einige schreckliche Dinge auf der Welt, das ist wahr, aber es gibt auch einige wunderbare Bücher. Wenn ich einmal groß bin, möchte ich etwas schreiben, das die Leute lesen, wenn sie an einem sonnigen, nicht allzu warmen Tag auf einer Bank sitzen, und dabei sollen sie vergessen, wo sie sind und wie viel Uhr es ist, sodass sie mehr in dem Buch drin sind als in ihrem eigenen Kopf. Ich würde gerne wie Delany schreiben oder wie Heinlein oder Le Guin.

Beinahe hätte ich den Bus zurück zur Schule verpasst. Ich sah ihn am Fuß des Hügels kommen, und am liebsten wäre ich gerannt – ich weiß noch gut, wie es sich anfühlt, mit Volldampf loszustürmen, und das wollte ich tun, mich vornüberbeugen und riesengroße Schritte machen. Beinahe hätte ich einen solchen Schritt getan, aber wenn ich mein Bein belaste, fühlt es sich an, als würde mir jemand ein Messer reinrammen. Der Busfahrer sah mich kommen, erkannte meine Uniform und wartete. Der Bus war voller Mädchen aus der Schule, die meisten aus anderen Klassen. Fast alle wissen, oder glauben zu wissen, dass ich am Stock gehe, weil meine Mutter Voodoo-Nadeln in eine Puppe steckt. Ich suchte mir einen Platz, wo ich alleine war, aber dann setzte sich Gill Scofield aus dem Chemieunterricht neben mich.

»Was hast du denn gemacht, dass du dich verspätet hast?«, wollte sie wissen.

»Ich hab gelesen«, erklärte ich ihr. »Und dabei die Zeit vergessen.«

»Du warst nicht mit irgendwelchen Jungs verabredet?«

»Nein!«

»Du brauchst nicht so schockiert zu klingen. Die Hälfte der Mädchen hier im Bus hat genau das getan. Mehr als die Hälfte. Schau sie dir doch an.« Ich schaute. Viele von ihnen hatten sich ihre Röcke über die Knie gezogen, und ihre Lippen waren verdächtig rot.

»Wie geschmacklos!«, sagte ich.

Gill lachte. »Ich will einmal Wissenschaftlerin werden«, gestand sie mir.

»Wissenschaftlerin?«

»Ja. Und zwar eine richtige. Gestern habe ich einen Artikel über Lavoisier gelesen. Weißt du, wer das ist?«

»Er hat den Sauerstoff entdeckt. Zusammen mit Priestley.«

»Genau, und er war Franzose. Ein Aristokrat, ein Marquis. Während der Französischen Revolution wurde er guillotiniert, und er hat gesagt, er würde mit den Augen zwinkern, nachdem sie ihn enthauptet hatten, solange er bei Bewusstsein war. Er hat siebzehn Mal gezwinkert. Das nenne ich einen Wissenschaftler!«, schwärmte Gill.

Sie ist komisch. Aber ich mag sie.

Sonntag, 7. Oktober 1979

Triton zu Ende gelesen. Unglaublich. Aber je mehr ich darüber nachdenke, umso weniger verstehe ich, warum Bron Audri angelogen hat.

Die Zeit zum Briefeschreiben habe ich heute genutzt, um

Base Arwel Parry »Alles Gute« zu wünschen und Onkel Rhodri eine Glückwunschkarte zu schicken.

Warum hat Bron bloß Audri angelogen?

Montag, 8. Oktober 1979

Einerseits haben Oma und Opa nie auch nur ein Wort über Sex verloren. Dabei haben sie es bestimmt getan, sonst hätten sie nicht Tantchen Teg und meine Mutter bekommen. Wahrscheinlich haben sie es nur zweimal getan. Und wie sie in der Schule und in der Kirche über Sex reden! In Mittelerde wiederum gibt es überhaupt keinen Sex, und Liebe spielt auch fast keine Rolle, was mich auf den Gedanken gebracht hat, dass die Welt ohne vielleicht besser dran wäre. Arwen ist nur ein Zugeständnis an die Schicklichkeit. Ein Gefäß für die künftigen Könige von Gondor und Arnor. Ein Siegespreis. Für ihn wäre es besser gewesen, er hätte Eowyn geheiratet – schließlich hat sie selbst Heldenhaftes geleistet – und die Númenórer ihrem Schicksal überlassen. (Schaut doch, was aus uns geworden ist!) Also ist Sex ein notwendiges Übel, um Kinder zu zeugen. Das ist normal.

Wenn man sich die Mädchen in dem Bus anschaut, und meine Mutter und ihre Männerbekanntschaften, und die Mädchen, die nachts zu anderen Mädchen ins Bett kriechen, und, nun ja, *ach y fi*.

Andererseits sind mir sexuelle Gefühle nicht völlig fremd. Nachdem ich *Triton* und Heinlein und *The Charioteer* gelesen habe, glaube ich, dass Sex an sich weder gut noch schlecht ist – nur weil die Gesellschaft es verteufelt, wird es eklig. Und die ganze Sache mit der Geschlechterumwandlung in *Triton*, da muss es doch ein ganzes Spektrum von Sexualität geben; die meisten Leute stehen irgendwo in der Mitte und fühlen sich von Männern *und* Frauen angezogen, wobei manche mehr in die eine oder in die andere Richtung tendieren – mit mir an einem Ende und Ralph und Laurie am anderen. Was mir an Science Fiction schon immer gefallen hat, ist, dass es einen dazu bringt, über alle möglichen Sachen nachzudenken und sie aus einem Blickwinkel zu betrachten, an den man bisher nie gedacht hat.

Von jetzt an werde ich Sex positiv gegenüberstehen.

Mittwoch, 10. Oktober 1979

Wenn sie sich in der Schule besondere Mühe geben würden, damit wir ja nicht mit Magie in Berührung kommen, hätten sie es nicht besser organisieren können. Ich frage mich, ob da ursprünglich nicht vielleicht sogar Absicht dahintersteckte. Davon weiß inzwischen bestimmt niemand mehr etwas, aber Arlinghurst hat seine Tore vor über hundert Jahren geöffnet.

Wir kochen nicht und sind von dem Essen, das uns vorgesetzt wird, vollständig abgeschnitten. Scheußlicher könnte es auch gar nicht sein. Gestern zum Beispiel gab es abends frittierte Würzfleischscheiben, völlig geschmacklosen Kartoffelbrei und zerkochten Kohl. Zum Nachtisch servierten sie uns eine Schüssel Vanillepudding mit einer halben Walnuss in der Mitte, für sechs Mädchen. Das nennen sie »Hawaiian Delight«. Mindestens einmal die Woche gibt es genau denselben Nachtisch mit einer halben kandierten

Kirsche, und das heißt dann »Hawaiian Surprise«. Ich mache mir nichts aus kandierten Kirschen oder Walnüssen, was meine Beliebtheit für einen kurzen Moment minimal steigert, weil ich mich an der Streiterei darum nicht beteilige. Vanillepudding schmeckt mir auch nicht, aber manchmal habe ich solchen Hunger, dass ich ihn esse. Schlimmeres Essen, oder Essen, das noch mehr von der Natur losgelöst ist, gibt es nirgends. Wenn man einen Apfel isst, stellt man eine gewisse Verbindung zu einem Apfelbaum her. Wenn man eine Schüssel Vanillepudding mit einer kandierten Kirsche isst, stellt man zu rein gar nichts eine Verbindung her.

Wenn wir schon vom Essen reden – wir haben keine eigenen Teller oder eigene Messer, Gabeln oder Tassen. Wie fast alles, was wir verwenden, werden sie von allen gebraucht und willkürlich ausgegeben. Es besteht nicht die geringste Chance, einem Gegenstand Leben einzuhauchen, weil man ihn beispielsweise besonders gern zur Hand nimmt. Hier hat nichts ein Bewusstsein, kein Stuhl, keine Tasse. Alles bleibt einem gleichgültig.

Zu Hause war ich von Habseligkeiten umgeben, die – zumindest dunkel – wussten, wem sie gehörten. Opas Schaukelstuhl konnte es mindestens ebenso wenig leiden, dass sich jemand anderes auf ihm niederließ, wie er. Omas Hemden und Pullover passten sich so an, dass die Brust, die ihr entfernt worden war, nicht auffiel. Die Schuhe meiner Mutter vibrierten förmlich vor Energie. Unsere Spielsachen passten auf uns auf. Es gab ein Kartoffelmesser, das Oma nicht benutzen konnte – ein ganz gewöhnliches Messer mit einem braunen Griff, aber sie hatte sich einmal damit geschnitten, und seither wollte es mehr von ihrem Blut. Wenn ich die Küchenschublade durchstöberte, konnte ich spüren, wie es dumpf vor sich hinbrütete. Nach ihrem Tod ließ das nach und hörte irgendwann ganz auf. Dann waren da noch die winzigen Kaffeelöffel, die selten verwendet wurden, ein Hochzeitsgeschenk. Sie waren aus Silber, und sie wussten, dass sie etwas Besonderes waren, etwas Besseres.

Keines von diesen Dingen tat irgendetwas. Die Kaffeelöffel rührten nicht im Kaffee, ohne dass sie jemand in der Hand hielt. Sie unterhielten sich nicht mit der Zuckerzange darüber, was sie am liebsten mochten. (Allerdings hatten wir oft das Gefühl, dass sie größte Lust dazu gehabt hätten.) Ich nehme an, dass ihre Tätigkeit am ehesten psychologischer Natur war. Sie bekräftigten die Vergangenheit, sie verbanden alles miteinander, sie waren Fäden in einem Wandteppich. Hier gibt es keine Wandteppiche; wir müssen uns einzeln durchs Leben schlagen.

Ein weiterer Brief. Ich habe ihn nicht geöffnet. Aber ich habe ihn deutlich wahrgenommen, eben deswegen. Er pulsiert vor Bedeutung – unheilvoller Bedeutung, aber immerhin. Alles darum herum verstummt.

Donnerstag, 11. Oktober 1979

Miss Carroll hat sich sofort bereiterklärt, den Brief an die Bibliothek zu schreiben. »Mir ist nicht entgangen, dass du jetzt schon Arthur Ransome liest«, hat sie gesagt.

Dabei mag ich Arthur Ransome. Ich lese seine Bücher nicht nur, weil es nichts anderes gibt. Natürlich kenne ich sie schon alle, aber sie machen mir noch immer Spaß. Reine Kinderbücher ohne Sex und mit einem glücklichen Ausgang sind irgendwie nett – Ransome, Streatfield, Sachen in der Art. Sie stellen keine großen Anforderungen, und man weiß, woran man ist. Was spricht denn gegen erbauliche Geschichten über Kinder, die in Booten herumalbern oder Ballett lernen oder was auch immer? Sie feiern unbedeutende Siege und erleiden unbedeutende Niederlagen, und letztlich geht alles gut aus. Das muntert einen auf, vor allem wenn man am Tag davor Tschechow gelesen hat. Ich bin so froh, dass ich keine Russin bin.

Trotzdem, für einen Bibliotheksausweis würde ich fast alles tun, also lächelte ich. Wenn *er* nur bald das Formular zurückschicken würde, könnte ich mir kommendes Wochenende einen besorgen. Ich sollte nicht immer »er« zu ihm sagen. Aber ich weiß einfach nicht, was sonst. Wie nennst du deinen Vater, wenn du ihn eben erst kennengelernt hast? »Dad« geht einfach nicht. Und obwohl er so heißt, wäre es seltsam, Daniel zu ihm zu sagen.

Freitag, 12. Oktober 1979

Der Brief von meinem Vater kam mit der ersten Post. In dem Umschlag waren zehn Pfund (!) und das Formular, unterzeichnet. Er schreibt mir, das Geld sei für Bücher, aber ich werde auch Brötchen damit kaufen.

Ich habe mich mit Sharon über jüdisches Essen unterhalten. Sie sagt, dass Gott ihnen vorgeschrieben hat, was sie essen sollen und was sie nicht essen sollen. Es ist etwas Besonderes, aber niemand würde davon Schaden nehmen. Sie sagt, was da auf ihrem Tablett gebracht wird, würde gut schmecken. Sie bekommt oft Rinderbraten und Fisch, und alles ist immer gut durch. Allerdings ist es auch kalt, weil es nicht einmal zusammen mit unserem Essen aufgewärmt werden darf. Sie sagt, das Brot, das sie bekommt, sei köstlich, nur eben ein wenig altbacken, weil es aus Manchester stammt, und das ist weit weg. Ich habe den Eindruck, dass es ziemlich umständlich ist, eine Jüdin zu sein, und es wäre sehr ärgerlich, wenn ich samstags kein Geld mehr ausgeben könnte, denn das ist der einzige Tag, an dem wir Ausgang haben. Aber vielleicht wäre es die Sache wert.

Es war nicht einfach, sie dazu zu bringen, darüber zu reden. Sie ist deswegen schon oft gehänselt worden, und sie benutzt es auch als Waffe, um bestimmten Mädchen Angst einzujagen, also ist es nur vernünftig, wenn sie nicht möchte, dass andere allzu viel darüber wissen. Ich musste ihr vom jüdischen Vater meines Vaters erzählen. Sie sagt, deswegen sei ich noch lange keine Jüdin, man könne nicht nur zum Teil eine Jüdin sein, und außerdem würde sich das über die Mutter vererben. Sie sagt, wenn ich eine Jüdin sein wolle, müsse ich konvertieren.

Ich weiß noch, wie einmal ein Missionar in unsere Kirche kam und uns erzählte, wie er die Heiden dazu brachte zu konvertieren. Er sagte, dass manche nur wegen dem kostenlosen Essen konvertierten und bei der nächsten Krise wieder zu ihren alten Göttern zurückkehrten. Diese Leute nannte er »Reis-Christen«. Also könnte ich vielleicht eine Reis-Jüdin werden.

Allerdings würde das meinen Opa auf die Palme bringen, wenn er davon erfuhr. Meine Mutter würde es ihm bestimmt erzählen, in der Hoffnung, er bekäme einen weiteren Herzinfarkt.

Samstag, 13. Oktober 1979

Das Wetter ist vergangene Woche vollständig umgeschlagen. Der letzte Samstag war mild und sonnig, der Herbst warf einen zögernden Blick über die Schulter in Richtung Sommer. Heute ist es nass und stürmisch, offenbar kann der Herbst den Winter plötzlich nicht mehr erwarten. Der Boden war vor lauter nasser Blätter ganz glitschig. Oswestry wirkte sogar noch weniger einladend als sonst. Nachdem Gill mich darauf hingewiesen hat, ist mir aufgefallen, dass die Mädchen im Bus kichernd einen verbotenen Lippenstift herumreichen. Sie erinnern mich an Susan in *Der letzte Kampf*. Ich glitt in einen Tagtraum hinüber, in dem ich C. S. Lewis begegnete, obwohl ich weiß, dass er tot ist. Das war so peinlich, dass ich nicht darüber reden möchte.

Bewaffnet mit meinem Brief und meinem unterschriebenen Formular, ging ich in die Bibliothek und wurde von einer freundlichen Bibliothekarin begrüßt, die mir bestimmt auch so einen Ausweis ausgestellt hätte. Sie sah mich kaum an. Jetzt habe ich einen Satz von acht Kärtchen, die es mir gestatten, jederzeit acht Bücher auszuleihen – genau genommen an jedem Samstagvormittag, wenn es mir gelingt, vor zwölf Uhr hier zu sein. Und für den Fall, dass ich etwas bräuchte, das sie nicht dahatten: Fernleihe, so erklärte sie mir, wäre für unter Sechzehnjährige kostenlos. Also konnte ich alles bestellen, was ich lesen wollte, und sie würden es mir besorgen. Ich muss nur Autor und Titel wissen. Den Anfang machte ich mit allen Büchern von Mary Renault, die in *The Charioteer* aufgelistet waren und die ich noch nicht kannte. Ich werde eine Aufstellung der Bücher machen, die in anderen Büchern vorne aufgelistet sind, und nächste Woche mitnehmen. Sie sagte, dass sie mir jedes Buch besorgen konnten, das in Großbritannien veröffentlicht wurde, ganz gleich, ob es noch lieferbar ist – sobald etwas eintraf, würden sie mir eine Karte schicken. Aber ich erwiderte, sie sollten sich das Porto sparen, um Bücher zu kaufen, ich würde einfach jede Woche vorbeischauen und mitnehmen, was gekommen war.

Fernleihe ist ein Weltwunder und eine der größten Errungenschaften der Zivilisation.

Bibliotheken sind einfach großartig. Sie sind sogar noch besser als Buchhandlungen. Ich meine, Buchhandlungen verdienen an den Büchern, die sie verkaufen, während Bibliotheken einfach nur dazu da sind, einem Bücher zu leihen, aus reiner Herzensgüte.

Daraufhin verbrachte ich eine glückliche Stunde zwischen den Regalen. Wie in der Schulbibliothek enthalten sie einige Perlen, aber nicht viele. Außerdem ist die SF zwischen allen anderen Büchern einsortiert, was die Sache etwas mühsam macht. Mit acht Büchern in der Tasche und dem Regen im Gesicht überlegte ich, ob ich nicht auf direktem Wege in die Schule zurückkehren und sie in meiner eigenen gemütlichen Bibliothek lesen sollte. Aber ich wollte noch in der Buchhandlung vorbeischauen, und acht Bücher klingt zwar nach viel (und schwer sind sie auch!), aber die ganze Woche reichen sie nun auch wieder nicht. Inzwischen lese ich frühmorgens, wenn ich vor dem Läuten aufwache, während der drei Stunden Sportunterricht, wenn der Unterricht langweilig ist, wenn ich mit meinen Hausaufgaben fertig bin, während der freien halben Stunde nach den Hausaufgaben und während der halben Stunde, bevor wir das Licht ausmachen müssen. Somit schaffe ich am Tag etwa zwei Bücher.

Also ging ich langsam den Hügel hinunter zur Buchhandlung. Der Wind peitschte die Weidenzweige über das Wasser. Ein Großteil der gelben Blätter war abgefallen und schwamm auf dem Teich. Von den Schwänen war nichts zu sehen. Allerdings entdeckte ich jenseits des Teichs noch mehr Bäume.

Ich kaufte gleich mehrere Sachen. Wenn ich nur wüsste, wie lange mir diese zehn Pfund reichen müssen! Die meisten Bücher kosten 75 Pence, die dickeren etwas mehr. Ich habe eine Menge Bücher zurückgelassen, als ich von zu Hause weggelaufen bin. Ich könnte sie ersetzen, aber ich möchte auch neue Sachen lesen. Bücher noch einmal zu lesen ist ja schön und gut, aber … Ich kaufte einen neuen Tiptree-Sammelband. Le Guin hat dazu eine Einleitung geschrieben, also findet sie ihn auch toll! Es ist schön, dass Autoren, die mir gefallen, einander mögen. Vielleicht sind sie befreundet wie Tolkien und Lewis. Die Buchhandlung hat eine neue Biografie der »Inklings«, von Humphrey Carpenter, der die Tolkien-Biografie geschrieben hat. Ein gebundenes Buch. Ich werde es mir von der Bibliothek besorgen lassen.

Nach der Buchhandlung graste ich die Regale in dem Trödelladen ab und kaufte dort ebenfalls ein paar Sachen. Inzwischen hatte ich so viele Bücher, dass ich kaum noch laufen konnte, und natürlich beschwerte sich mein Bein lautstark. Wie immer, wenn es regnet. Ich habe nicht darum gebeten, dass mein gutes Bein durch eine knarrende, rostige Wetterfahne ersetzt wird, aber das hat wohl niemand. Ich hätte noch viel größere Opfer gebracht. Ich war bereit gewesen zu sterben, und Mor ist tatsächlich gestorben. Ich sollte es als Kriegsverletzung ansehen, als Narbe eines alten Soldaten. Frodo hat einen Finger verloren und jede Aussicht darauf, selbst jemals glücklich zu werden. Tolkien wusste nur zu gut, was nach dem Ende passiert. Mein Leben ist ein einziges »nach dem Ende«, eine einzige Befreiung des Auenlands. Meine Aufgabe besteht darin herauszufinden, wie man in einer Zeit nach dem glorreichen letzten Gefecht leben soll, die es gar nicht hätte geben dürfen. Ich habe die Welt gerettet, jedenfalls glaube ich das, und schaut doch, die Welt ist immer noch da, mit Sonnenuntergängen und Bibliotheken. Und sie kümmert sich genauso wenig um mich, wie sich das Auenland um Frodo gekümmert hat. Aber das spielt keine Rolle. Meine Mutter ist keine dunkle Königin, die jeder verzweifelt liebt. Ja, sie lebt, aber sie hat sich wie eine Spinne im Netz ihrer eigenen Niedertracht verfangen. Es ist mir gelungen, vor ihr zu fliehen. Und Mor kann sie jetzt nichts mehr antun.

Ich bin in die Bäckerei gegangen, habe mich an einen der Tische am Fenster gesetzt, eine Teigtasche und ein Honigbrötchen gegessen und mit einem Kännchen Tee gespielt. Ich mag keinen Tee, und Kaffee ist noch schlimmer – er riecht gut, schmeckt jedoch schauderhaft. Eigentlich trinke ich nur Wasser, aber wenn es gar nicht anders geht, trinke ich auch Limonade. Wasser ist mir lieber. Aber ein Teekännchen ist hübsch, und niemand kann erkennen, ob es leer ist, vor allem, wenn du nichts getrunken hast, und damit hast du einen Vorwand dazusitzen, zu lesen und dich eine Weile auszuruhen.

Also tat ich das, und dann kaufte ich vier Honigbrötchen zum Mitnehmen, dieses Mal von meinem eigenen Geld. Eins für Deirdre, eins für Sharon, die es natürlich nicht essen darf, also kriege ich das auch, eins für mich und eins für Gill. Letzte Woche habe ich ein Brötchen von Sharon bekommen, also bekommt sie diese Woche eins von mir. Die Geste an sich ist wichtiger als das Brötchen, auch wenn die Brötchen wundervoll schmecken. Für Karen kaufe ich keins, weil sie Hinkebein zu mir gesagt hat, was mir noch mehr zuwider ist als irgendein anderer Spitzname. Rote Socke ist fast schon liebevoll, und Taffy höre ich schon gar nicht mehr, aber wer mich Krüppel und vor allem Hinkebein schimpft, muss mit dem Schlimmsten rechnen.

Dann habe ich die Verkäuferin in der Bäckerei nach dem Teich gefragt. »Ist das ein Park?«

»Ein Park, Schätzchen? Nein, das ist ein Anwesen, jedenfalls ein Teil davon.«

»Aber am Teich steht eine Bank. Eine Parkbank.«

»Na ja, die hat die Gemeinde da hingestellt, damit sich die Leute draufsetzen können. An der Straße, die der Gemeinde gehört, also ist das vielleicht ein Park, allerdings kein richtiger Park mit Blumen. Aber was du dahinter siehst, die Bäume und all das, das gehört zu dem Anwesen, und ich denke mal, über kurz oder lang hängt da ein ›Betreten verboten‹-Schild, wegen der Fasane. Im August hören wir immer, wie sie da rumballern.«

Also ist es ein privates Anwesen, mit einem Wildpfleger und allem Drum und Dran, und wegen der Fasane haben sie es wild belassen. Da gibt es bestimmt jede Menge Feen.

Sonntag, 14. Oktober 1979

Nach dem Mittagessen habe ich einen Rüffel erhalten und einen Strafpunkt, meinen ersten. Offenbar darf man Mädchen aus einem anderen Haus oder aus einer anderen Klasse keine Brötchen schenken, es sei denn, man ist mit ihnen verwandt. Und Gill gehört, obwohl wir zusammen Chemie haben, nicht zu meinem Haus oder meiner Klasse, also ist es unerhört, dass ich freundlich zu ihr bin. Und dass ich ihr ein Brötchen gegeben habe, macht mich äußerst suspekt und lässt die anderen vermuten, dass ich lesbisch bin. So, wie sie alle herumstottern, könnte man fast meinen, Gill wäre lesbisch. Und wenn schon! Ich habe damit kein Problem. Ich bin es nicht, aber in dieser Hinsicht bin ich eindeutig einer Meinung mit Heinlein und Delany.

Sogar Deirdre und Sharon finden, dass ich Gill das Brötchen nicht hätte geben sollen. Deirdre hat versucht, Ausreden für mich zu finden – ich wäre schließlich noch nicht so lange hier, und der ganze Chemieunterricht hätte mir vielleicht den Kopf benebelt.

Ich werde die Menschen hier nie verstehen.

Montag, 15. Oktober 1979

Ich habe keinen ihrer Briefe mehr beantwortet. Aber sie schreibt mir trotzdem immer wieder und schickt mir Fotografien. Fotografien wie die erste. Jede Woche ein oder zwei. Ich sehne mich so verzweifelt danach, ein Bild von Mor zu haben, dass ich den Brief jedes Mal öffne, und dann kann ich es mir doch nicht verkneifen, ihn zu lesen. Damit warte ich allerdings immer, bis ich in die Bibliothek gehe, weil ich nicht ertragen kann, dass jemand sieht, wie ich sie lese.

Als ich gerade eine der verstümmelten Fotografien anschaute, kam Lorraine Pargeter mit einer schlimmen Erkältung in die Bibliothek. Lorraine ist eine grobknochige dumme Blondine, Kapitänin des Hockeyteams unserer Klasse und ein Verbindungshalb im Team des Hauses. Natürlich hat sie mir schon mal Schimpfnamen hinterhergerufen und mich gezwickt, aber sie hat auch die anderen daran gehindert, mir ein Bein zu stellen, wenn ich aus der Dusche kam, also bin ich nicht besonders sauer auf sie. Heute ist ihre Nase ziemlich rot, und es scheint ihr wirklich elend zu gehen, weil sie nicht mit aufs Spielfeld kann. Ich habe gehört, wie sie die Lehrerin gefragt hat, ob sie nicht zuschauen darf, wenn sie sich warm anzieht.

»Morwenna, was ist denn das?«, fragte sie. Ich wollte nicht, dass sie merkte, wie wichtig mir das Bild war, deshalb konnte ich es nicht einfach verstecken. Also schnippte ich es über den Tisch zu ihr hinüber. Sie nahm es in die Hand und schaute es an. Auf dem Foto ist zu sehen, wie wir bei einer Schulfeier einen Preis bekommen, nur dass ich – wie immer – herausgebrannt bin.

»Meine Mutter ist eine Hexe«, sagte ich beiläufig.

Lorraine stieß ein lautes Keuchen aus und ließ das Bild fallen. »Ist das Voodoo?«, flüsterte sie.

Das hatte ich mich selbst schon gefragt. Ich habe keine Ahnung, wie dergleichen funktioniert, und Nachschlagen hilft einem da auch nicht weiter. Was bedeutet es, wenn man jemanden aus einer Fotografie herausbrennt? Was hat es für Folgen? Ich hob die Hand, um mein Holzamulett zu umfassen, aber es war natürlich nicht da – unter der Uniform kann ich es nicht tragen. Ich hatte einen Stein in der Tasche, also berührte ich den. Ich weiß nicht, ob das etwas nützt, aber es beruhigt mich jedenfalls. Die andere Hand legte ich auf den Holztisch, der von zahllosen Händen glattgerieben ist.

»Mehr oder weniger«, sagte ich leise. »Sie brennt mich heraus, doch das scheint mir nichts anhaben zu können.«

»Aber da bist du doch«, erwiderte Lorraine, und zwar so laut, dass Miss Carroll zu uns herüberblickte.

Lorraine weiß natürlich nichts von Mor. Ich habe niemandem von ihr erzählt, weil es erstens eine persönliche Sache ist, weil ich es zweitens nicht ertragen kann, wenn jemand mich bedauert, und weil ich drittens schon genug gehänselt werde. Sonst verliere ich irgendwann doch noch die Beherrschung. »Ach, wirklich?« Ich nahm ihr das Bild aus der Hand. »Das hab ich mir noch gar nicht angeschaut. Egal, ich bin sowieso beschützt. Aber es wäre schrecklich, wenn sie sich meine Freunde vorknöpfen würde.«

Lorraine riss die Augen auf, suchte sich einen Platz am anderen Ende der Bibliothek und tat so, als würde sie *Vom Winde verweht* lesen. »Sollen sie mich fürchten, solange sie mir nur gehorchen« hat heute noch besser funktioniert als sonst, aber Deirdre und Sharon haben mich ebenfalls gemieden. Wenn ich so weitermache, vereinsame ich noch völlig.

Dienstag, 16. Oktober 1979

Mit der Klassenzugehörigkeit eines Menschen ist es wie mit Magie. Es gibt nichts, auf das man den Finger legen könnte, und sie löst sich in Luft auf, wenn man versucht, sie zu analysieren, aber es gibt sie wirklich, und sie beeinflusst, wie Leute sich verhalten.

Sharon hat wahrscheinlich mehr Geld als die anderen Mädchen in unserer Klasse. Wir sind die »Lower Fifth«, was in irgendeinem normalen Zusammenhang so bedeutungslos ist, dass ich wütend werde, wenn ich nur darüber nachdenke. Sie fangen mit der »Lower Third« zu zählen an. Theoretisch exisitiert eine hypothetische »Lower School«, die mit der »First« anfängt, mit den Siebenjährigen. Aber in Wirklichkeit gibt es nichts dergleichen, und ich leite das nur aus dieser albernen Zählung ab. Bis sie in Arlinghurst zur »Sixth« kommen, folgen sie demselben System wie der Rest der Welt, wo auf der Grundschule (eins bis vier) die Sekundarschule aufbaut (eins bis sechs). In Arlinghurst gibt es sechs Klassen, wie in jeder anderen Sekundarschule auch, nur dass sie bescheuert zählen.

Genau genommen sind wir die Lower 5c, denn es gibt noch eine a und b, aber wir sind nicht nach Leistung gestaffelt, um Gottes willen, das wäre ja ungerecht. Nur dass wir es doch sind, denn Gill und alle Mädchen in Chemie gehören zur a, und sie sind eindeutig intelligenter. Nach meinen Noten müsste ich auch in der a sein, aber man darf nur am Schuljahresende die Klasse wechseln. Miss Carroll, die Bibliothekarin, hat mir erzählt, dass ich eigentlich an Weihnachten in die a hätte versetzt werden sollen, aber ich habe den Stundenplan durcheinandergebracht, deshalb muss ich bis nächsten September bei den Dummköpfen bleiben. Sie sagte es, als könnte ich daraus eine wertvolle Lehre ziehen, aber ich bin froh, dass ich um Chemie gekämpft habe. Ich wünschte, ich wäre auch bei Biologie hartnäckig geblieben.

Das System der Häuser ist von den Klassen unabhängig. Die Klassen verlaufen horizontal, die Häuser vertikal. Mädchen aus allen drei Klassen jedes Jahrgangs sind in allen vier Häusern. Die Häuser liegen im Wettstreit miteinander, und die Gewinner werden mit Pokalen ausgezeichnet –

richtige Silberpokale, die im Speisesaal ausgestellt sind. Die Häuser sind nach viktorianischen Dichtern benannt. Mein Haus heißt »Scott«, die anderen »Keats«, »Tennyson« und »Wordsworth«. Kein Shelley und kein Byron – wahrscheinlich wegen ihres etwas zweifelhaften Rufs. Oma hatte eine Vorliebe für all diese Dichter, mit Ausnahme von Scott, was nicht einer gewissen Ironie entbehrt. Der Unterricht richtet sich nach den Klassen, alles andere nach den Häusern, vor allem die Mannschaftszugehörigkeit, aber auch das Punktesystem – je nach Betragen bekommt man welche dazugezählt oder abgezogen. Von uns wird erwartet, dass unser Haus und sein Ansehen uns äußerst wichtig sind und dass wir uns um die anderen Mädchen in unserem Haus kümmern, ganz gleich, in welche Klasse sie gehen. Mir ist das natürlich alles schnurzegal. Das ist ein Granfalloon reinsten Wassers, und ich werde Vonnegut ewig dafür dankbar sein, dass er mir dieses Wort geschenkt hat.

Also, ich wollte über Klassenzugehörigkeit reden. In der Lower 5c, und das sind die einzigen Mädchen, die ich gut kenne, hat Sharons Familie am meisten Geld. Sie verbringt ihre Ferien viel öfter im Ausland als die anderen Mädchen, ihr Vater ist Chirurg, sie haben ein großes Haus und ein großes Auto. Trotzdem gehört sie einer der unteren Schichten an, weil sie Jüdin ist und deshalb anders. Wie gesagt, das lässt sich alles nicht eindeutig beschreiben wie Magie. Sharon hat kein Pony, obwohl sie sich problemlos eins leisten könnten. Sie haben einen Swimmingpool, aber kein Pony, weil ihre Eltern andere Prioritäten haben. An Weihnachten geht sie Skifahren, aber nach Norwegen, weil ihre Eltern nicht nach Deutschland oder in die Schweiz möchten.

Julies Eltern haben fast überhaupt kein Geld. Ihre Uniformen hat sie von ihrer Schwester. Sie haben ein altes Auto. Aber ihre Schwester ist Schulsprecherin, und ihre Mutter war Vertrauensschülerin und hat für Wordsworth den Tennispokal geholt, das Haus, dem sie auch angehört. Sie haben Julie Wordsworth zugeteilt, weil ihre Mutter und ihre Tanten und ihre Schwester auch in Wordsworth waren bzw. sind. In einer Vitrine steht eine gerahmte Schwarzweißfotografie von Julies Mutter mit dem Pokal. Die Aufschrift lautet: »Die Ehrenwerte Monica Wentworth«, weil der Vater von Julies Mutter ein Viscount ist. Julie ist keine »Ehrenwerte«, aber weil ihre Mutter es ist, gehört sie einer höheren Klasse an als alle anderen. Und das ist nicht der einzige Grund – es ist die Kombination aus »Ehrenwerte«, dem Pokal und der Schultradition. Julie ist nicht besonders intelligent, aber sie ist sportlich, und das ist viel wichtiger.

In der Upper Fourth ist ein fettes, albernes Mädchen, die eine Lady Sarah ist. Ihr Vater ist ein Graf. Ich glaube, Julie würde sich ihrer Meinung beugen, aber sicher bin ich mir nicht. Die Zugehörigkeit zu einer bestimmten Klasse beruht nicht auf reinem Snobismus, sondern auf vielerlei Dingen. Und alle nehmen sie unglaublich ernst. Eine der ersten Fragen, die mir hier gestellt wurden, lautete, was für einen Wagen mein Vater fuhr. »Einen schwarzen« kam nicht so gut an. Sie wollten nicht glauben, dass ich es nicht wusste. Ich sagte nicht, dass ich ihn noch nicht oft gesehen hatte und dass ich mir nichts aus Autos mache. Wie sich herausstellt, ist es ein Bentley – ich habe ihn in einem Brief danach gefragt –, offenbar ein akzeptabler Wagen. Aber was kümmert sie das? Sie möchten jeden ganz genau einordnen können. Natürlich war ihnen sofort klar, dass ich ein Nichts bin – kein Pony, kein Titel, und dann noch aus Wales. Für mich spricht, dass mein Vater in einem so tollen Haus wohnt. Und sie interessieren sich auch nur für meinen Vater. Manche Mädchen haben geschiedene Eltern – die arme Deirdre zum Beispiel –, aber selbst wenn sie bei der Mutter wohnen, zählt nur der Vater.

Klassenzugehörigkeit ist nichts Greifbares, und wie sie unser Leben beeinflusst, lässt sich nicht wissenschaftlich analysieren, und eigentlich soll es sie gar nicht geben, aber sie ist mächtig und allgegenwärtig. Sehen Sie? Wie Magie.

Mittwoch, 17. Oktober 1979

Wenn ich einmal groß bin und berühmt, werde ich niemals zugeben, dass ich in Arlinghurst war. Ich werde so tun, als hätte ich noch nie davon gehört. Wenn die Leute mich fragen, wo ich zur Schule gegangen bin, werde ich das übergehen.

Dort draußen sind noch andere Leute wie ich. Es gibt eine Karass. Ganz bestimmt. Muss es einfach.

Donnerstag, 18. Oktober 1979

Dieses Internat würde aus jedem einen Kommunisten machen.

Heute habe ich das *Kommunistische Manifest* gelesen – es ist ziemlich kurz. Das ist, als würde man auf Anarres leben. Besser als Arlinghurst wäre das allemal.

Freitag, 19. Oktober 1979

Ich habe Mor geliebt, aber ich habe sie nie genug zu schätzen gewusst. Mir war nie klar, wie wundervoll es ist, immer jemanden zu haben, mit dem man reden kann und der auch wusste, was man meinte, mit dem man spielen kann und der dieselben Dinge mag.

Nur noch eine Woche bis zu den Herbstferien.

Samstag, 20. Oktober 1979

Gesegnet sei die Fernleihe. Sie haben *Purposes of Love* und *Der Läufer und sein Held* für mich besorgt.

Ich habe die acht Bücher von letzter Woche zurückgebracht. Außerdem habe ich mir fünf Bücher von Schiftstellern geliehen, die ich kenne, plus *Der Magus*. Von diesem Autor, Fowles, habe ich noch nie etwas gehört, aber hey, ein Buch über einen Zauberer!

Von den Listen auf den Titelseiten habe ich achtundzwanzig Bücher bestellt. Der Bibliothekar – ja, er wieder – wirkte ein wenig erstaunt, machte aber keinen Terz.

Es regnete in Strömen, und die Bäume haben fast alle Blätter verloren. Ich setzte mich wieder in das kleine Café neben der Buchhandlung, weil die anderen Mädchen nicht dorthin gehen; sie machen die richtigen Cafés im Ort unsicher. Hinterher bin ich zum Teich rübergelaufen, und der Schwan hat mich angezischt. Am Ufer sind meine Schuhe im Matsch eingesunken, aber ich habe mich trotzdem unter die Bäume gewagt und nach Feen gesucht. Da waren ein oder zwei, aber sie waren schwer zu erkennen und nicht zu Gesprächen aufgelegt, was schade ist, denn außer dem Brief von meinem Vater war diese Woche sehr einsam.

Sonntag, 21. Oktober 1979

James Tiptree, Jr. ist eine Frau! Heiliger Strohsack!

Darauf wäre ich nie im Leben gekommen. Du meine Güte, Robert Silverberg steht jetzt wirklich dumm da. Aber das ist ihm bestimmt egal. (Wenn ich *Es stirbt in mir* geschrieben hätte, würde es mich nie wieder kümmern, ob ich mich wegen irgendwas zum Narren mache. Mir fällt so schnell kein deprimierenderes Buch ein – ich mein ja nur, es kann es locker mit Hardy oder Aischylos aufnehmen –, aber es ist einfach genial.) Und die Tiptree-Geschichten sind gut, wenn auch nicht ganz so umwerfend wie »Das ein- und ausgeschaltete Mädchen«. Ich kann verstehen, dass sie ein Pseudonym verwendet hat, weil sie respektiert werden wollte, aber Le Guin hat es nicht getan, und sie wird respektiert. Sie hat den Hugo gewonnen. In gewisser Hinsicht hat Tiptree den leichteren Weg genommen, finde ich. Andererseits, mit welcher Begeisterung sich ihre Figuren verkleiden oder andere in die Irre führen! Vielleicht empfindet sie genauso? Wahrscheinlich gebrauchen alle Schriftsteller ihre Figuren als Masken, und ihr hat der männliche Name noch zusätzliche Sicherheit gegeben. Na ja, wenn ich »Liebe ist der Plan, und der Plan ist Tod« geschrieben hätte, wollte ich vielleicht auch nicht, dass die Leute wussten, wo ich wohne.

Heute war ich die Einzige, die kein Brötchen bekommen

hat. Mir doch egal. Selbst Deirdre hat eins bekommen, von Karen. Deirdre schaut mich immer so verständnislos an, und das ist schlimmer als alles andere. Jetzt begreife ich auch viel besser, warum Tiberius sich so sehr auf Sejanus verlassen hat. Und ich kapiere auch, warum er so seltsam wurde. Allein gelassen zu werden – und ich werde allein gelassen – ist nicht ganz das, was ich mir gewünscht habe. Werden manche Menschen deshalb böse? Das will ich nicht.

Ich habe Tantchen Teg geschrieben und mich bemüht, heiter zu klingen. Außerdem habe ich meinem Vater geschrieben, in der Hoffnung, dass ich ihn überzeugen kann, mich zu ihr zu fahren, und ich würde auch gerne meinen Opa im Krankenhaus besuchen. Sie sind die Einzigen, die mir jetzt noch bleiben. *Er* will sie bestimmt nicht sehen, aber er könnte ja so lange im Auto warten. Es wäre wirklich nett, mit jemandem zu reden, der mich mag. Noch fünf Tage bis zu den Herbstferien, und dann kann ich für eine ganze Woche von hier verschwinden.

Montag, 22. Oktober 1979

Im Chemieunterricht heute hat sich Gill neben mich gesetzt. Das war sehr mutig von ihr, wenn man überlegt, wie sich alle benommen haben. »Du denkst also nicht, dass ich ein aussätziges Voodoo-Opfer bin?«, fragte ich sie am Ende der Stunde.

»Ich bin Wissenschaftlerin«, erwiderte sie. »An so was glaube ich nicht. Und ich weiß, dass du Ärger gekriegt hast, weil du mir das Brötchen geschenkt hast.«

Es war Zeit fürs Mittagessen, also sind wir gemeinsam in den Speisesaal gegangen. Mir ist gleichgültig, was die Leute denken. Sie sagt, dass sie kaum Romane liest, aber sie will mir ein Buch von Asimov leihen, einen Sammelband mit wissenschaftlichen Essays, der *Drehmomente* heißt. Sie hat drei Brüder, die alle älter sind als sie. Der Älteste studiert in Oxford. Sie sind ebenfalls Wissenschaftler. Ich mag sie. Sie ist so unanstrengend.

Der Magus ist wirklich seltsam. Ich bin mir noch nicht darüber im Klaren, ob mir das Buch gefällt, aber ich kann es kaum erwarten weiterzulesen, und ich muss die ganze Zeit darüber nachdenken. Es handelt nicht von Magie, jedenfalls nicht im eigentlichen Sinne, aber die Atmosphäre ist ähnlich. Wirklich eigenartig, das zu lesen, denn Nicholas läuft andauernd kilometerweit über die nach Thymian duftenden Inseln, wie wir früher. Uns hat es nichts ausgemacht, die Schienenwege entlangzuwandern, bis rauf nach Llwydcoed, oder bis nach Cwmdare. Meist haben wir einen Bus nach Penderyn genommen, aber von dort sind wir stundenlang über die Hügelkämme gelaufen. Die Aussicht von da oben war wundervoll. Wir legten uns ins Gras und starrten zu den Lerchen hinauf, und wir lasen die Wollfetzen auf, die die Schafe zurückgelassen hatten, und schenkten sie den Feen.

Dienstag, 23. Oktober 1979

Das Bein ist schlimm heute. Es gibt Tage, da kann ich einigermaßen gehen, und an anderen Tagen … vielleicht sollte ich sagen, an manchen Tagen ist die Treppe schwierig, und an anderen ist sie eine Qual. Heute trifft eindeutig Letzteres zu. Verdammt nochmal, ich habe wieder einen Brief bekommen. Ich sollte sie verbrennen. Sie sind so böse, dass sie geradezu leuchten. Ich kann sie aus den Augenwinkeln sehen, auch wenn es vielleicht an den Schmerzen liegt, dass ich mich so komisch fühle. Am Freitag beginnen die Herbstferien. Mein Vater holt mich um sechs Uhr ab. Er hat nicht gesagt, wohin wir fahren, aber zumindest werde ich von hier wegkommen. Die Briefe kann ich nicht mitnehmen, aber hierlassen kann ich sie auch nicht.

Das Ende von *Der Magus* hat mich irritiert. Es ist noch doppelbödiger als *Triton*. Wieso sind die letzten beiden Zeilen auf Lateinisch, was fast niemand lesen kann? Das Buch stammt aus der Bibliothek, aber ich habe die Übersetzung trotzdem mit Bleistift an den oberen Seitenrand geschrieben:

> Morgen liebe, wer niemals geliebt hat,
> wer schon geliebt hat, liebe morgen!

Also wird Alison ihn wohl lieben. Wenn das nur mal gutgeht – früher hat ihm das nicht genügt. Wirklich begehrt hat er sie nur, als er dachte, sie sei tot.

Im letzten Teil des Buches, als Nicholas wieder in London ist und in diese ominöse Geheimwelt zurückkehren will – genau so möchte ich nicht sein. Ich hätte nicht versuchen sollen, mit der Fee zu sprechen. Soll doch jemand anderes etwas gegen das Ulmensterben unternehmen! Mein Problem ist das nicht. Ich habe genug davon, die Welt zu retten, und ich habe auch nie erwartet, dass sie mir im Mindesten dankbar dafür ist. Diese eintönigen Schmerzen wollen einfach nicht aufhören, und da kann ich Nicholas nur zu gut verstehen, denn wer wollte das nicht? Aber so jämmerlich wie er möchte ich auf keinen Fall sein.

Donnerstag, 25. Oktober 1979

Zum ersten Mal seit einer halben Ewigkeit hat es nicht geregnet, und meinem Bein ging es etwas besser, also bin ich in der halben Stunde nach den Hausaufgaben nach draußen gegangen. Ich bin zum Rand des Spielfeldes in der Nähe des Grabens hinuntergestapft, wo ich die Fee gesehen habe, und habe die Briefe abgefackelt. Es war fast dunkel, und sie sind alle auf einmal in Flammen aufgegangen. Das lag vielleicht an dem Fotopapier, das sie ja schon früher angesengt hat, und deshalb sehnte es sich nach dem Feuer. Oft wird böser Wille Böses vereiteln, wie Gandalf es ausgedrückt hat. Verlassen kann man sich darauf nicht, aber es geschieht offenbar recht oft.

Als sie erst einmal brannten, fühlte ich mich gleich viel besser. Ein paar Feen kamen herbei und tanzten um das Feuer, wie sie das gerne tun. Wir haben sie Salamander genannt, Zündler. Sie haben eine erstaunliche Farbe, die zwischen blau und orange changiert. Die meisten taten so, als könnten sie mich nicht sehen, oder als könnte ich sie nicht sehen, aber eine schaute mich an, irgendwie schief. Kaum hatte ich mich ihr zugewandt, wurde sie so gelb wie die Flecken auf der Ulmenrinde, also wusste ich, dass sie wusste, was ich sie schon einmal gefragt hatte. »Was kann ich tun?«, fragte ich in jämmerlichem Tonfall, ungeachtet dessen, was ich gestern über Nicholas gesagt habe.

Sofort verschwanden sie alle, aber kurz darauf waren sie wieder da. Sie sehen nicht genau so aus wie unsere Feen zu Hause. Vielleicht liegt das daran, weil sie nicht in Ruinen leben. Feen scheinen eine Vorliebe für Orte zu haben, die sich die Wildnis wieder zurückerobert hat. Darüber haben wir kürzlich in Geschichte gesprochen. Früher gab es überall Landstriche, die nicht bewirtschaftet wurden und allen gemeinsam gehörten – wie Common Ake, nehme ich an, wo die Bauern ihre Tiere weiden lassen, Holz sammeln und Brombeeren pflücken konnten. Da wimmelte es bestimmt nur so von Feen. Dann überredeten die Grundherren die Menschen, das Land einzuzäunen und ordentliche kleine Bauernhöfe daraus zu machen, und ihnen wurde erst bewusst, wie zusammengepfercht sie ohne das Gemeindeland waren, als es bereits zu spät war. Jeder Landstrich benötigt ein Stück Wildnis in seiner Mitte, sonst nimmt er Schaden. Die Gegend hier ist toter als so manche Stadt. Der Graben und die Bäume sind nur hier, weil das hier eine Schule ist, und die Bäume in der Nähe der Buchhandlung wachsen am Rand eines privaten Anwesens.

Die Feen redeten nicht mit mir, nicht einmal ein paar Worte wie die Fee in dem Baum. Aber die gelbe sah mich die ganze Zeit an, und so wusste ich, dass sie mich verstanden hatte. Jedenfalls hatte sie *irgendetwas* verstanden. Was genau, weiß ich nicht. So sind Feen nun einmal. Selbst diejenigen, die wir gut kannten, denen wir Namen gegeben hatten und die sich oft mit uns unterhielten, waren manchmal sonderbar.

Dann verschwanden sie alle wieder, und das Papier zerfiel zu Asche – und in dem Moment wurde ich von Ruth Campbell ertappt, und sie verpasste mir zehn Strafpunkte, weil ich ein Feuer angezündet hatte. Zehn! Es braucht drei Hauspunkte, um einen Strafpunkt auszugleichen, was äußerst unfair ist, wenn Sie mich fragen. Im ganzen Schuljahr habe ich mit meinen erstklassigen Noten bisher vierzig Hauspunkte verdient. Und jetzt habe ich elf Strafpunkte, was dreiunddreißig Hauspunkte wieder aufhebt. Es ist ein blödes System, und eigentlich ist es mir egal, aber mal ehrlich, fair ist es nicht im Mindesten.

Das Seltsame daran ist, dass sich Ruth weit mehr ärgerte als ich. Sie ist Vertrauensschülerin, und sie gehört dem Haus Scott an, also hat sie ihrem eigenen Haus geschadet, als sie mir zehn Strafpunkte gab, und ihr macht das alles viel mehr aus als mir. Wenn du zehn Strafpunkte hast, darfst du am nächsten Samstag das Schulgelände nicht verlassen, um in den Ort zu gehen, aber diese Woche beginnen die Herbstferien, also zählt das nicht. Mir kann sowieso nichts passieren, weil ich genügend Hauspunkte habe, um die Strafpunkte aufzuwiegen, aber ich werde künftig darauf achten müssen, das ich nicht wieder bei so etwas erwischt werde.

Als ob ich die Schule hätte abbrennen können! Das Feuer war winzig, und ich hatte alles unter Kontrolle. Außerdem mache ich schon seit Jahren kleine Feuer. Ich wusste, was ich tat. Und selbst wenn nicht – alle Gebäude waren ein ganzes Stück weit weg, der Boden war patschnass, und der Graben ist voller Wasser. Überall gab es haufenweise nasses Laub, das ich auf die Flammen hätte werfen können, wenn nur die geringste Gefahr bestanden hätte. Hat es aber nicht. Ich nahm die Strafpunkte widerspruchslos hin, weil ich ganz bestimmt nicht wollte, dass ein Lehrer von der Sache erfuhr. Ruth konfiszierte außerdem die Streichhölzer.

Ich bin wirklich froh, dass die Briefe vernichtet sind. Ohne sie fühle ich mich schon viel leichter.

Freitag, 26. Oktober 1979

In der Schule herrschte den ganzen Tag eine fast schon greifbare Anspannung. Alle wollen von hier fort. Sie redeten darüber, was sie am Wochenende vorhatten, prahlten mit ihren Plänen. Sharon durfte schon heute Morgen aufbrechen, die Glückliche. Juden dürfen am Freitagabend und an Samstagen nicht reisen. Was wohl passiert, wenn sie es trotzdem tun? Als müsste man mit einem ganzen Berg Gessi leben!

Einige Mädchen wurden direkt nach dem Unterricht abgeholt. Die anderen standen in der Bibliothek am Fenster und schauten neugierig, was für Autos vorfuhren und was ihre Mütter – meistens waren es Mütter – anhatten. Deirdre wurde von ihrer älteren Schwester in einem weißen Mini abgeholt. Davon würde sie sich nie wieder erholen. Offenbar mussten die Mütter karierte Wollmäntel tragen und ein Kopftuch aus Seide.

Niemand fragte mich, was meine Mutter trägt, weil niemand mit mir redet. Und wenn schon. Sie trägt jedes dritte Kleidungsstück in ihrer Garderobe, und ansonsten richtet sie sich nach einer seltsamen Reihenfolge, die nur sie begreift. Ich weiß nicht, ob sie das macht, weil es mit Magie zu tun hat, oder weil sie verrückt ist. Das lässt sich nur sehr schwer auseinanderhalten. Manchmal sieht sie aus wie eine Vogelscheuche und dann wieder völlig normal. Letzteres vor allem dann, wenn es zweckmäßig ist – vor Gericht, zum Beispiel, als ich sie das letzte Mal gesehen habe. Vor langer Zeit hat sie als Tagesmutter gearbeitet, und da war sie stets angemessen gekleidet – aber da war Oma auch noch am Leben und hat sie im Zaum gehalten. Allerdings habe ich auch schon gesehen, wie sie in ihrem Hochzeitskleid einkaufen ging, wie sie im Juli einen Wintermantel trug oder im Januar fast gar nichts. Ihr Haar ist lang und schwarz, und selbst gekämmt sieht es aus wie ein Schlangennest. In einem karierten Wollmantel und mit einem Kopftuch aus Seide sähe sie aus, als würde sie sich verkleiden – als hätte man ein Tuch über einen Altar gezogen, auf dem etwas geopfert worden war.

Mein Vater traf zusammen mit zahlreichen anderen Eltern ein, und niemand machte mir gegenüber eine Bemerkung über ihn. Er wirkte recht entspannt. Während ich ihn wieder nur verstohlen von der Seite ansah. Ich weiß nicht, warum, es ist wirklich absurd, schließlich haben wir uns regelmäßig geschrieben und überhaupt. Er fuhr mit mir zurück nach Old Hall.

»Heute Abend bleiben wir hier, und morgen treffen wir uns mit meinem Vater«, sagte er. Das Scheinwerferlicht reichte weit in die Nacht hinein. Ich konnte sehen, wie Kaninchen aus dem Weg hüpften, und Zweige wurden wie Knochenfinger aus der Finsternis gerissen und verschwanden wieder. »Wir werden in einem Hotel übernachten. Hast du das schon mal getan?«

»Jeden Sommer«, erwiderte ich. »Da sind wir immer nach Pembrokeshire runtergefahren und haben zwei Wochen lang in einem Hotel gewohnt. Jedes Jahr im gleichen.« Als ich daran dachte, blieben mir die Worte im Hals stecken, und ich musste ein Schluchzen unterdrücken. Das war immer so schön gewesen! Opa fuhr uns an verschiedene Strände und zu Schlössern und Menhiren. Oma erklärte uns dann immer den geschichtlichen Hintergrund. Sie war Lehrerin, wie alle in meiner Familie, auch wenn ich das ganz bestimmt nicht werden will. In den Ferien war sie immer sehr glücklich, denn dann musste sie nicht kochen, und sie und Tantchen Teg konnten zusammen ausspannen. Manchmal kam meine Mutter mit, saß in Cafés, rauchte und aß merkwürdige Sachen. Wenn sie nicht dabei war, machte es natürlich mehr Spaß. Aber in Pembrokeshire konnten wir ihr leichter aus dem Weg gehen, und sie wirkte irgendwie kleiner. Mor und ich hatten unsere ganz speziellen Spiele, und im Hotel wohnten immer auch andere Kinder, die wir in diese Spiele mit einbezogen und auch dazu brachten, für die Eltern eine Vorführung auf die Beine zu stellen.

»War das Essen gut?«, fragte er.

»Großartig. Lauter besondere Sachen wie Melone und Makrele.« Köstliche Sachen, die es zu Hause nie gab.

»Tja, da, wo wir hingehen, ist das Essen auch gut. Wie ist das Essen in der Schule?«

»Schauderhaft«, sagte ich, und als ich es beschrieb, musste er lachen. »Besteht irgendeine Möglichkeit, dass ich einen Abstecher nach Südwales machen kann?«

»Ich kann dich nicht dorthin bringen, wie du vorgeschlagen hast. Aber wenn du für ein paar Tage mit dem Zug hinfahren möchtest, habe ich nichts dagegen.«

Das mit dem Zug hörte sich nicht gut an, denn wenn sie mich da abpasste, saß ich in der Falle. Aber sie würde wahrscheinlich nicht in meine Nähe kommen. Sie würde gar nichts davon erfahren, denn ich würde von der Magie die Finger lassen.

Als wir endlich Old Hall erreichten, saßen die Tanten im Gesellschaftszimmer. Das heißt nicht so, weil sie Gesellschaften geben, sondern weil sie da einander Gesellschaft leisten. Allerdings redeten sie kaum ein Wort. Ich gab ihnen einen Kuss, schaute noch bei Daniels Bücherregalen vorbei und zog mich dann mit *Das Ende der Ewigkeit* ins Bett zurück.

Samstag, 27. Oktober 1979

Ich hatte ja keine Ahnung, dass London so groß ist. Es nimmt überhaupt kein Ende! Erst schleicht es sich ganz langsam an, und dann bist du plötzlich mittendrin. Zwischen den Ausläufern befinden sich noch große Lücken, aber dann drängen sich die Häuser immer dichter aneinander.

Der Vater meines Vaters heißt Sam. Er hat einen seltsamen Akzent. Ob sie wohl auch »rote Socke« zu ihm sagen? Er wohnt in einem Stadtteil von London, der Mile End heißt, und er trägt eine Scheitelkappe, aber ansonsten sieht er kein bisschen wie ein Jude aus. Seine Haare – und er hat noch eine Menge davon, obwohl er alt ist – sind ganz weiß. Er trägt eine bestickte Weste, die wirklich schön ist, allerdings etwas fadenscheinig. Er ist furchtbar alt.

Im Auto haben mein Vater und ich die ganze Zeit über Bücher geredet. Sam erwähnte er gar nicht, außer dass wir zu ihm fuhren. Ich war total neugierig auf das Hotel und auf London, und so war es fast eine Überraschung, als wir dort eintrafen. Mein Vater drückte mehrmals auf die Hupe, und die Tür ging auf, und Sam kam heraus. Mein Vater stellte uns einander vor, noch draußen auf dem Bürgersteig, und Sam hat uns umarmt, mich und meinen Vater. Erst war ich ein wenig erschrocken, denn er ist so anders als die Leute, die ich sonst kenne, und überhaupt nicht wie Opa. Es ist leicht, meinen Vater und seine Schwestern auf Abstand zu halten, auch in Gedanken, wahrscheinlich, weil sie Engländer sind. Aber Sam ist kein Engländer, ganz und gar nicht, und er schien mich augenblicklich zu akzeptieren, während ich bei ihnen immer das grässliche Gefühl habe, ich müsste mich erst noch bewähren.

Sam bat uns herein und stellte mich seiner Vermieterin als seine Enkelin vor, und sie sagte, die Ähnlichkeit wäre nicht zu übersehen. »Morwenna schlägt nach meiner Familie«, sagte er, als würde er mich schon seit Jahren kennen. »Schau doch, die Farbe. Sie sieht aus wie meine Schwester Rivka, *zichrona livracha.*«

Ich schaute ihn verwirrt an, und er übersetzte: »Gesegnet sei ihr Angedenken.« Das gefällt mir. Eine nette Art zu erklären, dass jemand tot ist, ohne dass deswegen alle aufhören zu reden. Ich habe ihn gefragt, wie man das buchstabiert und was für eine Sprache es ist. Es ist Hebräisch. Die Juden beten grundsätzlich auf Hebräisch, sagt Sam. Vielleicht werde ich eines Tages in der Lage sein zu sagen: »Meine Schwester Mor, *zichrona livracha.*« Ganz einfach so.

Dann hat er uns mit nach oben genommen, in sein kleines Zimmer. Es muss komisch sein, bei jemand anderem im Haus zu wohnen. Ich sah sofort, dass er kein Geld hatte. Ich hätte es selbst dann gewusst, wenn ich es nicht gewusst hätte. In dem Zimmer befinden sich ein Bett, ein Waschbecken und ein Sessel. Überall stapeln sich Bücher. Sogar auf der Kommode, neben einem elektrischen Samowar und den Gläsern. Er hat eine Katze, eine große, fette rötlichweiße Katze, die »Vorsitzender Mao« heißt oder vielleicht auch »Vorsitzender Miau«. Sie hat sich auf dem Bett breitgemacht, aber als ich mich zu ihr setzte, ganz auf den Rand, sprang sie mir auf den Schoß. Sam erklärte – ich musste Sam zu ihm sagen –, das sei ein Zeichen, dass sie mich mochte, und das käme nicht oft vor. Ich streichelte sie, ganz behutsam, und sie kratzte mich nicht nach kurzer Zeit, wie Persimmon das immer tut, Tantchen Tegs Katze. Sie rollte sich zusammen und schlief ein.

Sam machte Tee, für sich und für mich. Meinem Vater schenkte er Whisky ein. (Er trinkt furchtbar viel. Im Moment ist er unten in der Hotelbar. Er raucht auch viel. Unter den gegebenen Umständen wäre es allerdings nicht nett zu sagen, dass er viele Laster hat, schließlich hat er mir geholfen, von meiner Mutter wegzukommen, und er bezahlt für das Internat. So hat er sich das bestimmt nicht vorgestellt.) Sam servierte den Tee in Gläsern mit Metallgriffen und tat auch keine Milch und keinen Zucker hinein, was mir sehr lieb war. Er schmeckte wirklich gut. Was mich sehr überraschte, weil ich eigentlich keinen Tee mag, ich trank ihn nur aus Höflichkeit. Das Wasser entnahm er dem elektrischen Samowar, der es, wie er erklärte, auf der richtigen Temperatur hielt.

Nach einer Weile fing ich an, in seinen Büchern zu stöbern, und auf einem Stapel entdeckte ich das *Kommunistische Manifest*. Offenbar habe ich dabei irgendetwas gebrummt, denn sie schauten beide zu mir herüber. »Ich habe nur gesehen, dass Sie das *Kommunistische Manifest* haben«, sagte ich.

Sam lachte. »Mein guter Freund Dr. Schechter hat es mir geliehen.«

»Ich habe es erst vor Kurzem gelesen.«

Erneut lachte er. »Es ist ein schöner Traum, aber umsetzen lässt sich das nicht. Schaut doch, was gerade in Russland passiert, oder in Polen. Marx ist wie Platon, er hat Träume, die niemals wahr werden, solange die Menschen Menschen sind. Das will Dr. Schechter einfach nicht begreifen.«

»Über Platon habe ich auch schon etwas gelesen«, sagte ich, denn er kommt natürlich in *Der Läufer und sein Held* vor, genauso wie Sokrates.

»Über Platon?«, entgegnete Sam. »Warum nicht Platon selbst?«

Ich schüttelte den Kopf.

»Du solltest ihn lesen, aber ihm auch immer widersprechen«, fuhr er fort. »Irgendwo muss ich doch eine englische Platon-Übersetzung haben.« Er fing an, seine Stapel zu verschieben, und mein Vater half ihm. Ich hätte ihm auch gerne geholfen, aber mit der schlafenden Miau auf dem Schoß konnte ich mich nicht bewegen. Er hatte Platon auf Griechisch, auf Polnisch und auf Deutsch, und während er sich murmelnd durch die ganzen Stapel wühlte, wurde mir klar, dass er all diese Sprachen lesen konnte, genauso wie Hebräisch, und dass er, obwohl er ein komisches Englisch sprach und in einem kleinen gemieteten Zimmer wohnte, ein gebildeter Mann war. Während ich zuschaute, wie mein Vater ihm half, nach dem Buch zu suchen, entging mir nicht, dass sie einander mochten, obwohl sie das nicht offen zeigten. »Ach, hier«, sagte er schließlich. »*Symposium* – das ist ein guter Einstieg.«

Es war ein schmales Taschenbuch aus der Reihe *Penguin Classics*. »Wenn es mir gefällt, kann ich mir in der Bibliothek noch mehr bestellen«, sagte ich.

»Gute Idee! Nicht wie unser Daniel, der immer nur erfundene Geschichten liest und keine Zeit für die Realität hat. Bei mir ist es genau umgekehrt. Ich habe keine Zeit für Geschichten.«

»Eine Freundin von mir in der Schule ist genauso. Sie liest aus Spaß wissenschaftliche Essays.«

Wie sich herausstellte, hatte Sam einige der Essays von Asimov gelesen. Und er besaß ein Buch von Asimov über die Bibel! »Es stammt von einem jüdischen Atheisten, natürlich habe ich es«, sagte er.

Als es dunkel wurde, sprang mein Vater auf und bestand

darauf, uns zum Essen einzuladen. Wir gingen in ein Lokal ganz in der Nähe, wo wir kleine Pfannkuchen aßen, die »Bliny« genannt werden, mit Räucherlachs und Rahmkäse. Das war wirklich lecker, vielleicht das Leckerste, was ich je gegessen habe. Dann gab es köstliche Teigtaschen, die mit Käse und Kartoffeln gefüllt waren und es sogar mit dem Räucherlachs aufnehmen konnten, und noch eine andere Art von Pfannkuchen mit Marmelade. Alle kannten Sam, und ständig kam jemand an unseren Tisch, um Hallo zu sagen und vorgestellt zu werden. Am Anfang war mir das ein wenig peinlich, aber ich gewöhnte mich bald daran, denn für Sam schien das alles völlig normal zu sein. Mir wurde klar, dass er unter diesen Leuten lebte, als wären sie seine Familie, seine Lebensgemeinschaft.

Ich mag Sam. Ich verabschiedete mich nur ungern von ihm. Er gab mir seine Adresse und ich ihm die von der Schule. Ich hätte mich noch gerne mit ihm über das Judentum unterhalten und darüber, was Sharon gesagt hatte, und dass ich mir überlegt hatte, eine Reis-Jüdin zu werden, aber nicht in Gegenwart meines Vaters. Er machte mich verlegen. Bei Sam ist das kein Problem. Zum einen muss ich ihm für nichts dankbar sein, zum anderen muss er wegen mir kein schlechtes Gewissen haben.

Wir fuhren ins Hotel. Kein Vergleich zu unserem Hotel in Pembrokeshire. Alles sehr anonym. Wir übernachten im selben Zimmer, was ich nicht erwartet habe, aber er ist fast sofort runter in die Bar gegangen, und ich habe hier alles für mich. Heute Nacht werden die Uhren zurückgestellt, also kann ich eine Stunde länger schlafen!

Symposium ist genial, genau wie *Der Läufer und sein Held*. Allerdings spielt es früher, als Alkibiades noch jung war. Es muss toll gewesen sein, damals zu leben.

Sonntag, 28. Oktober 1979

Ich sitze in einem Zug, dem großen Intercity von London nach Cardiff. Er fährt willkürlich durch Stadt und Land, wohin die Schienen ihn führen. Ich sitze in einem Wagen in einer Ecke, und niemand beachtet mich. Es gibt ein Zugrestaurant, wo man schauderhafte Sandwiches und grässliche Brause und Kaffee kaufen kann. Ich habe mir ein KitKat gekauft, das ich ganz langsam esse. Es regnet, und die Wälder und Wiesen sehen plötzlich ganz sauber aus und die Städte ganz schmutzig.

Es ist toll, meine eigenen Klamotten anzuhaben. Gestern hatte ich sie auch schon an, aber da ist es mir nicht so aufgefallen. Aber wie ich hier sitze und zum Fenster rausschaue, fühlt es sich wirklich gut an, Jeans zu tragen und mein Tolkien-T-Shirt anstatt diese schreckliche Uniform.

Es ist seltsam – ich schreibe das alles in Spiegelschrift, damit es niemand lesen kann, aber was jetzt kommt, würde ich am liebsten in doppelter Spiegelschrift schreiben, nur für den Fall, nicht nur rückwärts, sondern auch verkehrt herum. Das Notizbuch ist verschließbar. Ich bin froh, dass ich in Spiegelschrift schreiben kann, indem ich einfach die linke Hand benutze. So viel, wie ich übe, bin ich fast so schnell wie mit der rechten Hand.

Also.

Gestern Abend, nachdem ich mit Schreiben fertig war, habe ich noch ein bisschen gelesen (*Die Welt der Ptavv,* Niven) und dann das Licht ausgemacht. Ich bin eingeschlafen, aber später kam *er,* mein Vater – ich sollte wirklich Daniel zu ihm sagen, so heißt er schließlich, und Sam sagt das auch – Daniel kam herein, schaltete das Licht an und weckte mich.

Er war betrunken. Er weinte. Er versuchte, zu mir ins Bett zu steigen und mich zu küssen, und ich musste ihn wegstoßen.

Ich weiß, dass ich gesagt habe, ich würde Sex positiv gegenüberstehen, aber …

In gewisser Hinsicht ist es nett, begehrt zu werden. Streicheln ist nett. Na ja, und Sex auch – in der Schule gibt es keinerlei Privatsphäre, aber gestern Abend hatte ich die Gelegenheit dazu. (Wie lange dauert es? Masturbieren dauert fünf Minuten, höchstens zehn. In den Büchern steht nie, wie lange. Bron und die Spike haben es stundenlang miteinander getrieben, aber das war exhibitionistischer Sex.) Und ich weiß aus dem Roman *Die Leben des Lazarus Long*, der in dieser Hinsicht sehr eindeutig ist, dass Inzest nicht an und für sich falsch ist – schließlich habe ich nicht das Gefühl, dass wir derselben Familie angehören. Mit Opa könnte ich mir das ganz bestimmt nicht vorstellen, igitt! Igitt!!!

Aber bei Daniel wäre nur die Blutsverwandtschaft das Problem, denn letztlich sind wir einander völlig fremd. Dafür gibt es schließlich Empfängnisverhütung, und darauf würde ich sowieso bestehen. Ich bin erst fünfzehn! Und es ist illegal, glaube ich jedenfalls – deswegen will ich nicht ins Gefängnis gehen. Aber offenbar wollte er mich, und wer sonst wird mich schon wollen, kaputt, wie ich bin? Ich möchte nicht sittlich verwahrlost sein, aber wahrscheinlich bin ich das bereits. Jedenfalls habe ich nein gesagt, ohne darüber nachzudenken, denn er war betrunken und ekelhaft. Ich habe ihn weggeschubst, und er hat im anderen Bett geschlafen und dabei laut geschnarcht, und ich lag da und musste an Heinlein denken und an die Sturgeon-Story in *Dangerous Visions*, »Wenn alle Menschen Brüder wären, würdest du einen davon deine Schwester heiraten lassen?« Großartiger Titel.

Heute Morgen hat er so getan, als wäre nichts passiert. Wir warfen einander wieder verstohlene Blicke zu und aßen am Frühstücksbuffet labbrigen Schinken und kaltes Spiegelei. Er hat mir das Geld für die Zugfahrkarte gegeben und zehn Pfund für Bücher. Selbst wenn ich einen Teil davon für Essen und den Bus ausgebe, müsste ich mir damit noch mindestens zehn Bücher kaufen können. Bei Geld ist er irgendwie komisch: Manchmal tut er so, als hätte er keins, und dann ist er wieder äußerst freigiebig. Am Samstag muss ich nach Shrewsbury zurückfahren, denn nächsten Sonntagabend muss ich wieder in der Schule sein. Aber damit bleibt mir eine Woche, eine ganze Woche! Er wird mich in Shrewsbury am Bahnhof abholen. Und Tantchen Teg holt mich heute am Bahnhof von Cardiff ab. Ich habe sie von Paddington aus angerufen. Bis dahin bin ich zwischen … zwischen allem, zwischen den Welten, esse KitKat und schreibe das hier. Ich mag Züge.

Montag, 29. Oktober 1979

Die Herbstferien stimmen hier nicht mit denen in Arlinghurst überein, hier hatten alle letzte Woche frei. Typisch. Also muss Tantchen Teg unterrichten, und meine ganzen Freunde sind in der Schule. Ich bin gestern Abend hier eingetroffen, habe ein Stück selbstgebackenen Käsekuchen gegessen und bin sofort nach dem Abendessen eingeschlafen.

Heute bin ich nach Cardiff reingefahren und habe Bücher gekauft. Das Tolle an *Lears* ist, dass sie amerikanische Ausgaben haben. *Chapter and Verse* ist auch ziemlich klasse, und ich gehe oft dorthin, aber sie importieren nicht. Dann gibt es da noch eine Reihe von Secondhandbuchläden. Einen in den Schloss-Arkaden, einen an der Hayes und einen neben dem Kasino, der im Hinterzimmer Pornos hat. Ich glaube, ich bin die Einzige, die jemals Bücher aus dem Vorderraum kauft. Sie glotzen mich dort immer wütend an, als wollte ich in ihr dämliches Hinterzimmer gehen und ihre dämlichen Pornos kaufen. Vielleicht wollen sie die Bücher vorne ja gar nicht verkaufen, weil sie dann für Nachschub sorgen müssen? Für zehn Pence habe ich *The Best of Galaxy Volume IV* bekommen, mit einer Zelazny-Story drin.

Am Abend sind wir dann ins Tal hochgefahren, um Opa zu besuchen. Er wurde aus dem Krankenhaus entlassen und ist jetzt in einem Pflegeheim namens *Fedw Hir*. Alle anderen dort sind plemplem, oder jedenfalls so gut wie. Ein Mann hockt nur rum und murmelt dauernd »Blubba, blubba, blubba«, und ein anderer stößt immer wieder laute Schreie aus. Das ist der grässlichste, deprimierendste Ort, an dem ich je war, all die alten Männer mit den eingefallenen Wangen und dem stumpfen Blick, wie sie da in ihren Betten sitzen und so aussehen, als befänden sie sich im Vorzimmer des Todes. Opa geht es von allen dort noch am besten. Er ist einseitig gelähmt, aber seine andere Seite ist so kräftig wie immer, und er kann sprechen. Er ist bei Verstand, auch wenn seine Haut eine merkwürdige Farbe hat. Sein Haar war schon grau, seit ich zurückdenken kann, aber jetzt ist es weiß, und an einer Stelle hat es die Farbe von geronnener Milch.

Sprechen kann er, aber zu sagen hatte er nicht viel. Er hofft, dass er bald nach Hause darf, doch Tantchen Teg hat da so ihre Zweifel, obwohl sie hofft, dass er über Weihnachten einen Tag zu ihr kommen kann. Sie möchte, dass ich auch komme, aber ich habe ihr gesagt, nur wenn ich meiner Mutter nicht begegne. Ich weiß nicht, ob das machbar ist. Opa hat sich wahnsinnig gefreut, mich zu sehen, und er wollte alles wissen, was ich erlebt habe, und das war natürlich schwierig. Den Namen Daniel darf ich ihm gegenüber gar nicht erwähnen, niemand darf das, seit Daniel meine Mutter im Stich gelassen hat. Also kann ich auch nichts von ihm erzählen. Aber von der Schule habe ich erzählt, ohne zu verraten, wie furchtbar es dort ist und dass mich alle hassen. Ich habe ihm von meinen Noten erzählt und von der Bibliothek. Er wollte wissen, ob es mit meinem Bein besser geht, und ich habe ja gesagt.

Was gelogen war. Inzwischen ist mir jedoch klar, wie unwichtig das ist. Na schön, es tut weh, aber ich kann herumlaufen. Während er dort festsitzt, auch wenn sie, wie Tantchen Teg sagt, ein wenig Krankengymnastik mit ihm machen.

Als wir hinausgingen, wünschte Tantchen Teg, die oft hier ist, einigen der Männer eine gute Nacht. Entweder sie reagierten gar nicht, oder sie brüllten und stammelten. Ich musste an Sam denken, der ungefähr im gleichen Alter ist wie diese Männer, und an sein nettes warmes Zimmer, die Bücherstapel und den Samowar. Er war ein Mensch, und diese Männer waren nur noch Abfall, Überreste von Menschen. »Wir müssen Opa da rausholen«, sagte ich.

»Ja, aber so einfach ist das nicht. Alleine kommt er nicht mehr zurecht. Ich könnte mich an den Wochenenden um ihn kümmern, aber er braucht jemanden, der ihn pflegt. Das ist sehr teuer. Sie hoffen, dass sie ihn im Frühling entlassen können.«

»Ich könnte bei ihm wohnen und ihm helfen«, erwiderte

ich, und für einen Moment gab ich mich der Hoffnung hin, das wäre möglich.

»Du musst in die Schule gehen. Und außerdem bist du nicht stark genug – wenn er geht, muss er sich mit seinem ganzen Gewicht aufstützen.«

Sie hat recht. Ich würde zusammenbrechen, mein Bein würde nachgeben, und wir lägen beide auf dem Boden.

Ich sollte ihm schreiben. Immerhin das kann ich tun – nette, fröhliche Briefe. Tantchen Teg kann sie ihm vorlesen, dann haben sie etwas, worüber sie reden können, wenn sie ihn besucht. Wir müssen ihn da rausholen. Es ist grauenvoll. Und ich dachte, in der Schule wäre es schlimm.

Dienstag, 30. Oktober 1979

Heute bin ich mit dem rot-weißen Bus das Tal hochgefahren, eine interessante Strecke. Sie folgt der alten Landstraße bis ganz hinauf, den schmalen Gassen zwischen den Reihenhäusern, durch Pontypridd, und die ganze Zeit konnte ich die grässlichen Kohle- und Schlackehalden sehen und die hässlichen, dicht an dicht stehenden Gebäude, und über allem die Hügel. In Aberdare bin ich ausgestiegen und den Kar zu den Ruinen raufgelaufen, die wir »Osgiliath« getauft haben. Was sie mal wirklich waren, weiß ich nicht. An den Bäumen hingen fast keine Blätter mehr, dafür war der Boden mit nassem Laub bedeckt. Zum Glück regnete es nicht, denn als ich dorthin kam, musste ich mich dringend hinsetzen. Ich hatte vergessen, wie weit es war. Zwar hatte ich schon noch gewusst, dass es einen knappen Kilometer von der nächsten

Bushaltestelle entfernt war, aber für mich ist das inzwischen eine lange Strecke.

Ich suchte nicht direkt nach Feen, ich wollte einfach nur dort sein. Aber die Feen waren trotzdem da. Glorfindel und die anderen. Sie warteten auf mich.

Ich würde gerne erzählen, dass wir uns unterhalten haben wie die Elben bei Tolkien. »Seit Langem schon haben wir dich vermisst, werte Mori, seit Langem suchen wir dich unter den Bäumen und in den Palästen. Aus einem fernen Land haben wir gehört, dass du noch auf der Welt weilst, getrennt von deinem Zwilling, und so warteten wir voller Hoffnung, bis der Wind uns heute die Nachricht brachte, dass du zu uns kommst. Sei uns willkommen, denn wir leiden große Not.«

Aber so war es nicht. Manchmal spielten Mor und ich eine Unterhaltung mit den Feen nach, und dabei sagte ich dann, was sie in einer solchen Sprache hätten sagen sollen. Im Wesentlichen hat Glorfindel auch genau das gesagt, jedenfalls meinte er das, nur fasste er das meiste nicht in Worte, und wenn, dann sprach er Walisisch.

Glorfindel ist wunderschön. Er sieht aus wie ein junger Mann, vielleicht neunzehn oder zwanzig Jahre alt, mit dunklem Haar und grauen Augen. Er trägt einen Mantel aus Blättern, der ihn wie einen Schleier umweht, nur dass es in Wirklichkeit kein Mantel ist. Schließlich kann er ihn nicht ausziehen.

Die Feen sind sehr weise. Jedenfalls wissen sie eine Menge. Sie haben viel erlebt. Sie wissen besser als irgendwer sonst, wie Magie funktioniert. Deshalb wäre es auch eine solche Katastrophe gewesen, wenn meine Mutter Macht über sie erlangt hätte. Sie hätte das ganze Wissen nur missbraucht.

Die Feen hätten ihr nichts entgegenzusetzen gehabt. Was für Auswirkungen das auf die reale Welt gehabt hätte, weiß ich nicht. Ich glaube nicht, dass sie eine dunkle Königin geworden wäre, nicht wie in den Geschichten. Aber auch wenn sie das nicht noch einmal versuchen kann, irgendetwas heckt sie aus. Ich hätte es wissen müssen.

Glorfindel möchte, dass ich morgen durch Ithilien hinauf zu Minos' Labyrinth gehe, wo, wie er sagt, die Toten wandeln werden. Morgen ist Halloween! Er sagt, dass ich Eichenlaub mitnehmen und für sie ein Portal erschaffen muss, durch das sie hindurchgehen können. Das wird meine Mutter daran hindern, sie in ihre Klauen zu kriegen. Feen wissen viel, aber sie können nicht viel tun, sie können kaum beeinflussen, was auf der Welt geschieht. Deshalb müssen sie andere Leute dazu bringen, es für sie zu tun, und die Wahl ist auf mich gefallen. Wenn ich Glorfindel glauben kann, hat er sein Möglichstes getan, damit ich diese Woche hierherkomme. Er wusste nicht, wo ich bin, bis ich mit der Fee gesprochen habe, und er konnte nichts bewirken, bis ich die Briefe verbrannt habe. Aber dann hat er es so eingerichtet, dass ich hierherkomme. (Er hat den Stundenplan abgeändert? Den Stundenplan aller Schulen? Er hat dafür gesorgt, dass Daniel mich fahren ließ? Er hat mir den Wunsch eingegeben, heute in den Kar zu gehen? Manchmal hasse ich Magie.)

Er behauptet, es wäre einfach, nicht wie beim letzten Mal. Ohne jedes Risiko. Problematisch ist, dass ich bei Einbruch der Dämmerung dort sein muss. Erst dachte ich, das wird wirklich schwierig, aber als ich Tantchen Teg angelogen habe, dass ich mich mit Moira von der Mittelschule zum Tee treffen möchte, hat sie gesagt, sie würde mich um sieben abholen und mit mir ins Fedw Hir fahren, um den armen Opa zu besuchen.

Gerade lese ich *Das Zauberschwert* von Marion Zimmer Bradley, was mir bisher wirklich Spaß macht.

Mittwoch, 31. Oktober 1979

Es war knapp, aber nicht so, wie ich erwartet hatte.

Erst einmal war es ein laaaanger Fußmarsch. Und keine Fee weit und breit. Schmerzen sind ihnen zuwider, warum, weiß ich nicht, aber es ist mir bewusst, seit ich sie kenne. Selbst ein aufgeschürftes Knie oder ein verdrehter Knöchel schlägt sie in die Flucht. Die Schmerzen, die mir bei jedem Schritt durchs Bein fuhren, sorgten bestimmt dafür, dass sich im Umkreis von mehreren Kilometern keine Fee aufhielt. Nur gut, dass ich frühzeitig aufgebrochen bin, damit die Schmerzen nachlassen konnten, wenn ich erst einmal dort war.

Das Labyrinth von König Minos befindet sich ganz oben in den Bergen von Craig, eine der höchstgelegenen Ruinen dort. Früher war das ein Hüttenwerk, eines der ältesten überhaupt, und eine Grube, wo Eisenerz abgebaut wurde, keine tiefe, nur ein Kratzer, der größtenteils aufgefüllt ist. Was davon übrig ist, sieht auf jeden Fall wie ein Labyrinth aus. Man muss sich zwischen den Mauern hindurchschlängeln, und obwohl keine davon mehr als schulterhoch ist, kommt man sich doch ein wenig vor wie in einem Irrgarten. Der Eingang zur Grube war genau in der Mitte, und dort ist die Erde immer noch ein Stück eingesunken, und es gibt Überreste einer

Straße, die da hinunterführt. Dort setzte ich mich auf eine Mauer und ruhte mich aus, wobei ich meinen Stock an die Mauer lehnte. Es tröpfelte, also konnte ich nicht lesen, aber ich hatte natürlich mein Buch mitgenommen. *Babel-17* von Delany, das ich im Bus gelesen habe. Ich hatte auch Eichenlaub dabei, das ich auf meinem Weg durch das baumreiche Ithilien aufgesammelt hatte. Glorfindel hatte nicht gesagt, wie viele, also habe ich einfach meine Tasche vollgestopft. Eichen werfen im Winter nicht alle ihre Blätter ab wie die Mallornbäume, also sind sie leicht zu finden.

Ich hatte meinen Schulmantel an, weil ich keinen anderen mehr habe. Als ich weggelaufen bin, habe ich meinen nicht mitgenommen. Auf meinem Schulmantel ist das Abzeichen von Arlinghurst aufgenäht, eine Rose mit dem Motto *Dum spiro spero*, was mir sogar gefällt – solange ich atme, hoffe ich. Ich kenne einen Witz, in dem eine Schule beschließt, »Ich höre, ich sehe, ich lerne« als Motto anzunehmen, was übersetzt »Audio video disco« heißt. Darüber habe ich eine ganze Weile nachgedacht. Aus der Ferne ist es mir möglich, das Motto zu mögen. Wenn ich dort bin, habe ich das Gefühl, ich muss alles an der Schule hassen, sonst habe ich aufgegeben. Während ich so dasaß, schien sie sehr weit weg zu sein, trotz des Mantels. Die Landschaft in den Valleys ist so real, so überwältigend, dass alles andere daneben wie eine ferne Ablenkung wirkt.

Nach einer Weile kam die Sonne heraus, wenn auch kraftlos. Die Wolken jagten in einem enormen Tempo über den Himmel, und während ich auf das Tal hinabschaute, befand ich mich fast auf einer Höhe mit ihnen. Hier oben gibt es nicht viele Bäume, nur zwei staksige Ebereschen, die sich an den Eingang zur alten Grube klammern. Über mir kreisten

Vogelschwärme und bildeten Muster am Himmel – wahrscheinlich überlegten sie noch, in welche Richtung sie ziehen wollten. Mit der Sonne kamen die Feen. Sie spickten hinter den Mauern hervor. Glorfindel kam als Letzter.

Es ist äußerst unbefriedigend, eine Unterhaltung mit den Feen niederzuschreiben. Entweder man fasst es in richtige Worte, und das ist dann erfunden, oder man versucht, etwas, das nur zum Teil aus Worten besteht, ausschließlich mit diesen Worten wiederzugeben. Wenn ich es so niederschreibe wie gestern, dann ist es gelogen. Dann sage ich nur, was er hätte sagen sollen, wenn es nach mir ginge, dabei hat er nur ein paar Worte gesagt, die von ganz viel Gefühl begleitet waren. Wie soll man das niederschreiben? Vielleicht könnte Delany das.

Allzu viel haben wir sowieso nicht geredet. Er setzte sich neben mich, und fast konnte ich ihn spüren. Dann konnte ich ihn tatsächlich neben mir spüren, was jenseits von ungewöhnlich ist, und dann fing ich an, sexuelle Gefühle zu haben. Ich weiß, mit einer Fee ist das undenkbar. Alle Feen kamen jetzt näher, was mir Angst machte, und daraufhin wurde Glorfindel körperlos, so wie immer, auch wenn er direkt neben mir blieb.

Da fiel mir ein, dass ich doch Geschichten über Frauen kenne, die Sex mit Feen hatten, und jede einzelne davon dreht sich um Schwangerschaft. Ich schaute Glorfindel an, und ja, er ist wunderschön und sehr … sehr maskulin … und er warf mir einen gefühlvollen Blick zu, und ja, ich würde gerne, aber nicht, wenn das die Folgen sind. Auf gar keinen Fall! Selbst wenn alle normalen Männer mich anschauen, als wäre ich der letzte Dreck. Und in gewisser Hinsicht wäre das auch Inzest, mit Glorfindel. Mehr sogar.

»Unberührt?«, fragte er, oder etwas in der Art – ich bin nie ganz sicher, was dieses Wort bedeutet. Aber ich wusste, von was er redete.

»Bisher habe ich jeden abgewehrt, der es versucht hat«, sagte ich, was es rabiater klingen ließ als beabsichtigt, obwohl es der Wahrheit entspricht. Allerdings war das bei Daniel nicht weiter schwer. »Du weißt, was mit Carl passiert ist.«

»Tot«, sagte er mit schadenfroher Endgültigkeit. Carl ist tot. Er war Polizist und ist nach Irland gegangen, weil er dort besser bezahlt wurde, und da hat ihn eine Bombe erwischt. Oder, um es anders auszudrücken, ich hatte Glorfindel gefragt, wie ich ihn loswerden konnte, und dann habe ich Carl einen Kamm gestohlen und im Croggin Bog versenkt. Das war, als er bei meiner Mutter wohnte, in mein Zimmer kam, sich zu mir setzte und versuchte, mich anzufassen. Ich habe ihn gebissen, und zwar fest, und da hat er mich geschlagen, aber an dem Tag hat er mich in Ruhe gelassen. Ich wusste jedoch, dass die Sache damit noch nicht zu Ende war. Damals war ich noch vierzehn. Den Kamm von jemandem in einen Sumpf zu werfen ist nicht Mord. Ich dachte, es hätte geklappt, als er fortzog.

Glorfindel sah mich nur an, und ich wusste, dass er mein Freund war, soweit das bei Feen eben möglich ist, denn sie sind nun einmal, wie sie sind. Vielen von ihnen sind die Menschen und die Welt völlig gleichgültig, und auch die anderen sind nicht wie wir. Ich weiß nicht, was es ihm bedeutete, dass zwischen uns etwas in der Luft lag. In Wirklichkeit heißt er gar nicht Glorfindel, er hat nicht einmal einen Namen. Er ist kein Mensch. Das war mir in dem Moment nur allzu bewusst.

Allmählich versank die Sonne hinter dem Hügel, auf

dem wir saßen, aber ganz untergegangen war sie noch nicht; im Tal nebenan war es noch taghell. Aber wahrscheinlich gibt es immer ein Tal nebenan, ganz um die Welt herum, bis man am nächsten Tag ankommt. Unsere Schatten waren sehr lang. Glorfindel stand auf und sagte, ich solle das Laub in Form einer Spirale im Labyrinth verteilen, bis ich die beiden Ebereschen erreicht hatte. Das tat ich, und dann setzte ich mich wieder hin und wartete, während es dunkel wurde. Ich wusste nicht genau, ob ich irgendetwas sehen würde, oder ob es wie so oft sein würde – ich mache, was sie mir sagen, und es ergibt keinen Sinn, und ich erfahre auch nie, ob es geklappt hat oder nicht. Der Himmel verblasste, bis er völlig farblos war, aber noch nicht ganz finster. Ich musste daran denken, dass der Rückweg eine ziemliche Qual werden würde.

Da kamen sie durch das Zwielicht auf dem Schienenweg das Tal heraufgelaufen. Es waren Gespenster, nehme ich an, die Prozession der Toten. Keine blassen Könige und keine Jungfern, sondern abgearbeitete Männer und Frauen – ganz normale Menschen, nur eben tot. Niemand würde sie je für lebendig halten. Man konnte nicht direkt durch sie hindurchblicken, aber aus ihnen war jegliche Farbe gewichen, noch mehr als aus ihrer Umgebung, und sie wirkten irgendwie substanzlos. Einen der Männer erkannte ich. Er hatte im Heim in der Nähe von Opa gesessen und die ganze Zeit rumgeblubbert. Jetzt marschierte er leichten Schrittes den Berg hinauf. Sein Gesicht war ernst und gefasst – ein würdevoller Mann, der wusste, was er wollte. Er bückte sich, hob eines der Eichenblätter vom Pfad auf und hielt es wie eine Eintrittskarte hoch, als er zwischen den beiden Bäumen hindurchging. Ich sah niemanden, der es entgegennahm. In der Dunkelheit dort konnte ich rein gar nichts erkennen.

Einige der anderen liefen vor dem Eingang herum; jetzt waren sie so weit gekommen und konnten nicht hinein, und schuld daran war meine Mutter. Als sie sahen, wie der alte Mann das Blatt hochhielt, fingen sie selbst an, sich nach Blättern zu bücken. Dann gingen sie hindurch, einer nach dem anderen. Alle wirkten sie sehr ernst und würdevoll, niemand sprach, und jeder wartete, bis er an die Reihe kam. Ich weiß nicht, ob sie in die Erde gingen oder unter den Hügel oder in eine andere Welt oder hinunter zum Acheron oder so etwas. Eine fette Frau und ein junger Mann mit einem Motorradhelm schienen zusammenzugehören. Die Toten sahen einander, aber mich und die Feen, die neugierig am Weg standen, sahen sie anscheinend nicht. Der junge Mann bedeutete der Frau vorauszugehen, und das tat sie auch, so feierlich wie in der Kirche.

Dann sah ich Mor. Damit hatte ich nicht gerechnet. Sie schlenderte unbekümmert einher, ein Blatt in der Hand, als würde sie eine ernste Rolle in einem Spiel spielen. Ich rief ihren Namen, und sie drehte sich um, sah mich und lächelte so freudig, dass mir das Herz brach. Ich streckte die Hand nach ihr aus und sie nach mir, aber sie war nicht wirklich da, wie eine Fee, schlimmer als eine Fee. Sie wirkte ängstlich, wie sie so den Blick über den Pfad schweifen ließ; die Feen, die dort standen, entgingen ihr natürlich nicht.

»Lass los«, sagte Glorfindel dicht an meinem Ohr, ein Flüstern so warm, dass sich meine Haare bewegten.

Ich hielt sie nicht fest, und doch hielt ich sie fest. Unsere Hände waren ausgestreckt, ohne einander zu berühren, aber die Verbindung zwischen uns war spürbar. Sie schimmerte violett – die einzige Farbe weit und breit. Sie war nicht im gewöhnlichen Sinne sichtbar, aber wenn sie es gewesen wäre, hätte ich sie das ganze vergangene Jahr über hinter mir hergezogen wie eine geborstene Brücke. Jetzt war sie wieder heil, und ich war wieder heil, wir waren wieder beisammen. »Festhalten oder sterben«, flüsterte er mir ins Ohr, und ich begriff, was er meinte: Ich konnte sie entweder hier festhalten, und das wäre schlecht, und ich glaubte ihm, obwohl ich es nicht verstand, oder ich konnte mit ihr durch das Tor treten und sterben. Das wäre Selbstmord. Aber ich konnte sie nicht loslassen. Ohne sie war alles so furchtbar gewesen, ein ganzes scheußliches Jahr lang. Ich hatte selbst sterben wollen, wenn es denn nötig war.

»Erst zur Hälfte«, sagte Glorfindel, und er meinte damit nicht, dass ich ohne sie halb tot oder dass sie schon halb hindurch war, er meinte, dass ich *Babel-17* erst zur Hälfte gelesen hatte, und wenn ich sie begleitete, würde ich nie erfahren, wie es ausging.

Bestimmt gibt es merkwürdigere Gründe, am Leben zu bleiben.

Es gibt Bücher. Und Tantchen Teg und Opa. Und Sam und Gill. Die Fernleihe. Bücher. Bücher, in die man sich hineinfallen lassen und die man sich über den Kopf ziehen kann. Und Glorfindel, der wirklich etwas für mich empfindet, soweit das Feen überhaupt möglich ist.

Ich ließ los. Widerwillig, aber ich ließ los. Sie nicht. Loslassen würde also nicht genug sein. Wenn ich leben wollte, musste ich sie fortstoßen, obwohl die Verbindung zwischen uns noch immer bestand, obwohl sie weinte und meinen Namen rief und meine Hand so fest umklammert hielt, wie sie nur konnte. Das war das Schwerste, was ich je getan habe –

es war noch schlimmer als der Tag, an dem sie starb. Noch schlimmer, als von ihr weggezerrt zu werden und mit ansehen zu müssen, wie der Krankenwagen mit ihr davonfuhr, während meine Mutter sich lächelnd über sie beugte. Noch schlimmer als der Augenblick, als Tantchen Teg mir sagte, dass sie tot war.

Mor war immer tapferer gewesen als ich, praktischer, netter, einfach ein besserer Mensch. Sie war die bessere Hälfte von uns beiden.

Aber jetzt hatte sie Angst, sie war allein und tot, und ich musste sie fortstoßen. Sie veränderte sich, während sie sich an mich klammerte, wurde zu Efeu, der sich um mich schlang, zu Seegras, zu Schleim, den ich unmöglich abschütteln konnte. Jetzt, da ich sie loswerden wollte, konnte ich es nicht mehr, und obwohl sie sich veränderte, wusste ich, dass sie weiterhin Mor war. Ich konnte es spüren. Ich hatte Angst. Ich wollte ihr nicht wehtun. Irgendwann verlagerte ich mein Gewicht auf mein Bein. Der Schmerz ließ die Verbindung reißen, wie er auch die Feen in die Flucht schlägt. Der Schmerz war etwas, das mein lebender Körper tun konnte, dasselbe wie ein Eichblatt aufheben und den Berg hinauftragen.

Daraufhin ging sie weiter, oder versuchte es jedenfalls, aber das Zwielicht war der Dunkelheit gewichen, und sie konnte nicht mehr durch das Portal treten, es war nicht mehr da. Sie hatte wieder ihre eigene Gestalt angenommen und stand vor den Bäumen, sehr jung und sehr verloren, und fast hätte ich wieder die Hand nach ihr ausgestreckt. Dann war sie fort, von einem Augenblick zum anderen, wie sonst die Feen.

Der Rückweg durch die Finsternis war lang und einsam.

Bei jedem Schritt befürchtete ich, meiner Mutter zu begegnen, die herbeieilte, weil sie wissen wollte, was mit ihrem Plan schiefgelaufen war, sich der Seelen zu bemächtigen. Mor hatte ihr überhaupt erst die Möglichkeit dazu gegeben, das begreife ich jetzt, weil sie ihre Tochter war, ihr Fleisch und Blut. Die ganze Zeit musste ich daran denken, dass ich nicht rennen konnte, aber sie schon. Mor schien weiter von mir weg zu sein als je zuvor. Die Feen waren natürlich vor den Schmerzen geflüchtet. Selbst *Babel-17*, das ich in meiner Tasche hatte, schien weit weg zu sein. Aber Tantchen Teg wartete mit dem Wagen, und Opa in Fedw Hir freute sich so sehr über meinen Besuch – wenn ich fortgegangen wäre, hätte es ihm das Herz gebrochen. Das Bett, in dem der Mann »Blubba, blubba, blubba« gemurmelt hatte, war leer, sie hatten seinen leeren Körper bereits fortgebracht. Er hatte Glück gehabt, dass er in jener Nacht gestorben war. Menschen, die im November sterben, müssen ein ganzes Jahr lang warten. Wie Mor. Was wohl mit ihr ist? Wird sie bis nächstes Jahr warten müssen?

Donnerstag, 1. November 1979

Je mehr ich darüber nachdenke, umso weniger begreife ich, was geschehen ist. Gibt es in jedem Tal eine solche Öffnung? Was ist mit Menschen, die im Flachland sterben? Ist der Durchgang wirklich alt, älter als das Hüttenwerk, oder haben die Grubenarbeiter ihn ausgehoben, wo vorher nur ein flacher Hang war? Und wohin sind sie gegangen? Waren es wirklich alle? Was ist mit Mor? Wo ist sie jetzt? Hat meine

Mutter sie doch noch gefangen? Werden die Feen ihr helfen? Was ist mit den Ebereschen? Ich habe noch nie gehört, dass die Eberesche der Baum des Todes ist – das ist die Eibe, die Friedhofseibe. Aber ich musste ihnen Eichenlaub bringen, trockenes goldfarbenes Eichenlaub. Eines ist noch in meiner Tasche. Was nicht heißt, dass jemand außen vor geblieben ist, Mor hatte auch eins, und als ich ging, knirschten immer noch welche unter meinen Füßen, ich hatte mehr als genug aufgesammelt. Ich dachte, ich hätte sie alle verteilt, aber eins war hinten in *Babel-17* reingerutscht. Was für ein *seltsames* Buch! Prägt Sprache wirklich die Art und Weise, wie wir denken können? Ich meine, so wie Delany das beschreibt?

Heute habe ich anscheinend nur Fragen.

Ich war völlig hinüber, von meinem Bein ganz zu schweigen, also bin ich den ganzen Tag dringeblieben und habe gelesen. Dann habe ich für Tantchen Teg Abendessen gemacht, als sie nach der Schule nach Hause kam – gebackene Pilze mit Zwiebeln, Käse und Sahne, außerdem Ofenkartoffeln mit Käse und Erbsen. Sie war ganz begeistert und erklärte mir, dass Männer es wohl immer so gut hatten, wenn sie verheiratet waren, und was sie brauchte, war kein Ehemann, der das von ihr erwartete, sondern eine Ehefrau, die sich um sie kümmerte. Es war toll, mit richtigem Essen zu kochen. Irgendwie erdet einen das. Magie spielt dabei keine Rolle, auch wenn es an Zauberei grenzt, aus großen flachen Pilzen und rohen Kartoffeln etwas Köstliches zu machen. Ich habe einfach nur gekocht. Aber ich frage mich, ob bei anderen Leuten dabei doch Magie im Spiel ist, mehr als ich weiß. Möglich ist das ja. Tantchen Tegs Geschirr und Besteck mag mich genauso wenig wie Persimmon. Die Messer und Schäler schneiden mich nicht, aber ich habe das Gefühl, dass sie sich gegen mich wehren. Sie wissen, dass ich nicht diejenige bin, die sie verwenden sollte.

Von Heinlein soll es einen Fantasy-Roman geben, der *Straße des Ruhms* heißt! Ob Daniel ihn wohl hat? Wenn nicht, gibt es immer noch die Fernleihe. Großartig!

Freitag, 2. November 1979

Heute bin ich noch einmal mit dem Bus nach Aberdare hinaufgefahren. Von Mor oder irgendeiner Fee keine Spur, auch wenn ich immer wieder das Gefühl hatte, dass sie die Flucht ergriffen, kaum suchte ich nach ihnen, und wieder auftauchten, wo ich sie nicht sehen konnte. Das ist natürlich ein Spiel, aber ich hatte keine Lust, mich darauf einzulassen. Ich wollte Antworten, aber eigentlich sollte ich wissen, dass es unmöglich ist, von ihnen eine ehrliche Antwort zu bekommen, selbst wenn sie etwas wollen, was im Moment offenbar nicht der Fall ist.

Ich habe bei Opa zu Hause vorbeigeschaut. Den Haustürschlüssel habe ich noch immer, obwohl er sich schwerer denn je bewegen lässt und kaum ins Schlüsselloch hineinwill. Tantchen Teg putzt dort immer mal wieder, aber es war trotzdem ziemlich staubig und roch unbewohnt. Es ist ein ziemlich kleines Haus, das zwischen zwei anderen eingeklemmt ist. Solange Tantchen Florrie noch da lebte, hatte es kein Badezimmer, das Bad war in der Küche, und die Toilette war ein *ty bach*, auf dem Hof. Während meine Urgroßeltern dort wohnten, war es genauso. Mein Großvater hat alles modernisiert, als er wieder eingezogen ist. Mir hat das

Bad in der Küche gefallen, so direkt neben dem Kohlefeuer. Aber nach draußen auf die Toilette gehen, das war schrecklich, vor allem nachts.

Opa ist dorthin gezogen, nachdem Mor gestorben ist, weil er von meiner Mutter wegkommen wollte. Alle laufen vor ihr fort. Offiziell habe ich nie hier gewohnt, sondern immer bei ihr. Manchmal wohnte ich auch bei ihr, wenn sie darauf bestand, aber meistens nicht, solange es Opa gutging. Ich hatte ein eigenes Zimmer, mit meinem Bett von zu Hause und der blauen Truhe. Der Großteil meiner Bücher und Kleider waren in ihrem Haus, aber ich entdeckte einen von Mors Wollpullovern, meine Jeans mit dem Löwen und eine Ausgabe von *Destinies*. *Destinies* ist ein amerikanisches Science-Fiction-Magazin, das als Taschenbuch erscheint. Man bekommt es bei *Lears*, und ich finde es großartig. Die neuste Ausgabe »April/Juni« habe ich am Montag dort gekauft. Lesen werde ich sie aber erst im Zug.

Na schön, habe ich eben ein paar Bücher zurückgelassen. Ich weiß, dass ich sie vor Weihnachten nicht holen kann, aber langsam werden es wirklich viele, und die, die ich hierlasse, will ich auch nicht so bald noch mal lesen. In der Schule ist nur wenig Platz. Und selbst wenn ich sie vermisse, bin ich doch froh, dass sie hier sind. Wenn Opa wieder so gesund ist, dass er nach Hause kann, kann ich auch nach Hause gehen. Daniel ist das mehr oder minder egal, er hat bestimmt nichts dagegen. Ich habe das Gefühl, nirgendwo wirklich zu Hause zu sein, und das ist schrecklich. Die Vorstellung, dass auf dem Fensterbrett in meinem Zimmer acht Bücher in alphabetischer Reihenfolge stehen, ist tröstlich. Auch das ist Magie – ein magisches Bindeglied. Meine Mutter kann nicht dort hinein, und selbst wenn, es sind Bücher. Mit Büchern wirkt man keine Magie, es sei denn, es sind ganz besondere Ausgaben; außerdem hat sie sowieso schon alle anderen Bücher von mir. Sie hat viel zu viel von mir, aber es gibt keine Möglichkeit, es ihr wegzunehmen.

Falls ich sie wieder besiegt habe, und ich glaube, das habe ich – wird sie sich rächen wollen? Es war völlig anders als beim letzten Mal. Eigenartig enttäuschend, vor allem, weil ich Glorfindel nirgendwo ausfindig machen kann, um ihm die neun Millionen Fragen zu stellen, die mir auf den Nägeln brennen.

Die Haustür ließ sich nicht mehr zuschließen. Also habe ich sie von innen verriegelt, bin hinten rausgegangen und habe den Schlüssel zur Hintertür in den Briefkasten geworfen. Ich habe es Tantchen Teg gesagt, die als Nächste dorthin gehen wird.

Ich habe mich mit Moira und Leah und Nasreen getroffen, als sie heute Nachmittag aus der Schule kamen. Sie fragten mich, wie es in Arlinghurst ist, und ich habe ihnen nichts erzählt, außer ein paar Oberflächlichkeiten. Leah hat einen Freund, Andrew, der auf der Park School immer so gut in Mathe war, als wir noch klein waren. Ich sagte ihr das, und sie erwiderte, dass einige von uns immer noch klein wären. Sie ist in letzter Zeit ziemlich gewachsen. Werde ich das wohl auch? Mit zwölf waren wir die Größten in der Klasse, aber inzwischen haben mich fast alle überholt. Sie erzählten mir den neusten Tratsch. Dorcas, die immer die Beste in Französisch und Walisisch war und deren Eltern irgend so einer bescheuerten Religion anhängen, Siebenten-Tags-Adventisten oder so etwas, ist schwanger. Sue ist mit ihren Eltern nach England gezogen. Ich kam mir richtiggehend normal vor, aber auch irgendwie seltsam, als würde ich nur so tun.

Morgen muss ich wieder nach Shrewsbury zurück, dabei hätten sie da frei, und wir könnten etwas zusammen unternehmen.

Samstag, 3. November 1979

Der Zug nach Crewe ist viel kleiner als der aus London. Er hat einen Korridor und winzige Wagen, in denen acht Leute sitzen können, auf Bänken, die einander gegenüberstehen. Über den Sitzen ist eine Gepäckablage, und an manchen Wänden hängen Schwarzweißfotos – in meinem Wagen eins von Newton Abbot, ein Örtchen, von dem ich noch nie gehört habe. Wo es wohl liegt? Es sieht nett aus. Den größten Teil der Strecke hatte ich den Wagen für mich, nur von Abergavenny bis Hereford hat sich eine Dame in mittleren Jahren mit zwei Kindern zu mir gesetzt. Sie störten mich nicht weiter. Die meiste Zeit habe ich abwechselnd zum Fenster rausgeschaut und gelesen, erst das neue *Destinies*, und dann habe ich *Die Zeitreisenden in Callahan's Saloon* angefangen, das ich ebenfalls bei *Lears* gekauft habe.

Der Zug fährt die Walisische Grenze hinauf. Nachdem er Cardiff und Newport hinter sich gelassen hat, fährt er fast nur noch durch Felder und Hügel. Die Sonne verschwand öfter hinter den Wolken und tauchte dann wieder auf – Herbstwetter eben. In dem seltsamen Nachmittagslicht sah alles aus, als befände es sich unter Wasser. Die Wolken warfen unregelmäßige Schatten auf die Berge, und wenn die Sonne hervorbrach, schien das Gras zu leuchten, hell genug, um dabei lesen zu können. Vom Zug aus kann man den Sugar Loaf sehen. Na ja, er ist auch unverkennbar. Manchmal sind wir nach Abergavenny gefahren, und im Auto haben wir dann ein Lied gesungen: »Über die Berge nach Abergavenny, hoffentlich wird's Wetter schön.« Mir wurde ganz warm ums Herz, als wir dort durchkamen, obwohl ich nur den Bahnhof und die dahinterliegenden Hügel sah. Ich werde Opa davon erzählen, wenn ich ihm schreibe. Hinter Abergavenny überquert der Zug irgendwo die Grenze, denn Hereford ist in England, und Ludlow ist es ganz eindeutig. Ludlow ist eine kleine Ortschaft. Vom Zug aus gleicht sie ein wenig Oswestry, fühlt sich aber wärmer an.

Der letzte Halt vor Shrewsbury ist Church Stretton. Dort stiegen eine Menge Leute in meinen Wagen, und meine gemütliche Ecke war plötzlich nicht mehr ganz so gemütlich. Mich verließ auch ein wenig der Mut. Bisher hatte mir die Reise Spaß gemacht, und ich hatte keinen Gedanken darauf verschwendet, wohin ich fuhr.

Am Bahnhof Shrewsbury wartete kein Daniel. Ich hatte gedacht, er würde am Bahnsteig stehen, aber er war nirgendwo zu sehen. Also ging ich hinaus und stand eine Weile auf dem Parkplatz herum. Ich überlegte, ob ich einen Bus nehmen sollte, aber ich hatte keine Ahnung, welchen oder wo er abfahren würde. Das ist noch so eine Sache – in den Valleys weiß ich, wohin jeder Bus fährt und in welchen ich einsteigen kann. Die Rotweißen fahren nach Cardiff, und die Dunkelroten gehören zum örtlichen Verbund. Die Schienenwege und wie alles zusammengehört, damit finde ich mich super zurecht, aber wie nützlich es ist, den Busfahrplan zu kennen, darüber habe ich mir kaum Gedanken gemacht, erst jetzt, als ich hier festsaß. Ich hatte meine Tasche und einen Beutel voller Bücher, also brach ich nicht unbedingt unter meinem Gepäck zusammen, aber es war auch nicht eben wenig.

Von den zehn Pfund hatte ich noch zwei Pfund zehn übrig. (Das ist vielleicht nicht viel, aber ich habe eine Menge Bücher gekauft.) Ich ging wieder in den Bahnhof hinein, wo es einen *W. H. Smith* gibt, und kaufte eine Landkarte von Shrewsbury und Umgebung, eine Generalstabskarte im Maßstab 1:100 000. (Generalstab. Was für ein seltsames Wort, und was für eine seltsame Vorstellung. Sie haben das ganze Land aus Gründen der militärischen Logistik vermessen, und jetzt verkaufen sie die Landkarten. Na ja, ich wollte ja nirgendwo einmarschieren.) Ich ging wieder hinaus auf den Parkplatz und setzte mich auf eine Bank. Bald fand ich Mickleham, wo Old Hall ist, und gelangte zu der Feststellung, dass der Bus nach Wolverhampton wahrscheinlich dort vorbeifuhr. Da traf Daniel doch noch ein. Ich war erleichtert, als ich den schwarzen Bentley sah. Ich legte die Karte zusammen und steckte sie weg, aber er sah sie.

»Aha, du hast eine Landkarte gekauft«, sagte er.

»Landkarten sind wirklich interessant«, erwiderte ich verlegen. Dabei hätte er verlegen sein müssen, weil er zu spät gekommen war. Ich stieg ein, er warf eine Zigarettenkippe aus dem Fenster und fuhr los. Das sollte er nicht tun, nicht einmal auf einem Parkplatz. Es ist eine schlechte Angewohnheit. Irgendetwas könnte Feuer fangen. Ich warf ihm einen missbilligenden Blick zu.

Ich glaube, ich kaufe mir so viele Generalstabskarten wie möglich. Sie sind quadratisch und gehen direkt ineinander über. Irgendwann habe ich das ganze Land beieinander, finde mich überall zurecht und weiß, wo alles ist. Allerdings nützen sie mir nicht viel, wenn sie zu Hause liegen und ich irgendwo unterwegs bin. Ich werde wohl immer vorausplanen und die Landkarte der Gegend, in der ich bin, einstecken müssen, und vielleicht noch die angrenzenden Landkarten.

In Shrewsbury haben wir die Uniformen gekauft. Das ist keine Stadt, sondern eine Ortschaft, und alles scheint aus demselben rosafarbenen Stein erbaut zu sein.

Wir sind zum »High Tea« nach Old Hall gefahren. Es heißt »Afternoon Tea«, wenn man Tee trinkt und dazu Scones und kleine Sandwiches isst, aber »High Tea«, wenn es dazu noch etwas Heißes, Gehaltvolleres gibt. In diesem Fall war es ein heißes Gericht mit Pasta, Käse und Schinken, aber alles andere war kalt. Die Sandwiches waren mit Thunfisch und Gurken belegt, mit Schinken und Petersilie und mit Käse und Essiggurken. Sie haben toll geschmeckt. Die Scones waren so trocken wie die Kalahari. Außerdem zerbröselten sie, wenn man Butter daraufstreichen wollte. Ich konnte schon mit vier bessere Scones backen. Das habe ich für mich behalten, aber nächstes Mal werde ich vielleicht einer der Tanten sagen (ich kann sie immer noch nicht auseinanderhalten), dass ich welche backen möchte. Ich glaube, das würde sie freuen.

Sie haben von nichts anderem als der Schule geredet. Von mir wurde erwartet, dass ich von den Lehrern erzähle, die dort inzwischen unterrichten, und wie sich die Häuser schlagen. Sie haben Haus Scott angehört, alle drei, und das ist ihnen jetzt noch viel wichtiger als mir. Ich begreife das einfach nicht. Sie sind erwachsen und haben ihr eigenes Haus – und was für ein schönes Haus! Aber sie wissen nichts mit sich anzufangen. Sie lesen nicht, sie arbeiten nicht, sie stellen nichts her. Sie organisieren Wohltätigkeitsbasare für die Kirche. Oma hat das früher auch getan, dabei hat sie ganztags unterrichtet. Sie sorgen dafür, dass im Haus alles ordentlich ist, aber das ist kein Vollzeitjob für drei Leute. Sie bezahlen meinen Vater dafür, dass er das Anwesen und das Geld verwaltet, das machen sie also auch nicht. Sie sind wohlhabend, wenn nicht sogar reich, glaube ich, aber sie gehen nirgendwohin und machen nichts, sie sitzen nur herum und essen schauderhafte Scones und reden voller Begeisterung über die Zeit, als das Haus Scott den Pokal gewann. Ich weiß nicht genau, wie alt sie sind, aber sie wurden vor 1940 geboren, also sind sie mindestens vierzig, und es bedeutet ihnen immer noch etwas, welchem bescheuerten Haus sie in der Schule angehörten! Sie haben nicht einfach nur so getan, damit sie etwas haben, worüber sie mit mir reden können. Das wäre mir aufgefallen. Die meiste Zeit haben sie sich nur miteinander unterhalten. Warum wohnen sie hier? Und warum hat keine von ihnen geheiratet? Vielleicht hassen sie Kinder. Ich bin ihnen jedenfalls ein Ärgernis, aber das zählt nicht; wenn sie gewollt hätten, hätten sie selbst nette, wohlerzogene Kinder haben können.

Daniel hat *Straße des Ruhms* und *Die Zeit der Hexenmeister,* beides Fantasygeschichten, wie er sagt. Außerdem hat er mir *Das geborstene Schwert* von Poul Anderson geliehen. Ich lese noch immer die Callahan-Geschichten, die erstaunlich nett sind, gar nicht wie *Die Telepathen,* aber sie machen mir Spaß.

Morgen gehen wir in die Kirche und essen mit den Tanten zu Mittag, und dann muss ich wieder in die Schule. Verdammt.

Montag, 5. November 1979

Ich weiß noch gut, dass ich im Labyrinth das Gefühl hatte, die Schule wäre ganz weit weg, aber kaum war ich wieder hier, ergriff sie von allem Besitz, als wäre ich nie fort gewesen.

Schon seltsam, wie unbedeutend die Dinge sind, die in den Herbstferien passiert sind und über die ich reden kann. Es war nur eine Woche, aber im Vergleich zu einer Schulwoche kommt es mir vor wie ein Jahr. Als ich jedoch in französischer Konversation danach gefragt wurde, konnte ich nur sagen: »*Je visite mon grand-père dans Londres et je visite mon autre grand-père dans Pays de Galles.*« Zwei Besuche bei Großvätern, mehr nicht, und Madame hat nur gesagt, dass es *en* heißt, nicht *dans*. Ich tauche in die Schule ein wie in ein warmes Bad, und sie schlägt über meinem Kopf zusammen. Selbst wenn ich ihnen von Halloween und Glorfindel und den Toten erzählen könnte, würde ich das nicht tun.

Straße des Ruhms ist eine einzige Enttäuschung! Ich finde es furchtbar. Stattdessen lese ich jetzt Gills Buch mit den Wissenschaftsessays von Asimov, so sehr ist es mir zuwider. Ich liebe Heinlein, aber von Fantasy hat er echt keine Ahnung. Es ist einfach nur dumm. Und niemand versteht »Oscar«, wenn jemand »Oh, Scar« sagt, das ist einfach nicht glaubwürdig. Das ist fast so läppisch wie das Titelbild, und das will etwas heißen, denn das Titelbild ist so schlecht, dass Miss Carroll, die an ihrem Schreibtisch am anderen Ende der Bibliothek saß, die Augenbraue hochgezogen hat. Schon seltsam, dass *Triton*, in dem es um Sex und Soziologie geht, ein paar explodierende Raumschiffe auf dem Cover hat, während *Straße des Ruhms*, in dem Sex hier und da erwähnt wird, das ansonsten aber eine doofe Abenteuergeschichte ist, so ein Titelbild hat.

Irgendein Gedichtwettbewerb soll demnächst stattfinden. Alle scheinen davon auszugehen, dass ich ihn gewinne.

Ich vermisse die Berge. Bisher habe ich nur gedacht, wie langweilig flach hier alles ist, aber nachdem ich jetzt zu Hause war und sie für eine Weile um mich hatte, vermisse ich sie sogar sehr, mehr als meine lebenden Verwandten, mehr als die Möglichkeit, die Toilettentür zu schließen. Völlig flach ist es hier zwar nicht, ein paar Hügel gibt es schon, und in der Ferne kann ich, wenn es klar ist, die Berge von Nordwales sehen. Aber ich vermisse es, die Berge um mich herum zu haben.

Dienstag, 6. November 1979

Gestern Abend Feuerwerk und Lagerfeuer auf dem Schulgelände. Ich habe gesehen, wie einige der Feuerfeen näher gekommen sind, aber offenbar als Einzige. Man kann sie nur sehen, wenn man an sie glaubt, darum fällt es Kindern am leichtesten. Menschen wie ich verlernen das nie. Es wäre *verrückt* von mir, nicht mehr an sie zu glauben. Aber viele Kinder hören damit auf, wenn sie erwachsen werden, obwohl sie sie gesehen haben. Ich bin kein Kind mehr, aber erwachsen bin ich auch noch nicht. Ich muss zugeben, dass ich es kaum erwarten kann.

Aber mein Vetter Geraint, der vier Jahre älter ist als ich, hat die Feen gesehen, als er mit uns im Kar gespielt hat. Er war elf oder zwölf, und wir waren sieben oder acht. Wir haben gesagt, er soll die Augen schließen, und wenn er sie öffnet, würde er sie sehen, und so war es dann auch. Er war völlig baff. Reden konnte er nicht mit ihnen, weil er nur Englisch sprach, aber wir übersetzten, was er sagte und was sie sagten. Wir müssen acht gewesen sein, denn ich weiß noch, wie ich das, was sie sagten, in reinstes Tolkien übersetzt habe, und den *Herrn der Ringe* haben wir erst mit acht gelesen. Damals haben wir immer nach jemandem gesucht, der mit uns spielt, möglichst ein Junge, denn so sind in den Büchern die Gruppen zusammengesetzt, die in eine andere Welt gelangen. Wir dachten, die Feen würden uns nach Narnia mitnehmen oder nach Elidor. Geraint schien dafür ein guter Kandidat zu sein. Er sah die Feen und war mächtig von ihnen beeindruckt. Er mochte sie, und sie mochten ihn. Aber er wohnt in Burgess Hill, in der Nähe von Brighton, und er verbrachte immer nur den Sommer in Aberdare, und im Sommer darauf konnte er sie nicht mehr sehen und behauptete, er wäre zu alt zum Spielen, und an das, was passiert war, erinnerte er sich, als hätten wir uns die Feen nur ausgedacht. Die ganze Zeit wollte er Fußball spielen. Wir rannten davon und ließen ihn mit seinem blöden Ball im Garten zurück. Er war untröstlich, aber den Erwachsenen verriet er nicht, dass wir nichts mehr mit ihm zu tun haben wollten. Beim Abendessen erzählte er, er hätte ganz viel Spaß gehabt. Armer Geraint.

Heute Morgen habe ich einen Brief bekommen, den ich nicht aufgemacht habe, und außerdem noch einen Brief von Sam. Er hat gefragt, wie mir Platon gefällt, und ob ich noch mehr von ihm aufgetrieben habe. Er schreibt genau so, wie er redet. Am Sonntag schreibe ich ihm zurück. In der Schulbibliothek gibt es keine Bücher von Platon. Ich habe Miss

Carroll danach gefragt, und sie sagt, da hier kein Griechisch unterrichtet werde, gäbe es dafür keinen Bedarf. Mit der Fernleihe wird das nicht ganz einfach, weil ich nicht weiß, wie die Übersetzer heißen, und ich kenne nicht mal alle Titel. Aber die, die im *Symposium* aufgelistet sind, kann ich natürlich bestellen, also mache ich das.

Penguin ist großartig – sie listen alle Titel eines Autors, selbst wenn sie bei anderen Verlagen erschienen sind. Am Samstag werde ich einen ganzen Stapel bestellen, denn in *Zeitpatrouille* sind jede Menge Silverbergs verzeichnet. Außerdem werde ich *Beyond the Tomorrow Mountains* bestellen. Sylvia Engdahl hat ein wirklich geniales Buch mit dem Titel *Heritage of the Star* geschrieben, das bei Puffin erschienen ist, ein Verlag, der zu Penguin gehört, und das habe ich gelesen. Darin geht es um Leute, die äußerst abergläubisch sind, aber auch über etwas Technologie verfügen, die sie für Magie halten, und sie werden von Gelehrten und Technikern unterdrückt, und jeder, der anders denkt, ist ein Ketzer. In Wirklichkeit sind sie Siedler auf einem fernen Planeten, aber das wissen sie nicht. Wirklich genial! In der Geschichte wird ein Versprechen erwähnt, dass sie, wenn ihr Wissen groß genug und alles gut ist, »über die Morgen-Berge« gehen werden, und es gibt eine Fortsetzung mit diesem Titel, die ich bisher nirgendwo auftreiben konnte, obwohl ich schon lange danach suche.

Der Gedichtwettbewerb ist landesweit. Jeder in Arlinghurst muss ein Gedicht schreiben, und dann werden die besten aus jeder Klasse eingeschickt. Keine Ahnung, warum alle glauben, dass ich gewinnen werde. Na schön, realistischerweise werde ich in der Lower 5c gewinnen, wahrscheinlich sogar in der ganzen fünften Klasse, weil das Lernniveau da nicht besonders hoch ist. Aber ich soll besser sein als alle Fünfzehnjährigen im ganzen Land? Nie und nimmer. Der Schulbeste bekommt fünfzehn Hauspunkte zugesprochen, weshalb alle total scharf darauf sind zu gewinnen. Die besten Einhundert des Landes werden in einem Buch veröffentlicht, und der Sieger gewinnt einhundert Pfund und eine Schreibmaschine. Die Schreibmaschine hätte ich wirklich gerne. Ich kann zwar nicht tippen, aber wenn man irgendwas an eine Zeitschrift schickt, muss es mit Maschine geschrieben sein.

Deirdre hat sich beim Mittagessen ganz in meine Nähe gesetzt. Sie hat so getan, als wäre es Zufall, aber so, wie sie sich dabei angestellt hat, hat ihr das niemand abgenommen. Die Arme wirkte völlig verängstigt, aber auch fest entschlossen. »Meine Mutter hat gesagt, ich soll zu dir stehen«, flüsterte sie.

»Schön für deine Mutter«, sagte ich in normaler Lautstärke.

»Kannst du mir bei dem Gedicht helfen?«, fragte sie.

Also werde ich ihr helfen, ein Gedicht zu schreiben, was wohl darauf hinausläuft, dass ich es selbst schreibe. Meins habe ich noch nicht angefangen, aber dafür ist noch genügend Zeit, ich muss es erst am Freitag abgeben.

Donnerstag, 8. November 1979

Ich habe Deirdres Gedicht geschrieben und finde es ziemlich gut. Aber gestern, als ich hier saß und *Die Zeit der Hexenmeister* las (das aus zwei verschiedenen Kurzromanen besteht), kam Miss Carroll mit einem Stapel moderner Gedichtbände herüber und sagte, die sollte ich mir vielleicht mal anschauen.

Allem Anschein nach hat sich einiges verändert, seit Chesterton seine Gedichte geschrieben hat. Wer hätte das gedacht? Oma offenbar nicht, und in den Schulen, die ich besucht hab, war davon auch nichts zu merken. Ich kenne eine Strophe eines Gedichts von Auden, die Delany zitiert hat, aber von T. S. Eliot hatte ich noch nie etwas gehört, und von Ted Hughes ebenso wenig. Eliot hat mich nicht mehr losgelassen, und ich bin in Latein zu spät gekommen, weshalb ich einen Strafpunkt bekommen habe. Ich habe mich gerächt, indem ich Horaz so übersetzt habe, wie Eliot es getan hätte, und sie konnte nichts dagegen sagen, weil es außerdem korrekt war.

Ich habe ein Gedicht für den Wettbewerb geschrieben. Völlig überzeugt bin ich nicht davon. Den Stil Chestertons beherrsche ich ja inzwischen, aber um diesen neuen Stil zu meistern, hatte ich einfach nicht genug Zeit. Das Gedicht dreht sich um den Atomkrieg und das Ulmensterben, und dass wir in den Weltraum fliegen sollten, solange wir noch können.

Von T. S. Eliot gibt es offenbar ein längeres Gedicht mit dem Titel *Vier Quartette,* das nicht in der Schulbibliothek steht. Miss Carroll hat mir erzählt, dass Eliot in einer Bank arbeitete, als er *Das wüste Land* schrieb, weil man vom Gedichteschreiben nicht leben kann.

»O Dunkel Dunkel Dunkel ... Perlen sind die Augen sein ... Diese Fragmente wider mein Scheitern angedämmt.«

Freitag, 9. November 1979

Im Herbst, wenn sowieso alle Bäume tot aussehen, kommt es mir gar nicht mehr so schlimm vor, dass die Ulmen sterben.

Ein weiterer Brief. Ich werde sie wieder verbrennen müssen. Allerdings wüsste ich doch zu gerne, ob sie etwas darüber schreibt, was ich getan habe. Als Bestätigung. Obwohl ich weiß, dass es geklappt hat.

Ich habe mein Gedicht eingereicht. Miss Lewes hat es überflogen, aber nichts gesagt. Miss Gilbert, die in der sechsten Klasse Englisch unterrichtet, wird darüber entscheiden.

Hoffentlich warten morgen in der Bibliothek ein paar Bücher auf mich, denn mit dem, was ich habe, bin ich fast durch. Ich lese *Corwin von Amber* zum zweiten Mal.

Ich träume andauernd von Mor. Ich träume, dass sie ertrinkt und dass ich sie nicht rette. Ich träume, dass ich sie vor ein Auto stoße, anstatt sie zurückzureißen. Wir sind beide angefahren worden. Daran werde ich bei jedem Schritt erinnert, den ich gehe, aber nicht in meinen Träumen. Ich träume, dass ich sie mitten im Labyrinth lebendig begrabe, dass ich Erde über sie schaufle, während sie verzweifelt nach Luft schnappt.

Heute ist es genau ein Jahr her. Ich habe versucht, nicht daran zu denken, aber es überkommt mich immer wieder.

Samstag, 10. November 1979

Während ich mit dem Bus in den Ort fuhr, freute ich mich schon auf die Bücher, die mich in der Bibliothek erwarteten. Sogar die nassen grauen Straßen machten mir fast nichts mehr aus, aber nur fast. Es nieselte, und der Himmel hing sehr tief.

Der Bibliothekar war etwas überrascht, wie viele Bücher ich bestellen wollte, aber dann gab er mir einen Stapel Formulare, damit ich sie selbst ausfüllte. Und all die Bücher, die für mich bereitlagen! Als Nächstes ging ich in die Buchhandlung und kaufte *Vier Quartette*, *Krähe* von Ted Hughes und *Drachensinger* von Anne McCaffrey. Und eine Schachtel Streichhölzer.

Ein Buch mit dem Titel *Lord Fouls Fluch* von Stephen Donaldson habe ich allerdings nicht gekauft, denn es ist eine Frechheit, dass auf dem Cover behauptet wird, der Roman könne es mit dem Besten von Tolkien aufnehmen. Auf dem Rückendeckel wird das Zitat der *Washington Post* zugeschrieben, einer Zeitung, deren Empfehlungen ich nie wieder vertrauen werde. Wie können sie es nur wagen? Dieser Vergleich steht niemandem zu, außer wenn es heißt: »Verglichen mit Tolkien ist das entsetzlicher Schund.« Meiner Meinung nach gilt das sogar für wirklich geniale Bücher wie *Der Magier der Erdsee*. Vermutlich ist *Lord Fouls Fluch* (furchtbarer Titel, klingt nach einem Conan-Buch) eher wie das Schlechteste von Tolkien, also wie der Anfang des *Silmarillion* zum Beispiel.

Was soll ich über Tolkien schon sagen? *Der Herr der Ringe* ist ein Meisterwerk. Diese ganze Welt, das Eintauchen in sie, die Reise … Ich bin mir ziemlich sicher, dass die Geschichte nicht wirklich wahr ist, aber deshalb ist es umso erstaunlicher, dass sich jemand das alles ausgedacht hat. Dieses Buch hat mein Leben verändert. Ich weiß noch, wie ich den *Hobbit* zu Ende gelesen und Mor gegeben habe. »Lies es«, hab ich zu ihr gesagt. »Es ist echt toll. Steht da nicht irgendwo noch ein anderes Buch von dem Autor?« Und ich weiß noch, wie ich es gefunden habe – wie ich es aus dem Zimmer meiner Mutter geklaut habe. Wenn die Tür offen stand, fiel das Licht auf die Regale mit den Buchstaben R, S und T. Wir hatten immer Angst, da reinzugehen, falls sie sich irgendwo in der Dunkelheit versteckte und uns auflauerte. Das hat sie einmal gemacht, als Mor *Flammender Kristall* zurückgestellt hat. Wenn wir eines ihrer Bücher nahmen, schoben wir die übrigen ein Stück auseinander, sodass es nicht weiter auffiel. Aber die einbändige Ausgabe von *Herr der Ringe* war so fett, dass das nicht ging. Ich hatte entsetzliche Angst, sie könnte die Lücke entdecken. Fast hätte ich es nicht genommen. Aber entweder hat sie nichts bemerkt, oder es war ihr egal – gut möglich, dass sie mit einem ihrer Freunde unterwegs war.

Ich habe noch nicht erklärt, was mich daran so fasziniert hat.

Wenn man es liest, hat man das Gefühl, dort zu sein. Als würde man mitten in der Wüste auf eine magische Quelle stoßen. Es enthält alles. (Außer Lust, sagt Daniel. Aber *Schlangenzunge* kommt darin vor.)

Es ist eine Oase für die Seele. Selbst jetzt kann ich immer noch nach Mittelerde flüchten und dort glücklich sein.

Wie kann man irgendetwas damit vergleichen? Ich kann nicht fassen, wie anmaßend dieser Stephen Donaldson ist.

Sonntag, 11. November 1979

Ich bin mitten in der Nacht aus dem Fenster des Schlafsaals geklettert und habe in einem Kreis die Briefe verbrannt. Niemand hat mich gesehen. Den Kreis habe ich aus

Sachen gemacht, die herumlagen, aus Blättern und Zweigen und Steinen, und ich habe das Eichenblatt dazugelegt, mein Holzstück und den Kieselstein, den ich immer mit mir herumtrage und der vom Strand in Amroth stammt. Ich konnte spüren, dass es funktionierte, ich kam mir vor wie unter einem Schirm. Erst habe ich die Briefe gelesen. Ich wollte wissen, was sie mir geschrieben hatte. Ich hätte es genauso gut lassen können. »Du warst mir schon immer am ähnlichsten«, war das Einzige, was sie zu dem sagte, was ich getan hatte. Schön und gut, ein Schneemann ist einer Wolke auch ähnlicher als ein Klumpen Kohle, aber viel gemeinsam haben sie alle nicht. Ich faltete die Briefe zu einer Pagode und zündete sie an. Die Bilder habe ich mir nicht angeschaut, aber ein paar waren es schon.

Die Asche trat ich auseinander, bis nichts mehr davon übrig war. Dann nahm ich meinen Kiesel, hielt ihn gegen den Mond (ein Dreiviertelmond; keine Ahnung, ob er dafür geeignet ist) und versuchte, ihn mit einem Schutzzauber gegen schlechte Träume zu belegen. Ich weiß nicht, ob es geklappt hat. Dann nahm ich das Blatt und das Holzstück an mich.

Ich kletterte wieder hinein und ließ mich auf mein Bett fallen. Alle anderen schliefen. Das Mondlicht fiel Lorraine aufs Gesicht. Sie sah eigenartig schön aus und auch irgendwie weit weg, als wäre sie tot, als wäre sie schon seit Jahrhunderten tot und hätte sich in eine Marmorstatue auf ihrem Grab verwandelt.

Das einzige Problem damit ist: Wenn sie mir weiterhin Briefe schickt, muss ich sie auch immer wieder verbrennen. Vom Standpunkt der Schule aus ist spät in der Nacht eindeutig sicherer, denn dann sind nicht so viele Leute in der Nähe.

Deirdre hat mir ein leckeres Brötchen geschenkt – ein

glasiertes Brötchen von Finefare, richtig klebrig und süß. Sie werden in Sechserpacks verkauft, also war ich nicht die Einzige, aber ich weiß die Geste trotzdem zu schätzen. Es ist schön, sich nicht wie ein völliger Außenseiter vorzukommen.

Ich habe Daniel von *Callahan's Saloon* und diesem arroganten Stephen Donaldson geschrieben. Ich habe Sam von Platon geschrieben und ihm erzählt, dass ich weitere Bücher von ihm bestellt habe. Außerdem habe ich ihm von *Der Läufer und sein Held* erzählt, denn das könnte ihm gefallen, obwohl er keine Romane mag. Ich habe Opa geschrieben, dass ich mit dem Zug durch Abergavenny gefahren bin, und dass ich die Berge vermisse, und wie gerne ich bei den Ballspielen mitmachen würde, wenn ich nur rennen könnte. Ich kann mich noch gut daran erinnern, wie es ist, zu rennen. Mein ganzer Körper kann sich daran erinnern. Es ist eine kinetische Erinnerung, wenn das das richtige Wort ist. Dass ich gerne bei den Ballspielen mitmachen würde, ist ein wenig gelogen. Ich sitze auch gerne in der Bibliothek und finde es furchtbar, wie wichtig die Mädchen die Spiele nehmen, obwohl sie in Wirklichkeit völlig belanglos sind. Mir macht es Spaß, einen Ball zu werfen, zu rennen und zu fangen, aber die Punktzahl kümmert mich nicht.

Wie kommt es nur, dass ich von Anne McCaffrey schon wieder ein zweites Buch vor dem ersten habe? *Drachensinger* ist die Fortsetzung von einem Roman mit dem Titel *Drachengesang*, den ich nicht kenne. Ich lese es trotzdem. Im Vergleich zu den anderen beiden ist es merkwürdig schwach. Es spielt auf Pern, anstatt von Pern zu handeln, wenn das irgendeinen Sinn ergibt. Ich hätte gerne eine Feuerechse. Oder einen Drachen. Ich würde auf meinem blauen Drachen herabstoßen, und sie würde Feuer speien und die Schule abfackeln!

Montag, 12. November 1979

Deirdres Gedicht ist zum besten Gedicht der Schule gekürt worden.

Obwohl es von mir stammt, bin ich zutiefst gekränkt. Alle haben damit gerechnet, dass ich gewinne, und ich ebenfalls. Was war an meinem Gedicht nicht in Ordnung? Wahrscheinlich ist Miss Gilbert eine Traditionalistin. Niemand hat irgendetwas gesagt, und ich habe Deirdre zusammen mit allen anderen gratuliert, aber ich fühle mich öffentlich gedemütigt. (Andererseits habe ich es geschrieben, und zumindest Deirdre weiß das.)

Dienstag, 13. November 1979

Nach den Hausaufgaben hat mich Deirdre raus ins Freie geschleppt, wo wir reden konnten, ohne dass uns jemand zuhörte. Sie fing sofort an zu heulen und brachte keinen zusammenhängenden Satz mehr zustande, aber ich glaube, sie wollte mir sagen, dass ich ihr nicht mein bestes Gedicht hätte geben sollen. Na ja, hab ich auch nicht. Aber sie glaubt das, weil sie gewonnen hat. Es ist das erste Mal, dass sie irgendwas gewonnen hat. Ich glaube, sie hat noch nie einen Hauspunkt bekommen, außer vielleicht, weil sie ein Tor erzielt hat. Ich hab ihr gesagt, sie hätte es verdient. Beim Frühstück hat sie sich direkt neben mich gesetzt und mir sogar eine Wurst abgegeben, und ich habe sie genommen, nicht weil sie sonst beleidigt gewesen wäre, sondern weil ich Hunger hatte.

Im Haus Wordsworth sind sie ziemlich stolz auf sie. Sandra Mortimer, die Haussprecherin, ein Rotschopf mit wässrigen, rosa umrandeten Augen, hat persönlich mit Deirdre gesprochen, eine so große Ehre, dass sie fast tot umgefallen wäre.

Im Moment lese ich Brunners *Schockwellenreiter.* Wirklich gut, aber nicht mit *Morgenwelt* vergleichbar. Wie es wohl ist, sein Meisterwerk geschrieben zu haben und zu wissen, dass einem so etwas nie wieder gelingt?

Mittwoch, 14. November 1979

Dies ist die wahre und vollständige Geschichte, wie Deirdre und ich heute Morgen einen Strafpunkt bekommen haben.

Wir waren unter der Dusche, worunter man sich einen langen gefließten Raum mit einem Dutzend Duschköpfe vorstellen muss, und der Wasserdruck ist ziemlich schwach. Eine Badewanne wäre mir lieber. Zwischen sieben und acht Uhr morgens und zwischen sieben und acht Uhr abends gibt es warmes Wasser – jedenfalls Wasser, das nicht eiskalt ist. Drüben in der Turnhalle sind auch Duschen, und nach dem Sport ist das Pflicht, aber sie sind kalt, und meistens rennen die Mädchen nur drunter durch, um den schlimmsten Dreck abzukriegen. Richtig gewaschen wird frühmorgens oder spätabends. Für Lesben ist das bestimmt ein Paradies, denn da rennen haufenweise nackte kichernde Mädchen herum.

Heute Morgen haben wohl fünfzehn Mädchen versucht, etwas von dem warmen Wasser abzubekommen. Deirdre und ich hatten einen Duschkopf für uns und verließen uns darauf, dass mein Status als Aussätzige die anderen fernhielt. Schussel schaute immer mal zu uns herüber, als würde sie bereuen, dass sie mir sonst immer aus dem Weg ging. Als ich unter der Dusche hervortrat, um mir Schampon auf die Haare zu tun, sagte Deirdre lachend: »Du kriegst Brüste.«

»Ach was!«, erwiderte ich automatisch, noch bevor ich an mir runtergeschaut hatte. Aber dann sah ich, dass sie recht hatte. Hinter meinen Brustwarzen bildeten sich schon seit einiger Zeit kleine Knubbel. Mehr hat meine Mutter auch nicht, also hab ich gedacht, bei mir bleibt es genauso, aber jetzt schwollen sie langsam an. In der 5c haben schon viele Mädchen richtige Brüste. Damit fällt man auch nicht so auf, wie wenn man Schamhaare hat – meine sind sogar dunkler als die Haare auf meinem Kopf –, und wie wenn man seine Regel hat, wie fast alle hier. Ich kriege schon seit zwei Jahren meine Tage. Anfangs befürchtete ich, ich könnte die Feen nicht mehr sehen, aber das spielte keine Rolle, ganz gleich, was C. S. Lewis über die Pubertät gedacht hat.

»Du brauchst einen BH«, sagte Deirdre.

»Ach was«, entgegnete ich halbherzig, stieß sie beiseite und spülte meine Haare aus. Während das Schampon an mir runterlief, betrachtete ich meine knospenden Brüste. »Hee, Dee, findest du, dass sie eine seltsame Form haben?«

Sie lachte so heftig, dass sie kaum noch Luft bekam. Die anderen schauten zu uns rüber, weil sie wissen wollten, was da so komisch war.

»Nein, ehrlich«, sagte ich leise, aber mit Nachdruck. »Sie sind irgendwie birnenförmig. Nicht so wie bei den anderen.« Ich schaute mich um, und keines der Mädchen hatte Brüste, die so geformt waren wie meine.

»Die sind schon okay«, sagte Deirdre.

»Hee, Dussel, was gibt's denn da zu lachen?«, fragte Lorraine.

»Taffy hat einen Witz gemacht«, sagte Deirdre.

Einige der Mädchen, die mit Duschen fertig waren, wickelten sich in Handtücher und fingen an, *Jake the Peg* zu singen. Ich starrte sie wütend an, was aber wegen dem Wasser wirkungslos blieb.

Deirdre und ich ließen uns gemeinsam berieseln. »Die sind okay«, flüsterte sie. »Sie sehen nur seltsam aus, weil du sie von oben siehst. Wenn du sie von vorne sehen könntest, wie bei den anderen, würdest du feststellen, dass es da keinen Unterschied gibt.«

»Im Spiegel«, sagte ich.

»Wer dauernd in den Spiegel schaut, ist eitel, behauptet Karen.«

»Dumme Pute.« In dieser Schule musste man andauernd aufpassen, was man sagte und tat.

Die einzigen Spiegel befinden sich in einer langen Reihe über den Waschbecken in der Toilette, wo wir uns die Zähne putzen und die Haare kämmen. »Los, komm«, sagte ich.

Deirdre kicherte und schnappte sich ihr Handtuch, und ich nahm meins und legte es mir um die Schultern wie einen Mantel. Dann tat ich meine Seife und mein Schampon zurück in meinen Waschbeutel, denn sonst klaut sie jemand oder kippt das Schampon in den Abfluss, was mir in meiner ersten Woche hier mit dem Duschgel passiert ist.

Wir gingen rüber in die Toilette, die sich gleich neben dem Duschraum befindet. Sie war leer, was leicht zu erkennen war, denn keine der Toilettenkabinen hat Türen. Ich stellte meinen Waschbeutel ab und wickelte mir das Handtuch um den Kopf wie einen Turban. Das ist ziemlich praktisch – Sharon hat es mir beigebracht, die langes, widerspenstiges Haar hat, und sogar bei ihr hält es. Deirdre hat sich ihr Handtuch um die Schulter gelegt, und ansonsten waren wir nackt.

Wir sahen sofort, dass die Spiegel völlig nutzlos waren, denn darin sahen wir nur unser Gesicht und unseren Hals.

»Vielleicht wenn wir uns irgendwo draufstellen«, sagte Deirdre und schaute sich um.

»Worauf denn?«, erwiderte ich. »Die Toiletten sind zu hoch.«

»Lass es uns versuchen.«

Also klappten wir bei zwei Toiletten den Deckel runter und kletterten obendrauf. Als wir sahen, dass sie zu hoch waren, hockten wir uns hin, wobei wir uns alle Mühe geben mussten, nicht das Gleichgewicht zu verlieren, und während wir so nackt vor uns hinkicherten, kam eine der Vertrauensschülerinnen rein, weil sie wissen wollte, was der ganze Lärm zu bedeuten hatte.

Donnerstag, 15. November 1979

Entweder hat mein Traumschutz nicht funktioniert, oder die Träume stammen nicht von ihr, sondern aus meinem Unterbewusstsein.

Letzte Nacht habe ich geträumt, dass meine Mutter uns voneinander trennen möchte. Sie wollte nach Colchester in Essex ziehen und Mor mitnehmen, weil Mor, wie sie sagte, fügsamer war als ich und ich nie tat, was man mir sagte, und weil ich ja unbedingt bleiben wollte. Wir erhoben laustark

Widerspruch und wehrten uns nach Kräften, aber sie zerrte Mor von mir weg, und ich weinte und klammerte mich an sie. In mancher Hinsicht war das genau das Gegenteil von dem, was im Labyrinth passiert ist. Ich wollte sie festhalten, und meine Mutter wollte sie wegschleppen, und sie nahm immer wieder eine andere Gestalt an, und sie durfte mir nicht entgleiten. Ich konnte den Gedanken nicht ertragen, von ihr getrennt zu sein, und ich wollte mich bei allen und jedem beschweren, bei unserer ganzen Familie, dass es unerträglich wäre, und sie dürften das nicht zulassen. Sie sehen meiner Mutter so viel nach, weil sie nicht der Tatsache ins Auge blicken wollen, dass sie verrückt ist, dachte ich in dem Moment, und Mor heulte und schrie und klammerte sich an mich. Da wachte ich auf. Erst war ich furchtbar erleichtert, dass es nur ein Traum war, und dann wurde mir klar, dass die Wirklichkeit noch viel schlimmer war. Aus Colchester kommen die Leute immerhin zurück. (Keine Ahnung, warum ausgerechnet Colchester.) Ich weiß nicht, was es bedeutet, tot zu sein.

Ich lese *Makenzie kehrt zur Erde heim* von Arthur C. Clarke. Er stellt an so vielen Stellen die SF ganz entzückend auf den Kopf. Es ist nicht *Die letzte Generation* oder *2001*, aber es ist genau das, was ich heute möchte. Es gibt ein paar Clarkes, die ich nie habe auftreiben können, also habe ich sie auf meine Wunschliste für diese Woche gesetzt.

Ob es im Weltraum wohl Feen gibt? In Clarkes Universum scheint mir das sogar noch eher möglich zu sein als in dem von Heinlein, obwohl Clarke genauso souverän mit Technologie umgeht. Vielleicht liegt das daran, dass er Brite ist? Aber lassen wir den Weltraum mal außen vor – gibt es in Amerika überhaupt Feen? Und wenn ja, sprechen sie alle Walisisch, auf der ganzen Welt?

Freitag, 16. November 1979

Wieder ein Brief heute Morgen. Ich habe ihn nicht geöffnet und werde ihn auch nicht öffnen.

Beim Morgengebet hat Deirdre »Auf-er-schte-hunk« gesagt statt »Auf-er-ste-hung«. Während wir die Schlusshymne sangen, ging mir der Satz »die Auferstehung des Fleisches und das Leben in der zukünftigen Welt« durch den Kopf. Wie passt das zu dem, was ich an Halloween gesehen habe? Einerseits ist die Auferstehung viel wahrscheinlicher, wenn die Toten durch das Tal wandern und in den Berg hinabsteigen. Andererseits, wo bleibt da die Religion? Und Jesus? Die Feen waren dort gewesen, aber ich habe keine Heiligen gesehen oder sonst was. Ich habe das Glaubensbekenntnis runtergeleiert, ohne jemals gründlich darüber nachzudenken.

Um ehrlich zu sein, seit Mor gestorben ist, bin ich ziemlich sauer auf Gott: Offenbar tut er rein gar nichts und hilft auch niemandem. Aber das ist wahrscheinlich wie bei der Magie – man weiß nie, wann es irgendetwas bewirkt oder warum, von den unergründlichen Wegen des Herrn ganz zu schweigen. Wenn ich allmächtig und grundgütig wäre, würde ich mich wenigstens ab und zu mal blicken lassen. Oma hat immer gesagt, dass man nie weiß, wie sich etwas zum Besten entwickelt. Als sie noch lebte, habe ich ihr geglaubt, aber nachdem sie gestorben ist und nachdem Mor gestorben ist, bin ich mir da nicht mehr so sicher. Ich habe nicht unbedingt den Glauben an Gott verloren, aber ich habe einfach keine Lust mehr, auf die Knie zu fallen und jemanden anzubeten, der mir weismachen möchte, dass »sich die Welt entfaltet, so wie sie soll«. Da bin ich völlig anderer Meinung. Ich finde, dass ich schon einen gewissen Einfluss darauf nehmen sollte, wie sich das Universum entfaltet, denn es gibt eine Menge Sachen, um die sich dringend jemand kümmern muss, wie zum Beispiel um die Tatsache, dass die Russen und die Amerikaner die Welt jeden Moment in die Luft sprengen können, und um das Ulmensterben, den Hunger in Afrika und natürlich um meine Mutter. Wenn ich das Universum einfach Gott überlassen würde, hätte sie sich letztes Jahr ein Stück davon unter den Nagel gerissen. Und wenn Gott sie nur aufhalten kann, indem er mich und die Feen wie Schachfiguren benutzt und Mor sterben muss und ich halb zum Krüppel werde, nun, wenn ich allmächtig und grundgütig wäre, würde ich mir etwas Besseres einfallen lassen. Blitze sind schließlich nie aus der Mode gekommen.

Ich habe *Das geborstene Schwert* gelesen, und manchmal denke ich, dass es einfacher wäre, solche Götter anzubeten. Außerdem wirken sie irgendwie menschlicher, zugänglicher. Sie mischen sich in alles ein. Wie die Feen. (Was sind die Feen? Woher stammen sie?)

Aber ich möchte nicht, dass Opa noch einen Herzinfarkt bekommt, also gehe ich weiterhin in die Kirche und zum Schulgebet und zur Kommunion, obwohl ich nicht weiß, wie das alles zusammenpasst. Irgendwie kann ich mir nicht vorstellen, mit einem Pastor über diese Dinge zu reden.

Bei Feen ist es keine Frage des Glaubens. Sie sind einfach da. Sie beachten dich vielleicht nicht, aber sie sind da, und du kannst dich mit ihnen streiten. Und sie verstehen eine Menge von Magie und davon, wie die Welt funktioniert, und sie halten sich auch nicht aus allem raus. Ich könnte selbst Magie wirken. Mir fallen jede Menge Sachen ein, die nützlich wären. Ich könnte einen besseren Traumschutz gebrauchen. Und eine Karass fände ich wirklich toll.

Samstag, 17. November 1979

In der Bibliothek lagen sieben Bücher für mich bereit. Was wohl passiert, wenn es einmal mehr als acht sind? Heute war die Bibliothekarin da, und sie hat mich die Formulare für die Fernleihe wieder selbst ausfüllen lassen. Wenn ich weiterhin jede Woche um die fünfzig Bücher bestelle, sind es samstags irgendwann wirklich mehr als acht. Vielleicht bekomme ich ja die Erlaubnis, an einem Wochentag abends in den Ort zu fahren. Manche Mädchen machen das, wenn sie zu ihrem Musikunterricht müssen. Ich könnte versuchen, ein Instrument zu lernen, damit ich in die Bibliothek gehen kann, aber ich bin so furchtbar unmusikalisch, dass das bestimmt nicht klappt. Ob es wohl noch irgendeine andere außerschulische Betätigung gibt, die für mich infrage kommt? Ich könnte Miss Carroll fragen.

Geld hatte ich keins mehr, aber ich bin trotzdem runter zur Buchhandlung gelaufen. Ich habe herausgefunden, dass der Wald direkt gegenüber »Wildererforst« heißt – es steht auf der Karte. Ich bin ein Stück hineingegangen, um den Brief zu verbrennen, den ich gestern bekommen habe. Dort habe ich dann einen Kreis gezogen. Gesehen hat mich niemand, außer ein paar Feen, die das nicht weiter interessierte. Den Brief habe ich nicht gelesen. Ich habe ihn nicht mal geöffnet. Weil es nur einer war und ziemlich dick, habe ich kein Feuer angezündet, sondern einfach das Streichholz unten drangehalten und ihn fallen lassen. Er hat schneller Feuer gefangen, als ich erwartet hatte, und fast wäre die Flamme auf meine Haare übergesprungen. Das versuche ich besser nicht noch mal.

Es war kalt, aber es regnete nicht – ich war schon ewig

nicht mehr draußen, ohne dass es geregnet hat. Ich habe mich auf die Bank gesetzt, auf der ich schon *Triton* gelesen habe, um *Mit den Toten geboren* zu lesen, aber der Wind war zu kalt. Die Kälte macht mir nicht allzu viel aus, aber dass die Tage so kurz sind, finde ich schrecklich. Es wurde dunkel, bevor es wieder Zeit war, in die Schule zurückzukehren.

Ich habe in der Buchhandlung herumgestöbert und ein paar Sachen entdeckt, die ich kaufen möchte, wenn ich wieder Geld habe. Wenn nicht, muss ich sie eben in der Bibliothek bestellen. Von Alan Garner gibt es ein Buch für Erwachsene, das *Rotverschiebung* heißt. Wovon das wohl handelt? Es hat ein seltsames Titelbild mit einem Menhir und einem Licht, aber damit kann ich nichts anfangen. Wenn ich Daniel sage, dass ich es kaufen möchte, schickt er mir wahrscheinlich noch mal Geld, es sei denn, die zehn Pfund sollten mir bis Weihnachten reichen. Na schön, wenn das so ist, dann kann er mir das ja sagen, und dann muss ich das Buch eben bestellen.

Weil es dunkel war und ich noch nicht zurückgehen wollte, aber kein Geld hatte, um mich ins Café zu setzen und so zu tun, als würde ich Tee trinken, habe ich mir noch die anderen Läden im Ort angeschaut. Im Woolworth habe ich ein Döschen Talkumpuder mitgehen lassen und ein Twix. Im Heim kannte ich ein Mädchen, das andauernd geklaut hat, und sie hat mir gezeigt, wie das geht. Solange man ruhig bleibt, ist es recht einfach. Auf mich achtet sowieso niemand. Bücher würde ich allerdings nie stehlen, oder doch, im Woolworth schon, wenn sie denn welche hätten, aber nicht in einer Buchhandlung, außer ich wäre völlig verzweifelt.

Im C&A habe ich nach den BHs geschaut. Anprobiert

habe ich keinen. Sie sind teurer, als ich erwartet habe, und das mit den Größen ist äußerst kompliziert. Tantchen Teg kennt sich damit bestimmt aus.

Im Smiths hab ich Gill entdeckt, die sich irgendwelche Schallplatten angeschaut hat. Ich mache mir nichts aus Schallplatten – im Gegenteil, für mich gehört Popmusik zu den Dingen, die Gill eigentlich verachten müsste, denn dafür interessieren sich nur Mädchen, die sich bei den Jungs anbiedern wollen. Aber ich habe trotzdem Hallo gesagt. Sie hatte eine Platte mit dem Titel *Anarchy in the U.K.* in der Hand, von einer Gruppe namens Sex Pistols. Das Cover war hässlich, aber für Anarchie interessiere ich mich, seit ich *Planet der Habenichtse* gelesen habe. Ich finde, dass es viel gerechter wäre, auf Anarres zu leben. Gill behauptet, dass es uns dort nicht gefallen würde, weil unsere Eltern kein Geld hätten und wir auf unsere Privilegien verzichten müssten. Ich erwiderte, dass dann alle die gleichen Chancen hätten, ohne zu erwähnen, dass meine Eltern sowieso nicht so reich waren wie alle anderen. Ich sagte, warum sollten wir auf eine bessere Schule gehen als jemand, der sich Arlinghurst nicht leisten kann?

Gill hat die Schallplatte gekauft, obwohl sie erst an Weihnachten dazukommt, sie sich anzuhören. Was will sie nur damit?

Auf dem Rückweg haben wir uns über Leonardo unterhalten. Offenbar hat er nicht nur die Mona Lisa gemalt, sondern war auch Wissenschaftler, hat den Hubschrauber erfunden, Fossilien untersucht und alles genau aufgeschrieben. Gill hat ein Buch mit Wissenschaftlerbiografien und möchte es mir leihen, was nett von ihr ist, obwohl mich das eigentlich nicht interessiert. Sie ist ein wenig – ich weiß nicht. Sie ist nicht dumm, was erfrischend ist, und sie hat keine Angst, mit mir zu reden, aber irgendwie wirkt sie ein wenig übereifrig, was mich wiederum abschreckt. Ich habe das Gefühl, dass sie irgendetwas von mir will.

Das Twix habe ich mir mit Deirdre geteilt. Ich habe ihr nicht gesagt, dass ich es geklaut habe.

Sonntag, 18. November 1979

Ich habe Opa geschrieben. Wenn ich wieder Geld bekomme, kaufe ich ihm eine Karte mit Genesungswünschen. Ich habe ihm von meinen Noten erzählt (total langweilig – außer in Mathe bin ich überall die Beste) und vom Wetter. Ich habe Daniel geschrieben, vor allem über *Makenzie kehrt zur Erde heim* und *Der Schockwellenreiter,* aber auch den Garner habe ich erwähnt. Ich wünschte, ich würde Taschengeld von ihm kriegen wie die meisten anderen Mädchen, dann wüsste ich wenigstens, woran ich bin. Außerdem habe ich Tantchen Teg geschrieben, wegen des BH-Problems, wobei ich darauf geachtet habe, nicht nach Geld zu fragen. Ich hab sie sogar gebeten, ja keins zu schicken, denn das wäre nicht fair – ich wollte nur wissen, wie das mit den Größen funktioniert. Dazu braucht man eine Zahl und einen Buchstaben. Vermutlich könnte ich auch Deirdre oder Gill fragen, aber das möchte ich nicht.

Heute keine Rosinenbrötchen.

Dienstag, 20. November 1979

Heute Morgen kam ein Päckchen von Daniel mit *Als es noch Menschen gab* von Clifford Simak und *Der Wüstenplanet* von Frank Herbert, die mich beide nicht unbedingt ansprechen. Aber es ist toll, so viel zu lesen zu haben. Außerdem hat er mir noch mal zehn Pfund geschickt. Ich weiß ja nicht – wenn er mir jedes Mal zehn Pfund schickt, wenn ich erwähne, dass ich etwas kaufen möchte, ist das natürlich klasse, aber verlassen kann ich mich darauf nicht. Ich habe mich mit Deirdre darüber unterhalten, auch wenn es anfangs schwierig war, denn Geld und Taschengeld gehören zu den Themen, über die man nicht offen spricht. Aber als sie dann anfing zu reden, wollte sie gar nicht mehr damit aufhören.

»Meine Mutter gibt mir jedes Mal zwei Pfund mit, wenn die Ferien rum sind. Sie sagt, wir bräuchten kein Geld, weil wir ja mit allem versorgt werden, aber das ist Unfug. Dir ist bestimmt schon aufgefallen, dass ich dauernd deine Seife benutze. Außerdem müssen wir Schampon kaufen und solche Sachen, und ab und an leiste ich mir am Schulkiosk einen Apfel. Und wenn man keine Rosinenbrötchen kauft, halten einen alle für geizig, oder sie wissen, dass du ärmer bist, und behandeln dich von oben herab, was noch schlimmer ist. Karen hat mir vor den Ferien ein Rosinenbrötchen gekauft. Und weißt du, was sie gesagt hat? ›Ich weiß, du kannst dich nicht revanchieren, aber mach dir deswegen keine Gedanken.‹ Total schmierig, du kannst es dir vorstellen. Also habe ich in der ersten Woche nach den Ferien Rosinenbrötchen gekauft.«

Das war mir nicht entgangen, denn sie hatte mir auch eins geschenkt. »Du musst mir nicht immer eins kaufen«, sagte ich. »Obwohl ich natürlich gerne Rosinenbrötchen esse.«

»Die meisten Mädchen kriegen ein Pfund pro Woche, manche sogar zwei. Keine Ahnung, was sie machen, wenn sie die Pfundnoten wirklich durch Münzen ersetzen, denn sie schicken das Geld immer mit der Post. Niemand redet darüber, wie viel genau sie bekommen, weil es geschmacklos ist, sich über Geld auszulassen.«

Damit hatte sie wohl recht. Dafür redeten alle unablässig darüber, was für ein Auto dein Vater fährt, was für einen Beruf er hat und was für ein Haus, und was für einen Pelzmantel deine Mutter trägt. Ich wusste nicht einmal, dass es da verschiedene gibt, geschweige denn, welche toll sind. Als ich zum ersten Mal danach gefragt wurde, habe ich Fuchs gesagt, einfach so, weil es mir glaubwürdig erschien, und dann hat Josie gefragt, ob ich Silberfuchs meinte oder einfachen Rotfuchs. So, wie sie die Frage stellte, war offensichtlich, wie die Antwort lauten musste, also erwiderte ich ohne zu zögern Silberfuchs. Natürlich hat meine Mutter überhaupt keinen Pelzmantel, und wenn, würde sie das arme Ding wahrscheinlich quälen. Ich finde jedenfalls, dass man keinen Pelz tragen sollte, und das habe ich auch gesagt. Ich habe gesagt, dass ich niemals einen Pelzmantel tragen würde, weil es falsch ist, Tiere nur wegen ihres Pelzes zu töten. Ich bin keine Vegetarierin, und ich finde, man darf Tiere töten, um sie zu essen, denn das ist etwas anderes. Das machen sie ja auch mit uns. Aber ihnen das Fell abzuziehen, nur um damit anzugeben, ist wirklich unnötig.

Bis zu den Weihnachtsferien sind es noch fünf Wochen, also habe ich die zehn Pfund aufgeteilt. Zwei Pfund pro Woche ist nicht übel. Allerdings sollte ich einkalkulieren, nächstes Wochenende einen BH zu kaufen, denn nachdem ich meine Brüste jetzt bemerkt habe, kann ich gar nicht mehr aufhören, sie zu bemerken, und es wäre nett, ein Geschirr zu haben, damit sie nicht mehr so auffallen.

Mittwoch, 21. November 1979

Ein Brief.

Ich habe ihn nicht geöffnet, aber als ich ihn angefasst habe, wurden die Schmerzen in meinem Bein stärker. Sie waren heute den ganzen Tag wirklich schlimm.

Heute Morgen habe ich, während ich hier in der Bibliothek saß, *Zeitpatrouille* ausgelesen, und da ich nichts anderes dabeihatte, wollte ich mir etwas Neues holen. Miss Carroll war damit beschäftigt, eine Lieferung einzuräumen, größtenteils Sachbücher, und ich saß wie immer in meiner Ecke, mit der Holzvertäfelung rechts und links von mir und einem Bücherregal vor mir. Manchmal sitze ich einen Platz weiter, denn dort kann ich zum Fenster rausschauen, aber heute gibt es da nichts zu sehen außer grauem Himmel, nackten Ästen und unaufhörlichem Regen.

Ich wollte gerade aufstehen, als Miss Carroll zu mir herüberkam. »Ich habe nicht vergessen, dass du nach Platon gefragt hast«, sagte sie und reichte mir ein brandneues Exemplar der Everyman-Ausgabe von Platons *Staat*. Außerdem ließ sie wie zufällig zwei andere Bücher auf einem Tisch ganz in der Nähe liegen, einen hochinteressanten Roman von Josephine Tey mit dem Titel *Alibi für einen König* und *Ketten, die nicht reißen* von Nevil Shute, das ich natürlich kenne, darin geht es um Leif Eriksson.

Der Staat macht nicht so viel Spaß wie *Symposium*. Das Buch besteht aus langen Reden, und niemand kommt plötzlich betrunken hereingeplatzt, um Sokrates zu umwerben. Trotzdem ist es faszinierend. Aber Sam hat recht – ich muss die ganze Zeit daran denken, dass das so nicht funktionieren kann. Es widerspricht der menschlichen Natur. Die Leute sind eben, wie sie sind. Und wenn Sokrates glaubt, jeder Zehnjährige wäre ein unbeschriebenes Blatt, das er formen kann, dann muss es schon lange her sein, seit er zehn war! Tut mich und Mor in den *Staat*, und wir würden innerhalb von fünf Minuten alles ordentlich aufmischen. Man müsste schon mit den Säuglingen anfangen wie in *Schöne neue Welt*, ein Roman, der, wie ich jetzt begreife, von Platon beeinflusst ist. Man könnte eine wunderschöne Geschichte über zwei Leute erzählen, die sich in Platons Staat ineinander verlieben und den ganzen Plan durcheinanderbringen. Verliebtsein wäre eine Perversion. In etwa so wie Schwulsein für Laurie und Ralph. Mir sind Triton oder Anarres als Utopien lieber. Wisst ihr, was ich gerne lesen würde? Einen Dialog zwischen Bron, Shevek und Sokrates. Sokrates würde das bestimmt auch Spaß machen. Jede Wette, dass ihm Leute gefallen, die sich mit ihm streiten. Das merkt man gleich, wenigstens im *Spymposium*.

Als ich heute Nachmittag hierher zurückgekommen bin und mich wieder hingesetzt habe, waren die Bücher von Shute und Tey immer noch da. Sie lässt meine Sachen meistens an ihrem Platz liegen, und wenn nicht, dann sagt sie mir, wo sie sie hingetan hat, oder sie gibt sie mir. Aber die gehörten ihr. Trotzdem habe ich angefangen, den Roman von Tey zu lesen. Ich glaube, das wollte sie auch. Ich glaube, sie hat bemerkt, dass es mir heute schwerfällt herumzulaufen, also hat sie die Bücher herübergebracht, damit ich etwas habe. Ich bin mir sicher, dass sie *Der Staat* für mich bestellt hat. Vermutlich bin ich die Einzige, die diese Bibliothek wirklich nutzt – nein, das ist nicht fair, manche Mädchen aus der Sechsten leihen sich Bücher, wenn sie einen Essay schreiben müssen. Aber offenbar ist Miss Carroll aufgefallen, wie viel Zeit ich hier verbringe, und deshalb ist sie so nett zu mir.

Ich möchte mich revanchieren. Manche Schülerinnen kaufen einer Lehrerin Rosinenbrötchen. Zählt Miss Carroll als Lehrerin? Vielleicht sollte ich ihr etwas zu Weihnachten schenken.

Donnerstag, 22. November 1979

Mein Bein plagt mich noch immer. Vielleicht sollte ich wieder zum Arzt gehen. Die Schwester dort hat ein Rezept für Ibuprofen, und ich könnte zu ihr gehen und mir welche holen. Aber dafür müsste ich zwei Treppen nach unten steigen und eine nach oben.

Wer hätte gedacht, dass Richard III. die Prinzen im Turm gar nicht umgebracht hat?

Ein Brief von Tantchen Teg, voller Neuigkeiten. Jetzt verstehe ich auch das mit den BH-Größen. Allerdings muss ich mich messen lassen, und ob ich das will, weiß ich nicht. Vielleicht sollte ich einfach ein paar Größen anprobieren, bis ich die richtige gefunden habe.

Freitag, 23. November 1979

Gestern bin ich schließlich doch noch zu der Schulschwester gegangen, und sie hat mir ein Schmerzmittel gegeben und gesagt, ich solle zum Arzt gehen, und sie hat auch gleich einen Termin für mich gemacht. Mir war nicht klar, was das bringen sollte, aber ich habe ihr nicht widersprochen.

Ich habe Gill dazu gebracht, den Brief in der Küche in den Abfall zu werfen. Wenn die ganzen Essensreste daraufgeworfen werden, verliert er seine Wirkung, und er wird bestimmt bald weggebracht. Zuerst habe ich Deirdre gefragt, und sie wollte ihn nicht anfassen. Kluges Mädchen.

Kein Wunder, dass Feen vor Schmerzen davonlaufen. Sie sind immer auf Unterhaltung aus, und Schmerzen sind furchtbar langweilig.

Morgen muss ich wieder fit sein, um in die Bibliothek zu gehen.

Samstag, 24. November 1979

In der Bibliothek lagen nur drei Bücher für mich bereit. Ich habe sie abgeholt, eine Genesungskarte für Opa gekauft und bin sofort wieder hierher zurückgefahren. *Rotverschiebung* und der BH können bis nächste Woche warten.

Manchmal bin ich mir nicht sicher, ob ich ganz und gar ein Mensch bin.

Ich meine, natürlich bin ich das. Klar, es wäre meiner Mutter zuzutrauen, dass sie mit Feen schläft – nein, so kann man das nicht ausdrücken. »Mit Feen schlafen« bedeutet, tot zu sein. Es wäre meiner Mutter zuzutrauen, dass sie mit Feen Sex hat, aber wenn, dann hätte sie damit angegeben. Und sie hat nie auch nur eine Andeutung gemacht. Dann hätte sie auch nicht gesagt, Daniel wäre der Vater, und sie hätte ihn auch nicht gezwungen, sie zu heiraten. Außerdem sieht Daniel uns irgendwie ähnlich – sagt Sam jedenfalls. Und die Kinder von Feen sind in den Liedern und Geschichten immer große Helden. Andererseits, was aus dem Kind von Tam Lin und Janet geworden ist, habe ich nie erfahren. Aber schaut euch doch Eärendil und Elwing an. Nein, das habe ich nicht gemeint.

Was ich meine, ist, wenn ich andere Leute anschaue, andere Mädchen auf der Schule, und wenn ich sehe, was sie mögen, was sie glücklich macht und was sie haben wollen, dann habe ich nicht das Gefühl, zur selben Spezies zu gehören. Und manchmal – manchmal ist es mir egal. Es gibt nicht viele Menschen, die mir etwas bedeuten. Manchmal habe ich den Eindruck, dass nur Bücher das Leben lebenswert machen, wie an Halloween, als ich weiterleben wollte, weil ich *Babel-17* noch nicht zu Ende gelesen hatte. Das ist bestimmt nicht normal. Mir sind die Leute in den Büchern wichtiger als die Leute, denen ich jeden Tag begegne. Manchmal geht mir Deirdre so sehr auf den Senkel, dass ich am liebsten gemein zu ihr wäre und sie Dussel schimpfen würde wie alle anderen. Oft möchte ich sie anschreien und ihr sagen, wie dumm sie ist. Ich mache das nur aus reinem Egoismus nicht, weil sie fast die Einzige ist, die mit mir redet. Und Gill, Gill ist mir manchmal unheimlich. Wer würde nicht lieber auf einem Drachen reiten oder Paul Atreides sein?

Sonntag, 25. November 1979

Einen Brief an Tantchen Teg geschrieben und mich bedankt. Sie hat gefragt, ob ich an Weihnachten nach Hause komme, also habe ich Daniel geschrieben, was er davon hält. Wahrscheinlich hat er nichts dagegen, dann muss er sich nicht um mich kümmern. Außerdem habe ich Sam einen langen Brief über *Der Staat* geschrieben. Und einen Gruß an Opa in die Genesungskarte gekritzelt – die ist echt süß, mit einem Elefanten, der im Bett liegt und ein Thermometer im Mund hat.

Ich vermisse Opa. Nicht dass ich mit ihm groß reden konnte wie mit Sam, aber er ist ein so wesentlicher Bestandteil meines Lebens. Er gehört einfach dazu. Opa und Oma haben uns aufgezogen, und dazu waren sie eigentlich gar nicht verpflichtet, sie hätten uns bei meiner Mutter lassen können, aber das wollten sie nicht.

Opa hat uns alles über die Natur erklärt und Oma alles über Gedichte. Er kannte jeden Baum und jede Wildblume, und erst hat er uns beigebracht, wie wir die Bäume an den Blättern voneinander unterscheiden konnten und dann an den Knospen und an der Rinde, damit wir sie auch im Winter auseinanderhalten konnten. Er hat uns auch gezeigt, wie man Gras flicht und Wolle kardiert. Oma hat sich nicht allzu viel aus der Natur gemacht, obwohl sie gerne zitierte: »Wenn die Sonne lacht und der Vogel singt, dir Gott in den Garten das Glück auf Erden bringt.« Aber letztlich galt ihre Liebe den Wörtern, nicht dem Garten. Sie hat uns beigebracht, wie man kocht und wie man walisische und englische Gedichte auswendig lernt.

In gewisser Hinsicht waren sie ein seltsames Paar. Es gab

nur wenig, worüber sie einer Meinung waren. Oft brachten sie sich gegenseitig auf die Palme. Sie hatten nicht einmal allzu viele Interessen gemeinsam. Kennengelernt haben sie sich in einem Laientheater, aber sie saß am liebsten im Publikum, und er wollte auf der Bühne stehen. Trotzdem liebten sie einander. Wenn sie »Ach, *Luke!*« sagte, klang das gleichzeitig zornig und zärtlich.

Ich glaube, sie hatte das Gefühl, in beengten Verhältnissen zu leben. Sie war Lehrerin, Mutter und Großmutter. Ich glaube, sie hätte sich mehr Poesie in ihrem Leben gewünscht, so oder so. Auf jeden Fall hat sie mich ermutigt, Gedichte zu schreiben. Was sie wohl von T. S. Eliot gehalten hätte?

Montag, 26. November 1979

Ich wachte mitten in der Nacht auf – das war kein Traum. Ich wachte auf und konnte mich nicht bewegen, ich war völlig gelähmt, und sie befand sich im Zimmer, schwebte direkt über mir, das weiß ich ganz sicher. Ich versuchte zu schreien und irgendwen zu wecken, brachte jedoch keinen Ton heraus. Ich spürte, wie sie näher kam, bis sie fast mein Gesicht berührte. Ich konnte mich nicht bewegen, konnte nicht sprechen, konnte mich ihrer nicht erwehren. Schließlich begann ich in Gedanken die Litanei gegen die Furcht aus dem *Wüstenplaneten* aufzusagen: »Die Furcht tötet das Bewusstsein, die Furcht führt zu völliger Zerstörung«, und dann war sie fort, und ich konnte mich wieder bewegen. Ich stand auf und holte mir etwas zu trinken, und meine Hände zitterten, sodass ich mir die Hälfte davon über mein Shirt kippte.

Wenn sie in die Schule reinkommt, bringt sie mich beim nächsten Mal vielleicht um.

Die Feen hier reden nicht mit mir, und ich kann Glorfindel oder Titania nicht schreiben, um sie zu fragen, wie ich sie aufhalten kann. Selbst wenn Daniel mir erlaubt, an Weihnachten nach Hause zu fahren, ist es bis dahin noch fast ein Monat.

Ich habe zwei kleine Steine, die ich, als ich das letzte Mal ihre Briefe verbrannt habe, als Teil des Kreises verwendet habe, und die habe ich vor den beiden Fenstern auf den Sims gelegt. Sollte sie versuchen, da durchzukommen, verwandeln sich die beiden Steine hoffentlich in Felsplatten und versperren ihr den Weg. Eigentlich sollte ich eine ganze Reihe von Steinen da hinlegen oder eine Sandlinie ausstreuen oder etwas in der Art. Das Problem daran ist, dass in dem Saal noch elf andere Mädchen schlafen, und die sehen nur einen kleinen Kiesel und machen sich wahrscheinlich weiter keine Gedanken darüber. Oder sie stören sich daran. Ich werde jeden Abend, bevor ich ins Bett gehe, nachschauen müssen, denn irgendjemandem fällt früher oder später bestimmt etwas auf. Ich könnte es ihnen wahrscheinlich auch erklären, aber ich bin ihnen sowieso schon unheimlich.

Buntglas ist ein unüberwindliches Hindernis für sie, aber das nützt mir jetzt nicht viel.

Ich muss mir ein paar Sachen besorgen und einen richtigen Schutzzauber wirken, auch ohne erst mit den Feen zu reden. Davor habe ich Angst, aber die Vorstellung, dass sie zu mir ans Bett kommt, während ich schlafe, und mich lähmt, ist noch weit schlimmer. Ich konnte mich überhaupt nicht bewegen, und ich habe es wirklich versucht.

Dienstag, 27. November 1979

Schon seltsam, wie schwer es ist, sich in einem Wartezimmer auf ein Buch zu konzentrieren. Einerseits möchte ich unbedingt in die Geschichte eintauchen und mich darin verstecken. Andererseits muss ich aufpassen, dass ich meinen Namen höre, wenn sie mich rufen, also werde ich von jedem Geräusch abgelenkt. Hier sind alle krank, was ziemlich deprimierend ist. An der Wand hängen Plakate, auf denen sich alles um Verhütung und irgendwelche Krankheiten dreht. Die Wände sind giftgrün. In einem Faltblatt steht, man soll seine Augen untersuchen lassen. Vielleicht keine schlechte Idee.

<u>Eine Liste von Dingen, die ich sehe, während ich aus dem Fenster schaue:</u>

2 unrasierte Gestalten
1 Mann mit einem Schäferhund – ein hübscher Schäferhund mit glänzendem Fell
6 Leute auf Fahrrädern
12 käsige Hausfrauen mit 19 Kindern
4 Schulkinder ohne Begleitung
4 junge Paare
1 Baby in einem Buggy, der von einer Frau in einem rotbraunen Kleid geschoben wird.
1 schmuddliger alter Mann in Jeans – in Jeans? Jeans sind was für junge Leute
1 Mann, der ein Motorrad abstellt
Millionen von Autos
2 Geschäftsleute
1 Taxifahrer
1 Mann mit einem Schnurrbart und seine Frau

2 blonde Frauen in den gleichen grünen Mänteln, die zweimal vorbeilaufen, einmal hin und einmal zurück. Schwestern vielleicht?

1 Zwillingspaar um die vierzig (Zwillinge sind mir zuwider, auch wenn ich weiß, dass das dumm ist.)

1 aufgeblasener Kerl im Abendanzug (zur Mittagszeit?)

1 Mann in einem rosafarbenen Hemd (Rosa!)

1 Skinhead mit einem Drachenkrug in der Hand (Er ist vor dem Fenster stehen geblieben, also konnte ich ihn mir in Ruhe anschauen.)

1 Geschäftsfrau in einem Nadelstreifenanzug mit einer Aktentasche (Sie sah sehr gepflegt aus. Wäre ich gerne wie sie? Nein. Aber fast alle anderen, die ich gesehen habe.)

6 Teenager in Trainingsanzügen, die um die Wette rannten.

8 Spatzen

12 Tauben

1 schwarzweißer Hund ohne Begleitung, ein Terrier-Mischling, der an dem Motorrad das Bein hob. Er ist allein weitergelaufen, wirkte dabei recht fröhlich und schnüffelte an allem. Vielleicht wäre ich gerne wie er.

<u>Leute, die mich bemerkt haben:</u>

1 Mann in einem Jeanshemd, der mir winkte.

Schon seltsam, wie unaufmerksam die Leute im Allgemeinen sind.

Als ich schließlich dran war, war der Arzt äußerst unfreundlich. Er hatte nicht viel Zeit. Er sagte, er würde mich an einen Orthopäden überweisen, und der sollte dann die

Röntgenaufnahmen zu ihm schicken. Ich musste, umgeben von schniefenden Kindern und hinfälligen alten Leuten, eine halbe Ewigkeit warten, damit der Arzt mir zwei Minuten widmet. Dafür habe ich Physik verpasst?

Immerhin, ich habe zwei Äpfel und eine neue Flasche Schampon gekauft, und auf dem Rückweg habe ich in der Bibliothek vorbeigeschaut, drei Bücher abgegeben und vier abgeholt, also war der Ausflug nicht ganz umsonst.

Während ich auf den Bus wartete, grübelte ich über Magie nach. Ich wünschte mir den Bus herbei, wusste aber nicht genau, wie lange es noch dauern würde. Falls ich Magie ins Spiel gebracht und mir vorgestellt hätte, wie der Bus um die Ecke kam, dann hätte ich den Bus ja nicht aus dem Nichts herbeigezaubert. Der Bus fährt sowieso irgendwo entlang. Sagen wir, pro Stunde halten hier zwei Busse, und damit der Bus genau dann kommt, wenn ich es will, muss er zu einer ganz bestimmten Uhrzeit losgefahren sein, und die Leute sind zu einer ganz bestimmten Uhrzeit eingestiegen und ausgestiegen und zu einer ganz bestimmten Uhrzeit irgendwo eingetroffen. Also muss ich das alles verändern, sogar den Zeitpunkt, an dem sie aufstehen, und den ganzen Fahrplan, bis zurück zu dem Zeitpunkt, an dem er geschrieben wurde, sodass die Leute monatelang zu einem anderen Zeitpunkt einsteigen, nur damit ich heute nicht warten muss. Himmel, was das auf der ganzen Welt für Folgen hätte, und das nur wegen einem Bus! Ich weiß nicht, wie die Feen das riskieren können. Ich weiß nicht, wie irgendjemand alles wissen kann, was man dafür wissen muss.

Magie kann nicht alles. Glorfindel konnte nichts gegen Omas Krebs tun, obwohl er das wollte und obwohl wir das wollten. Magie kann weit in die Zeit zurückreichen, aber

Mor kann sie nicht wieder lebendig machen. Ich weiß noch, wie mir Tantchen Teg erzählte, dass sie tot ist, und wie ich dachte: *Sie weiß es, und ich weiß es, und andere Leute erzählen es anderen Leuten, und es breitet sich aus wie Wellen in einem Teich, und es lässt sich nicht mehr rückgängig machen, ohne alles rückgängig zu machen.* Das ist nicht so, wie wenn du von einem Baum fällst, und außer den Feen sieht es niemand.

Mittwoch, 28. November 1979

Gill hat sich gestern Abend in den Schlafsaal geschlichen und mir das Buch über die Wissenschaftler gebracht. Sie hat sich zu mir aufs Bett gesetzt, und während wir uns unterhalten haben, hat sie wie beiläufig den Arm um mich gelegt, aber es war nicht zu übersehen, wie vorsichtig sie dabei war und dass sie mich die ganze Zeit über anschaute. Ich bin aufgesprungen und habe ihr gesagt, sie solle besser gehen, aber Sharon hat mir hinterher einen äußerst merkwürdigen Blick zugeworfen, ich glaube, sie hat alles mitbekommen. Habe ich irgendetwas getan, um Gill zu ermutigen? Sodass sie jetzt glaubt, ich könnte an ihr interessiert sein? Das ist wirklich eine unangenehme Situation, denn sie gehört zu den wenigen, die mir nicht aus dem Weg gehen. Ich glaube, ich muss mit ihr reden, aber nicht im Schlafsaal! Und ich habe Angst davor, ihr zu sagen, dass ich sie unter vier Augen sprechen möchte, denn das könnte sie falsch verstehen, und wenn sie dann ihren Irrtum erkennt, ist sie nur noch mehr verletzt.

In *Spiel im Sommer*, das überhaupt nicht so ist, wie ich erwartet habe, gibt es eine Stelle, wo die Heldin sich in einen

Mann verliebt, und ein anderer Mann verliebt sich in sie, und sie überlegt, ob sie nicht mit ihm vorliebnehmen sollte, aber sie weiß auch, dass das nicht gutgehen wird und dass es sinnlos ist und dass sie ihm nicht wehtun möchte. Das beschreibt ganz gut, was ich für Gill empfinde – ich möchte ihr nicht wehtun. Ich glaube ehrlich gesagt nicht, dass es anders wäre, wenn es um einen Jungen ginge. Das werde ich Gill sagen, sobald sich dafür eine Gelegenheit ergibt. Vielleicht am Samstag, oder morgen nach Chemie?

Einer der Steine ist vom Fenstersims runtergefallen, aber ich habe ihn zurückgelegt. Das sind nur provisorische Vorkehrungen, aber fürs Erste erfüllen sie ihren Zweck. Sie hat mich nicht mehr heimgesucht.

Donnerstag, 29. November 1979

Schreckliche Träume. Dagegen muss ich wirklich etwas unternehmen. So kann es nicht weitergehen. Ich werde mich heute Nacht darum kümmern, wenn es nicht regnet.

Warum bin ich nicht wie andere Leute?

Ich schaue mir Deirdre an, und in ihrem Leben läuft alles glatt. Oder vielleicht sieht das für mich nur so aus? In einer Pause hat sie mich beiseitegenommen und gesagt: »Schussel behauptet, sie hat gesehen, wie Gill dich angebaggert hat.« Dabei schaute sie mich völlig arglos an.

»Das ist gut möglich, aber ich bin nicht an Gill interessiert, und das werde ich ihr auch sagen.«

»Das ist verkehrt«, sagte sie im Brustton der Überzeugung.

»Wenn zwei Menschen das wollen, spricht meiner Meinung nach nichts dagegen, aber in diesem Fall liegt die Sache anders.«

Deirdre sah mich verwirrt an und wich zurück, aber später schenkte sie mir ein Pfefferminzbonbon, um mir zu zeigen, dass sie mir nicht böse war. Vielleicht sollte ich ihr für Sonntag ein Rosinenbrötchen kaufen.

Nach Chemie fand sich keine Gelegenheit, mit Gill zu reden. Gut möglich, dass sie mir aus dem Weg geht. Vielleicht muss ich also gar nicht mehr mit ihr sprechen.

Freitag, 30. November 1979

Ich bin mitten in finsterster Nacht aufgestanden und habe einen Zauber gewirkt. Ich bin die Ulme runtergeklettert und habe nach dem Kreis gesucht, den ich das letzte Mal gezogen habe. Während ich alles wieder richtig hinlegte, schaute der Mond zwischen den Wolken hervor. Dieses Mal habe ich kein Feuer angezündet.

Ich möchte nicht aufschreiben, was ich getan habe. Mag sein, dass das abergläubisch ist, aber ich habe das Gefühl, es wäre verkehrt, und ich habe jetzt schon zu viel verraten. Vielleicht sollte ich es besser nicht nur spiegelverkehrt aufschreiben, sondern auch auf dem Kopf und auf Latein? Ich glaube, jetzt weiß ich, warum die Leute keine echten Magiebücher schreiben. Es ist einfach zu schwer, etwas in Worte zu fassen, was man sich selbst ausgedacht hat. Selbst hinterher hatte ich den Eindruck, dass ich eigentlich gar nicht wusste, was ich da tat, sondern wie verrückt improvisierte. Es unterscheidet sich so sehr von dem, was mir beigebracht wurde, aber ich glaube, dass es seine Wirkung tun wird. Der Mond war schon immer mein Freund. Trotzdem.

Bisher haben sie uns immer erklärt, was wir machen sollen. Glorfindel hat gesagt, wir sollen die Blüten ins Wasser werfen, und ich soll den Kamm in dem Sumpf versenken. Wie ich da in meinem Kreis stand, kam ich mir sehr unerfahren vor, als würde ich nur eine Rolle spielen. Magie ist wirklich seltsam. Ich schaute immer wieder durch die nackten Äste zum Mond hinauf und wartete, bis er für einen Moment deutlich sichtbar am Himmel stand. Ich hatte mir ein Gedicht zusammengereimt, und das sang ich, um wenigstens in die richtige Stimmung zu kommen.

Ich verwendete Dinge, an die ich mich erinnerte, und Dinge, die ich mir ausgedacht hatte, und Dinge, die mir einfach passend erschienen. Ich versuchte, einen Schutzzauber zu wirken und eine Karass heraufzubeschwören. Ich hatte einen Apfel – ich hatte zwei und bewahrte sie ein paar Tage lang zusammen auf, damit sie sich aneinander gewöhnten, selbst wenn sie nicht vom selben Baum stammten, und dann habe ich einen gegessen, sodass er zu einem Teil von mir wurde, und den anderen habe ich mitgenommen. Äpfel sind mit Apfelbäumen verbunden und mit der gezähmten Natur, und mit Eden und dem Garten der Hesperiden und dem Garten von Idun und Eris. In der Mittelschule habe ich einmal einen Apfel in meinem Schreibtisch versteckt, bis er reifer und reifer wurde und dann ganz weich und matschig, bis nur noch ein süß riechender Saftbeutel übrig war, und erst als er zu schimmeln anfing, habe ich ihn weggeworfen. Das war eine starke Verbindung. Im alten Persien, und noch heute in manchen Teilen von Indien, glaube ich, werden »Himmelsbestattungen« durchgeführt:

Der Leichnam wird auf eine erhöhte Plattform gelegt, und die Vögel fressen ihn, und er verwest für alle sichtbar. Die Magie, die dabei freigesetzt wird, ist bestimmt sehr stark, aber es muss furchtbar sein mitanzusehen, wie jemand, den man gekannt hat, langsam zerfällt. Feuerbestattungen sind vielleicht nicht magisch, aber wenigstens sind sie sauber.

Jedenfalls habe ich mir auch den Finger geritzt und einen Tropfen Blut verwendet, was gefährlich ist, aber einem ziemliche Macht verleiht.

Ich habe die Fee gesehen, die mit mir gesprochen hat, als ich das erste Mal hier draußen war, oben im Baum. In den Ästen funkelten noch andere Augen, aber ich erkannte keine davon, und sie sagten auch nichts. Ich weiß nicht, wie ich mich mit ihnen anfreunden oder ihr Vertrauen gewinnen soll. Sie sind anders als unsere Feen, wilder, weiter von den Menschen entfernt.

Obwohl ich mir auch sonst oft vorkomme, als wäre ich völlig fehl am Platze, und obwohl ich mich nur zu gut an Halloween erinnere, habe ich mich noch nie so sehr wie ein halber Mensch gefühlt wie letzte Nacht. Als hätte mir jemand den Arm abgehackt, als wäre ich es gewohnt, etwas mit beiden Händen zu halten, und jetzt müsste ich mit einer klarkommen, nur eben in magischer Hinsicht. Und trotzdem – ich habe nicht versucht, darauf einen Heilspruch anzuwenden. Mir ist sogar gerade erst eingefallen, dass das möglich gewesen wäre. Vielleicht würde das auch bei meinem Bein funktionieren. Aber das wäre gefährlich, noch gefährlicher als eine Karass heraufzubeschwören. Vielleicht hätte ich es bei dem Schutzzauber belassen sollen, denn den brauchte ich wirklich. Wenn man Magie für etwas einsetzt, das man haben möchte, riskiert man eine ganze Menge. Das hat mir Glorfindel gesagt. Aber eine Karass ist doch nicht zu viel verlangt, oder? Etwas muss man dafür schon riskieren.

Natürlich weiß ich nicht mit Sicherheit, ob es geklappt hat. Das ist bei Magie immer das Problem. Eines der Probleme. Unter vielen …

Heute bin ich erschöpft. Fast wäre ich in Englisch über Dickens eingeschlafen. Wohlgemerkt, den finde ich schon zum Schnarchen, wenn ich hellwach bin. Ich muss die ganze Zeit gähnen. Aber heute Nacht schlafe ich vielleicht, ohne zu träumen. Wir werden sehen.

Samstag, 1. Dezember 1979

In der Bibliothek heute hat mich der Bibliothekar angesprochen. »Du hast *Beyond the Tomorrow Mountains* bestellt?«, fragte er.

Ich nickte.

»Davon gab es nie eine britische Ausgabe, ich fürchte also, das können wir dir nicht besorgen.«

»Ah«, sagte ich enttäuscht. »Trotzdem vielen Dank.«

»Mir ist aufgefallen, dass du ziemlich viel über die Fernleihe besorgen lässt«, fuhr er fort.

»Sie hat gesagt … die Bibliothekarin hat gesagt, das wäre in Ordnung«, stammelte ich. »Sie hat gesagt, es ist kostenlos, weil ich unter sechzehn bin.«

»Das ist auch kein Problem – du bestellst so viele Bücher, wie du möchtest, und wir besorgen sie dir.«

Ich entspannte mich und lächelte ihn an.

»Mir ist nur aufgefallen, dass du dich für Science Fiction

interessierst, und da habe ich mich gefragt, ob du nicht unserem SF-Buchclub beitreten möchtest, der sich am Dienstagabend trifft.«

Eine Karass, dachte ich bei mir. Der Zauber hatte seine Wirkung getan. Mir schossen Tränen in die Augen, und einen Moment lang konnte ich nicht sprechen, weil meine Kehle wie zugeschnürt war. »Ich weiß nicht, ob sie mir in der Schule erlauben werden, da hinzugehen«, sagte ich schließlich. »Um wie viel Uhr ist das?«

»Wir fangen um sechs Uhr an, und meistens dauert es bis um acht. Es findet hier in der Bibliothek statt. Soweit ich weiß, benötigen Schülerinnen von Arlinghurst dafür die Unterschrift eines Elternteils und eines Lehrers oder Bibliothekars.«

»Gegen den Bibliotheksausweis hatten sie ja auch nichts.«

»Das stimmt.« Er lächelte mich an. Er wird schon etwas kahl auf dem Kopf, aber so alt ist er noch gar nicht, und er hat ein nettes Lächeln.

»Und ich würde dabei viel lernen«, fügte ich hinzu.

»Das auf jeden Fall«, stimmte er mir zu. »Ich weiß nicht, ob du schon nächsten Dienstag kommen kannst, wenn wir über Le Guin sprechen, aber am Dienstag darauf ist Robert Silverberg an der Reihe, den du ja offensichtlich magst.«

Ich habe mir alles aufgeschrieben, meine Bücher eingesteckt und bin in das kleine Café gegangen, so glücklich, dass ich hätte laut singen können. Eine Karass, oder jedenfalls der Anfang von einer Karass! Oh, hoffentlich kann ich schon am Dienstag hingehen! Von Le Guin habe ich mir nur deswegen keine Bücher bestellt, weil ich schon alles gelesen habe, jedenfalls glaube ich das. Zu ihr könnte ich eine ganze Menge sagen. Eine Karass! Unglaublich! Ich könnte tanzen vor Freude.

Sonntag, 2. Dezember 1979

Miss Carroll hat das Formular unterschrieben, das mir erlaubt, den Buchclub zu besuchen! Sie hat gesagt, dass ich vorher mit meinen Hausaufgaben fertig sein muss, aber das ist kein Problem. Und ich soll darauf achten, dass meine Noten deshalb nicht schlechter werden. Das konnte ich ihr guten Gewissens versprechen. Sie hat gefragt, ob der Roman von Tey mir gefallen hat, und ich habe gesagt, dass ich ihn toll fand, was stimmt.

Carpenter schreibt in dem Inklings-Buch, dass Lewis Aslan als Jesus verstanden wissen wollte. Ein Stück weit kann ich das nachvollziehen, aber ich komme mir trotzdem verraten vor. Hat er das alles nur als Allegorie gemeint? Kein Wunder, dass Tolkien sauer war. Ich wäre auch sauer gewesen. Manchmal bin ich so dumm – aber Aslan war immer so sehr er selbst. Ich weiß nicht, was ich von Jesus halte, aber ich weiß, was ich von Aslan halte.

Ich habe Opa und Tantchen Teg geschrieben und ihnen von dem Buchclub erzählt. Und ich habe Daniel geschrieben und ihn inständig gebeten, das Formular zu unterschreiben. Ich bin mir ziemlich sicher, dass er das macht. Ich habe ihm auch von der Verbindung zwischen Aslan und Jesus erzählt, weil es mich interessiert, was er dazu zu sagen hat, und ich habe ihn *noch mal* gefragt, ob ich an Weihnachten nach Hause fahren darf. Opa habe ich geschrieben, dass ich alles versuchen werde.

Jetzt habe ich endlich auch mit Gill gesprochen. Es hat in Strömen gegossen, also fanden heute Nachmittag keine Ballspiele statt, die Schülerinnen übten stattdessen im großen Saal tanzen. Gill ging hinterher nicht gleich zum Umziehen, sondern wartete, bis ich aus dem Hausaufgabenraum kam, wo ich Briefe geschrieben habe. Sie sagte nicht direkt etwas, aber ich sagte: »Gill, ich weiß nicht, ob ich da etwas falsch verstanden habe, aber ich mag dich als Freundin, nur an einer körperlichen Beziehung bin ich nicht interessiert.«

»Du hast gesagt, du magst keine Jungen«, entgegnete sie.

Das hatte ich, und daran erinnerte ich mich auch. »Das heißt nicht, dass ich Mädchen mag. Ich finde nicht, dass daran irgendetwas verkehrt ist – die meisten Menschen mögen wahrscheinlich Jungen *und* Mädchen, aber bei mir ist das offenbar anders. Tut mir leid. Wahrscheinlich bin ich einfach seltsam.«

Dabei standen wir in der Tür zum Hausaufgabenraum, und jemand kam hinter mir heraus und drängte sich an uns vorbei, und Gill winkte mir nur und lief davon, um sich umzuziehen. Hoffentlich kommt sie darüber hinweg. Wirklich kompliziert, das alles!

Montag, 3. Dezember 1979

Ein Brief von Daniel mit weiteren zehn Pfund. Sie wollen, dass ich Weihnachten in Old Hall verbringe, aber danach kann ich für ein paar Tage nach Südwales fahren. So ein Mist. Warum denn das? Was versprechen sie sich davon? Viel lieber würde ich Tantchen Teg mit Opa helfen, vor allem, wenn er den Festtag wirklich zu Hause verbringen darf. In Old Hall haben sie mir immer das Gefühl gegeben, dass sie mich nicht schnell genug loswerden können, und jetzt? Was ich von Daniel halten soll, weiß ich nicht genau. Ich bin ihm dankbar, dass er mich aus dem Kinderheim geholt hat, aber so viel besser ist die Schule auch nicht. Er scheint sich zu wünschen, dass wir uns irgendwie anfreunden, nachdem ich ohne ihn aufgewachsen bin. Aber er und seine Schwestern fühlen sich ohne mich bestimmt viel wohler. Und was um Himmels willen soll ich ihnen schenken? Ich kann ihnen doch nicht einfach nur eine Schachtel Pralinen überreichen. Das wird ganz fürchterlich! Na ja, wenigstens kann ich hinterher nach Südwales fahren.

Dienstag, 4. Dezember 1979

Natürlich ist von Daniel kein Brief mit dem unterschriebenen Formular eingetroffen. Es ist unfair, das überhaupt zu erwarten, denn so schnell kann die Post das Formular kaum hin- und herbefördern. Aber es ist meine Karass, und heute Abend findet sie ohne mich statt, und sie werden über *Planet der Habenichtse* sprechen, also ist es kein Wunder, dass ich wütend bin. Klar, der Buchclub hat sich wahrscheinlich jeden Dienstag getroffen, seit ich hier bin, aber da wusste ich nichts davon, und jetzt weiß ich es. Es sei denn, die Magie hat ihn ins Leben gerufen und nicht nur den Bibliothekar veranlasst, mich zu fragen. Je mehr ich über Magie nachdenke, was sie bewirkt und wie sie alles Mögliche beeinflusst, umso weniger denke ich, dass ich damit herumpfuschen sollte.

Die Schule ist heute besonders langweilig. Ich bin es ja gewohnt, dass die Mädchen mir Schimpfnamen nachrufen, aber jetzt fangen sie schon wieder an, »Jake the Peg« zu singen, wenn ich vorbeihinke, oder sie summen es nur, wenn ein Lehrer in der Nähe ist. Sie wollen mich wütend machen, also ignoriere ich sie, was äußerlich viel einfacher ist als innerlich. Mit Deirdre machen sie das Gleiche, nur dass sie dann »Danny Boy« singen, und manchmal bricht sie in Tränen aus. Das Schreckliche an Deirdre ist, dass sie einfach sämtlichen Vorurteilen entspricht. Sie ist Irin, und sie ist nicht gerade eine Leuchte. Karen hat ihr einen Bissen von ihrem Müsliriegel abgegeben, und sie hat gesagt, es würde wie roher Weihnachtsbaum schmecken. Natürlich meinte sie Kuchen, denn danach schmecken sie, aber jetzt reißen sie alle Witze darüber, dass in Irland Weihnachtsbäume gekocht werden. Als ich das hörte, musste ich lachen, weil es so surreal ist. Sie hat ja selbst gelacht. Es war nett gemeint. Aber sie hören einfach nicht mehr damit auf, und das ist überhaupt nicht nett, und natürlich machen sie das, um ihr wehzutun. Ich gebe mir größte Mühe, damit sie nicht merken, wie sehr mich das dumme Lied über »Jake mit seinem dritten Bein« ärgert.

Ich kann Lewis seine Allegorie noch immer nicht verzeihen. Jetzt verstehe ich auch, warum Tolkien im Prolog gesagt hat, dass ihm Allegorien zuwider sind. Man kann nicht einfach etwas nehmen, das für sich steht, und dann behaupten, es sei etwas anderes. Und wenn man es macht, sollte man es nicht übertreiben. Wenn man die *Narnia*-Bücher als Neufassung der Evangelien versteht, macht man sie schlechter, als sie sind. Ich glaube, es wird mir schwerfallen, sie noch einmal zu lesen, ohne dauernd daran zu denken. Was wirklich schade ist. Andererseits schreibt Carpenter, dass Lewis einige Bücher verfasst hat, die direkt vom Christentum handeln – unverhohlen, meine ich. Vielleicht sollte ich es mal mit denen versuchen. Ich muss sagen, dass ich nicht mehr weiß, was ich von religiösen Dingen halten soll. Und der Religionsunterricht ist da auch keine Hilfe. Da werden nur die Reisen des

Paulus heruntergeleiert, und ich arbeite mich langsam durch die Bibel. Ein paar Geschichten sind wirklich gut, aber der Rest ist langweilig. Das Meiste dreht sich jedoch um Geschichte, nicht um Theologie, und mich würde interessieren, ob Lewis irgendetwas über Feen gesagt hat – in *Prinz Kaspian* kommen immerhin Mänaden vor, die mich schon immer ein wenig an Feen erinnert haben. In der Schulbibliothek stehen nur die Planetenromane, aber ich werde schauen, ob sie in der Bibliothek im Ort *Christentum schlechthin* haben, und wenn nicht, wozu gibt es die Fernleihe.

Während ich das geschrieben habe, kam Miss Carroll zu mir herüber.

»Hat dein Vater das Formular für den Buchclub schon unterschrieben?«, fragte sie.

»Noch nicht«, sagte ich. »Er macht es bestimmt, aber die Zeit war einfach zu knapp.«

»Wenn du möchtest, kann ich dich heute Abend begleiten. Wenn ich die ganze Zeit dabei bin, *in loco parentis,* spricht nichts dagegen. Ich begleite die Mädchen ja auch ins Theater. Ich habe bei Miss Ellis nachgefragt, und sie hat nichts dagegen.« Sie lächelte mich an.

»Aber möchten Sie da überhaupt hin?«, fragte ich. Ich kann nichts dafür, aber wenn Leute nett zu mir sind, werde ich immer misstrauisch. Ich meine das gar nicht so, es rutscht mir nur einfach heraus.

»Das wird bestimmt interessant«, sagte sie.

»Lesen Sie überhaupt SF?«

»Ich bemühe mich, von allem, was in meiner Bibliothek steht, etwas zu lesen, damit ich Empfehlungen aussprechen kann. An SF habe ich einiges gelesen. Meine Begeisterung dafür ist nicht ganz so groß wie deine, aber ich kenne mich ein wenig aus. Von Ursula Le Guin habe ich ein paar Bücher gelesen, darunter *Der Magier der Erdsee.*«

»Hat es Ihnen gefallen?«

»Ich fand es großartig.« Miss Carroll setzte sich mir gegenüber an den Holztisch und sah mich fragend an. »Was hast du denn? Ich habe nicht erwartet, dass ich verhört werde, ob ich für den Buchclub geeignet bin. Ich dachte, du würdest dich freuen.«

»Ich freue mich auch. Vielen Dank! Ich möchte da wirklich sehr gerne hingehen. Ich bin es nur einfach nicht gewohnt – ich meine, ich kann es einfach nicht fassen, dass Sie sich für mich einen ganzen Abend freinehmen.« Eigentlich ist sie noch ziemlich jung. Bestimmt geht sie mit Männern aus, und irgendwo muss sie ja auch wohnen, wo sie sich etwas kocht und ihre Bücher liest, ohne dabei gestört zu werden. Ehrlich gesagt fällt es mir schwer, mir vorzustellen, wie ihr Leben außerhalb der Bibliothek aussieht. Aber was auch immer sie da tut, sie verzichtet heute Abend darauf und geht stattdessen in den SF-Buchclub, nur mir zuliebe. Warum macht sie das? Ich wusste nicht, dass Magie so viel bewirken kann. Das ist beängstigend.

»Das wird eine interessante Erfahrung«, sagte sie. »Dann sehe ich auch einmal, wie das in der großen Bibliothek läuft. Und über Bücher lasse ich mir gerne etwas erzählen. Vielleicht können wir hier einen Buchclub ins Leben rufen. Ein paar der älteren Mädchen interessiert das möglicherweise. Außerdem …« Sie beugte sich vor und senkte die Stimme, obwohl wir wie immer die einzigen Menschen in der Bibliothek waren. »Außerdem lernt man auf der Bibliothekarsschule, dass man sich nach den Wünschen seiner Kunden richten und sie glücklich machen soll. Nun, du bist eindeutig meine beste Kundin und gehörst zu den wenigen Leuten, die diese Bibliothek wirklich nutzen, also ist es wichtig, dich glücklich zu machen.«

Ich musste lachen. »Danke«, sagte ich. »Vielen, vielen Dank.«

Also gehe ich heute in den Buchclub! Miss Carroll holt mich nach dem Abendessen ab.

Mittwoch, 5. Dezember 1979

Natürlich sind sie nicht sofort zu der Feststellung gelangt, dass sie meine Karass sind, und sie haben mich auch nicht gleich in ihr Herz geschlossen. Das wäre auch zu viel verlangt. Aber es war trotzdem absolut genial.

Ich hatte solche Angst, dass wir zu spät kommen könnten, dass wir zu früh kamen – die Bibliothek machte gerade erst zu. Der Bibliothekar wirkte recht überrascht, als er mich mit Miss Carroll hereinkommen sah. »Ah, Miss Markova«, sagte er, buchstäblich das erste Mal, dass mich jemand so genannt hat. Manchmal hat schon jemand Miss Phelps zu mir gesagt, aber Miss Markova noch nie. Ich kam mir komisch dabei vor. »Sie haben es also doch geschafft.«

»Das ist Miss Carroll, sie ist die Bibliothekarin an der Schule. Und das ist, ähm …« Ich geriet ins Stocken.

»Greg Mansell. Sagen Sie ruhig Greg zu mir.«

»Dann müssen Sie Alison zu mir sagen«, erwiderte Miss Carroll zu meiner Überraschung, und sie gaben einander die Hand. Ich Trottel habe bisher nie daran gedacht, dass sie einen Vornamen hat, vielleicht weil Carol ein Vorname ist.

Ich wusste, dass ich meinen Namen sagen sollte, denn sie schauten mich beide erwartungsvoll an, aber meine Zunge saß mir im Mund fest, und ich brachte keinen Ton heraus. »Mori«, hauchte ich schließlich. »Meine Freunde sagen Mori zu mir.«

Dann trafen noch zwei Leute ein, beides Männer über dreißig, aber der eine groß (Brian) und der andere klein und stämmig (Keith). Greg holte seinen Schlüssel hervor und öffnete einen Raum im hinteren Teil der Bibliothek.

Die Bibliothek muss vor etwa hundert Jahren erbaut worden sein, im viktorianischen Stil, mit gemauerten Fenstern in Backsteinwänden. Der Raum, in dem das Treffen stattfindet, war einmal ein Lesesaal, doch der befindet sich inzwischen in der Präsenzbibliothek ein Stock höher, und dieser Raum bleibt verschlossen. Er ist bis etwa Ellenbogenhöhe mit Holz vertäfelt, und darüber zwischen den Fenstern beige gestrichen – auf der einen Seite hat es viele Fenster, aber ich konnte nicht rausschauen, weil es dunkel war. An der anderen langen Wand hängt ein riesiges düsteres viktorianisches Gemälde, auf dem Leute in einer Bibliothek sitzen und lesen, einer hinter dem anderen, an kleinen Tischen zwischen Bücherregalen. Der Raum selbst ist überhaupt nicht so – da steht ein großer alter Tisch in der Mitte mit alten Holzstühlen drum herum. An den beiden Enden des rechteckigen Raumes entdeckte ich zwei Büsten, eine von Descartes, den ich nicht kenne, der aber ein beeindruckendes Gesicht hat, und die andere von Plato. Yeah!

Ich setzte mich dem Bild gegenüber an den Tisch, den Rücken dem Fenster zugewandt, und Miss Carroll setzte sich neben mich. Die Männer, die sich natürlich kannten, standen beieinander und unterhielten sich. Weitere Männer kamen herein, manche von ihnen jünger, aber keiner unter dreißig. Dann folgten zwei Jungen in den Schulblazern der örtlichen Gesamtschule. Ich schätzte sie auf sechzehn oder siebzehn. Allmählich glaubte ich schon, dass wir die einzigen Frauen sein würden, als eine stämmige grauhaarige Frau den Raum betrat und sich an das Kopfende des Tisches setzte. Sie hatte einen großen Stapel gebundener Bücher dabei, alle von Le Guin, und die legte sie äußerst geschäftsmäßig neben sich auf den Tisch. Als die anderen das sahen, suchten sie sich ebenfalls einen Platz. Ich wünschte mir, ich hätte meine Bücher mitgebracht, aber die waren natürlich alle bei meiner Mutter, außer *Die zwölf Striche der Windrose*. Aber Bücher kann man ersetzen.

Miss Carroll betrachtete den Bücherstapel und sah mich ein wenig nervös an. »Hast du die alle gelesen?«, fragte sie leise.

Ich schaute noch einmal genauer hin, und ja, ich hatte sie alle gelesen, bis auf eines mit dem Titel *The Eye of the Heron*. »Alle außer einem«, erwiderte ich. »Und ich habe noch eins gelesen, das nicht dabei ist, *Das Wort für Welt ist Wald*.«

»Du liest wirklich eine Menge Science Fiction«, sagte sie.

Da holte die grauhaarige Frau tief Luft, als wollte sie anfangen, und in dem Moment ging die Tür auf, und ein Junge – ein junger Mann – kam hereingestürzt. Jemand so umwerfend Schönes habe ich noch nie gesehen! Er hatte langes blondes Haar, tiefblaue Augen und einen leidenschaftlichen, durchdringenden Blick, was ich jedoch nicht sofort bemerkte. Und er bewegte sich mit beiläufiger Eleganz, selbst als er fast über seine eigenen Füße stolperte. »Entschuldige, dass ich zu spät komme, Harriet«, sagte er und schenkte der Frau ein strahlendes Lächeln. »Ich hatte einen Platten.«

Wie konnten die Götter nur zulassen, dass ein so herrliches Geschöpf mit dem Fahrrad fahren muss! Er setzte sich mir direkt gegenüber, so nahe, dass ich sehen konnte, wie die Regentropfen über sein Haar perlten. Er dürfte achtzehn oder neunzehn sein. Warum er wohl nicht auf der Universität ist? Er gleicht einem Löwen oder Alexander dem Großen.

»Ich wollte gerade anfangen, aber du bist nicht zu spät«, sagte Harriet und erwiderte sein Lächeln. (Harriet! Ich kenne sonst niemanden, der Harriet heißt. Für einen Augenblick stellte ich mir vor, sie wäre Harriet Vane, denn dafür ist sie ungefähr im richtigen Alter, nur dass man Harriet Vane mit Lady Peter ansprechen müsste, und außerdem ist sie eine erfundene Figur. Ich kenne den Unterschied, wirklich.)

Die Tür krachte erneut auf, und ein Mädchen im Teenageralter kam herein. Sie trug einen violetten Blazer, was zu ihren fuchsroten Haaren absolut furchtbar aussah. Sie setzte sich zwischen die beiden Jungen im Blazer, die ihr, wie ich jetzt bemerkte, einen Platz freigehalten hatten. Ich empfand … nicht unbedingt Eifersucht, aber es versetzte mir schon einen Stich, als ich das sah.

Dann begann Harriet, über Le Guin zu sprechen. Sie redete etwa fünfzehn oder zwanzig Minuten lang. Im Anschluss durfte jeder seine Meinung sagen. Ich redete länger, als ich hätte reden sollen. Das war mir sogar in dem Moment bewusst, doch ich konnte mich einfach nicht bremsen. Unterbrochen habe ich niemanden, was unverzeihlich gewesen wäre, aber ich habe mich nicht genug zurückgehalten, um die anderen zu Wort kommen zu lassen. Miss Carroll schwieg die ganze Zeit. Der wunderschöne Junge sagte etwas sehr Scharfsinniges über *Die Geißel des Himmels*. Einer der Männer, Keith, glaube ich, sagte, das Buch hätte ihn an Philip K. Dick erinnert, was völliger Unfug ist, und der wunderschöne Junge erwiderte, dass es zwar gewisse oberflächliche Gemeinsamkeiten gäbe, man Le Guin und Dick aber nicht miteinander vergleichen könne, denn ihre Figuren seien weit lebensechter als seine. Genau das wollte ich auch sagen! Offenbar gibt es auch eine Verfilmung, die niemand gesehen hat.

Außerdem hat er gesagt, dass sie, obwohl sie selbst keine Naturwissenschaftlerin ist, in *Planet der Habenichtse* vielleicht deshalb so gut über den wissenschaftlichen Fortschritt schreibt, weil sie sich darüber im Klaren ist, dass sich Kreativität in allen Bereichen ziemlich ähnlich ist. Er und Brian stimmten überein, dass ihre Schilderungen wissenschaftlicher Vorgänge richtig sind, und die anderen ließen das gelten, also sind sie Naturwissenschaftler oder etwas in der Art. Ich wollte nicht fragen, ich hatte wie gesagt sowieso schon zu viel geredet. Mir fielen immer neue Dinge ein, die ich sagen und fragen wollte, und ich dachte, lass doch erst einmal die anderen zu Wort kommen, und dann fielen mir noch mehr Dinge ein, die ich unbedingt sagen wollte, und schließlich konnte ich mich nicht mehr zurückhalten. Hoffentlich hab ich die anderen nicht allzu sehr gelangweilt.

Der wunderschöne Junge – ich muss nächstes Mal unbedingt seinen Namen herausfinden – hielt den Blick auf mich gerichtet, wenn ich redete, was ziemlich verwirrend war.

Die interessanteste Äußerung des Abends kam jedoch von einem der beiden Jungen in den violetten Blazern. Ich hatte gesagt, dass Le Guins Welt deshalb so real sei, weil ihre Figuren so real seien, und er hatte mir zugestimmt, aber die Leute seien so real, weil sie genau die Leute waren, die diese Welten hervorgebracht hätten. Wäre Ged auf Anarres aufgewachsen oder Shevek in Erdsee, wären sie nicht dieselben, der Hintergrund prägte die Menschen, was in der Mainstream-Literatur gang und gäbe ist, aber in der SF eher selten. Das ist völlig richtig, und es ist sehr interessant, und ich konnte nicht anders, ich musste erwidern, dass das wieder auf *Die Geißel des Himmels* zurückverweist und darauf, was unterschiedlichen Leuten auf unterschiedlichen Welten widerfährt, und ob ein grauer Mensch in einer Welt grauer Menschen grundsätzlich anders war als ein brauner Mensch in einer gemischtrassigen Welt.

Ich weiß nicht, wann mir das letzte Mal etwas so viel Spaß gemacht hat, und wenn ich nicht befürchten müsste, zu viel geredet zu haben, wäre der Abend ein voller Erfolg gewesen. Eine Sache ist mir allerdings schon öfter aufgefallen: Wenn ich zum ersten Mal etwas sage, scheint mich niemand wahrzunehmen, als könnten sie nicht glauben, dass ich es bin, die da spricht. Mit der Zeit vergessen sie dann, dass sie einem Mädchen im Teenageralter zuhören, und irgendwann stellen sie fest, dass das, was ich sage, durchaus bedenkenswert ist. In dieser Runde war das weit weniger anstrengend als sonst. Schon als ich zum zweiten Mal den Mund aufmachte, schauten mich die Anwesenden nicht mehr mit nachsichtiger Miene an, sondern aufmerksam. Das hat mir gefallen.

Hinterher fragte Keith, wer noch in das Pub mitkommen wollte. Der wunderschöne Junge sagte ja, und Harriet und Greg auch, aber nicht die Teenager in den Schulblazern, und ich ebenso wenig, denn ich musste in die Schule zurück. Alle verabschiedeten sich von mir, aber ich wurde wieder ganz verlegen und brachte nicht mehr heraus als »auf Wiedersehn« und »bis nächste Woche«.

Miss Carroll unterhielt sich noch kurz mit Greg, und

dann stiegen wir in ihr Auto und fuhren in die Schule zurück. »Du hast nicht oft die Gelegenheit, mit anderen Leuten über Dinge zu reden, die dir wichtig sind, stimmt's?«, fragte sie.

Ich starrte in die Nacht hinaus. Zwischen der Ampel am unteren Ende der Ortschaft und der Schule brennt kaum ein Licht, außer hin und wieder auf einem Bauernhof, und die Scheinwerfer des Wagens wirkten wie Eindringlinge in der Finsternis. Ich sah Mäuse und Kaninchen und ab und zu eine Fee davonhuschen. »Nein«, erwiderte ich. »Ich habe nicht oft die Gelegenheit, überhaupt mit irgendjemandem zu reden.«

»In gewisser Hinsicht ist Arlinghurst eine wirklich gute Schule«, sagte sie.

»Nicht für Menschen wie mich.«

»Der letzte Bus, der an der Schule hält, geht um Viertel nach acht«, fuhr sie fort. »Heute dauerte das Treffen bis fast um neun Uhr. Ich habe Greg gebeten, dich in solchen Fällen immer mit dem Auto zurückzubringen, und er hat es mir versprochen. Solange du im Bett bist, wenn das Licht ausgeschaltet wird, sollte das okay sein.«

»Das ist sehr nett von ihm. Es war sehr freundlich, dass er mich überhaupt gefragt hat. Finden Sie, dass ich zu viel geredet habe?«

Miss Carroll lachte, bog ab und fuhr zwischen den Ulmen hindurch die Auffahrt der Schule entlang. »Ein wenig vielleicht. Aber die anderen haben sich ganz offensichtlich für das interessiert, was du zu sagen hattest. Mach dir nicht zu viele Gedanken darüber.«

Aber das ist leichter gesagt als getan.

Donnerstag, 6. Dezember 1979

Die Tage werden immer kürzer. Ich habe den Eindruck, dass es die ganze Zeit dunkel ist. Es wird erst nach neun Uhr hell, also bleibe ich morgens drinnen. Früher bin ich vor dem Frühstück meistens kurz rausgegangen, einfach um etwas Luft zu schnappen, nur ein paar Schritte vor die Tür, tief ein- und ausatmen, und dann wieder zurück in den Lärm des Speisesaals. Das Frühstück besteht aus Brot und Margarine, so viel man will, und wässrigem Rührei mit Dosentomaten, was ich nicht esse. Sonntags und manchmal auch unter der Woche gibt es Würste, ein Festmahl. Die Belegschaft isst nicht mit, also schreien alle wild durcheinander, was natürlich bedeutet, dass jeder brüllen muss, um sich verständlich zu machen. Es klingt wie in einer Bärengrube, nur schriller. Manchmal stehe ich vor dem Haupteingang und höre es noch am anderen Ende des Korridors, wie in einem dieser Irrenhäuser im achtzehnten Jahrhundert, wo die Leute zum Vergnügen hingegangen sind.

Wenn der Unterricht zu Ende ist, ist es auch schon fast dunkel. Die Lichter brennen, und die Sonne ist längst untergegangen. Der Himmel ist noch ein wenig hell, aber es besteht kein Zweifel, dass es Nacht ist und nicht Tag. Manchmal gehe ich ein paar Schritte vom Schulgebäude weg, drehe mich um und betrachte die Lichter, die in der Dämmerung orange schimmern. Das erinnert mich daran, wie ich einmal kurz vor Weihnachten zusammen mit Oma und Mor von der Schule nach Hause gelaufen bin, wobei wir einander an den Händen gehalten haben. Vielleicht hatten ihre Schulferien einen Tag früher begonnen, und sie hat uns abgeholt. Wir waren noch ziemlich klein, so um die sechs, glaube ich. Ich weiß noch gut, wie ich ihre Hand festhielt und mich umdrehte, und in der Schule brannten die Lichter, und der Himmel war noch nicht ganz dunkel.

Wenn ich so an früher zurückdenke, werde ich ganz melancholisch – ich weiß noch gut, wie geborgen ich mich fühlte und wie aufgeregt ich war. Erinnerungen sind wie ein großer Stapel Teppiche, ich lege sie in meinem Kopf aufeinander, ohne mir groß Gedanken darüber zu machen, aber wenn ich will, kann ich über jeden einzelnen hinweglaufen. Klar, ich bin nicht wirklich dort, nicht so, wie ein Elb das wäre. Aber wenn ich daran zurückdenke, wie es war, wütend oder verärgert zu sein, kann ich diese Gefühle ein wenig nachempfinden. Das gilt natürlich auch für glückliche Momente, aber die nutzen sich ab, wenn ich sie mir zu oft vor Augen führe. Dann sind mir, wenn ich einmal alt bin, alle meine unangenehmen Erinnerungen noch präsent, weil ich sie verdrängt habe, und die schönen Erinnerungen sind verblasst. Den Tag mit Oma, an den ich mich jetzt schon nicht mehr richtig erinnern kann, werde ich vergessen haben, und übrig bleiben nur noch die kurzen Wintertage in der Schule, wie ich alleine hinausgehe und mich nach den erleuchteten Fenstern umschaue.

Ich habe die Dunkelheit so satt. Ich weiß, dass die Jahreswende ein Teil unseres Lebens ist. Ich mag den Wechsel der Jahreszeiten und finde es toll, dass es manches Obst und Gemüse nur zu bestimmten Jahreszeiten gibt. Bald ist es mit den Äpfeln vorbei, und im Laden von Mrs Lewis liegen bestimmt schon leuchtend orange Mandarinen in ihrer faszinierenden violetten Verpackung mit dem spanischen Aufdruck. (Wenn ich sie nur riechen könnte! Vielleicht an einem Samstag.) Aber die Dunkelheit im Winter ist mir immer mehr zuwider. Mittags darf ich nicht rausgehen, dabei ist das die einzige Zeit, wo es einigermaßen hell ist, auch wenn der Himmel immer grau ist und es meistens regnet.

Die Tage werden auch wieder länger. Der Frühling wird kommen. Aber die Wartezeit bis dahin kommt mir schrecklich lang vor.

Freitag, 7. Dezember 1979

Heute kam der Brief mit dem ausgefüllten Formular von meinem Vater. Wird aber auch Zeit! Also kann ich nächste Woche hingehen.

Ich habe über den Buchclub nachgedacht und mich gefragt, wer davon zu meiner Karass gehört. Der wunderschöne Junge? (Ich muss seinen Namen herausfinden.) Er hat mich angeschaut, als würde er mich ernst nehmen. Diese Augen! Und selbst wenn er bei einigermaßen grundsätzlichen Dingen manchmal schiefliegt, hört er auf jeden Fall zu. Ich verspüre einen leichten Schauder, wenn ich daran denke, wie er mich angeschaut hat. Was ist mit den drei in den violetten Blazern, die in meinem Alter sind? (Ihre Namen muss ich auch herausfinden, obwohl das nicht ganz so wichtig ist.) Die würde ich auch sehr gerne besser kennenlernen, schließlich interessieren sie sich für Bücher. Das nächste Mal werde ich versuchen, mit ihnen zu sprechen. Harriet? Zu ihr habe ich keinen richtigen Draht bekommen, aber sie ist äußerst intelligent. Brian? Keith? Schwer zu sagen. Die anderen, die ich kaum kennengelernt habe? Dafür ist es noch zu früh. Greg? Vielleicht. Miss Carroll? (Alison …)

Als ich ihren Namen schrieb, habe ich zu ihr hinübergeschaut. Sie sitzt an ihrem Schreibtisch und versieht Bücher mit Aufklebern. Auch wenn sie gesagt hat, dass sie ihre Kunden glücklich machen möchte – zum Buchclub hat sie mich wegen der Magie begleitet. Da bin ich mir sicher, und ich fühle mich deshalb ein wenig unwohl. Magie bedient sich der Dinge, die bereits existieren, also mag sie mich wahrscheinlich ein wenig. Schließlich hat sie mir *Der Staat* besorgt. Allerdings kann Magie auch im Nachhinein etwas bewirken. Sie kann dafür sorgen, dass Dinge bereits geschehen sind. Vielleicht hätte sie den Platon nicht bestellt, wenn ich die Finger von der Magie gelassen hätte. Ich weiß nicht, ob sie mich wirklich nett findet, oder ob die Magie ihr das eingegeben hat. Wenn sie mich eigentlich gar nicht mag, wie kann ich sie dann mögen? Wie soll das dann irgendetwas bedeuten?

Das gilt natürlich auch für die anderen. Ist es wirklich eine Karass, wenn ich Magie angewandt habe? Das ist wie mit dem Bus – da würde ich das Leben all dieser Leute verändern, nur damit der Bus dann eintrifft, wenn ich auf ihn warte. Allerdings noch in weit größerem Maßstab, wenn ich andere dazu bringe, mich zu mögen.

Ich habe darüber nicht gründlich genug nachgedacht. Meine Vorstellung von einer Karass war zu abstrakt. Mir ist nicht bewusst gewesen, wie sehr ich dabei andere Leute manipuliere. Ich kannte sie nicht einmal, und habe es trotzdem getan.

Hat es so angefangen? Bei meiner Mutter, bei Liz?

Wenn ich nur mit Glorfindel darüber reden könnte oder mit irgendjemand anderem. Ich weiß nicht, ob er mich verstehen würde, aber bei ihm ist es am wahrscheinlichsten. Ich habe keine Ahnung, warum die Feen hier so unfreundlich sind – oder eher gleichgültig. Sie müssten sich doch inzwischen an mich gewöhnt haben. Wenn ich nach Weihnachten nach Hause fahre, werde ich ihn suchen und mit ihm reden, komme, was da wolle.

Ist es grundsätzliche böse, Magie einzusetzen? Oder nur, wenn man auf den eigenen Vorteil aus ist? Soll ich mich meiner Mutter völlig schutzlos ausliefern? Oder war es nur falsch, die Karass heraufzubeschwören, und der Schutzzauber war in Ordnung? Oder – eine Falle, in die man bei Magie immer tappen kann – wäre das alles so oder so passiert, und ich glaube nur, dass die Magie der Auslöser war? Nein, dafür liegt alles zeitlich zu dicht beieinander. Es war meine Karass-Magie, und ich glaube, dass der Buchclub (der sich seit Monaten trifft) ohne mich gar nicht existieren würde. Vielleicht wäre Harriet – die älteste der Gruppe – gar nicht geboren worden, vielleicht hat sie nur deshalb sechzig Jahre oder länger gelebt, damit es den Buchclub geben und ich eine Karass haben kann, um über *Die Geißel des Himmels* zu sprechen (eigentlich der ideale Roman dafür) und darüber, ob er etwas mit Dick gemeinsam hat.

Du meine Güte, hoffentlich hat er nichts mit Dick gemeinsam. Über diese Möglichkeit will ich gar nicht erst nachdenken.

Ich möchte nicht so sein wie sie.

Ich werde keine Magie mehr einsetzen, und wenn, dann nur, um mich und andere Leute und die ganze Welt zu beschützen. Es ist besser, wie George Orr zu sein, als sie gewinnen zu lassen. Ich habe keine Ahnung, was sie im Moment treibt. Die Träume sind ausgeblieben, genauso wie die giftigen Briefe. Allerdings mache ich mir Sorgen, dass sie jetzt etwas anderes im Schilde führt.

Ihr eigentliches Ziel ist es, eine dunkle Königin zu werden. Ich weiß nicht, wie sie sich das vorstellt, aber genau das möchte sie. (Sie hat HdR gelesen, und ich weiß nicht, ob sie sich mit den ganzen Bösewichten identifiziert hat und hofft, dass die Guten der Versuchung nicht widerstehen können, aber ich weiß, dass sie es gelesen hat, denn als ich es zum ersten Mal gelesen habe, war das ihr Exemplar. Das beweist, dass Lesen allein nicht genügt. Schließlich kann auch der Teufel aus der Bibel zitieren.) Sie möchte, dass alle sie lieben und der Verzweiflung anheimfallen. Kein Mensch, der richtig im Kopf ist, wünscht sich so etwas, aber sie will das so. Ich will das nicht. Wozu auch? Es ist schon schlimm genug, dass ich Miss Carroll (die, während sie Bücher einräumt, zu mir herüberlächelt, als sie bemerkt, dass ich sie anschaue) dazu gebracht habe, mich zu mögen.

Wie kann sich irgendjemand eine Welt von Marionetten wünschen?

Wir haben richtig gehandelt, als wir sie aufgehalten haben, auch wenn wir einen hohen Preis dafür entrichten mussten – eine von uns tot, die andere verkrüppelt. Wenn sie es geschafft hätte, wäre uns nichts anderes übrig geblieben, als unsere Mutter zu lieben und stets geliebt zu haben. Alle hätten sie geliebt. Ich dachte, ich wüsste, wie wichtig unser Handeln war, aber offenbar war ich mir darüber nicht völlig im Klaren.

In moralischer Hinsicht ist Magie einfach nicht vertretbar.

Ich wollte sagen, dass ich wünschte, ich hätte das vorher gewusst, aber letztlich habe ich das. Ich wusste, was passiert ist, nachdem ich den Kamm in den Sumpf geworfen habe. Ich habe über den Bus nachgedacht. Ich wusste, was sie vorhatte. Daraus hätte ich meine Schlüsse ziehen sollen.

Samstag, 8. Dezember 1979

Greg war heute Vormittag nicht in der Bibliothek, und nur drei der bestellten Bücher sind eingetroffen, keines davon besonders aufregend. Ich war ein wenig enttäuscht. Als Nächstes bin ich in die Buchhandlung gegangen. Die Wolken hingen tief, und es regnete – ein Regen, der aus allen Richtungen gleichzeitig zu kommen schien. Ein Schirm hilft dagegen nichts, außerdem könnte ich sowieso keinen halten mit dem Stock in der einen Hand und der Tasche in der anderen. Während ich den Hügel runterstapfte, blies mir der Wind direkt ins Gesicht. Andauernd riss es mir den Hut vom Kopf. An einem solchen Regen hat niemand seine Freude, man muss eben die Zähne zusammenbeißen und ihn aushalten.

In der Buchhandlung habe ich das Mädchen mit den fuchsroten Haaren getroffen. Sie stöberte gerade im Kinderbuchregal. Als ich den Laden betrat, bemerkte sie mich sofort, denn die Tür knallte auf. Sie hatte einen großen Stoffbeutel über der Schulter hängen und in einer Hand mehrere Plastiktüten. »Hallo«, sagte sie und kam zu mir herüber. »Ich habe dich beim Buchclub gesehen, aber deinen Namen nicht mitbekommen.«

»Geht mir auch so«, erwiderte ich und versuchte zu lächeln und möglichst nicht daran zu denken, was ihr die Magie angetan haben könnte, ihr und der Welt, damit sie mich mag. Ich spürte ihren Blick und fragte mich, was sie von mir dachte. Mit dem schwarzen Mantel statt dem violetten Blazer sah sie nicht mehr ganz so furchtbar aus. Ihre Haare waren noch immer fuchsrot, aber jetzt wirkten sie nur verstrubbelt und nicht mehr, als sei eine Farbenfabrik explodiert.

»Ich heiße Janine«, sagte sie.

»Ich heiße Mori.«

»Genialer Name. Wofür steht er?«

»Morwenna.«

Janine lachte. »Das ist aber ein ziemlicher Zungenbrecher. Ist das Walisisch?«

»Ja. Es bedeutet ›brechende Welle‹.« Wörtlich heißt es *weiße See*, aber das ist die eigentliche Bedeutung, weiße See steht für den Schaum einer brechenden Welle.

Wir standen einen Moment da, schweigsam, aber ohne dass es peinlich gewesen wäre. Dann sagte sie: »Ich mache meine Weihnachtseinkäufe. Es sind ja nur noch zwei Wochen.«

»Ich hab noch gar nichts gekauft!«, sagte ich. »Schenkst du allen Bücher?«

»In meiner Familie wüsste das kaum jemand zu schätzen. Aber ich habe mir überlegt, dass ich Diane die *Erdsee*-Romane kaufen könnte, nachdem letztens so ausgiebig darüber gesprochen wurde.«

»Hast du die noch nicht?«, wollte ich wissen.

»Nein, die hab ich mir damals aus der Kinderbibliothek entliehen. Außerdem hat es eine Ewigkeit gedauert, bis die anderen kapiert haben, dass sie meine Sachen nicht anrühren sollen, also fange ich jetzt nicht an, ihnen Bücher zu leihen.«

»Ich könnte meinem Vater ein Buch schenken«, sagte ich. »Irgendwas muss ich ihm ja schenken. Aber woher soll ich wissen, was er noch nicht hat?«

»Was mag er denn?«, fragte Janine.

»Ach, SF.«

»Hast du deine Vorliebe von ihm?«

»Nein. Ich habe ihn erst vor Kurzem kennengelernt und lese schon seit einer Ewigkeit SF und Fantasy.«

»Du hast deinen …«, sagte sie, hielt dann inne und wandte den Blick ab. Sie nahm die Plastiktüten in die andere Hand und fuhr in beiläufigem Tonfall fort: »Ach, deine Eltern sind geschieden?«

»Ja«, erwiderte ich, obwohl die eigentliche Scheidung erst jetzt vollzogen wird. Daniel war verschwunden, ohne sich um irgendwelche gesetzlichen Dinge zu kümmern.

»Toll, dass er gerne SF liest«, sagte Janine diplomatisch.

»Ja. So haben wir etwas, worüber wir reden können. Es ist wirklich seltsam, einen Menschen kennenzulernen, der dein Vater ist und gleichzeitig ein völlig Fremder.« Das war das erste Mal, dass ich irgendjemand davon erzählte.

»Du musst noch sehr klein gewesen sein.«

»Ja, sogar noch ein Baby.«

»Meine Eltern lassen sich auch gerade scheiden«, sagte sie sehr leise, wobei sie nicht mich ansah, sondern die Regale. »Es ist schrecklich. Sie haben sich andauernd gestritten, und Papa wohnt jetzt bei Oma, und Mama ist die ganze Zeit am Heulen.«

»Vielleicht versöhnen sie sich ja wieder«, sagte ich. Mir war das unangenehm.

»Das hoffe ich auch. Papa kommt an Weihnachten nach Hause, und ich hoffe, wenn er uns so zusammen sieht, als Familie, wird ihm klar, dass er Mama liebt und nicht Doreen.«

»Wer ist Doreen?«

»Das ist eine junge Frau, die an seiner Tankstelle arbeitet«, sagte Janine. »Seine Freundin. Sie ist erst zweiundzwanzig.«

»Ich hoffe wirklich, dass er zu euch zurückkommt. Hör mal, warum gehen wir nicht nach nebenan und trinken eine Tasse Tee zusammen? Hinterher können wir dann wieder hierherkommen und Bücher kaufen.«

»Okay.«

Wir saßen am Fenster, wo ich sonst auch immer sitze. Am Samstagvormittag ist das Café immer völlig leer, und ich weiß nicht, wie sie sich über Wasser halten. Ich bestellte Tee und Honigbrötchen für uns beide und zwei Honigbrötchen zum Mitnehmen, für mich und Deirdre. »Woher hast du von dem Buchclub erfahren?«, fragte ich.

»Pete hat mir davon erzählt. Pete ist der Junge mit den dunklen Haaren, den hast du bestimmt gesehen. Wir sind mal miteinander gegangen, mehr oder weniger, doch wir haben uns getrennt, sind aber noch Freunde.« Sie schenkte sich Tee ein und rührte Zucker hinein.

»Bist du jetzt mit dem anderen zusammen?«

Janine prustete vernehmlich. »Was? Machst du Witze? Er ist kleiner als ich und erst fünfzehn. Und er ist noch in der vierten Klasse.«

»Wie alt bist du?«, fragte ich.

»Sechzehn. Und du?«

»Ach, ich bin auch erst fünfzehn und in der vierten Klasse, nur dass das in Arlinghurst die ›Lower Fifth‹ heißt.« Ich wandte mich meinem Tee zu und nahm das Teeei heraus. Wenn er fast nur aus heißem Wasser besteht, schmeckt er gar nicht so schlecht.

»Ich hab dich für älter gehalten«, sagte sie. »Für fünfzehn hast du jedenfalls eine Menge gelesen.«

»Das ist aber auch alles, was ich getan habe«, erwiderte ich. »Hat Pete dich mit SF angefixt?«

»Ja, obwohl ich so was schon immer mochte. Er hat mir Bücher geliehen, na ja, das macht er immer noch, und er hat mich in den Club mitgenommen. Meine Mama sagt, SF sei kindisch und etwas für Jungs, aber da irrt sie sich. Ich habe ihr *Die linke Hand der Dunkelheit* gegeben, aber, na ja, sie liest eh nicht viel, und wenn, dann Liebesromane. Ich hab einen für sie gefunden, der *Tausend Küsse* heißt. Das ist genau das Richtige für sie.« Sie seufzte vielsagend.

»Wie groß ist denn deine Familie?«, fragte ich.

»Ich muss für sechzehn Leute Geschenke kaufen«, erwiderte sie wie aus der Pistole geschossen. »Drei Schwestern, Mama und Papa, vier Großeltern, zwei Tanten und ein Onkel und vier Vettern und Basen, eine davon noch ein Baby. Für sie habe ich einen Teddy. Und du?«

Ich zögerte. »Dieses Jahr ist alles anders. Mein Großvater, Tantchen Teg, noch eine Tante, drei Kusinen, mein Vater, dann wohl noch seine Schwestern – keine Ahnung, was ich denen schenken soll.«

»Was ist mit deiner Mutter?«

»Der schenke ich bestimmt nichts«, zischte ich.

»Ach, so ist das?«, sagte sie, obwohl ich keine Ahnung hatte, was sie damit meinte.

»Oh, und dann noch Sam.« Den hätte ich fast vergessen. »Aber Sam ist Jude, und ich weiß nicht, ob ein Weihnachtsgeschenk da angemessen ist.«

»Wer ist Sam?«, fragte sie mit vollem Mund.

»Der Vater von meinem Vater.«

»Dein Großvater also.«

»Mehr oder minder.«

»Bist du dann auch Jüdin?«

»Nein. Offenbar muss man eine jüdische Mutter haben, um Jüdin zu sein.«

»Ich glaub nicht, dass Juden Weihnachten feiern. Wahrscheinlich ist es besser, du schenkst ihm was richtig Tolles zum Geburtstag«, riet sie mir.

Ich nickte. »Aber für Miss Carroll sollte ich etwas kaufen, sie ist wirklich nett zu mir, sie hat mich zum Clubtreffen begleitet und mir extra Bücher bestellt.«

»War das die Frau neben dir? Sie war sehr schweigsam. Wer ist sie denn?«

»Die Schulbibliothekarin. Normalerweise wird sie mich nicht begleiten, ich kann mit dem Bus kommen, und Greg bringt mich nach Hause.«

Janine dachte nach und kaute. »Dann solltest du auch etwas für Greg besorgen«, sagte sie schließlich. »Aber das ist einfach. Er mag dunkle Schokolade. Du könntest ihm eine Schachtel *Black Magic* kaufen oder so was.«

»Ein Buch ist für einen Bibliothekar wahrscheinlich nicht das Richtige.«

»Das hieße Eulen nach Athen tragen.« Janine lachte. »Miss Carroll kannst du doch auch was Süßes schenken. Du hast bestimmt viel Geld.«

»Ja, im Moment schon«, erwiderte ich, bevor mir bewusst wurde, was ich da sagte. »Ich bin nicht – ich weiß, ich gehe auf die Arlinghurst, aber das heißt nicht, dass ich reich bin. Ganz im Gegenteil. Mein Vater bezahlt das Schulgeld, oder eigentlich seine Schwestern. Sie sind reich und furchtbar eingebildet. Meine Familie, meine richtige Familie, stammt aus Südwales, und sie sind alle Lehrer.«

»Warum haben dich deine Tanten dann nach Arlinghurst geschickt?«

»Die Verwandten meines Vaters zähle ich eigentlich nicht zu meiner Familie«, sagte ich. »Für mich klingt es total seltsam, wenn du sie meine Tanten nennst oder Sam meinen Großvater.« Ich biss in mein Brötchen und spürte, wie mir der Honig über die Zunge lief. »Sie zahlen mir die Schule, damit sie mich los sind, glaube ich. Sie wissen, dass Daniel sich eigentlich um mich kümmern sollte, und so müssen sie mich wenigstens nicht allzu oft sehen. Aber sie möchten, dass ich an Weihnachten zu ihnen komme, was ich wirklich nicht verstehe. Ich würde viel lieber zu Tantchen Teg gehen. Aber das wollen sie nicht.«

»Darauf wäre ich nie gekommen – ein Internat als Abladeplatz«, sagte sie und leckte sich den Honig von den Lippen.

»Genau das ist es«, sagte ich. »Ich finde es schrecklich. Aber mir bleibt keine andere Wahl.«

»Du könntest es abbrechen, wenn du nächstes Jahr sechzehn wirst«, sagte sie. »Und dir einen Job suchen.«

»Daran hab ich auch schon gedacht. Aber ich möchte auf die Universität gehen, und ohne Abschluss geht das nicht.«

Sie zuckte mit den Achseln. »Den könntest du doch nebenher machen. Das macht Wim jedenfalls.«

»Wer ist Wim?«

»Wim ist der langhaarige Scheißkerl, der dir am Dienstagabend gegenübersaß. Er ist von der Schule geflogen, von unserer Schule, der Fitzalan, und jetzt arbeitet er im Krankenhaus und macht nebenher seinen Collegeabschluss.«

»Er ist ein Scheißkerl?«, fragte ich enttäuscht. So umwerfend, wie er aussah, schien das unmöglich.

Sie senkte die Stimme, obwohl sich niemand in Hörweite befand. »Ja, das ist er. Mir ist nicht entgangen, wie du ihn angeschaut hast, und er sieht echt gut aus, aber er ist ein hinterhältiger Scheißkerl. Er ist von der Schule geflogen, weil er ein Mädchen geschwängert hat, und es heißt, sie musste abtreiben lassen. Deshalb hab ich auch mit Pete Schluss gemacht, weil er immer noch mit Wim befreundet ist und behauptet hat, Ruthie sei daran schuld. Das ist das Mädchen, Ruthie Brackett.«

»Wie ist sie denn?«

»Ganz nett. Nicht so klug wie Wim, und sie interessiert sich auch nicht für Gedichte und Bücher oder so was. Ich kenne sie nicht besonders gut. Aber ich weiß, dass ein Mädchen nicht alleine daran schuld ist, wenn sie schwanger wird.«

»Wohl wahr«, sagte ich. Ich hatte mein Brötchen aufgegessen, ohne mir dessen bewusst zu sein. »Das ist sehr moralisch von dir, dass du deswegen mit Pete Schluss gemacht hast.«

»Wir sind immer noch Freunde«, sagte sie schnell. »Aber ich geh mit niemandem aus, der eine solche Meinung vertritt.«

»Wie alt ist Wim?«

»Siebzehn. Er hat im März Geburtstag, und dann wird er achtzehn. Halt dich bloß von ihm fern.«

»Ja, klar. Der interessiert sich sowieso nicht für mich.«

»Gut möglich, dass er glaubt, du hast keine Ahnung. Die Mädchen hier wollen nichts mehr von ihm wissen. Außerdem hat er dich letzte Woche ziemlich lange angeschaut. So schlecht siehst du gar nicht aus. Wenn du dir die Haare ein wenig wachsen lässt und etwas Mascara aufträgst vielleicht. Aber nicht Wim zuliebe!«

Ich wollte mich mit einer spitzen Bemerkung revanchieren, als mir wieder einfiel, dass meine Magie vielleicht erst versehentlich dafür gesorgt hatte, dass sich all das ereignete. Das Honigbrötchen lag mir wie ein Stein im Magen, und ich konnte nicht mehr unbefangen reden.

Janine fiel das nicht weiter auf. »Komm mit, ich helfe dir, ein paar Geschenke auszusuchen, wenn du möchtest.«

Wir gingen in die Buchhandlung zurück und dann den Hügel hinauf in einen kleinen Laden, wo ich hübsche indische Seidenhalstücher in unterschiedlichen Farben für Anthea, Dorothy und Frederica kaufte, einen Morgenmantel mit einem Drachen darauf für Tantchen Teg und einen kleinen Messingbriefbeschwerer in Gestalt eines Elefanten für Opa. Schließlich gingen wir zu British Home Stores, wo Janine mir half, einen BH zu kaufen, damit kennt sie sich sehr gut aus. Es gab welche mit Nähten und Spitzen, die mir unangenehm waren, aber wir fanden einen Sport-BH mit einfachen Körbchen und ohne irgendwelchen Firlefanz. Ein Sport-BH – was für ein Witz! Wegen dem Gehstock und so weiter hat sie keinen Ton gesagt, als wäre das völlig normal. Ich weiß nicht, ob sie taktvoll ist oder ob es an der Magie liegt. Oder sie nimmt dergleichen einfach nicht wahr.

Ich musste mich beeilen, um den Bus zu kriegen. Gill saß ganz hinten, aber sie kam nicht zu mir rüber und redete auch nicht mit mir.

Von der Sache mit der Magie einmal abgesehen, die ich jetzt nicht mehr ändern kann, obwohl es mich schon bekümmert, mag ich Janine sehr. Es war wie mit meinen Freundinnen zu Hause einkaufen zu gehen, nur besser, weil sie eine Menge Bücher gelesen hat, die ich auch gelesen habe. Sie würde sich gerne an einen Drachen binden. Sie sagte, sie würde mich beim Clubtreffen wiedersehen, und wenn ich wollte, könnten wir ja nächsten Samstag unsere letzten Weihnachtseinkäufe erledigen. Es ist wirklich nett, den Nachmittag ausnahmsweise mit jemandem zu verbringen, der kein Vollidiot ist. Als ich in den Schlafsaal kam, um meine Sachen in meinen Spind zu tun, hörte ich, wie einige

Mädchen »Dussel« riefen, und dann rannte Deirdre an mir vorbei, die Hände vors Gesicht geschlagen.

Ich bin ihr natürlich nachgelaufen, aber ich konnte nicht umhin, sie mit Janine zu vergleichen.

Das mit Wim ist wirklich schade.

Sonntag, 9. Dezember 1979

Wenn die Kirche – wenn die Religion – wenn Jesus, Aslan … aber ich glaube es einfach nicht. In gewisser Hinsicht ist es bestimmt wahr, aber nicht buchstäblich, sondern im übertragenen Sinn. Und das hilft niemandem. Ansonsten hätte ich wegen ihr einfach zum Pastor gehen und ihm sagen können: »Pastor Price, Sie müssen wegen meiner Mutter etwas unternehmen!« Und er hätte nicht geantwortet: »Eh, was? Was meinst du? Bist du Maureen oder die andere? Wie geht es deiner Großmutter, eh?« Er hätte sich seinen Bischofsstab geschnappt, oder nein, er ist ja kein Bischof, dann eben seinen Amtsstab, und wäre losgezogen, um die Dämonen aus ihr auszutreiben. Schwer vorstellbar.

Als ich wieder einmal über Magie nachgedacht habe, ist mir noch etwas viel Schlimmeres eingefallen. Was, wenn alles, was ich mache, alles, was ich schreibe, wirklich alles (und Mor auch) von einer Magie bestimmt ist, die jemand in der Zukunft wirkt? Das Allerschlimmste wäre, wenn meine Mutter dahinterstecken würde, aber ich glaube nicht, dass das möglich ist, denn so viel von dem, was wir getan haben, war direkt gegen sie gerichtet. Aber vielleicht war es jemand in einer Zukunft, in der sie sich zur dunklen Königin Liz aufgeschwungen hat, und sie wirken die Magie, damit wir uns ihr entgegenstellen und die Welt retten. Na ja, das fände ich jetzt nicht so schlimm, auch wenn mir die Vorstellung, eine Marionette zu sein, ebenso wenig gefällt wie die Vorstellung, die Fäden in der Hand zu halten.

Ich habe Opa und Tantchen Teg geschrieben, dass ich an Weihnachten nicht kommen kann, aber dann nach dem zweiten Weihnachtsfeiertag, denn vorher fahren keine Züge. Ich habe Daniel geschrieben, vor allem über den Buchclub und was alle gesagt haben.

Montag, 10. Dezember 1979

Klassenarbeiten. Heute Vormittag Chemie und heute Nachmittag Englisch. Nicht so viel Zeit wie sonst für die Bibliothek, ich schreibe das, während die anderen Hausaufgaben machen. Die Klassenarbeiten hatte ich irgendwie vergessen, oder vielmehr nicht vergessen, ich habe schon darauf gelernt, nur dachte ich, es wäre noch länger hin. Egal. Chemische Formeln hinkritzeln und über Dickens palavern kann ich im Halbschlaf.

Dienstag, 11. Dezember 1979

Klassenarbeiten. Mathe und Französisch.

Mittwoch, 12. Dezember 1979

Also habe ich mich gestern nach dem Abendessen abgemeldet, um zum Clubtreffen zu fahren (ich musste meine Erlaubnis vorzeigen), und den Bus in den Ort genommen. Es war seltsam, so alleine in der Dunkelheit. Im Bus saßen nur zwei Leute, eine fette Frau in einem grünen Mantel und ein alter Mann mit einer Stoffmütze. Normalerweise ist der Bus immer voller Mädchen aus Arlinghurst. In meiner Uniform und der albernen Mütze kam ich mir vor wie ein bunter Hund. Ich war ein wenig später dran als letzte Woche, kam aber trotzdem pünktlich. Janine traf kurz nach mir ein und setzte sich neben mich. Die Jungs, Pete und Hugh, gesellten sich zu uns.

Es waren die gleichen Leute da wie beim letzten Mal, nur Wim nicht. Halb erwartete ich, dass er später kommen würde, aber er kam überhaupt nicht.

Brian hat das Treffen geleitet. In erster Linie wollte er darüber reden, was für eine unglaubliche Bandbreite Robert Silverberg hat, was ja auch stimmt. Aber seien wir ehrlich – manches davon ist einfach nur runtergeschrieben. Es macht trotzdem Spaß, aber man kann *Schatten über den Sternen* nicht neben *Es stirbt in mir* stellen und es ernst nehmen. Hugh hatte bisher noch nichts von Silverberg gelesen, und für das Treffen hatte er sich *Zeitpatrouille* und *Voyage to Alpha Centauri* vorgenommen. »Ihr sagt immer, ›lies dies und lies das‹, aber ich kann nur lesen, was im Regal steht«, erklärte er. »Und nach der zufälligen Auswahl, die ich dort vorgefunden habe, werde ich mir wohl nicht die Mühe machen, noch mehr zu lesen.«

Mir gefällt *Zeitpatrouille,* aber ich habe eben auch eine

Schwäche für Zeitreisegeschichten. Eines der ersten SF-Bücher, die ich gelesen habe, war *Hüter der Zeiten*. (Es hat etwas für sich, in alphabetischer Reihenfolge vorzugehen.) Trotzdem konnte ich verstehen, was er meinte. Alle stimmten darin überein, dass Silverberg sehr vielseitig ist, und dann redeten wir darüber, welches seine besten Bücher sind, und Keith erwähnte *Ein glücklicher Tag im Jahr 2381*, und wir diskutierten eine halbe Ewigkeit über das Thema Überbevölkerung in diesem Roman und in *Morgenwelt* und in *New York 1999* und darüber, ob das wirklich ein Problem ist oder nicht, und ob Brunner recht hat, der sie als etwas Schreckliches darstellt, oder Silverberg, der die Meinung vertritt, die Menschheit würde damit schon klarkommen. Es war wirklich klasse! Im Unterschied zu Harriet letzte Woche hat Brian uns nicht immer wieder darauf hingewiesen, wir sollten beim Thema bleiben, und das Witzige war, dass Harriet sogar am häufigsten vom Thema abwich und sich über irgendwelche anderen Dinge ausließ.

Ich habe versucht, nicht zu viel zu reden, aber wahrscheinlich ist es mir nicht gelungen.

»Wollen wir uns nächste Woche treffen?«, fragte Greg. »Oder erst wieder nach Weihnachten.«

»Wir sollten uns treffen, aber wie wäre es mit einem weihnachtlichen Thema?«, schlug Harriet vor.

»Dazu fällt mir *Wintersonnenwende* ein«, sagte Hugh. »Das ist ein Fantasy-Roman und gleichzeitig ein Jugendbuch, aber es geht darin auch um Weihnachten.«

»Gute Idee – möchtest du die Diskussionsleitung übernehmen?«, fragte Greg.

Alle sahen Hugh an, und in dem Moment wurde mir etwas klar: Sie nahmen ihn alle ernst, obwohl er erst fünfzehn war. Sie ließen ihn nicht nur an den Treffen teilnehmen, sondern glaubten auch, dass er einen Abend leiten konnte. Und das trifft auch auf mich zu – sie halten mich nicht für einen Tanzbären, sondern hören zu, wenn ich etwas sage.

»Ich weiß nicht, ob das genug Stoff für ein ganzes Treffen hergibt«, erklärte Hugh. »Aber in der Serie gibt es auch noch andere Bücher.«

»Wenn uns nichts mehr einfällt, können wir ja immer noch in das Pub gehen«, sagte Harriet.

»Ich finde, das ist eine gute Idee. Über Kinderbücher haben wir seit den Narnia-Romanen nicht mehr gesprochen«, sagte Greg.

»Darin kommt der Weihnachtsmann ja auch vor«, warf ich ein, und alle stöhnten laut.

»Das ist das Schlimmste an ihnen«, sagte Keith.

»Tolkien fand das furchtbar«, sagte jemand anderes, ein kleiner dunkler Mann. »Er war der Meinung, dass das nicht dazu passte. Der Weihnachtsmann und Bacchus und Internate, alles wild durcheinander wie ein Weihnachtspudding mit Rosinen und kandierter Zitrusschale und einer Sixpence-Münze, an der man sich die Zähne ausbeißt.«

Ich stimmte in das allgemeine Gelächter ein, und dann war es Zeit zu gehen.

Ich hatte erwartet, alleine mit Greg würde ich ein wenig schüchtern sein, aber das war ich nicht. Wir redeten über *Es stirbt in mir,* das beim Treffen etwas vernachlässigt worden war. Greg fand es beeindruckend, wie Silverberg eine Idee, die für andere Leute ein Segen war, als Fluch darstellte.

Freitag, 14. Dezember 1979

Klassenarbeiten, und Mittwoch und gestern auch. Ich bin erst heute damit fertig geworden, alles über den Dienstagabend aufzuschreiben.

Samstag, 15. Dezember 1979

Ich habe mich wie geplant mit Janine getroffen. Hugh war auch dabei. Anfangs wirkte er ein wenig befangen. Ohne seinen violetten Blazer sieht er auch viel mehr wie ein menschliches Wesen aus. Ich wünschte, ich könnte samstags auch meine eigenen Kleider anziehen. Oder überhaupt. Wenn man sieben Tage die Woche eine Uniform tragen muss, kommt man sich vor wie im Gefängnis.

»Ich hoffe, du hast nichts dagegen, wenn ich mitkomme«, sagte Hugh und klang dabei wie jemand aus einem Buch und auch, als hätte er den Satz vorher geübt. Janine und Hugh – und Pete und Greg und alle, die zu dem Clubtreffen kommen, außer Harriet – haben einen Akzent aus der Gegend. Der Shropshire-Akzent ist nicht eben schön, aber immer noch besser als der snobistische Tonfall, den ich mir in der Schule die ganze Zeit anhören muss.

»Überhaupt nicht«, sagte ich. »Aber wir gehen nur ein bisschen einkaufen.«

In der Bibliothek warteten sechs Bücher auf mich, alles schwere Hardcover, was nicht ganz so toll war, denn ich konnte sie nicht bis hinterher dort lassen, da die Bibliothek natürlich um zwölf schließt. Ich tat die Bücher mit einem

Seufzer in meine Tasche, und Hugh bot mir an, sie zu tragen. »Nein«, erwiderte ich barsch, anstatt höflich abzulehnen, und drückte die Tasche fest an mich. »Ich behalte meine Tasche immer bei mir, ich fühle mich nicht wohl ohne sie«, erklärte ich.

Janine sah mich von der Seite an. »Und wenn Hugh die Bibliotheksbücher in einer Plastiktüte trägt?«, fragte sie.

»Das wäre in Ordnung«, sagte ich. »Ich meine, das wäre sehr nett von dir, Hugh.«

Hugh wurde rot. Er hat sandfarbenes Haar und Sommersprossen, und wenn er rot wird, sieht man das sofort. Janine und ich schenkten dem keine Beachtung. Ich tat meine Bibliotheksbücher in eine Plastiktüte, die Janine mir gab, und Hugh trug sie, als wären sie federleicht. Wir schlenderten den Hügel runter zu der Buchhandlung, fast automatisch, als wollten unsere Füße genau dorthin. Ich machte sie darauf aufmerksam.

»Bibliotrop«, sagte Hugh. »So wie Sonnenblumen heliotrop sind – sie wenden sich von Natur aus der Sonne zu. Wir wenden uns von Natur aus Buchhandlungen zu.«

Ich kaufte *Der Splitter im Auge Gottes* für Daniel. Ich weiß nicht, ob er es hat oder nicht, aber ich möchte es auf jeden Fall lesen. Außerdem wollte ich mir *Wintersonnenwende* kaufen, um es bis Dienstag zu lesen, aber Janine bot mir an, mir ihr Exemplar zu leihen. Dann gingen wir ins Café und aßen Honigbrötchen, aber dieses Mal redeten wir nicht über irgendwelche privaten Dinge, wahrscheinlich, weil Hugh dabei war. Wir redeten darüber, wie es ist, Kinderbücher zu lesen, wenn man kein Kind mehr ist, und was Lewis und Tolkien darüber gesagt hatten, und dass Hugh sich beinahe geniert hätte, beim Clubtreffen ein Kinderbuch vorzuschlagen, und wie verwundert er gewesen war, als Greg erklärte, das sei eine gute Idee.

»Ist das das erste Mal, dass du ein Treffen leitest?«, fragte ich.

»Ja. Aber Pete war schon zweimal dran, Janine schon einmal und Wim schon mehrere Male.«

»Was war dein Thema?«, fragte ich Janine.

»Die Pern-Bücher. Wusstest du, dass bald ein drittes erscheint? Es soll *Der weiße Drache* heißen. Ich kann's kaum erwarten.«

»Magst du die Pern-Bücher auch?«, wollte ich von Hugh wissen.

Ihm schien die Frage unangenehm zu sein. »Mehr oder minder«, sagte er. »Vor allem in *Die Suche der Drachen* gab es ein paar Dinge, die ich merkwürdig fand. Aber die Welt und die Drachen finde ich toll.«

»Vielleicht sind es eher Mädchenbücher«, sagte ich.

»Nein, Pete liebt sie auch«, sagte Janine und rührte ihren Tee um, obwohl es da nichts umzurühren gab.

»Ihr solltet euch wieder zusammenraufen«, riet Hugh. »Es ist doch albern, dass ihr euch wegen etwas trennt, das Wim getan hat oder auch nicht.«

»Er hat es getan«, sagte Janine.

»Wir wissen doch nicht mal genau, was passiert ist«, entgegnete Hugh. »Wim weigert sich, darüber zu reden, also kennen wir nur Ruthies Seite, und nicht einmal direkt von Ruthie, sondern nur das, was sie angeblich Andrea erzählt hat. Das sind doch nur Gerüchte. Du und Pete …«

Janine wirkte ziemlich sauer, also fiel ich Hugh ins Wort. »Über was für Bücher hat Pete gesprochen? Als er das Treffen geleitet hat, meine ich?«

»Über die Flandry-Bücher und über Larry Niven«, sagte Janine.

»Und Wim hat über Dick und Delany gesprochen«, ergänzte Hugh.

Delany! Sie haben schon ohne mich über Delany geredet, und natürlich hat Wim das Treffen geleitet.

»Ich finde es besser, wenn es um ein Buch geht oder um eine Serie. Dann kann man vorher alles lesen und gerät nicht in so eine Situation wie Hugh letzte Woche«, sagte Janine.

Hugh schüttelte den Kopf. »Ich stimme dir zu, das macht es einfacher, und es ufert auch nicht so aus, aber es ist auch schön, über das Gesamtwerk eines Schriftstellers zu sprechen. Bei manchen klappt das besser als bei anderen.«

Bei Boots kaufte ich ein Set mit Seife, Schampon und einem flauschigen Waschlappen für Deirdre, alles im gleichen Gelbton und mit einer Schleife drumrum. Ich weiß nicht, ob sie mir etwas schenkt, aber während der Klassenarbeiten ging es ihr wirklich übel, und das kann sie wenigstens gebrauchen. Bei Woolworth habe ich mir die *Black Magic*-Pralinen angeschaut und beschlossen, ihm Thorntons *Continentals* zu kaufen. Die schmecken einfach besser. Für Sam habe ich ein Tütchen Karamellbonbons gekauft, nur für den Fall, dass ich ihn sehe. Wenn nicht, schicke ich sie ihm nicht, sondern schenke sie Opa, zusammen mit dem Elefanten.

Dann sind wir zu Janine nach Hause gegangen. Sie wohnt in einem einfachen kleinen Haus, wie man es bei jemandem erwartet, dessen Vater eine Autowerkstatt betreibt – modern, mit Kieselrauputz und vorne raus einem kleinen Garten mit einem Baum in der Mitte. Das einzig Ungewöhnliche daran war, dass an dem Baum eine Fee lehnte. Von den Flügeln abgesehen, sah sie aus wie ein Hund. Sie warf mir einen frechen Blick zu und verschwand. Die anderen haben sie nicht gesehen.

Drinnen wirkte das Wohnzimmer total unaufgeräumt, und ihre Schwestern schienen den ganzen Platz für sich zu beanspruchen, obwohl es nur drei waren. Sie spielten mit Barbies und hatten das Sofa und die beiden Sessel in Beschlag genommen. Auf dem Buffet und dem Kaminsims stand lauter Krimskrams. Ihre Mutter war in der Küche, in der dasselbe Chaos herrschte. »Ich geh mit Mori und Hugh rauf in mein Zimmer, ja?«, sagte Janine.

»Okay«, sagte ihre Mutter, wobei sie kaum von ihrem Bügeleisen aufblickte. Sie hatte strähniges fuchsrotes Haar, ganz anders als Janines Strubbelkopf. Auch die Schwestern sind alle fuchsrot.

Wir gingen nach oben. An Janines Tür hing ein Schild mit der Aufschrift: *Privat, Betreten verboten, Du bist gemeint.* Sie hielt sie uns auf, um uns zu zeigen, dass nicht wir gemeint waren. Ihr Zimmer war völlig anders als das Haus sonst. In allen anderen Räumen war die Tapete furchtbar überladen; ihre Wände waren blassgrün gestrichen. Nirgendwo stand irgendwelcher Krimskrams herum, nur ein Bett mit einem ausgeblichenen, augenlosen Plüschhund und ein Bücherregal mit den Büchern in streng alphabetischer Reihenfolge. Es gab einen Holzstuhl mit gerader Lehne, der in einem dunkleren Grünton lackiert war als die Wände und dieselbe Farbe hatte wie die Fußbodenleisten. Am Fenster hing ein Rollo in einer passenden Farbe. Auf einem klitzekleinen Nachttisch stand eine riesige schwarze Büroschreibmaschine.

»Hast du das alles selbst gemacht?«, fragte ich.

»Ja klar«, sagte sie und setzte sich auf das Bett. Hugh nahm den Stuhl, und nach kurzem Zögern setzte ich mich neben Janine. »Beim Streichen hat mir Papa geholfen, aber die Idee war von mir. Ich wollte mal was anderes.«

»Ich wünschte, ich hätte ein solches Zimmer«, sagte ich. Und das stimmt, wenn auch vielleicht kein grünes. Am liebsten hätte ich ein holzvertäfeltes Arbeitszimmer wie das von Daniel.

»Es ist angenehm, wenn man eine Tür zumachen kann«, sagte Janine.

»Das glaub ich gerne«, sagte ich.

»Schläfst du in einem Schlafsaal?«, fragte sie.

»Ja, aber bei uns gibt es kein Mitternachtsfestessen oder sonst irgendetwas Tolles, worüber man immer liest.«

»Ich teile mir ein Zimmer mit meinem Bruder«, sagte Hugh.

»Was macht er so?«

»Er ist Manchester-Fan. Seine Hälfte des Zimmers besteht nur aus Fußball, meine nur aus Büchern.« Hugh schien darüber nur sehr ungern zu reden.

Janine sprang auf und holte mir *Wintersonnenwende* aus dem Regal, und dann fingen die beiden an sich zu kabbeln, ob ich die ganze Serie lesen sollte, oder ob ich nach dem ersten Band die Lust verlieren würde, weil er ziemlich kindisch ist. Offenbar glaubte Hugh nicht, dass ich bis Dienstagabend fünf Bücher lesen konnte.

»Das krieg ich schon hin«, sagte ich. »Außer Unterricht und Lesen hab ich nicht viel zu tun. In Arlinghurst wird Sport ganz großgeschrieben, und da kann ich natürlich nicht mitmachen. Also verbringe ich die meiste Zeit in der Bibliothek und lese, normalerweise ein paar Stunden täglich. Diese Woche etwas weniger, wegen der Klassenarbeiten, aber die sind jetzt rum.«

»Ziemlich beschränkt von deinen Eltern, dich unter diesen Umständen dahin zu schicken«, sagte Hugh.

»Ja, das ist wohl wahr.«

»Was ist denn mit deinem Bein?«, fragte er.

Normalerweise ist mir diese Frage zuwider, aber so, wie er sie stellte – als wäre nichts dabei, darüber zu reden, und als wäre es auch gar nicht so wichtig, in etwa so, wie Janine gefragt hatte, ob ich in einem Schlafsaal schlafe –, machte es mir nichts aus. »Ein Auto hat mich angefahren«, sagte ich. »Dabei ist meine Hüfte zerquetscht worden und mein Becken. Inzwischen ist es nicht mehr so schlimm. Es tut nicht mehr die ganze Zeit weh.«

»Wird es wieder besser?«, fragte Hugh.

Ich hätte Nein sagen sollen, wird es nicht, entweder das, oder dass ich hoffte, es würde besser werden, aber mir schossen Tränen in die Augen, ohne dass es einen Grund dafür gegeben hätte, und ich verbarg mein Gesicht in einem Taschentuch. Janine wechselte das Thema, und dann war es Zeit für mich zu gehen.

Hugh begleitete mich zur Bushaltestelle; er trug immer noch die Bibliotheksbücher. Ich trug meine Einkäufe und die Susan-Cooper-Bücher, die ich mir von Janine geliehen hatte.

»Wegen Wim«, sagte er, als wir bei KwikSave um die Ecke bogen.

Ich sah ihn fragend an. Mein Bein schmerzte – Janines Bett war niedrig gewesen, und als ich aufgestanden war, hatte ich es zu sehr belastet.

»Wir wissen nicht, was passiert ist. Wim hat nie ein Wort darüber verloren, nicht ein einziges. Das hier ist ein kleiner Ort, und die Leute haben ihr Urteil über ihn gefällt. Schon seltsam, wie schnell das geht. Wenn man erst einmal einen schlechten Ruf hat, kann man sich genauso gut einen Strick nehmen. Er ist von der Schule geflogen, weißt du.«

»Ich weiß. Er macht nebenher seinen Abschluss. Janine hat mir davon erzählt.«

»Janine. Janine ist der Meinung, als gute Feministin müsste man immer der Frau glauben. Aber ich finde, man sollte möglichst jeden gleich behandeln. Ich weiß nicht, was passiert ist. Aber ich weiß, dass ich es nicht weiß. Und ich weiß, dass Wim sich das Leben deswegen viel schwerer macht.« Hugh wirkte furchtbar ernst. Er ist kleiner als ich und ein bisschen füllig, und er hat Sommersprossen, sodass man ihn leicht für einen kleinen Jungen und für einen Clown hält, aber so ist er gar nicht.

»Warum kümmert dich das alles überhaupt?«, fragte ich. Wir hatten die Bushaltestelle erreicht, aber der Bus war noch nicht da. Ein ganzer Haufen Mädchen aus Arlinghurst wartete bereits. Hugh hockte sich auf eine Mauer, und ich setzte mich neben ihn.

»Wim hat mir das Leben gerettet«, sagte er leise. »Na ja, zumindest hat er dafür gesorgt, dass ich nicht den Verstand verliere. Er hat ein paar Jungs daran gehindert, mich zu verprügeln, und anstatt hinterher weiterzugehen, hat er sich mit mir unterhalten. Er hat mir *Bewohner der Milchstraße* geliehen. Ich war damals zwölf und er fünfzehn, aber er hat mich wie ein menschliches Wesen behandelt und nicht wie einen Rotzlappen. Im Zweifel für den Angeklagten, heißt es doch.«

»Egal, was er Ruthie angetan hat?«

»Nein, nicht egal, was er getan hat, aber bis wir mit Sicherheit wissen, *was* er getan hat.« Hugh zuckte mit den Achseln und wurde wieder rot. »Ich persönlich glaube, dass sie es, na ja, dass sie es schon getan haben, und zwar, weil sie es beide wollten. Sie haben nicht richtig verhütet, und Ruthie hat Schiss bekommen und ist durchgedreht. Aber deswegen muss man niemanden in die äußeren Höllenkreise verbannen.«

Ich wusste nicht, was ich sagen sollte. Mein Vater war gezwungen worden, meine Mutter zu heiraten, weil sie schwanger geworden war, und das ist auch nicht eben gutgegangen. Zum Glück kam in dem Moment der Bus um die Ecke. Hugh gab mir meine Tüte, und ich reihte mich in die Warteschlange ein.

»Bis Dienstag«, sagte ich und stieg ein.

Gill war direkt vor mir. Sie drehte sich um und warf mir einen zutiefst verächtlichen Blick zu.

Sonntag, 16. Dezember 1979

Solange ich von ihnen nicht als Marionetten denke, macht es wirklich Spaß, mit ihnen zusammen zu sein. Gestern habe ich fast gar nicht daran gedacht. Die ganze Sache mit der Magie beschäftigte mich einfach nicht, und ich konnte so tun, als wären sie ein völlig natürlicher Teil meiner Karass, alle beide.

Aber heute geht es mir wieder durch den Kopf, und ich kann nicht anders, ich muss andauernd daran denken.

Als wir klein waren, hat uns Tantchen Lillian eine Puppe gekauft, die richtig reden konnte. Sie hieß Rosebud, und wahrscheinlich denken die Leute, eine solche Puppe wünscht sich jedes kleine Mädchen. Wenn wir sie hinlegten, schlossen sich ihre Augen, und wenn wir sie hochhoben, öffneten sie sich wieder. Sie hatte ein hübsches ausdrucksloses Gesicht und ein weißes Kleid mit Rosenknospenmuster. Sie trug rosafarbene Schuhe, die man an- und ausziehen konnte, und hatte goldenes Haar, das man richtig kämmen konnte. Außerdem hatte sie eine Schnur in ihrer Brust, und wenn man daran zog, sprach sie. Zwei Dinge konnte sie sagen. »Hallo, ich heiße Rosebud« und »Lasst uns Schuuule spielen!«. Wenn man ganz langsam an der Schnur zog, sagte sie das in einer tiefen Stimme, und wenn man richtig schnell daran zog, quietschte sie los.

Das Problem mit Rosebud und damit, dass sie richtig reden konnte, war, dass wir selbst bestimmten, was unsere anderen Puppen sagten. Unsere Puppensammlung (denen meistens irgendwas fehlte, ein Arm oder ein Bein, oder sie waren Tiere und keine Menschen) bestand epische Abenteuer, überlebte Atomkriege und rettete Drachen vor bösen Prinzessinnen. Die alte, zerbeulte Pippa mit ihrem einen Arm und den struppigen Haaren (Mor hatte sie ihr geschnitten, damit sie in die Rolle eines Soldaten schlüpfen konnte) trat dem bösen Hundeherrscher (der Plüschhund hatte einen Schnurrbart, den man zwirbeln konnte, also musste er meistens die Schurken spielen) trotzig entgegen und schwor ihm Rache, und damit konnte es Rosebud mit ihrem »Lasst uns Schuuule spielen!« nicht aufnehmen.

Eine Karass, die aus lauter Rosebuds besteht, will ich nicht.

Ich meine, eine Karass, die aus Pippa und Hund und Jr. besteht, will ich auch nicht, also ist das keine besonders gute Analogie. (Meine Spielsachen vermisse ich nicht. Ich würde sowieso nicht mehr mit ihnen spielen. Ich bin fünfzehn. Ich vermisse meine *Kindheit.*) Jr. war ein Plastikjunge auf einem Motorrad, eine unserer wenigen männlichen Puppen. Sein Name stammte aus »Lot« von Ward Moore. Ich fand es tollkühn und amerikanisch, einen solchen seltsamen Namen ohne Vokale zu haben. Wir sprachen es »Jirr« aus. Als ich herausfand, was er wirklich bedeutete, war ich minutenlang beschämt.

Als Hugh erwähnte, dass Wim einen Abend über Delany geleitet hatte, war mein erster Gedanke, obwohl ich das gestern nicht aufgeschrieben habe, weil ich mich so sehr schämte, mein erster Gedanke war, dass ich Magie wirken könnte, um es ungeschehen zu machen. Ich könnte Magie wirken, damit er einen Delany-Abend leitet, bei dem ich dabei sein kann. Ich habe es nicht getan, und ich wollte es eigentlich auch gar nicht tun, aber ich habe daran gedacht. Wenn ich das täte, würde ich sie alle in Rosebud verwandeln. Ich würde auch riskieren, dass mir das Gleiche passiert wie George Orr, denn bisher bin ich vielleicht verantwortlich dafür, dass das alles passiert ist, vielleicht aber auch nicht. Ich habe noch keine Welt ohne den SF-Club erlebt. Vielleicht hat er schon die ganze Zeit existiert. Wenn es mich nicht gäbe, oder wenn ich zusammen mit Mor gestorben wäre, hätte der Abend über Delany vielleicht trotzdem stattgefunden. Gut möglich, dass mir die Magie die Gruppe nur gezeigt und mich zu ihr geführt hat. Das weiß ich nicht. Und ich werde es auch nie wissen. Magie, deren Existenz dementiert werden kann! Wenn ich aber jetzt wieder Magie wirken würde, dann würde ich sie tatsächlich wie Rosebud behandeln, damit sie immer dasselbe sagen, sobald ich an der Schnur ziehe. Falls ich dazu überhaupt in der Lage wäre. Und das glaube ich eigentlich nicht, denn dann würde das passieren, worüber Glor gesprochen hat – zu viele Menschen haben zu viel Gewicht, und was geschehen ist, kann man nicht ungeschehen machen.

Aber allein, dass ich daran gedacht habe!

Ich möchte nicht böse sein, wirklich nicht. Das Schlimmste, was sie mir antun könnte, wäre, mich so zu machen, wie sie ist. Deshalb bin ich von zu Hause weggelaufen. Deshalb war das Kinderheim besser, deshalb ist das hier besser.

Hiermit schwöre ich feierlich, nie wieder zu meinem eigenen Nutzen Magie zu wirken und auch sonst aus keinem Grund, außer um mich oder jemand anderes vor einer Gefahr zu beschützen.

Morganna Rachel Phelps Markova, am 16. Dezember 1979.

Montag, 17. Dezember 1979

Mir war nicht klar gewesen, dass die Woche nach den Klassenarbeiten ganz dem Vergnügen gewidmet sein würde.

In Englisch spielte ich mit Deirdre Scrabble. Ich habe sie mit 600 Punkten Vorsprung geschlagen, aber Spaß hat das nicht gemacht. Mir wäre ein Gegner lieber, der eine Ahnung von Rechtschreibung hat und wenigstens ansatzweise über ein Vokabular verfügt. Ich habe »Torques« gelegt, ein keltischer Halsring. Sie hat schüchtern vorgeschlagen, dass das »torkeln« geschrieben wird. Dann haben wir es mit dem Leiterspiel versucht, und sie hat gewonnen.

Ansonsten habe ich so ziemlich den ganzen Tag gelesen, während die Mädchen um mich herum einen Höllenlärm veranstalteten.

Inzwischen bin ich bei *Der Graue König*.

In *Wintersonnenwende*, dem Weihnachtsbuch und eindeutig dem besten der Serie, gibt es eine Stelle, wo Will in einer Kirche Magie wirkt, und der Pastor fragt nach den magischen Kreuzen, und sie antworten, sie würden aus einer Zeit vor Christus stammen, und er sagt, aber nicht aus einer Zeit vor Gott. Im Allgemeinen ist die Magie ziemlich gut beschrieben, aber konventionell, ein Kampf zwischen Dunkel und Licht, und man lernt sie aus Zauberbüchern, und dann kann man fliegen und durch die Zeit reisen und was einem sonst noch einfällt. Überhaupt nicht wie echte Magie, viel weniger verwirrend. In Kinderbüchern mit Magie ist immer alles schwarzweiß, außer natürlich bei Tolkien. Aber dieses »nicht aus einer Zeit vor Gott« hat mich ganz schön nachdenklich gemacht.

Dienstag, 18. Dezember 1979

Meine Noten im Winterhalbjahr

Chemie: 96% – Platz 2
Englische Literatur: 94% – Platz 1
Englische Sprache: 92% – Platz 1
Geschichte: 91% – Platz 1
Physik: 89% – Platz 1
Latein: 82% – Platz 1
Französisch: 79% – Platz 2
Mathematik: 54% – Platz 19
Sport: entschuldigt
Spiele: entschuldigt
Tanzen: entschuldigt
Durchschnitt: 85% – Platz 3

Mathe ist einfach nicht mein Ding, war es noch nie. Aber wenigstens habe ich bestanden. Ich hatte schon befürchtet, sie würden mir in Sport und Spiele und Tanzen eine Null geben und das dann in meinen Durchschnitt mit einrechnen. Gill hat mich in Chemie geschlagen. Gut. Und Claudine hat mich in Französisch geschlagen, was kein Wunder ist, denn ihre Mutter ist Französin. Sie weiß, wie man es ausspricht, im Unterschied zu allen anderen. Claudine sollte Französisch unterrichten. Die Mathenote hat meinen Schnitt mehr gedrückt, als ich erwartet habe, sodass Claudine und Karen insgesamt vor mir liegen. Aber sonst bin ich zufrieden.

Ich wünschte, ich könnte es Oma zeigen. Opa wird sich freuen, alle werden sich freuen, aber das ist nicht dasselbe.

Heute Morgen kam ein Brief von Tantchen Teg. Sie ist wirklich sehr traurig, dass ich an Weihnachten nicht komme. Ich habe ihr bereits erklärt, dass ich nichts dafür kann. Ich finde es auch sehr schade.

Als Deirdre ihre Noten sah, ist sie aus dem Zimmer gestürzt. Wahrscheinlich sind sie furchtbar. Schussel ist auf Platz 4. Sie hat sich herabgelassen, »nicht schlecht« zu mir zu sagen, ihre ersten Worte seit einer Ewigkeit.

Mittwoch, 19. Dezember 1979

Das Treffen gestern Abend war ziemlich klasse. Alle waren da. Hugh hatte die Gesprächsleitung gut im Griff – wenn jemand vom Thema abkam, steuerte er in aller Ruhe dagegen. Wir unterhielten uns darüber, dass viele Bücher einen jahreszeitlichen Bezug haben, und über die verschiedenen Schauplätze, an denen sie spielen. Greg war in Nordwales und ist auf Cadfans Weg gewandert, und er hat erzählt, dass der Craig yr Aderyn ganz genauso ist. Alle stimmten darin überein, dass der Schluss von *Die Mächte des Lichts* äußerst unbefriedigend ist und dass wir es alle furchtbar fänden, wenn uns das passieren würde. Schon seltsam – je jünger die Leser sind, umso heftiger ist ihre Abneigung dagegen. Harriet machte den Vorschlag, die Erinnerungen der Kinder sollten ausgelöscht werden, aber Hugh und ich wären lieber gestorben, und alle anderen waren, je nach Alter, irgendwo dazwischen. Hugh ist nett. Und mir gefällt das Gefühl, wenn jemand mir inbrünstig zustimmt. Harriet, die mich immer mehr an eine erwachsene Harriet Vane erinnert, stimmte uns immerhin so weit zu, dass es »angemessener« wäre und dass sie verstehen könne, »was für ein Verlust das wäre«.

Wir waren früh fertig und sind dann in das Pub gegangen. »Ich spendiere dir einen Orangensaft«, sagte Greg. Ich habe ihm nicht erklärt, dass ich Britvic Orange schauderhaft finde, ich habe mich nur bedankt. Wer behauptet hier, ich hätte keine Umgangsformen?

Das Pub heißt »Zum Weißen Hirschen«, und ich sagte, das würde sehr nach Narnia klingen. Ganz aus der Luft gegriffen war das nicht, denn wir hatten auch ein paar Vergleiche zu Narnia gezogen. Wir hatten den Schluss der beiden Serien miteinander verglichen. Schon komisch, dass der Schluss in beiden Fällen so problematisch ist. Das scheint ein Problem zu sein, das für das Genre typisch ist. Man muss sich nur *Das ferne Ufer* anschauen! Vielleicht ist es auch ein Problem von Büchern über Kinder aus unserer Welt oder von britischen Autoren – nein, Garner ist ein Gegenbeispiel. Er schreibt eigentlich keine Serien, aber mit Schlüssen hat er eindeutig kein Problem! Was mich daran erinnert, dass ich mir *Rotverschiebung* noch nicht ausgeliehen habe.

Der Weiße Hirsch ist ein altes Pub mit Holzbalken und Messingplaketten, die an ausgemustertem Pferdegeschirr aus Leder hängen, und einer alten Eichentheke mit Zapfsäulen für unterschiedliche Biere. Es stinkt nach Rauch wie alle Pubs, und der ehemals weiße Putz zwischen den Holzbalken ist schon ganz gelb. Ich trank Orangensaft und gab Greg seine Pralinen. Er öffnete sie sofort und reichte sie herum. Ich nahm mir einen Wiener Trüffel und kam mir dabei ein bisschen schäbig vor, schließlich hatte ich sie ihm geschenkt. Aber er war trotzdem köstlich.

Ich saß neben Wim. Ehrlich, ich hatte es nicht darauf angelegt! Auch aus der Nähe sieht er umwerfend aus. Das liegt nicht nur an den langen blonden Haaren und den tiefblauen Augen, sondern auch an seiner Haltung. Ich mag Hugh viel lieber, aber Hugh gleicht einem massiven Baumstamm und Wim eher einem Zweig mit frischen Blüten, der im Wind schaukelt, oder einem seltenen Schmetterling, der in deiner Nähe landet, und du hältst den Atem an, damit er nicht wegfliegt. Genau so raubt er einem den Atem.

»Dir gefällt also nicht nur Le Guin, sondern auch Susan Cooper?«, wollte er wissen.

»Ich habe sie diese Woche zum ersten Mal gelesen«, erwiderte ich. »Janine hat mir die Bücher geliehen, und ich habe sie ihr gerade zurückgegeben.«

»Du hast alle fünf Bücher in einer Woche gelesen?«, fragte er und warf den Kopf nach hinten, weil ihm die Haare in die Augen fielen. »Anscheinend hast du eine Menge Freizeit.«

»Ja, das habe ich«, erwiderte ich kühl.

»Bitte entschuldige«, sagte er. »Ich kann es nicht leiden,

wenn die Leute einem unterstellen, man würde nur lesen, weil man nichts Besseres zu tun hat, und jetzt mach ich es selbst.«

Das gefiel mir. »Was könnte besser sein?«, fragte ich.

Er lachte. Er hat ein nettes Lachen, sehr natürlich. Wenn er lachte, konnte ich mir vorstellen, wie ich all die albernen Dinge tat, die Mädchen so tun, wenn sie verknallt sind – einen Bleistiftstummel und ein Heftpflaster aufbewahren wie Harriet Smith in *Emma* oder vor dem Einschlafen ein Foto küssen wie Schussel mit Harrison Ford.

»Wie steht es mit Filmen?«, fragte er, und sofort war die ganze Gruppe in eine leidenschaftliche Diskussion über *Star Wars* verwickelt.

Entweder man liebt oder hasst diese Filme. Ein neutraler Standpunkt ist nicht erlaubt. Mein Gesamteindruck, dass es Spaß machte, Roboter und Raumschiffe zu sehen, aber dass es im Vergleich zu richtiger SF doch ein wenig kindisch war, schien niemanden zu interessieren.

Etwas später, nachdem die Anwesenden aufgehört hatten, offene Türen einzurennen oder sich wegen Kleinigkeiten zu streiten, wandte ich mich wieder an Wim. »Ich habe gehört, dass du ein Treffen über Delany geleitet hast.«

»Gefällt dir Delany?«, sagte er. »Du hast wirklich einen breit gefächerten Geschmack.«

»Ich finde Delany großartig«, sagte ich, erfreut darüber, dass er nicht *für dein Alter* hinzugefügt hatte, was ich sonst oft zu hören bekomme. »Aber am Ende von *Triton* gibt es etwas, das mir unklar ist.«

»Glaubst du, dass *Triton* als Erwiderung auf *Planet der Habenichtse* gedacht war?«, fragte er, ohne auf meine Bemerkung einzugehen. Darüber hatte ich noch nicht nachgedacht, aber ich konnte es mir durchaus vorstellen.

»Weil *Planet der Habenichtse* eine mehrdeutige Utopie ist und *Triton* eine mehrdeutige Heterotopie?«, entgegnete ich.

»Ich frage mich, ob er sich Anarres angeschaut und gedacht hat, warum müssen sie so arm sein, warum gibt es da Hungersnöte, warum ist ihre Sexualität so eingeschränkt, in welche Richtung könnte sich eine anarchistische Gesellschaft noch entwickeln?«

»Was für ein faszinierender Gedanke«, sagte ich. »Und was für ein genialer Einfall von ihm, die ganzen Entscheidungsmöglichkeiten aus der Sicht von jemandem zu schildern, der damit nicht glücklich ist.«

»Selbst im Paradies gäbe es Leute, die sich so treiben lassen würden«, sagte Wim. »Auch Bron sucht nach etwas, das er nicht haben kann, mehr oder weniger per definitionem.«

»Warum hat Bron ...«, wollte ich fragen.

»Mori, wir müssen los«, fiel mir Greg ins Wort.

»Dann bis nach Weihnachten«, sagte Wim, während ich vorsichtig aufstand.

Auf der anderen Seite des Tisches stritten sich Keith und Hussein noch immer über Prinzessin Leia.

Donnerstag, 20. Dezember 1979

Ich kann nicht glauben, dass morgen die Ferien beginnen. Plötzlich geht alles so schnell. Heute Morgen mussten wir unsere Spinde ausräumen. Damit habe ich nicht gerechnet. Jetzt habe ich nicht nur meine Tasche und meinen Ranzen und den nagelneuen Koffer, mit dem ich hierhergekommen bin, sondern sechs Plastiktüten voller Bücher und zwei mit

Weihnachtsgeschenken. Ich musste in den Waschraum runtergehen, zum ersten Mal überhaupt. Die Schule beschäftigt jemanden, der unsere bescheuerten Uniformen wäscht und bügelt. Normalerweise werden sie in die Schlafsäle gebracht und ans Fußende unserer Betten gelegt, und ich hatte kaum einen Gedanken darauf verschwendet. Aber heute fand Deirdre nicht alle ihre Hemden, und wir müssen alles mit nach Hause nehmen. Sie wollte, dass ich sie begleite, also sind wir bis ganz in den Keller gestiefelt, in einen Raum mit sechs stampfenden Waschmaschinen und vier röhrenden Wäschetrocknern und einem Mädchen, das nur ein oder zwei Jahre älter war als wir und das die Wäsche aus der einen Maschine zerrte und in die andere stopfte. Wenn ich sie wäre, würde ich uns hassen. Da unten ist es heiß, sogar heute; ich will gar nicht wissen, wie es im Juni ist.

Deirdre fährt über Weihnachten nach Limerick. Es gibt wirklich einen Ort, der Limerick heißt! Kaum hatte sie mir das erzählt, plapperte ich natürlich sofort los: »Eine junge Dame aus Limerick …«, aber als ich ihr Gesicht sah, hielt ich sofort den Mund.

Ich bin reisefertig, sobald Daniel mich morgen abholt. Ich kann es kaum erwarten.

Freitag, 21. Dezember 1979

Heute Morgen fand als Allererstes die Preisverleihung statt. Für Englisch habe ich die *Ausgewählten Gedichte* von W. H. Auden bekommen, für Chemie *Die Geheimnisse unserer Welt* von Isaac Asimov und für Geschichte *Geschichte der englisch-*

sprachigen Völker von Winston Churchill. Da jeder, der in irgendeinem Fach über neunzig Prozent geschafft hat, ein Buch bekam, zog sich das ziemlich lang hin. Ich vermute, dass Miss Carroll bei der Auswahl der Bücher ihre Hand im Spiel hatte, also ist der Churchill wahrscheinlich nicht so grässlich, wie er aussieht. Dann wurden die Preise für Sport verliehen, was noch länger ging. Bei den Versammlungen darf ich sitzen, was nett ist, da jedoch alle anderen stehen, sehe ich nichts, aber das will ich ja auch gar nicht. Die Lehrer, die an einer Seite des Saals stehen, können mich allerdings gut sehen, also kann ich nicht lesen. Ich starre den Rücken sämtlicher Schülerinnen an, die einheitliche Uniformen tragen, und vergleiche ihre Größe, die Falten ihrer Kleider und wie ihnen das Haar über den Rücken fällt, aber das ist auch alles. Es ist erstaunlich, wie vielfältig etwas ist, das auf den ersten Blick völlig gleich aussieht, eine Reihe uniformierter Rücken. Ich gab den Mädchen in der Reihe direkt vor mir Noten für Haltung und Reinlichkeit und gruppierte sie in Gedanken nach Größe und Haarfarbe um.

Scott gewann den Pokal mit einem knappen Vorsprung vor Wordsworth. Eigentlich sollte ich das wahnsinnig aufregend finden, aber für mich ist das ungefähr so spannend, wie Leute nach ihrer Haarfarbe zu sortieren.

Hinterher bin ich in die Bibliothek gegangen und habe Miss Carroll die Pralinen gegeben, was sie sehr zu freuen schien. Sie gab mir ein eingepacktes Geschenk, ein Buch vermutlich.

Dann habe ich mich auf die Suche nach Deirdre gemacht und ihr die Seifenschachtel gegeben. Ich habe sie nicht verpackt, weil ich nicht daran gedacht habe, Geschenkpapier zu besorgen, aber ich habe sie in eine hübsche Tüte aus dem Laden getan, in dem ich die Halstücher gekauft habe. Sie hat sie nicht geöffnet, aber sie hat sich sehr artig bedankt und mir ein in dünnes Papier eingeschlagenes Geschenk gegeben. Es fühlt sich ebenfalls an wie ein Buch. Was um Himmels willen mag das sein? Ich werde es lesen und sagen müssen, dass es mit gefällt, ganz egal, was es ist.

Dann blieb uns nur noch, auf die Autos zu warten. Manche Mädchen wurden erst am Abend abgeholt, die Armen, aber Daniel fuhr um Punkt eins vor, nicht als Erster, aber doch recht früh. Alle rannten herum und kreischten noch lauter als sonst, sodass er bestimmt dachte, er befände sich in einem Irrenhaus.

Wir fuhren zurück nach Old Hall, wo wir rechtzeitig zum Tee eintrafen – es gab staubtrockene Mince Pies, die fast so schlecht waren wie das Schulessen. Daniels Schwestern freuten sich, dass Scott den Pokal gewonnen hatte. Sie öffneten sogar eine Flasche Champagner, der furchtbar schmeckte, und die Luftblasen stiegen mir in die Nase. Ich habe das schon einmal getrunken, bei der Hochzeit von Kusine Nicola, und bereits damals mochte ich es nicht. Daniel wollte meinen mit Orangensaft mischen und etwas daraus machen, das »Buck's Fizz« heißt, aber ich lehnte ab. Wenn es etwas gab, das es noch schlimmer machen würde, dann dieser entsetzliche Orangensaft. Ich möchte einfach nur Wasser trinken. Warum finden die Leute das so merkwürdig? Es kommt aus dem Wasserhahn und kostet nichts.

Heute ist Wintersonnenwende, der kürzeste Tag. Ab morgen zieht sich die Dunkelheit ganz allmählich wieder zurück. Ich werde sie nicht vermissen.

Es ist wunderbar, eine Tür schließen und endlich ungestört sein zu können. Ich bin früh ins Bett gegangen und habe überlegt, an Wim zu denken, während ich masturbierte, denn das atemlose Gefühl ist eindeutig sexuell, aber dann fand ich es doch unangemessen und konnte es mir auch nur schwer vorstellen. Außerdem ist da noch die Sache mit Ruthie, die mich dabei stört, was auch immer nun wirklich vorgefallen sein mag. Also habe ich eben an Lessa und F'lar und Nicholas gedacht. Schon merkwürdig, dass in *Triton* so viel Sex vorkommt, und trotzdem ist es so unerotisch. Und – weil ich noch immer nach Verbindungen zwischen den beiden Büchern suche – in *Planet der Habenichtse* kommt auch Sex vor, aber nicht von der Sorte, die einem den Atem raubt. Ich frage mich, woher das kommt? Hat Fowles Nicholas auf eine Art und Weise beschrieben, die sich grundlegend davon unterscheidet, wie Delany Bron und die Spike beim exhibitionistischen Sex beschrieben hat? Ich glaube schon, aber ich weiß nicht genau, worin der Unterschied besteht.

Samstag, 22. Dezember 1979

Die Tanten sind mit mir nach Shrewsbury einkaufen gegangen. Sie wollten, dass ich etwas Nettes für Daniel besorge. Ich erklärte ihnen, dass ich bereits *Der Splitter im Auge Gottes* für ihn hätte, aber sie lachten nur und sagten, das würde ihm bestimmt gefallen. Sie haben ihm – in meinem Namen – eine dunkelgraue Jacke mit zahlreichen Taschen gekauft, die wie das aussieht, was er sonst auch trägt, aber ich hätte sie ihm nie geschenkt, und das wird er auch wissen. Wenigstens habe ich etwas Geschenkpapier bekommen. Mittags sind sie mit mir in ein Restaurant in einem schicken Kaufhaus namens Owen Owens gegangen. Das Essen war verkocht und schleimig.

Zu Hause habe ich vorgeschlagen, dass ich Scones für sie backe, und war dabei so ehrerbietig und höflich, wie ich nur konnte. Ihnen war das überhaupt nicht recht, das war nicht zu verkennen, auch wenn ich nicht weiß, warum. Ich kann kochen, ich kann das schon seit Jahren. Ich kann viel besser kochen als sie. Sie glauben doch bestimmt nicht, dass es unter meiner Würde ist, schließlich kochen sie selbst. Vielleicht wollen sie mich nicht in ihre Küche lassen, dabei würde ich dort keine Unordnung machen.

Daniel habe ich heute so gut wie gar nicht gesehen. Er arbeitet an irgendetwas. Ich habe mir von ihm einen ganzen Stapel Bücher geliehen und verschlinge sie eines nach dem anderen. Wenn hier drin nur das Licht besser wäre.

Ich glaube nicht, dass ich so bin wie andere Leute. Auf einer tiefen, grundlegenden Ebene, meine ich. Nicht nur, weil ich ein halber Zwilling bin und viel lese und Feen sehe. Nicht nur, weil ich außen vor bin und sie alle mittendrin. Das war ich früher auch. Ich glaube, die Art und Weise, wie ich abseitsstehe und rückwärts schaue, auf die Sachen, die passieren, ist nicht normal. Man muss das eben tun, wenn man Magie wirken möchte. Aber da ich nie wieder Magie wirken werde, ist es irgendwie vergeudet.

Sonntag, 23. Dezember 1979

Kirche. Nachdem ich aufgestanden bin, inspizierten mich die Tanten, als wäre ich ein Ausstellungsstück, und eine von ihnen legte mir nahe, ich sollte mir etwas Eleganteres raussuchen. Ich hatte einen marineblauen Rock an und ein blassblaues T-Shirt und darüber meine Schuljacke. Obwohl es regnete, war es nicht kalt, also hielt ich das für ausreichend. Aber ich habe nachgegeben und meinen grauen Pullover geholt. Ich habe nur wenige Kleider, die nicht zu meiner Uniform gehören. Die meisten habe ich zurückgelassen, als ich von zu Hause weggelaufen bin, natürlich.

Von der Inspektion abgesehen war der Kirchgang nichts Besonderes. St. Mark ist eine schöne alte Steinkirche mit gotischen Bögen und einer Kreuzfahrergruft, in der wahrscheinlich einer ihrer Vorfahren liegt, aber ich habe sie mir nicht angeschaut. Es war ein englischer Gottesdienst, wie ich erwartet hatte, und eine ganz normale Adventspredigt. In der Kirche war bereits eine Krippe aufgebaut, und es wurden Weihnachtslieder gesungen. Hinterher hat sich der Pastor sehr freundlich mit uns unterhalten, und sie haben mich als Daniels Tochter vorgestellt. Daniel kam nicht mit. Warum nicht?

Beim Mittagessen war er dann anwesend. Es gab zerkochten Rinderbraten und versalzene Kartoffeln und Karotten. Hätten sie lieber mich kochen lassen. Ich kann ja verstehen, dass sie mich nicht gleich eine Feiertagsmahlzeit kochen lassen, aber wenigstens Scones könnte ich backen. Noch drei Tage. Hier ist es genauso schlimm wie in der Schule. Schlimmer, weil es keine Bibliothek und keinen Buchclub gibt, wohin ich verschwinden könnte.

Nach dem Mittagessen bin ich ein wenig spazieren gegangen, trotz des Regens und meines Beines, das heute gar nicht so schlimm ist, es grummelt nur und schreit nicht. Die Gegend hier gleicht der um die Schule herum, keine Wälder und Wiesen, sondern nur Bauernhöfe und Felder und Straßen, keine Wildnis, keine Ruinen und keine Feen irgendwo. Keine Ahnung, warum irgendjemand hier freiwillig lebt.

Montag, 24. Dezember 1979, Heiligabend

Die Russen sind in Afghanistan einmarschiert. Unser Schicksal scheint uns vorherbestimmt. Ich habe so viele Geschichten über den 3. Weltkrieg gelesen, dass es mir manchmal so vorkommt, als könnten wir dieser Zukunft nicht entfliehen, als wäre es sinnlos, sich über irgendetwas den Kopf zu zerbrechen, schließlich werde ich sowieso nicht lange genug leben.

Daniel hat einen Baum mitgebracht, und wir haben ihn dekoriert. Dabei ist sogar ein wenig Weihnachtsstimmung aufgekommen. Der Christbaumschmuck ist sehr alt und sehr wertvoll – fast alles besteht aus Glas. Er ist furchtbar vornehm und stark magisch aufgeladen. Fast hatte ich Angst, ihn zu berühren. Selbst die Lichter sind uralt – venezianische Glaslaternen, in denen früher Kerzen steckten, die aber jetzt mit Fassungen für Glühbirnchen versehen sind. Zwei der Birnchen waren kaputt, und ich habe sie ausgewechselt. Ich vermisse unseren alten Christbaumschmuck. Tantchen Teg holt ihn wahrscheinlich jetzt in diesem Moment hervor. Bestimmt ist sie alleine, wenn sie Opa nur für einen Tag rauslassen. Hoffentlich schafft sie es, dass der Baum gerade steht. Was war das immer für ein Theater! Letztes Jahr mussten wir ihn an die Schranktür binden. Aber besser, ich denke nicht an letztes Jahr – das war das schlimmste Weihnachtsfest aller Zeiten. Was immerhin den Vorteil hat, dass es dieses Jahr nur besser werden kann, egal wie furchtbar es ist.

Unser Christbaumschmuck ist auch alt, der größte Teil jedenfalls, aber manches davon ist neu und wurde gekauft, als es uns schon gab. Das Meiste ist aus Plastik, nur die Fee, die auf die Spitze gesteckt wird, ist aus Porzellan. Der Baum in Old Hall hat keine Fee, was merkwürdig ist. Stattdessen hockt das Christkind obendrauf. Unser Christbaumschmuck passte überhaupt nicht zusammen, aber dann doch wieder, weil es so viele verschiedene Dinge waren, und wir hatten haufenweise Lametta, keine dünnen Silberstreifen, sondern dicke Büschel davon. Hoffentlich übernimmt sich Tantchen Teg nicht, wenn sie das alles alleine macht. Und hoffentlich taucht meine Mutter nicht plötzlich morgen dort auf wie eine böse Fee bei der Taufe. Wenigstens das passiert hier nicht.

Ich habe alle meine Geschenke verpackt und unter den Baum gelegt. Mein Papier ist hübsch, dunkelrot mit Silberfäden. Als alle ihre Geschenke daruntergelegt hatten, haben wir die Beleuchtung eingeschaltet – und eine weitere Birne ist durchgebrannt, und ich habe sie ausgetauscht. Dann haben wir sie noch mal eingeschaltet und den Baum angestaunt. Ich habe auch meine Geschenke von Deirdre und Miss Carroll daruntergelegt.

An Weihnachten sollte jeder zu Hause sein. Zumindest die Leute, die ein Zuhause haben, was auf mich wohl nicht zutrifft. Aber ich wäre jetzt gerne bei Opa und Tantchen Teg, die für mich so was wie meine Familie sind.

Wenn ich erwachsen bin, werde ich an Weihnachten nie weggehen. Die Leute können mich besuchen kommen, aber ich werde nie irgendwo anders hingehen.

Unten läuft eine Schallplatte mit Weihnachtsliedern – ich kann sie durch den Boden hören. Was mache ich nur hier?

Aber in Afghanistan, wo die Panzer rollen, ist es schlimmer.

Dienstag, 25. Dezember 1979, erster Weihnachtsfeiertag

Dieser Eintrag wird jetzt nicht so, wie ich erwartet habe – eine Liste langweiliger Geschenke.

Ich wurde von Weihnachtsliedern geweckt, wieder die Schallplatte, die in irgendeiner Kathedrale aufgenommen wurde. Eigentlich ganz hübsch, und ich wurde sogar ein wenig aufgeregt, weil Weinachten ist, obwohl ich hier bin. Ich bin nach unten gegangen, und wir haben zusammen gefrühstückt, kalten Toast und hartgekochte Eier wie sonst auch. Ich begreife einfach nicht, warum sie den Toast so essen. Sie bereiten ihn in der Küche zu und tun ihn dann auf einen Toastständer, bis er kalt und spröde und widerlich ist. Toast muss sofort mit Butter bestrichen werden.

Nach dem Frühstück sind wir rübergegangen und haben unsere Geschenke ausgepackt. Es war genau festgelegt, wer was zuerst auspacken darf, ganz anders als bei uns zu Hause. Wir haben uns immer abgewechselt, sodass jeder mehrmals drankam. Hier öffnet einer alle seine Geschenke, und dann ist der Nächste an der Reihe. Ich war als Letzte dran, weil ich die Jüngste bin.

Mit ihren Halstüchern waren sie anscheinend ganz zufrieden, auch wenn ich die Farben durcheinandergebracht habe – zwei von ihnen haben getauscht, als sie dachten, ich würde nicht hinschauen. Ich kann sie noch immer nicht auseinanderhalten. (Waren Mor und ich uns auch so ähnlich? Wären wir das auch noch mit vierzig gewesen?) Sie haben einander Termine beim Friseur und solche Sachen geschenkt. Daniel hat sich bei mir für *Der Splitter im Auge Gottes* und für die Jacke bedankt. Sie haben ihm Whisky geschenkt, eine besondere Flasche, und noch mehr Kleider.

Mein Haufen war ziemlich groß, größer, als ich erwartet habe. Deirdre hat mir etwas geschenkt, von dem ich noch nie gehört habe, *Per Anhalter durch die Galaxis,* was immerhin nach Science Fiction klingt, und von Miss Carroll habe ich *Planet der Habenichtse* bekommen, von dem sie wusste, dass ich es kenne, aber nicht habe – sehr aufmerksam von ihr. Daniel hat mir einen Stapel Bücher geschenkt und eines dieser verschließbaren Notizbücher, das ich gut gebrauchen kann. Seine Schwestern haben mir Kleider geschenkt, größtenteils Sachen, die ich nie im Leben anziehen würde, eine Schachtel Napolitaner, die mir gut schmecken, und ein kleines Kästchen, das stark magisch aufgeladen war, was ich sofort bemerkte, als ich es berührte. Ich habe mir nichts dabei gedacht; schließlich ist auch ihr Christbaumschmuck magisch aufgeladen, was sie nicht bemerkt zu haben schienen. Ich öffnete das Kästchen vorsichtig, und darin lagen drei Paar Ohrringe, die zum Bersten voll mit Magie waren, was ich spüren konnte, ohne sie überhaupt anzufassen.

Das erste Paar waren einfach Silberreife, das zweite Reife mit jeweils einem winzigen Diamanten und das dritte Perlen, die an einem Silberstecker hingen. »Die Perlen haben unserer Mutter gehört«, sagte eine von ihnen. »Wir möchten, dass du sie trägst.«

»Meine Ohren sind nicht durchstochen«, sagte ich, als täte es mir leid, und hielt ihnen das Kästchen hin.

»Das ist das eigentliche Geschenk.«

»Wir fahren am Donnerstag mit dir in den Ort, damit du sie dir durchstechen lässt.«

»Die einfachen Ringe musst du zuerst tragen, und dann kannst du dich zu den anderen hocharbeiten.« Sie lächelte, alle drei lächelten dasselbe Lächeln. Mit ihren ausdruckslosen Gesichtern sahen sie aus wie Schaufensterpuppen, die zum Leben erwacht sind und die Hände nach mir ausstrecken – davon habe ich manchmal Albträume.

»Ich möchte mir die Ohren nicht durchstechen lassen«, sagte ich so höflich und bestimmt wie möglich, aber ich weiß, dass meine Stimme ein wenig zitterte.

Darüber hatte ich mir vorher nie Gedanken gemacht, aber in dem Moment war mir klar, dass jemand, der sich die Ohren durchstechen lässt, keine Magie mehr wirken kann. Die Löcher, die Dinger in den Löchern, sie wären einfach da, und dann wäre es damit vorbei. Woher ich das wusste? So, wie ich auch sonst über Magie Bescheid weiß. Ich wusste es nicht mit meinem Verstand, sondern spürte es mit meinem ganzen Körper, ein fast schon erotisches Kribbeln. Ich ließ das Kästchen fallen und drückte mir die Hände auf die Ohren.

»Alle jungen Mädchen lassen das machen«, sagte eine von ihnen.

»Das ist jetzt Mode«, fügte eine andere hinzu.

»Sei nicht albern, das tut nicht weh«, sagte die Dritte.

»Ihr habt es ja auch nicht machen lassen«, sagte ich, und das stimmte auch, keine von ihnen hat durchstochene Ohren, denn sie wissen natürlich, was ich weiß, und sie haben es nicht machen lassen, weil sie Magie wirken. Sie sind Hexen, ganz sicher, und bisher haben sie sich sehr klug angestellt, und ich war sehr dumm, denn ich hatte nicht die geringste Ahnung. Ich hätte gleich misstrauisch werden sollen, denn sie sind zu dritt, und sie haben mich nicht kochen lassen. Mir hätte auffallen müssen, wie sie hier zusammenleben und nichts tun, und wie sie Daniel beeinflussen. Das ist mir völlig entgangen, weil sie so farblos sind und so englisch, und weil sie die ganze Zeit lächeln. Ich habe nichts bemerkt, weil ich dachte, sie würden sich nur für ihr Haus Scott interessieren und dafür, den Pokal zu gewinnen.

Bestimmt waren sie entsetzt, als Daniel mich mit nach Hause brachte. Sie haben mich nach Arlinghurst geschickt, damit ich von der Magie abgeschnitten bin. Aber das hat nicht so gut geklappt, wie sie gedacht haben. Sie haben es bestimmt gespürt, als ich die Karass heraufbeschworen habe, auch wenn sie wahrscheinlich nicht wussten, was genau ich da tat, nur eben dass ich Magie wirkte. Jetzt wollten sie mich vollständig in ihre Gewalt bekommen, und deshalb haben sie mir die Ohrringe geschenkt.

»Damals war das noch nicht Mode«, sagte eine von ihnen.

»Aber heutzutage lassen das alle Mädchen machen …«

»Mit Mutters Perlen siehst du bestimmt allerliebst aus. Damit möchten wir dich in unserer Familie willkommen heißen.«

Ich warf Daniel einen verzweifelten Blick zu. Offensichtlich wusste er nicht, was er von der ganzen Sache halten sollte. Mir wurde klar, dass er meine einzige Hoffnung war. Sie sind zu dritt, und sie sind erwachsen und haben vermutlich ebenso wenig Skrupel, Magie zu wirken, wie Liz. Was auch immer sie mit den Ohrringen getan haben, sie haben es absichtlich getan. Die Magie in ihnen gilt mir, das spürte ich jetzt, nachdem ich das Kästchen in der Hand gehalten hatte. Ihr Einfluss auf Daniel war groß, aber sie wollten nicht, dass er das bemerkte, also bekam er von alldem nichts mit. »Bitte lass nicht zu, dass sie mich zwingen, mir die Ohren zu durchstechen!«, flehte ich ihn an. Ich wusste, dass ich hysterisch klang, aber ich war wirklich außer mir.

»Ich verstehe nicht, warum Morwenna das machen lassen soll, wenn sie nicht möchte«, sagte er. »Sie kann eine Weile warten und es in ein oder zwei Jahren machen lassen.«

»Wir haben bereits einen Termin vereinbart.«

»Sonst kann sie Mutters Ohrringe nicht tragen.«

»Wir wollten sie in unserer Familie willkommen heißen.«

Sie klangen so verdammt vernünftig und erwachsen, und ich wusste, dass ich unvernünftig und kindisch klang. »Bitte«, sagte ich. »Nicht meine Ohren.«

»Sie hat Angst«, sagte Daniel. »Die Ohrringe können warten. Sie braucht sie jetzt noch nicht.«

»Du bestärkst sie nur in ihrem törichten Verhalten.«

»Sie würden wirklich allerliebst aussehen, vor allem jetzt, nachdem ihre Haare etwas länger geworden sind.«

»Es tut nur ganz kurz weh.«

Daniel wirkte sichtlich verwirrt. Er ist ein schwacher Mensch, und er ist es nicht gewohnt, sich gegen seine Schwestern zu behaupten. Das ist eine völlig neue Situation für ihn. Sie haben die Kontrolle über sein Leben an sich gerissen, als er noch jung war, und wahrscheinlich haben sie ihn die ganze Zeit mit Magie beeinflusst. Allerdings glaube ich, dass sie das in aller Stille getan haben, nicht direkt. Warum, weiß ich nicht. Vielleicht wollten sie keine Marionette aus ihm machen. Vielleicht wollten sie, dass er sie liebt. Nicht viele Leute lieben Hexen. Schaut euch meine Mutter an! Niemand liebt sie. Sie haben einander, aber genügte das? Ich schluchzte und sah ihn flehentlich an, weil er das Einzige ist, das zwischen mir und ihnen steht.

»Das eilt doch bestimmt nicht«, sagte er.

»Ich lass das nicht mit mir machen«, sagte ich, schnappte mir meine Bücher und rannte nach oben.

»Typisch Teenager, so ein Trotzanfall«, sagte eine von ihnen.

»Du musst streng mit ihr sein, Daniel.«

»Sie ist es gewohnt, dass alles nach ihrem Willen geht.«

Die Tür lässt sich nicht abschließen, aber ich habe einen Stuhl davorgestellt, damit niemand reinkommen kann. Sie sind hochgekommen und haben mich gebeten, zum Weihnachtsessen nach unten zu kommen, aber ich bin nicht gegangen. Es ist sowieso bestimmt verkocht und trocken. Ich weiß nicht, was ich tun soll. Soll ich wieder weglaufen? Letztes Mal hat es geklappt, jedenfalls fast. Ich weiß nicht, was sie vorhaben. Eigentlich wirken sie ganz vernünftig, aber das tut Liz auch, wenn man sie nicht kennt. Sie möchten mich in ihre Gewalt bekommen. Sie möchten mich daran hindern, Magie zu wirken. Dabei will ich das gar nicht – das habe ich sogar geschworen. Außer um mich oder jemand anderes vor einer Gefahr zu beschützen. Und das ist eindeutig eine Gefahr. Sie wollen mich verstümmeln! Als wäre mein Bein nicht schon schlimm genug, aber das ist gar nichts. Wenn ich Ohrringe tragen würde, könnte ich keine Feen mehr sehen. Ich weiß nicht, ob sie dann Gewalt über mich hätten, aber die Löcher würden dem allem ein Ende setzen. Wenn es stimmt, dass alle in meiner Generation sich das machen lassen, dann bedeutet das, dass eine ganze Generation von Frauen keine Feen sieht. Das klingt nicht so schlimm, eher wie eine Impfung, ein kleiner Stich, und schon ist alles Arkane verschwunden. Aber es ist schlimm, weil es, wie bei der Impfung, nur dann funktioniert, wenn alle es machen lassen. Die Tanten weigern sich jedoch, und niemand wird sie mehr aufhalten können.

Und überhaupt, auch wenn die meisten Leute sowieso keine Feen sehen können, weil sie nicht an sie glauben, ist nichts verkehrt daran, wenn man sie sieht. Manche Feen gehören zum Schönsten, was ich je gesehen habe.

Wahrscheinlich könnte ich aus dem Fenster steigen, obwohl es da keinen geeigneten Baum gibt wie in der Schule. Oder ich könnte nachts, während sie schlafen, einfach zur Hintertür rausgehen. Ich habe eine Landkarte. Aber es ist Weihnachten, und da fahren keine Züge, und morgen auch nicht. Außerdem habe ich kein Geld, ich habe alles für Geschenke ausgegeben. Ich habe noch 24 Pence. Daniel würde mir vermutlich welches geben, aber wahrscheinlich will er nicht hören, wie jemand etwas gegen sie sagt, wahrscheinlich *kann* er es buchstäblich nicht hören. Außerdem ist er mein Vater und mein gesetzlicher Vormund. Als ich von zu Hause weggelaufen bin und sie mich in ein Heim gesteckt haben, war er es, den sie aufgetrieben haben. Wohin sollte ich jetzt auch gehen? Opa ist wahrscheinlich wieder im Krankenhaus, und sie würden mir bestimmt nicht erlauben, bei ihm zu wohnen oder bei Tantchen Teg. Ich könnte trotzdem versuchen, mich bei ihr zu verstecken, aber bei ihr würde Daniel als Allererstes suchen. Der Rest der Familie hat mich schon mal enttäuscht, sie wussten über Liz Bescheid, und sie fanden es trotzdem in Ordnung, mich bei ihr zu lassen. Ich werde erst im Juni sechzehn, und bis dahin sind es noch sechs lange Monate, und wo soll ich alleine hin ohne Sozialversicherungsnummer, schließlich sehe ich auch noch jünger aus, als ich bin.

Ich muss einfach heute und morgen noch durchhalten, und dann kann ich nach Südwales und mit Tantchen Teg reden und mit Glorfindel und mir überlegen, was ich tun soll. Wenn sie mich in Ruhe lassen würden, käme ich in der Schule schon klar, wenigstens dieses eine Jahr. Mit sechzehn darf man alleine wohnen. Ich könnte das probieren, was Janine erzählt hat, mir einen Job suchen und meinen Schulabschluss nebenher machen wie Wim. Das wäre klasse.

Offenbar machen sie alles in der Küche und in ihren Zimmern, dem Teil des Hauses, den ich nie zu sehen bekomme. Ich muss in Daniels Nähe bleiben. Er hält mich für unvernünftig und hysterisch, aber er wird mir meinen Willen lassen. Er ist gar nicht so übel. Ich glaube, er mag mich sogar. Jetzt sitzen sie da unten und essen und trinken, und ich gehe gleich runter und entschuldige mich, weil ich mich so danebenbenommen habe, aber die Vorstellung, mir die Ohren durchstechen zu lassen, macht mir entsetzliche Angst, und wenn sie mir versprechen, es nie wieder zu erwähnen, verspreche ich ihnen, dass ich nie wieder aus dem Zimmer laufe und mich in meinem Zimmer verbarrikadiere. Wenn es sein muss, verspreche ich ihnen, dass ich gleich von hier weggehe und sie, wenn es erst einmal Juni ist, nie wieder behellige. Schließlich zahlen sie mein Schulgeld, nicht Daniel. Ich könnte ihnen vorschlagen, dass ich es ihnen zurückzahle, sobald ich kann.

Ich bin mir nicht völlig sicher, dass sie wissen, dass ich Bescheid weiß – ich meine, ich weiß, dass das nicht nur eine irrationale Furcht ist. Vor Daniel werden sie tun, als würden sie zustimmen. Daniel ist ihr Schwachpunkt. Außerdem können sie vor Donnerstag nichts tun. Tief Luft holen. Ich gehe jetzt nach unten.

Andererseits, woher weiß ich, dass sie wirklich böse sind? Warum gehe ich automatisch davon aus? Vielleicht sind sie genau das, was sie zu sein scheinen, nur eben mit ein wenig Magie, und über mich wissen sie rein gar nichts, außer dem, was offensichtlich ist. Vielleicht wollen sie nur eine nette Nichte aus mir machen.

Ich weiß, dass mir jegliche Magie abhandenkommen würde, wenn ich mir diese Löcher stechen lasse. Das wissen sie bestimmt auch, sonst wären sie nicht so unnachgiebig, aber ich weiß nicht, ob sie wissen, dass ich über Magie Bescheid weiß. Die meisten Menschen haben davon keine Ahnung. Für die meisten Menschen wäre es kein Verlust. Auch wenn es nur die Mädchen trifft, die Jungs lassen sich die Ohren nicht durchstechen. Können Männer Magie wirken? Bestimmt, aber bisher habe ich noch keinen kennengelernt. Was ich über das Impfen gedacht habe, vielleicht sehen sie das ebenso, vielleicht wollen sie mich vor der Versuchung schützen, Magie zu wirken. Ich habe gedacht, die Ohrringe wären dazu da, um ihnen Macht über mich zu geben, aber vielleicht sollen sie nur dafür sorgen, dass ich mehr so werde wie alle anderen. Sie haben einen zahmen Bruder. Vielleicht wollen sie eine zahme Nichte. Wenn das so ist, erlauben sie mir wahrscheinlich, zurück in die Schule zu gehen, und versuchen es erst in den nächsten Ferien oder sogar erst an Ostern. Schließlich möchten sie, dass ich mich in Arlinghurst aufhalte. Die Schule ist gegenüber jeglicher Magie isoliert, wie mir gleich aufgefallen ist, und ich werde sowieso die Finger davon lassen.

Ich möchte selbst wieder in die Schule zurück, auch wenn

es da idiotisch ist und das Essen furchtbar, und nie ist man für sich, aber ich habe angefangen, mir dort eine Karass aufzubauen. Ich habe den Buchclub, ich habe die Bibliothek – beide Bibliotheken. Alles andere kann ich ertragen. Schließlich ertrage ich es schon länger. Und ich möchte meinen einjährigen Abschluss machen, vielleicht sogar den zweijährigen. Ich möchte auf die Universität gehen und endlich Leute kennenlernen, mit denen ich reden kann. Oma hat gesagt, dass ich dort Gleichgesinnte finden würde, und das ist jede Anstrengung wert. Das hat sie immer gesagt, wenn ich beim Mathe Büffeln oder beim Lateinvokabeln Auswendiglernen den Mut verlor. Selbst wenn ich nur das Einjährige schaffe, na ja, ein Abschluss ist das auch. Ohne wird man sowieso für einen Idioten gehalten und bekommt nur Idiotenjobs. Als Dichter spielt das keine Rolle, dafür gibt es keine Prüfung, aber ich werde etwas brauchen, um Essen im Ofen zu haben, und mir wäre es lieber, meine Arbeit macht mir Spaß. Also mindestens das Einjährige. Entweder gehe ich nach Arlinghurst zurück, was bedeutet, dass ich mich nicht mit meinen Tanten zerstreite und sie das Schulgeld weiter bezahlen, oder ich suche mir irgendwo eine andere Schule.

Jedenfalls, gestern.

Ich bin nach unten gegangen und habe mich entschuldigt, dass ich weggerannt bin – oder eher weggehumpelt. Ich erklärte ihnen, ich wüsste es ja zu schätzen, dass sie es gut mit mir meinten, aber die Vorstellung, mir die Ohren durchstechen zu lassen, würde mir furchtbare Angst einjagen – das hätten sie doch bestimmt bemerkt. Sie versuchten nicht mehr, mich zu überreden, und das Kästchen mit den Ohrringen war bereits verschwunden. Sie sagten, wir würden alles vergessen, und sie brachten mir einen Teller mit kaltem Truthahn und Füllung, trockenes Zeug, aber nicht allzu grässlich. Dann spielten wir Monopoly, und eine von ihnen gewann, obwohl ich ihnen ordentlich Paroli bot.

Das Seltsame am Monopoly war, dass man merkte, wie lange sie schon zusammen spielten, die vier Geschwister. Sie hatten alle Lieblingsspielfiguren, die sie sich gleich schnappten. Ihre Spielfiguren – manchmal bewegte ich sie auf meiner Seite ein paar Felder weiter, damit sich niemand über den Tisch beugen musste – waren voller Magie, so oft waren sie schon benutzt worden. Dank der Spielfiguren konnte ich sie zum ersten Mal auseinanderhalten. Sie kleiden sich alle gleich, aber der Hund, der Rennwagen und der Zylinder kennen sie genau. Außerdem war noch seltsam, wie wir da saßen, als wären wir eine ganz normale Familie, was aber nicht stimmt, weil ich nicht hierher gehöre, aber selbst ohne mich sind sie das nicht. Eine normale Familie besteht aus unterschiedlichen Generationen, aber sie stammen alle aus derselben. In normalen Familien ist ein Teil verheiratet, und von ihnen hat Daniel als Einziger geheiratet, und schaut euch an, wen er sich ausgesucht hat! Normale Familien bestehen nicht nur aus vierzigjährigen Kindern, die jetzt das Sagen haben, ohne erwachsen geworden zu sein. Während des Spiels gab es Momente, da haben sie miteinander gestritten, und ich hatte das Gefühl, am Tisch die Älteste zu sein.

Hinterher gab es Weihnachtskuchen, aber ich habe mit meinem nur auf dem Teller herumgekrümelt, denn das wäre das Naheliegendste, um Magie zu wirken, weil es mit wirklich allem in Zusammenhang steht. Ich mag sowieso keinen Obstkuchen, außer den von Tantchen Bessie. Dann bin ich Daniel in sein Arbeitszimmer gefolgt und habe mich mit ihm über die Bücher unterhalten, die er mir geschickt hat, vor allem über *Der Wüstenplanet*. Arrakis ist eine wirklich tolle Welt. Man hat sofort den Eindruck, dass sie real ist, mit den ganzen verschiedenen Kulturen. In der SF prallen Kulturen nur selten aufeinander, dabei ist das wirklich interessant. Als Paul in die Wüste zu den Fremen geht, wird er mit einer ihm fremden Kultur konfrontiert, und beide Seiten haben Geheimnisse voreinander. Daniel wurde richtig lebhaft, während wir darüber redeten, und obwohl er sich ein Glas Whisky eingeschenkt hatte, nippte er kaum daran. Natürlich rauchte er die ganze Zeit. Er fragte mich, was ich gelesen hatte, und wie es in dem Buchclub war, und was ich mir gerne von ihm leihen würde, und ich sagte nie: »Hast du gewusst, dass deine Schwestern Hexen sind?«, und er sagte nicht: »Warum bist du denn wegen den Ohrringen so ausgerastet?« Wir sagten diese Dinge nicht, aber das so laut, dass man sie fast hören konnte.

Dann kam ich auf Sam zu sprechen, und das tat ihm sichtlich gut. Offenbar ist Sam gegen sie gefeit, vielleicht wegen seiner Religion? Aber für Daniel ist Sam ein Ruhepunkt, etwas, worauf er sich verlassen kann. Je länger ich mich mit ihm unterhielt, umso mehr fragte ich mich, inwieweit sie ihn in ihrer Gewalt hatten – worüber konnte er nicht reden, was veranlasste ihn, zur Flasche zu greifen? Sie haben einen zahmen Bruder. Sie haben jemanden, der sich um ihr Vermögen und um das Anwesen kümmert. In dem Moment verfiel ich auf den Gedanken, dass sie vielleicht nur eine zahme Nichte haben wollten. Denn wenn sie keine bösen Hexen sind, die die Weltherrschaft anstreben – sie sind nicht verrückt, sie sind nicht wie Liz –, wenn sie im Wesentlichen das sind, was sie zu sein scheinen, drei Frauen, die immer zusammengelebt haben, dabei nicht richtig erwachsen geworden sind und vielleicht ein wenig mit Magie spielen, um sich das Leben zu erleichtern, dann leuchtet das am meisten ein.

»Werden wir Sam besuchen?«, fragte ich.

»Dafür haben wir nicht genügend Zeit, wenn du deinem Tantchen Teg gesagt hast, dass du am Donnerstag zu ihr fährst.«

»Wir könnten doch das Gleiche machen wie beim letzten Mal«, sagte ich. »Und zwar morgen.«

»Sie möchten bestimmt nicht, dass ich gleich nach Weihnachten wegfahre«, sagte er, und das konnte ich mir gut vorstellen. Sie haben für jeden Feiertag ihre festgelegten Rituale. Sie sind seine Schwestern und seine Arbeitgeber, und sie haben ihn mit einem Bann belegt. Wie sollte ich dagegen ankommen?

Wenn ich Daniel so sehe, tut er mir fast leid. Er ist so liebenswürdig, wie er es innerhalb der Grenzen dessen, was er ist, nur sein kann, und er nimmt die Mauern nicht wahr, die sie um ihn herum errichtet haben. Kein Wunder, dass er meine Mutter geheiratet hat. Es musste jemand sein, der ebenfalls Magie anwenden kann, um ihn von ihnen loszubekommen. Magie und Sex, und vielleicht musste sie auch erst schwanger werden, denn dadurch bestand eine starke Verbindung zwischen ihnen. Igitt. Kein Wunder, dass sie auf den Fotografien so verkniffen aussehen. Aber sie haben nicht lange gebraucht, um ihn zurückzuholen.

Heute war es sonnig und eiskalt. Wir sind alle zusammen auf dem Anwesen spazieren gegangen – wirklich feudal! So etwas habe ich noch nie gesehen. Klasse, ja, hier hat alles Klasse, nur dass es keine Leute gibt, die sich an die Mütze tippen. Zu Mittag gegessen haben wir in einem kleinen Pub namens »Farrier's Arms«, das buchstäblich in den Hang eines Hügels hineingebaut ist. Das Essen war großartig. Ich hatte Steak und Kidney Pie, die in einer Schüssel serviert wurden, und Pommes und einen labbrigen Wintersalat. Es war trotzdem das beste Essen, das ich seit Langem vorgesetzt bekommen habe. Dort kannten sie eine Menge Leute, und andauernd kam jemand herüber und sagte Hallo. Als wir wieder in Old Hall waren, kamen etliche Leute zum Tee vorbei. Ich durfte die Mince Pies herumreichen, gab mir Mühe, die nette Nichte zu spielen, und erzählte, dass mir die Schule Spaß machte und ich die Drittbeste in unserer Stufe sei. Mehrere der Frauen waren in Arlinghurst gewesen, aber nur eine fragte nach dem Pokal. Irgendwann wurde mir klar, dass es nur gut war, all diese Leute kennenzulernen, denn das sind die Freunde meiner Tanten. Wenn ihre Freunde wussten, dass ich Daniels Tochter war, konnte ich nicht einfach verschwinden, ohne dass sie Scherereien bekamen.

Nachdem alle fort waren, bot ich an, das Geschirr zu waschen, aber das wollten sie nicht. Sie möchten mich unbedingt aus der Küche fernhalten. Daniel hat sich in sein Arbeitszimmer zurückgezogen, und ich bin nach oben gegangen.

Morgen fahre ich mit dem Zug nach Cardiff. Hoffentlich holt Tantchen Teg mich ab. Auf meinen Brief hat sie nicht geantwortet. Sonst fahre ich eben mit dem Bus das Tal hinauf. Ich habe den Schlüssel zu Opas Haus. Ich muss unbedingt mit Glorfindel reden, auch wenn es nicht leicht ist, von den Feen eine klare Antwort zu bekommen. Aber ich muss es versuchen.

Donnerstag, 27. Dezember 1979

Ich sitze im Zug, in der Ecke eines kleinen Abteils, das ich für mich habe, jedenfalls bisher. Die Landschaft ist mit Reif bedeckt, als hätte jemand Puderzucker darübergestreut. Während der Zug dahinrauscht, spickt hin und wieder die Sonne hinter den Wolken hervor, und wenn wir um eine Kurve fahren, kann ich in der Ferne die Walisischen Berge sehen, die immer näher kommen. Zugfahren ist toll. Während ich hier sitze, spüre ich eine Verbindung zum letzten Mal, als ich hier saß, und auch zu dem Zug nach London. Als befände ich mich zwischen allem, in einem Schwebezustand; als bewegte ich mich gleichzeitig rasend schnell darauf zu und davon weg. Darin liegt Magie – keine Magie, die man wirken kann, sondern eine, die einfach da ist und allem Farbe verleiht.

Ich habe nicht zugelassen, dass sie Löcher in meinen Kopf machen und Schmuck daran aufhängen, um mir meine Magie zu rauben. Und ich bin frei, jedenfalls im Moment, solange der Zug durch Church Stretton und Craven Arms rattert; Shrewsbury liegt weit hinter mir, und bis nach Cardiff ist es noch ein weiter Weg. Darüber steht etwas in den *Vier Quartetten* – mal sehen, ob ich die Stelle finde, wenn ich das Buch habe.

Meines Wissens gibt es keine einfachere Form von Magie, als Leute dazu zu bringen, dass sie tun, was man will, mit Dingen, die das auch tun wollen. Sie kaufen ihm seine Kleider. Sie kaufen ihm seine Schuhe. Sie kaufen ihm Gläser und Whisky. Ihnen gehören das Haus und die Möbel. Er möchte den Whisky trinken, und der Stuhl und das Glas wollen das auch, und natürlich ist nichts einfacher, als ihn dazu zu bringen, dass er zu viel trinkt und mich dann nicht zum Bahnhof fahren kann. Daran ist nur merkwürdig, dass ich nicht selbst darauf gekommen bin. Aber ich weiß nicht, was ich dagegen hätte tun sollen, ohne Magie, einmal abgesehen davon, dass das keine gute Idee gewesen wäre – das mache ich nicht, selbst wenn sie es tun. Wenn er sie schon immer geliebt hat, wenn er ihnen dankbar ist, tun sie alles, um daran festzuhalten. Wahrscheinlich haben sie im Laufe der Jahre immer mehr kleine Dinge getan, wobei sie ihm bestimmt nicht wehtun wollten, aber sie haben einfach nicht losgelassen, sondern ihn mit ihren magischen Spinnweben gefesselt, damit er bleibt. Er macht, was sie sagen, ohne eigenen Willen. Es bräuchte etwas sehr Mächtiges, um ihn da rauszuholen.

Armer Daniel. Er ist nur dann frei, wenn er bei Sam ist und bei seinen Büchern. Es ist schwer, mit Büchern Magie zu wirken. In je größerer Stückzahl etwas produziert wurde, umso weniger ist es als Einzelstück magisch aufgeladen; stattdessen nimmt es teil an der Magie des Ganzen. Massenproduktion bringt auch Magie hervor, aber sie ist dünn gesät und schwer zu fassen. Vor allem bei Büchern, denn Bücher als Gegenstände sind nicht das, was Bücher *sind,* das ist nicht das Wichtige an ihnen, und Magie ist auf Gegenstände angewiesen, meistens jedenfalls. (Ich hätte die Karass-Magie niemals wirken dürfen, ich hatte ja keine Ahnung, was ich da tat, und je mehr ich darüber nachdenke, umso mehr wird mir das klar. Allerdings tut es mir nicht wirklich leid, denn Menschen zu haben, mit denen man reden kann, ist mehr wert als Rubine, mehr als alles, aber ich weiß, dass ich es nicht getan hätte, wenn ich weiser gewesen wäre. Oder weniger verzweifelt.)

Anthea hat mich zum Bahnhof gefahren. Ich weiß, dass es Anthea war, weil sie es mir gesagt hat, andererseits wäre es ihr auch ein Leichtes gewesen zu lügen. Für Zwillinge ist das kein Problem. Ich weiß, wovon ich spreche. (Ich wüsste gerne, ob Daniel sie mit Sicherheit auseinanderhalten kann. Ich sollte ihn danach fragen.) Die beiden anderen sind zu Hause geblieben, um ein Auge auf ihn zu haben, glaube ich. »Daniel hat heute Morgen einen kleinen Kater«, hat eine von ihnen mit einem Lächeln gesagt, als sie den Ständer mit dem widerlich kalten Toast auf den Frühstückstisch gestellt hat. »Also wird dich Anthea zum Bahnhof fahren.«

»Ich lasse mir die Ohren nicht durchstechen«, sagte ich und legte wieder meine Hände darauf.

»Nein, mein Schatz. Vielleicht nimmst du ja Vernunft an, wenn du älter bist.«

Im Auto redete Anthea nicht darüber, dass ich mir die Ohren durchstechen lassen sollte. Ich habe ihr gut gelaunt von der Schule erzählt, von Arlinghurst und den Präfekten und den Häusern, und habe mir größte Mühe gegeben, den Eindruck zu erwecken, ich hätte mich ganz von selbst in eine »nette Nichte« verwandelt, ohne dass es dazu der Magie bedurfte. Das war nicht einfach, denn natürlich habe ich das bisher nicht getan, also hätte ich vielleicht ganz langsam damit anfangen sollen, wenn ich wollte, dass sie mir glaubten, anstatt mich gleich wie Lorraine Pargeter zu benehmen. Anthea fährt ein silbernes Auto, etwa mittelgroß, was für eine Marke, weiß ich nicht – wenn ich wirklich eine nette Nichte wäre, hätte ich nachgeschaut, um sie mit den anderen zu vergleichen, wenn ich wieder in der Schule bin. Die Sitzpolster sind mit Leder bezogen, und es ist viel neuer als Daniels Wagen. In der Sonnenblende auf der Beifahrerseite ist ein

Spiegel. Mit dem Auto bin ich schon mal gefahren, als wir alle einkaufen waren, aber da saß ich immer hinten. Mir ist aufgefallen, dass sie abwechselnd fahren und abwechselnd auf dem Beifahrersitz Platz nehmen. Sie sind wirklich seltsam. Dabei gibt es so viele Dinge, die sie tun könnten. Sie könnten etwas gegen das Ulmensterben unternehmen. Oder um die Welt reisen.

Als wir in Shrewsbury eintrafen, fuhr sie nicht direkt zum Bahnhof, sondern parkte vor einem Juwelier. Im Schaufenster hing ein Schild: OHREN STECHEN LASSEN. »Dafür ist gerade noch genug Zeit, bevor der Zug abfährt«, sagte sie. »Ich habe deine Ohrringe dabei.«

»Ich schreie«, sagte ich. »Da kriegst du mich nur mit Gewalt rein.«

»Sei doch nicht so albern«, sagte Anthea mit der Erwachsenenstimme, die nicht so sehr wütend, sondern bekümmert klingen soll.

Ich wusste nicht, was ich sagen sollte. Ich wusste nicht, was sie wusste, wie viel sie darüber wusste, warum ich etwas dagegen hatte. Ich finde, es ist besser, möglichst viel unausgesprochen zu lassen. Wenn ich über Magie reden würde, wüsste sie nicht nur, dass ich ihnen auf die Schliche gekommen bin, sondern sie hätte auch jeden Grund, Daniel zu sagen, ich wäre geistesgestört.

»Ich werde mir auf keinen Fall die Ohren durchstechen lassen«, sagte ich so bestimmt wie möglich. Dabei hielt ich die Tasche auf meinem Schoß umklammert, was mir half, meine Mitte nicht zu verlieren. »Ich möchte mich nicht schlecht benehmen, ich möchte dich auf der Straße oder im Laden nicht blamieren, aber wenn es sein muss, mache ich das, Tante Anthea.«

Während ich das sagte, legte ich die Hand auf den Hebel, mit dem man die Autotür öffnet, bereit hinauszuspringen, wenn es sein musste. Meine andere Tasche mit meinen Büchern und noch mehr Kleidern lag im Kofferraum, aber alles, was ich brauchte, befand sich in der Tasche auf meinem Schoß. Die Bücher würde ich nur ungern verlieren, aber dann muss ich sie eben noch mal kaufen. Heinlein sagt, man muss stets bereit sein, sein Gepäck zurückzulassen, und das war ich. Ich weiß, dass ich nicht wirklich rennen kann, aber ich dachte, wenn ich aus dem Wagen sprang und die Straße entlanghumpelte, würde sie mir nachlaufen müssen, und das könnten Leute mitkriegen, die sie kennt, und das wäre ihr peinlich. Obwohl es noch recht früh war, waren bereits einige Fußgänger unterwegs. Falls es zu einem Kampf kommen sollte, hätte ich es wenigstens mit ihr allein zu tun. Ich hatte vielleicht ein schlimmes Bein, aber das bedeutete auch, dass ich einen Stock hatte.

Wir saßen eine Weile da, und dann verzog sie das Gesicht, ließ den Motor an und fuhr weiter. Am Bahnhof kaufte sie mir eine Hin- und Rückfahrkarte, küsste mich auf die Wange und wünschte mir viel Vergnügen. Sie begleitete mich nicht auf den Bahnsteig. Sie sah aus, als … ich weiß nicht. Ich glaube, sie ist es nicht gewohnt, dass sich ihr jemand widersetzt.

Magie ist nicht an sich böse. Aber was sie mit den Menschen macht, anscheinend schon.

Freitag, 28. Dezember 1979

Als der Zug in Cardiff einfuhr, goss es in Strömen, und das ganze Hochgefühl, das die fernen Berge in mir geweckt hatten, wurde vom Großstadtregen fortgespült. Tantchen Teg erwartete mich nicht am Bahnhof. Ich dachte, dass sie wahrscheinlich wütend auf mich war, weil ich ihr am ersten Weihnachtstag nicht geholfen hatte. Ich stapfte aus dem Bahnhof hinaus und ging zur Bushaltestelle hinüber, um den Bus zu nehmen, der das Tal hinauffuhr, und da wurde mir bewusst, dass ich nur 24 Pence im Geldbeutel hatte, zwei Zehner und zwei Zweier, so groß wie Wagenräder und genauso nutzlos. Ich hatte keine Ahnung, woher ich mehr Geld nehmen sollte. Auf meinem Postbankkonto sind noch ein paar Pfund, aber ich hatte mein Sparbuch nicht dabei. Es gibt Leute, die mir Geld leihen würden, aber nicht hier im Bahnhof von Cardiff um die Mittagszeit im Regen. Und mein dummes Bein tat auch wieder weh. Bevor ich mich endgültig dazu entschloss zu trampen, was ich auch schon gemacht habe, aber nur als ich von zu Hause weggelaufen bin, entdeckte ich Tantchen Tegs kleinen orangenen Wagen, der in den Parkplatz einbog. Ich hinkte langsam zu ihr hinüber, um sie abzufangen, bevor sie Geld in die Parkuhr warf. Sie freute sich sehr, mich zu sehen, und machte mir auch keine Vorwürfe. Sie hatte gedacht, ich käme erst mit dem nächsten Zug. Wahrscheinlich habe ich den früheren erwischt, weil Anthea mir vorher noch die Ohren durchstechen lassen wollte.

Das ist jetzt das zweite Mal, das zweite Mal *hintereinander*, dass ich irgendwo mit dem Zug angekommen bin und niemand mich abgeholt hat – und ich mir schmerzlich bewusst wurde, dass ich einer solchen Situation nicht gewachsen bin. Das muss aufhören. Ich muss besser vorbereitet sein, und ich brauche mehr Geld. Ich muss für den Notfall immer etwas Geld in der Tasche haben. Sobald ich wieder welches bekomme, lege ich dafür mindestens fünf Pfund beiseite. Vielleicht sollte ich auch ein Pfund in ein Seitenfach stecken, nur für den Fall, dass ich das andere Geld ausgebe oder nicht so viel brauche. Außerdem sollte ich vielleicht etwas sparen, falls ich wieder weglaufen muss, nur zur Sicherheit. Es wäre schön, wenn mein Leben so organisiert wäre, dass ich das nicht brauche, aber schauen wir den Tatsachen ins Auge, so weit bin ich noch nicht.

Tantchen Teg lebt in einer kleinen modernen Wohnung in einer gepflegten modernen Siedlung. Ich glaube, sie wurde vor ungefähr zehn Jahren errichtet. Da gibt es eine ganze Reihe kleiner Läden, darunter eine tolle Bäckerei, und sechs Wohnhäuser, alle dreistöckig, mit einer Grasfläche dazwischen. Ihre Wohnung ist in der Mitte. Sie ist – ich fände es furchtbar, da zu leben, meine ich. Es ist alles so neu und so sauber, aber es hat keinen Charakter, und die Zimmer sind alle rechteckig und die Decken viel zu niedrig. Ich glaube, Tantchen Teg ist dorthin gezogen, weil sie sich etwas anderes damals nicht leisten konnte, und weil eine alleinstehende Frau dort sicher ist. Vielleicht wollte sie aber, dass ihre Wohnung ganz anders ist als ihr Zuhause früher, mit modernen Möbeln und ohne Magie. Für sie hatten Magie und Feen logischerweise immer etwas mit meiner Mutter zu tun gehabt, die vier Jahre älter ist als sie. Damit möchte Tantchen Teg nichts zu tun haben, genauso wenig wie mit Liz. Also lebt sie alleine, zusammen mit ihrer wunderschönen, aber furchtbar verwöhnten Katze Persimmon. Persimmon springt durch das Fenster hinaus auf das kleine Vordach über der Haustür und von dort auf den Boden. Zurück kommt sie jedoch nicht auf demselben Weg, sie trippelt die Treppe hinauf und setzt sich maunzend vor die Tür.

Einerseits mag ich die Wohnung, andererseits mag ich sie nicht. Mir gefällt, dass dort alles so sauber und ordentlich ist, mit weichen braunen Sofas von Habitat (die für mich zu niedrig sind, vor allem heute) und blau lackierten Tischen. Ihr Herd ist äußerst effizient. Als sie die Wohnung gekauft hat, kurz bevor Oma starb, waren wir beide furchtbar beeindruckt, wie modern sie ist. Aber mir sind alte Sachen lieber, ich sitze gerne vor einem offenen Kamin in einem Zimmer mit allem möglichen Krimskrams, und ich vermute, dass es Tantchen Teg ähnlich geht, nur würde sie das niemals zugeben.

»Mein« Zimmer hier ist klein, mit einem Bett und einem Regal, in dem Tantchen Tegs Kunstbücher stehen. An der Wand hängen zwei großartige Bilder von Hokusai, die ganz offensichtlich Teil einer zusammenhängenden Geschichte sind. Auf einem sind zwei Japaner zu sehen, die, sichtlich verängstigt, gegen einen riesigen Kraken kämpfen; auf dem anderen bahnen sich die gleichen Männer einen Weg durch ein riesiges Spinnennetz. Ich kenne weder ihre Namen noch ihre Geschichte, aber sie haben tonnenweise Persönlichkeit, und ich liege gerne da, betrachte sie und stelle mir vor, was für Abenteuer sie sonst noch erlebt haben. Mor und ich haben uns oft Geschichten über sie erzählt. Tantchen Teg hat die Bilder in Bath gekauft, zusammen mit der braun-beigen marokkanischen Decke, die im Wohnzimmer hängt.

Während ich hier liege und das schreibe, maunzt Persimmon immer wieder vor der Tür, weil sie in mein Zimmer kommen will. Wenn ich die Tür nicht öffne, hört sie einfach nicht damit auf. Wenn ich aufstehe und zur Tür humpele, jeder Schritt ein kleiner Sieg, stolziert sie herein, mustert mich verächtlich, dreht sich um und geht wieder. Sie ist eine Schildpatt-Tabby mit weißem Kinn und Bauch. Sie sieht Feen – in Aberdare, wo es Feen gibt, hier natürlich nicht. Ich habe beobachtet, wie sie sie mit demselben verächtlichen Blick bedacht hat wie mich, während sie uns misstrauisch im Auge behalten hat, damit wir keinen Unfug treiben. Tantchen Teg hat ein Ölgemälde von ihr gemalt, wie sie vor der marokkanischen Decke liegt – die Farben passen wunderbar zueinander –, und darauf sieht sie aus wie die liebste, bravste Katze in ganz Wales. In Wirklichkeit lässt sie sich dreißig Sekunden lang streicheln, und dann geht sie auf einen los. Persimmon hat mich häufiger gekratzt und gebissen als alle anderen Katzen auf der Welt zusammengenommen, und Tantchen Teg hat oft Kratzspuren am Handgelenk. Trotzdem himmelt sie Persimmon an und redet mit ihr, als wäre sie ein Kleinkind. Jetzt höre ich sie draußen gurren: »Wer ist die Beste? Wer ist die beste Katze auf der Welt?« Vielleicht ist sie, mit ihrer Zeichnung und ihrer Haltung, eine der schönsten Katzen auf der Welt, aber um die beste zu sein, müsste sie dringend ihre Manieren ändern.

Morgen fahren wir Opa besuchen. Tantchen Teg muss nicht in die Schule, nicht wie das letzte Mal. Es wird nicht leicht sein, die Zeit zu finden, um nach den Feen zu suchen, aber über Neujahr geht sie ein paar Tage weg, dann sollte es klappen. Tantchen Teg ist nicht alt, sie ist erst sechsunddreißig. Sie hat einen Freund, einen heimlichen Freund. Wirklich tragisch, das Ganze, wie in *Jane Eyre*. Er ist mit einer Wahnsinnigen verheiratet, und er kann sich nicht von ihr scheiden lassen, weil er Politiker ist, und außerdem fühlt er sich ihr verpflichtet, weil er sie geheiratet hat, als sie jung und hübsch und voller Lebensfreude war. Er war sogar Tantchen Tegs Jugendliebe und hat sie auf dem Heimweg von der Party zu ihrem einundzwanzigsten Geburtstag geküsst. Dann ist er auf die Universität gegangen, und dort hat er seine verrückte Frau kennengelernt, die damals noch nicht verrückt war, und er hat sie geheiratet, und erst später wurde ihm klar, dass er in Wirklichkeit Tantchen Teg liebte, und inzwischen war auch nicht mehr zu übersehen, dass seine Frau verrückt war. Ich bin mir nicht sicher, ob diese Version genau der Wahrheit entspricht. Der Vater seiner Frau war zum Beispiel jemand, der ihm helfen konnte, einen Sitz im Parlament zu bekommen. Ich frage mich, ob da nicht ein gewisses Eigeninteresse mitspielte. Und würde es wirklich seine Karriere ruinieren, sich scheiden zu lassen und wieder zu heiraten? Es wäre doch viel schlimmer, wenn herauskäme, dass er ein Verhältnis mit Tantchen Teg hat. Sie behauptet allerdings, dass sie glücklich ist, so, wie es ist, dass sie gerne mit Persimmon alleine lebt und hin und wieder ein paar Tage mit ihm verbringt.

Ich durfte ihr helfen, das Abendessen zuzubereiten. Was für eine Freude es doch ist, Pilze zu putzen und Käse zu reiben, wenn man es schon eine halbe Ewigkeit nicht mehr getan hat! Und etwas zu essen, das man selbst gekocht hat, oder jedenfalls dabei geholfen, schmeckt immer besser. Tantchen Teg macht den besten mit Käse überbackenen Blumenkohl auf der Welt.

Außerdem ist es toll, sich ein wenig zu entspannen und nicht dauernd infrage gestellt zu werden.

Samstag, 29. Dezember 1979

Viel ist von diesem Jahr nicht mehr übrig. Gut. Es war ein scheußliches Jahr. Vielleicht wird 1980 besser. Ein neues Jahr. Ein neues Jahrzehnt. Ein Jahrzehnt, in dem ich erwachsen werde und hoffentlich das erreiche, was ich mir vornehme. Was die 80er Jahre wohl bringen werden? An 1970 kann ich mich gerade mal so erinnern. Ich weiß noch, wie ich in den Garten hinausgegangen bin und dachte, jetzt ist es 1970, und das klang, als würden gelbe Flaggen gehisst, und ich sagte das zu Mor, und sie stimmte mir zu, und dann sind wir mit ausgestreckten Armen durch den Garten gerannt und haben so getan, als könnten wir fliegen. 1980 klingt irgendwie volltönender, und kastanienbraun. Schon seltsam, dass Worte klingen, als hätten sie Farben. Niemand außer Mor hat das jemals begriffen.

Opa gefällt der Elefant, und Tantchen Teg hat sich wirklich über den Morgenmantel gefreut. Sie hat ihr Geschenk erst im Fedw Hir aufgemacht, wo wir an Opas Bett eine kleine Weihnachtsfeier abhielten. Mir haben sie einen großen roten Pullover mit Polokragen geschenkt und eine »Seife an der Schnur« und einen Büchergutschein. Von den Ohrringen habe ich ihnen nichts erzählt, sonst regen sie sich nur unnötig auf. Das Gericht hat bereits festgestellt, dass sie keine Ansprüche auf mich haben – die Tatsache, dass sie mich aufgezogen haben, zählt rein gar nichts. Jede Mutter, egal wie böse, und jeder Vater, egal wie abwesend, so lautet der Urteilsspruch, und Tanten und Großeltern spielen da keine Rolle.

Opa findet es furchtbar im Fedw Hir, das ist offensichtlich, und er möchte unbedingt nach Hause, aber ich weiß nicht, wie wir das hinkriegen sollen, wenn er nicht alleine gehen kann. Tantchen Teg hat von Leuten erzählt, die zu ihm nach Hause kommen und ihm beim Aufstehen helfen und ihn auch ins Bett bringen würden. Ich weiß nicht, was das kostet. Ich weiß nicht, wie wir das in die Wege leiten können. Aber das Heim ist wirklich eine Katastrophe. Er soll dort regelmäßig seine Therapie machen, aber anscheinend hilft ihm das nichts. So viele von den anderen warten offenbar nur darauf zu sterben. Sie sehen alle so hoffnungslos aus. Und anfangs tat er das auch. Als wir reinkamen, lag er halb unter seinen Decken verborgen, und wahrscheinlich hat er ein Nickerchen gemacht, aber er sah so klein und mitleiderregend aus, kaum lebendig, überhaupt nicht wie Opa.

Ich habe ihm davon erzählt, wie er uns das Tennisspielen beigebracht hat – damals sind wir in die Brecon Beacons raufgefahren und haben dort auf dem unebenen Boden gespielt, und hinterher war es auf ebenem Boden dann ganz leicht. Ich kann mich noch an die Lerchen erinnern, die hoch über uns ihr Lied sangen, und an das Farnkraut und die komischen Schilfbüschel, die wir »Bambussprossen« nannten. (Eigentlich ist das kein Bambus, nicht im Entferntesten, aber wir hatten einen Plüschpanda, und da haben wir eben so getan, und er hat es gegessen.) Opa war immer stolz darauf, wie schnell wir rennen und wie gut wir Bälle fangen konnten. Natürlich hatte er sich einen Jungen gewünscht. Wir wollten bestimmt keine Jungen sein, aber Jungen haben eben viel mehr Spaß. Und Tennis spielen machte Spaß.

Ich musste daran denken, dass das alles umsonst gewesen ist, die ganze Zeit, die wir da oben trainiert haben, denn Mor ist tot, und ich kann nicht rennen und Opa genauso wenig, jedenfalls nicht mehr. Nur dass es doch nicht umsonst war, weil wir uns daran erinnern. Die Dinge müssen es wert sein, dass man sie um ihrer selbst willen tut, nicht nur als Training für irgendetwas in der Zukunft. Ich werde nie in Wimbledon gewinnen oder bei einer Olympiade antreten (»In Wimbledon sind noch nie Zwillinge angetreten …«, hat er immer gesagt), aber das hätte ich sowieso nicht getan. Ich werde nicht einmal mehr aus Spaß mit Freunden Tennis spielen, aber das heißt nicht, dass es vergeudete Zeit war, Tennis zu spielen, als ich es noch konnte. Wenn ich nur mehr getan hätte, als ich dazu noch in der Lage war. Wenn ich nur bei jeder Gelegenheit überallhin gerannt wäre, in die Bibliothek, durch das Kar, die Treppe hinauf. Na ja, die Treppe sind wir ja meistens raufgerannt. Daran denke ich, während ich mich die Treppe zu Tantchen Tegs Wohnung hochschleppe. Leute, die die Treppe hochrennen können, sollten sie hochrennen. Und zwar als Erste, damit ich ihnen nachhinken kann, ohne das Gefühl zu haben, ich halte sie auf.

Wir haben dann noch Tantchen Olwen einen Besuch abgestattet, und hinterher Onkel Gus und Tantchen Flossie. Tantchen Flossie hat mir einen Büchergutschein geschenkt und Onkel Gus einen Pfundschein. Ich habe Onkel Gus nicht verziehen, was er gesagt hat, aber ich habe das Geld genommen und mich bedankt. Ich habe es in meine Handtasche gesteckt, als Notgroschen. Tantchen Flossie hat einen wirklich bequemen Ohrensessel. Die anderen Stühle und Sessel dagegen haben mir einige Schwierigkeiten bereitet. Ich weiß nicht, warum sie so niedrig sein müssen. Bibliotheksstühle sind immer genau richtig.

Sonntag, 30. Dezember 1979

Meinem Bein geht es besser, Gott sei Dank. Es geht ihm sogar so gut, dass so eine Wichtigtuerin mich am Busbahnhof gefragt hat, wozu ich in meinem Alter einen Gehstock brauche. »Ich hatte einen Autounfall«, sagte ich, was normalerweise genügt, aber nicht bei dieser Frau.

»Du solltest versuchen, ohne auszukommen. Es ist doch offensichtlich, dass du ihn nicht brauchst«, sagte sie.

Ich bin einfach weitergelaufen und habe sie ignoriert, aber ich zitterte. Manchmal entsteht vielleicht der Eindruck, ich bräuchte meinen Stock nicht, wenn der Boden völlig eben ist, aber wenn ich stehen bleibe, muss ich mich aufstützen, und ich weiß von einer Minute auf die nächste nie, ob es mir so geht wie heute oder so wie gestern, als ich mein Bein fast gar nicht belasten konnte.

»Schau doch, wie schnell du laufen kannst – du brauchst den Stock überhaupt nicht«, rief sie mir nach.

Ich blieb stehen und drehte mich um, wobei ich spürte, wie mir das Blut ins Gesicht schoss. Der Busbahnhof war voller Menschen. »Niemand tut so, als wäre er ein Krüppel! Niemand benutzt einen Stock, wenn er ihn nicht braucht! Sie sollten sich schämen, so etwas zu denken. Wenn ich ohne gehen könnte, würde ich ihn auf Ihrem Rücken mittendurch brechen und vor Freude singend davonlaufen. Sie haben kein Recht, so mit mir zu reden, mit niemandem. Hat Sie irgendwer zur Königin gemacht, als ich mal nicht aufgepasst habe? Wie kommen Sie darauf, ich könnte mit einem Stock aus dem Haus gehen, wenn ich ihn nicht brauche – damit Sie Mitleid mit mir haben? Ihr Mitleid können Sie sich schenken, das will ich ganz bestimmt nicht. Ich möchte nur in Ruhe gelassen werden, vor allem von Leuten wie Ihnen.«

Erreicht habe ich damit nichts, außer dass ich mich lächerlich gemacht habe. Sie ist rot angelaufen, aber ich glaube nicht, dass sie irgendetwas begriffen hat. Wahrscheinlich geht sie nach Hause und erzählt, dass da ein Mädchen so getan hat, als wäre sie ein Krüppel. Solche Leute widern mich an. Wohlgemerkt, die Leute, die auf mich zugestürzt kommen und vor Mitleid überfließen, die genau wissen wollen, was ich denn habe, und die mir über den Kopf streichen, finde ich genauso schlimm. Ich bin ein Individuum. Ich möchte über etwas anderes reden als über mein Bein. Das muss man Oswestry zugutehalten: Dank der englischen Hochmütigkeit passiert mir das dort deutlich seltener. Die Leute, die mich dort danach gefragt haben, ob ich den Stock wirklich brauche und was ich habe, waren Bekannte, Lehrer, Mitschülerinnen, die Freunde der Tanten am zweiten Weihnachtstag, solche Leute eben.

Es dauerte ewig, bis ich mich wieder beruhigt hatte. Als der Bus vor der Brücke in Pontypridd um die enge Kurve bog, war ich noch immer überhitzt und nervös. Wenn wir es nicht schaffen würden, dachte ich, wenn wir alle in den Tod stürzen würden, dann wäre diese grässliche Frau der letzte Mensch, mit dem ich gesprochen hätte.

Ich habe mit Moira zu Mittag gegessen, vorgeblich der Grund, warum ich heute nach Aberdare gefahren bin. Moira meinte, ich würde so vornehm reden, was absolut entsetzlich ist. Sie sagte nicht »so englisch«, weil sie meine Freundin und ein netter Mensch ist, aber das musste sie auch nicht. Offenbar färbt die Schule auf mich ab. Dabei will ich auf keinen Fall wie die anderen Mädchen klingen! Ich weiß nicht, was ich dagegen tun soll. Je mehr ich darüber nachdenke, umso merkwürdiger klingt meine eigene Stimme für mich, dabei war mir das bisher gar nicht aufgefallen, ich habe einfach geredet. Es gibt Unterricht in gewählter Aussprache. Gibt es auch Unterricht, wie man das wieder loswird? Natürlich möchte ich nicht wie Eliza sprechen, aber ich will auch nicht den Mund aufmachen und als Knalltüte aus der Oberschicht klassifiziert werden.

Moira hat ein recht gutes Schulhalbjahr hinter sich. Es war überraschend schwer, etwas zu finden, worüber wir reden konnten. Ich weiß nicht mehr, worüber wir früher geredet haben; nichts Bedeutendes wahrscheinlich, Tratsch, Schule, was wir so zusammen machten. Ohne das ist nicht mehr viel übrig. Leah hat sich von Andrew getrennt, und jetzt geht Nasreen mit ihm, weshalb ihre Eltern am Ausrasten sind. Leah gibt am 2. Januar abends eine Party, also werde ich sie alle dort sehen.

Nach dem Mittagessen bin ich von Moira direkt zum Croggin Bog hinübergestiefelt. Heol y Gwern ist natürlich die einzige richtige Straße, die darüber hinwegführt, aber lange bin ich ihr nicht gefolgt. Der Sumpf – der eigentlich Crogyn heißt – ist ziemlich groß, ein typischer Hochlandsumpf, der sich fast über den ganzen Hügel hinzieht. Sonst durchqueren ihn noch einige ältere Pfade, die allerdings nicht so alt sind wie die Alder Road, aber es gibt sie schon sehr, sehr lange. Ich hätte mir keine unpassendere Jahreszeit aussuchen können, und der Winter ist ausgesprochen nass, aber wirklich gefährlich ist es nicht, wenn man weiß, wohin man will, und wenn nicht, folgt man eben den Erlen. Mor und ich haben uns im Croggin Bog einmal ganz furchtbar verirrt, und wir haben nur wieder rausgefunden, weil wir die Erlen wiedererkannt haben. Jedenfalls ist das nicht wie Treibsand, es ist nur nass und matschig. Die Leute haben mehr Angst davor, als angemessen ist. Kurz nachdem Mor gestorben ist, bin ich auch einmal in den Sumpf gegangen, um mich absichtlich zu verirren, aber die Feen haben mir wieder rausgeholfen. Es heißt, Marschlichter, die sogenannten Irrwische, würden einen in die Irre führen und in den schlimmsten Teil des Sumpfs hinein, aber damals führten sie mich gezielt zur Straße unmittelbar in der Nähe von Moiras Haus. Ich kam tropfnass angelaufen, und Moiras Mutter hat mich unter die Dusche gestellt und mir Kleider von Moira gegeben, bevor sie mich nach Hause schickte. Ich befürchtete schon, ich würde schrecklichen Ärger kriegen, aber Liz stritt sich gerade mit Opa und bekam nichts mit.

Es gibt eine schöne Geschichte darüber, wie diese Häuser gebaut wurden. Die ersten wurden entlang der Heol y Gwern errichtet, und dann wurden ein paar Straßen angelegt, die von dort in den Sumpf hineinführten, denn dort war eine richtige Siedlung geplant. Aber das Problem war – der Sumpf wollte die Häuser nicht haben. Opa, der sich noch daran erinnern kann, hat mir erzählt, die Fundamente wären am Donnerstag vor dem Karfreitag fertiggestellt worden, und als die Arbeiter am Dienstag nach dem Ostermontag zurückkamen, wären sie alle eingesunken gewesen. Aber ich habe auch eine andere Version gehört, und zwar, dass die Häuser schon fertig gewesen wären, und nach dem Wochenende hätten nur noch die Schornsteine aus dem Sumpf rausgeschaut. Ha! Danach wurde dort oben nie wieder gebaut, stattdessen wurde die Siedlung in Penywaun errichtet, worüber ich sehr froh bin. Mir gefällt der Sumpf so, wie er ist, mit kleinen verkrüppelten Bäumen, dem hohen Gras und

Schilf und den seltenen Blumen und den Sumpfhühnern auf den stehenden Gewässern und den Kiebitzen, die langsam davonflattern, um einen von ihren Nestern wegzulocken.

Heute war ich auf der Suche nach den Feen, und im Croggin treiben sich oft Feen herum. Aber ich fand nirgendwo eine Spur von ihnen, und selbst als ich am Fluss aus dem Sumpf hinaustrat und Ithilien erreichte, konnte ich keine entdecken. Ich schaute in Osgiliath nach und in all den anderen Feenruinen im Kar, während ich in die Stadt zurückmarschierte, auf dem langen Weg über die »Dramroad«. Dort stehen eine alte Schmelzerei und ein paar baufällige Hütten – jedenfalls glaube ich, dass das früher Hütten waren. Es ist schwer, sich vorzustellen, dass hier einmal reger Betrieb herrschte. Hin und wieder erhaschte ich aus den Augenwinkeln einen Blick auf eine Fee, aber keine davon blieb stehen oder redete mit mir. Ich musste daran denken, wie Glorfindel nach Halloween unauffindbar gewesen war. Das war früher auch manchmal passiert, dass wir sie nicht finden konnten, dass sie sich vor uns versteckten. Uns haben sie dagegen immer gefunden. Ich versuchte sie herbeizurufen, aber ich wusste, dass das sinnlos war. Sie haben keine Namen, so wie wir. Sosehr ich mir auch wünschte, dass das so funktionierte wie in Erdsee, wo Namen die Macht haben, jemanden herbeizuholen – hier spielten Namen keine Rolle, nur Dinge. Ich glaube, ich weiß, wie ich Glorfindel auf magische Weise rufen könnte, aber dann würde ich Magie einsetzen, ohne in Gefahr zu sein, also ließ ich den Gedanken sofort wieder fallen.

Obwohl es ziemlich kalt war, setzte ich mich hin, damit der Schmerz in meinem Bein ein wenig nachließ, nur falls sie das von mir fernhielt. So schlimm war er heute aber gar nicht. Außerdem lag es wahrscheinlich nicht daran. Lange konnte ich nicht sitzen bleiben, das war zu unbequem, und der Wind brachte auch etwas Regen. Durch den Ort zu gehen war wirklich deprimierend, denn viele Läden, in denen früher Kundschaft ein und aus ging, waren jetzt verbarrikadiert. Und es werden immer mehr. Wenn das Rex erst zumacht, gibt es in Aberdare überhaupt kein Kino mehr. Überall hängen ramponierte »Zu verkaufen«-Schilder. Auf den Straßen sammelt sich der Müll, und selbst der Weihnachtsbaum vor der Bibliothek macht einen elenden Eindruck. Ich bekam noch den Bus nach Cardiff, um rechtzeitig zum Abendessen bei Tantchen Teg zu sein.

Ich weiß nicht, was ich tun soll, wenn ich sie nicht finde. Ich muss wirklich mit ihnen reden.

Dienstag, 1. Januar 1980

Frohes neues Jahr!

Es war schön, heute Morgen in Opas Haus aufzuwachen, ganz für mich.

Tantchen Teg ist über Neujahr mit ihrem Freund irgendwohin gefahren, was sie eigentlich immer macht. Ich hätte mitkommen können, sie hat mich gefragt, aber ich wollte nicht. Ich wäre nur im Weg gewesen. Gestern sind wir gleich morgens nach Aberdare gefahren und haben Opa besucht, und dann ist sie los, und prompt hatte Tantchen Flossie mich in ihren Klauen. Eigentlich wollte ich nach den Feen suchen, aber stattdessen fand ich mich auf ihrer Silvesterparty wieder. Ich musste mich ein wenig zwingen, gute Laune zu mimen, und ich wäre gerne lange vor Mitternacht ins Bett gegangen, aber ich hatte schon schlimmere Tage. Immerhin sind dabei vier Pfund fünfzig in *Clenigs* zusammengekommen und sechs Schokoladentaler. Um Mitternacht habe ich ein halbes Glas Champagner getrunken, der mir besser schmeckte als der von Daniel. Vielleicht gewöhnt man sich ja einfach daran.

Jetzt stehe ich auf und richte mir Frühstück, und dann werde ich noch einmal versuchen, die Feen zu finden. Schließlich ist Neujahr, da habe ich vielleicht mehr Glück.

Mittwoch, 2. Januar 1980

Gestern Vormittag wollte ich die Feen wirklich unbedingt finden. Zur Abwechslung bin ich über Common Ake raufgegangen. Eigentlich heißt es »Heck's Common«, nach einem Mr Heck, aber alle sagen Common Ake dazu. Es ist Gemeindeland, gehört also niemandem, wie das meiste Land, bevor im 18. Jahrhundert alles eingezäunt wurde. Ich kann mir Aberdare nur schwer als Tal vorstellen, in dem ausschließlich Landwirtschaft betrieben wird, mit fast nichts außer St. John's und der Hauptstraße, die von Brecon nach Cardiff führt, überhaupt keine anderen Straßen, und die ganze Kohle und das ganze Eisen unberührt unter der Erde. Einmal musste ich für ein Eisteddfod ein modernes Gedicht auf Walisisch auswendig lernen, das mit »Totalitariaeth glo« endete, dem Despotismus der Kohle. Unterwegs habe ich ein kleines Stück Kohle aufgelesen. Oft werden darin Fossilien gefunden, uralte Blätter und Blumen. Kohle ist organisch, organischer Torf, der unter dem Druck von Felsgestein zusammengepresst wurde und Flöze aus Karbonzeug bildet, das brennt. Wenn es noch weiter zusammengedrückt worden wäre, wären daraus Diamanten geworden. Ob Diamanten wohl brennen? Und würden wir sie verbrennen, wenn sie so weitverbreitet wären wie Kohle? Für die Feen gäbe es da keinen Unterschied – für sie sind das alles Pflanzen, die mit der Zeit zu Gestein geworden sind. Ich frage mich, ob sich die Feen an die Jurazeit erinnern, ob sie den Dinosauriern begegnet sind und was sie damals waren. Menschliche Gestalt hatten sie da bestimmt nicht. Und sie haben auch bestimmt kein Walisisch gesprochen. Ich rieb mit den Fingern über die Kohle, bis kleine Stückchen davon abblätterten. Ich weiß, was Kohle ist, aber was Feen sind, weiß ich nicht, jedenfalls nicht genau.

Im Common Ake gibt es eine Stelle, die wir früher immer Dingly Dell genannt haben. Das ist einer der ältesten von unseren Namen, älter als die aus *Der Herr der Ringe*, und während ich das jetzt aufschreibe, ist er mir einerseits ein wenig peinlich, andererseits bin ich aber auch äußerst stolz auf ihn. Das Dingly Dell ist ein Ort, wo sich früher ein Steinbruch befand oder eine Kiesgrube oder so etwas, mit einem Steilhang auf drei Seiten wie bei einem kleinen Amphitheater. An diesen Hängen wachsen Bäume und Brombeerbüsche. Ich glaube, das erste Mal waren wir mit Oma dort, als wir noch ziemlich klein waren, um Brombeeren zu pflücken. Ich weiß noch, dass ich damals mehr gegessen als gesammelt habe, aber das war meistens so. Als wir das erste Mal alleine dorthin gegangen sind, kamen wir uns sehr mutig vor.

Heute war das Gestrüpp winterlich abgestorben, und von den Vogelbeeren waren die Blätter abgefallen. An einem fernen Himmel hing eine blasse Sonne. Als ich aus den Büschen trat, saß ein freches Rotkehlchen ganz in meiner Nähe und neigte den Kopf. Rotkehlchen sind oft auf Weihnachtskarten abgebildet, und manchmal werden damit auch Weihnachtsplätzchen verziert, weil sie im Winter nicht fortziehen. »Hallo«, sagte ich, »wie schön, dass du noch da bist.«

Das Rotkehlchen antwortete mir nicht. Das hatte ich auch nicht erwartet. Aber mir war sofort bewusst, dass da jemand war. Ich schaute hoch und erwartete, einen Blick auf eine Fee zu erhaschen, hoffte inständig, Glorfindel zu entdecken, aber stattdessen stand dort Mor, am Fuß des Steilhangs, der von gefallenen Blättern bedeckt war. Sie sah aus wie, nun ja, wie Mor eben, aber in dem Moment wurde mir auch klar, dass sie überhaupt nicht mehr wie ich aussah. Bei unserer letzten Begegnung war mir das gar nicht aufgefallen. Ich bin gewachsen und sie nicht. Ich habe Brüste. Mein Haar ist anders geworden. Ich bin fünfzehneinhalb, und sie ist immer noch vierzehn und wird es immer bleiben.

Ich trat einen Schritt auf sie zu, und dann musste ich daran denken, wie sie sich an mich geklammert und zu dem Portal im Hügel gezerrt hatte, also blieb ich stehen. »Ach, Mor«, sagte ich.

Sie sagte nichts. Sie war dazu nicht in der Lage, ebenso wenig wie das Rotkehlchen. Sie war tot, und die Toten können nicht sprechen. Dabei weiß ich sogar, wie man die Toten zum Sprechen bringt. Man muss ihnen Blut geben. Aber das ist Magie, und außerdem wäre es grässlich. So etwas kann ich unmöglich tun.

Obwohl sie mir nicht antworten konnte, redete ich mit ihr. Ich erzählte ihr von der Magie und von Daniel und seinen Schwestern und wie ich von Liz davongelaufen war und von der Schule und dem Buchclub und allem anderen. Wirklich seltsam war, dass sie sich, je mehr ich redete, immer weiter von mir zu entfernen schien, obwohl sie sich nicht bewegte, und auch der Unterschied zwischen uns wurde immer größer. Früher konnte uns niemand auseinanderhalten, obwohl das doch offensichtlich war. Seit sie tot ist, habe ich das fast vergessen, oder nicht unbedingt vergessen, aber … ich habe von ihr einfach nicht als grundlegend verschieden von mir gedacht, sondern immer von uns beiden gemeinsam. Ich hatte das Gefühl gehabt, entzweigerissen worden zu sein, aber in Wirklichkeit war es das gar nicht, sie war mir weggenommen worden. Dabei gehörte sie mir gar nicht, es hatte schon immer Unterschiede gegeben, sie war ein Individuum, und als sie noch lebte, war ich mir dessen bewusst gewesen, aber seither habe ich das aus den Augen verloren, schließlich ist sie nicht mehr da, um für ihre Rechte einzustehen.

Wenn sie am Leben geblieben wäre, hätten wir uns unterschiedlich entwickelt. Vermute ich jedenfalls. Ich glaube nicht, dass wir wie die Tanten geworden und unser ganzes Leben zusammengeblieben wären. Wir wären bestimmt immer Freunde geblieben, aber wir hätten an unterschiedlichen Orten gewohnt und unterschiedliche Freunde gehabt. Wir wären die Tanten der Kinder des anderen gewesen. Aber dafür ist es jetzt zu spät. Ich werde erwachsen werden, und sie nicht. Sie bleibt so, wie sie ist, und ich verändere mich, und ich möchte mich auch verändern. Ich möchte leben. Ich dachte, ich müsste für uns beide leben, denn sie kann nicht für sich leben, aber das kann ich nicht. Woher soll ich wissen, was sie getan hätte, was sie gewollt hätte, wie sie sich verändert hätte? Arlinghurst hat mich verändert, der Buchclub hat mich verändert, aber auf sie hätte das alles wahrscheinlich eine andere Wirkung gehabt. Es ist unmöglich, für jemand anderen zu leben.

Ich konnte nicht anders, ich musste ihr Fragen stellen. »Kannst du nächstes Jahr in den Hügel hineingehen?«

Sie zuckte mit den Achseln. Offenbar wusste sie das auch nicht. Was passiert wohl unter dem Hügel? Wohin gehen die Toten? Was für eine Rolle spielt Gott dabei? Die Leute reden vom Himmel wie von einem Familienausflug.

»Kümmern sich die Feen um dich?«, fragte ich.

Sie zögerte und nickte dann.

»Gut!« Ich fühlte mich gleich ein wenig besser. Wenn man tot war, gab es Schlimmeres, als zusammen mit den Feen im Tal zu leben. »Warum reden sie nicht mit mir?«

Sie sah mich verwirrt an und zuckte erneut mit den Achseln.

»Kannst du ihnen von den Tanten erzählen und von dem, was sie vorhaben?«

Sie nickte, eindeutig.

»Kannst du sie bitten, mit mir zu reden? Ich mache mir solche Sorgen, Magie anzuwenden, und weiß nicht mehr, was ich tun soll.«

»Du tust, was du tust«, sagte eine Stimme hinter mir, und ich fuhr herum, und da stand eine Fee, eine, die ich noch nie zuvor gesehen hatte. Er war nussbraun, von oben bis unten, und so knubbelig wie eine Eichel. Seine Haut bestand aus lauter Falten, und er hatte keine Menschengestalt, sondern glich eher einem Baumstumpf. Am meisten erstaunte mich, dass er Englisch sprach, und genau das hat er gesagt, genau diese Worte. Was sie wohl bedeuteten?

»Aber darf man das überhaupt?«, fragte ich. »In das Leben

von jemandem eingreifen, ohne dass er es weiß? Du siehst vielleicht die Konsequenzen von dem, was du tust, aber ich nicht.«

»Du tust, was du tust«, sagte er noch einmal. Dann war er nicht mehr da, und ich hörte ein dumpfes Geräusch. Wo er gerade noch gewesen war, lag jetzt ein Gehstock von derselben Farbe wie seine Haut, mit einem Griff, der in der Form eines Pferdekopfes geschnitzt war.

Ich bückte mich, um ihn aufzuheben. Er hatte genau die richtige Länge für mich, und der Griff schmiegte sich angenehm in meine Hand. Ich schaute mich nach Mor um, aber sie war ebenfalls verschwunden. Der Wind wehte in die Talsenke herab, und die toten Blätter raschelten, aber hier war niemand mehr.

Ich habe beide Stöcke mitgenommen, den Feenstock und meinen alten. Meinen alten werde ich bei Opa lassen, er gehört sowieso ihm, und diesen hier behalte ich. Gut möglich, dass er bei Sonnenaufgang verschwindet, aber eigentlich glaube ich das nicht. Sein Gewicht lässt das eher unwahrscheinlich erscheinen. Ich werde einfach behaupten, er wäre ein Weihnachtsgeschenk. Vielleicht stimmt das sogar. Er gefällt mir.

Du tust, was du tust.

Heißt das, dass es keine Rolle spielt, ob es Magie ist oder nicht – alles, was man tut, hat Konsequenzen und beeinflusst andere Menschen? Das mag durchaus sein, aber ich glaube trotzdem, dass Magie anders ist.

Heute Abend ist Leahs Party.

Donnerstag, 3. Januar 1980

Ich bin wieder bei Tantchen Teg. Und habe einen furchtbaren Kater. Wenn nur das Wasser in Cardiff nicht so schrecklich schmecken würde! Ich habe eine große Flasche mit Leitungswasser aus Aberdare mitgebracht, sie aber schon leergetrunken.

Heute haben wir rein gar nichts gemacht, außer nach Cardiff zurückzufahren, herumzusitzen und Schokoladenkuchen zu essen, Persimmon zu streicheln (so lange, wie sie uns das erlaubte) und zu lesen. Es war wundervoll. Tantchen Teg wirkt genauso erschöpft wie ich.

Leahs Party gestern Abend war seltsam. Es gab Punsch, aus Rotwein und Traubensaft und Fruchtstücken aus der Dose, und später mit Wodka. Er hat grässlich geschmeckt, und ich glaube, die meisten haben sich die Nase zugehalten, während sie ihn tranken. Keine Ahnung, warum ich mich dazu habe hinreißen lassen. Ich habe mich betrunken, und irgendwie war es nett, einmal weiche Kanten zu haben anstatt harte, aber ich wurde einfach nur blöde davon. Die Leute trinken, um eine Ausrede zu haben, damit sie am nächsten Tag behaupten können, sie seien nicht für das verantwortlich, was sie getan haben. Wie furchtbar!

Ich möchte nicht aufschreiben, was passiert ist. Es ist sowieso nicht wichtig.

Andererseits, sollen diese Memoiren vollständig und ehrlich sein oder nur ängstliches Geschwätz?

Am Anfang hat es mich gleich auf dem falschen Fuß erwischt. Nasreen hatte einen roten Pulli an, wie ich auch, aber sie sah darin viel besser aus. »Wir sind Zwillinge!«, zwitscherte sie begeistert, und dann wurde ihr bewusst, was sie gesagt hatte, und sie machte ein kilometerlanges Gesicht.

Es ist noch kein Jahr her, dass ich hier gelebt habe, erst etwa neun Monate. In dieser Zeit sind wir alle ein wenig erwachsener geworden, und ich hatte das Gefühl, die anderen hätten irgendwelche Regeln gelernt, die ich nicht kannte. Vielleicht weil ich fort gewesen bin, oder vielleicht habe ich an dem Tag, als sie darüber geredet hatten, wie man das alles macht, unter dem Tisch ein Buch gelesen. Leah hatte Lidschatten und Lippenstift aufgetragen – sogar Moira hatte das. Moira hat mir angeboten, mich zu schminken, und das hat sie dann auch getan, nur dass wir nicht dieselbe Hautfarbe haben. Normalerweise sehe ich aus wie eine Weiße, wie Daniel, nehme ich an, aber wenn ich neben jemandem stehe, der wirklich weiß ist, und Moira ist äußerst blass, kann man sehen, dass meine Haut leicht gelblich ist, nicht rosa. Wenn eine von uns beiden einen Sonnenbrand bekam, hat Opa immer gesagt, dass wir ganz furchtbar blass wären, und wir sollten unbedingt einen Schwarzen heiraten, damit unsere Kinder eine Chance hätten, und er hatte recht – vor allem im Vergleich mit ihm und dem Rest unserer Familie waren wir sehr blass. Ich glaube, wenn man es nicht wusste, fiel einem nicht auf, dass die Hautfarbe meiner Vorfahren eher der von Nasreen glich als der von Moira. Aber Moiras Make-up sah an mir trotzdem albern aus, und ich habe alles wieder abgewischt.

Dann habe ich mich eine halbe Ewigkeit lang mit Leah über Andrew unterhalten, und hinterher mit Nasreen über Andrew, wieder eine halbe Ewigkeit. Leah war weitgehend darüber hinweg und interessierte sich für jemand anderen, einen älteren Jungen namens Gareth, der ein Motorrad hat.

Nasreen steckte mitten in einer endlosen Abfolge von Auseinandersetzungen mit ihren Eltern wegen Andrew, und darüber musste sie mich auf den neusten Stand bringen. Ich kann nicht ganz verstehen, dass ein solches Tamtam um Andrew gemacht wird, so toll finde ich ihn nun auch wieder nicht. Aber mich fragt ja niemand, also habe ich ein paar Stunden damit zugebracht, mir den Mund über ihn fusselig zu reden. Leahs Eltern hatten Nasreens Eltern feierlich versprochen, dass er nicht auf der Party sein würde. Natürlich kam er trotzdem, und er hatte den ganzen Abend über den Arm um sie gelegt, wobei er sichtlich befangen wirkte. Leahs Eltern waren bis elf Uhr fortgegangen, in ein Theater in Cardiff, zusammen mit ihrer jüngeren Schwester.

Auf der Party waren auch ein paar Leute, die ich nicht so gut kannte. Ein Junge versuchte, den Arm um mich zu legen, und ich habe ihn gelassen. Warum nicht, dachte ich bei mir, und da hatte ich schon ein paar Gläser von dem doofen violetten Punsch getrunken, in dem kleine Traubenhälften und Birnen- und Pfirsichstücke schwammen. Es ist nett, wenn jemand neben einem sitzt, so warm. Er hieß Owen und war einer von Gareths Freunden, also war er bestimmt sechzehn oder siebzehn, und soweit ich herausfinden konnte, hat er in seinem ganzen Leben noch kein einziges Buch gelesen, und er hat keine Interessen außer Motorrädern, Mädchen und Musik. Er mag The Clash, von denen ich noch nie gehört habe, und Elvis Costello. Leah mag Elvis Costello offenbar auch, denn sie legte immer wieder Platten von ihm auf und drehte die Anlage ganz laut. Mit Musik kenne ich mich wirklich nicht gut aus, denn in der Schule dürfen wir keine hören. Die Idee von »Rock gegen Rechts« gefällt mir sehr, aber mit der Musik selbst kann ich nicht viel anfangen. Er hat mich gefragt, was für Musik ich mag, und ich habe Bob Dylan gesagt, was ihn ziemlich aus der Spur gebracht hat. Es war ihm anzumerken, dass er von Dylan gehört hatte, aber nichts über ihn wusste. Und wenn schon. Mein Gehstock schreckte ihn ein wenig ab, und nachdem er ihn sah, ließ er mich eine Weile allein – ich stand auf, um zur Toilette zu gehen. Später versicherte mir Leah, dass er keine Freundin hatte, und war er nicht schnieke – mit Wim konnte er es jedenfalls nicht aufnehmen, dachte ich bei mir, und Wim ist außerdem noch klug.

Jedenfalls kam Owen später zu mir zurück und fing wieder an, mit mir zu kuscheln, und ich habe ihn nicht daran gehindert. Ich fand sogar Gefallen daran, in rein körperlicher Hinsicht. Die Sache ist die – ich weiß, dass die anderen wenigstens so tun, als wären sie in ihren Freund verliebt, solange sie mit ihm gehen. Sie proben sozusagen für später, wenn sie erwachsen sind. Sie sind einander vorübergehend treu und spielen romantische Zweisamkeit. Dieses Spiel wollte, will ich nicht spielen. Owen raubte mir nicht im Mindesten den Atem, und ich mochte ihn auch nicht besonders. Aber er war warm und männlich und an mir interessiert, und er machte mich neugierig auf noch mehr Körperkontakt. Als er vorschlug, mir sein Motorrad zu zeigen, ging ich mit ihm hinaus. Es war nur ein Moped mit 50 Kubik, aber er war mächtig stolz darauf und erzählte mir jede Menge Sachen darüber. Ich weiß nicht mal, ob diese Dinger bergauf fahren können.

Man hätte meinen können, die Nachtluft hätte mich wieder nüchtern werden lassen, aber sie schien mich nur noch betrunkener zu machen. Als er anfing, mich zu küssen, gefiel mir das sehr, und ich erwiderte seinen Kuss, was er offenbar ein wenig befremdlich fand. (Vielleicht machte ich etwas falsch? In Büchern steht darüber nichts Genaues, aber ich machte es genau so, wie ich es in Filmen gesehen hatte.) Er hatte die Arme um mich gelegt und fing an, mich zu streicheln. Das raubte mir tatsächlich ein wenig den Atem und turnte mich sogar ziemlich an.

Also sind wir wieder reingegangen und in ein kleines Zimmer, dem Aussehen nach das Büro von Leahs Vater. Da stand ein Sofa, und wir setzten uns darauf und fingen an zu schmusen. Es war dunkel – im Flur brannte Licht, aber im Zimmer selbst schalteten wir keine Lampe an.

Warum nur ist es intimer und beunruhigender, über Sex zu schreiben als über irgendetwas anderes? In diesem Buch gibt es Dinge, die mich auf den Scheiterhaufen bringen könnten, aber es macht mir nichts aus, sie aufzuschreiben.

Jedenfalls kuschelten wir noch eine Weile, und dann hat mir Owen die Hand in den Schlüpfer geschoben, und das gefiel mir, und ich fand es egoistisch, einfach nur dazusitzen und mich nicht zu revanchieren, also legte ich die Hand auf sein Bein und schob sie hoch zu seinem Penis – und ich weiß sehr genau, was ein Penis ist, ich bin oft genug mit meinen Vettern baden gegangen und habe auch mit ihnen Doktor gespielt, als wir noch so jung waren, dass diese ganzen dummen Anstandsregeln nicht galten. Jedenfalls hatte Owen einen ganz normalen Penis, und er war auch erregt, aber kaum dass ich ihn durch seine Hose hindurch berührte, ließ er mich los und wich erschrocken zurück.

»Du Schlampe!«, sagte er und sprang auf, die Hände abwehrend vor sich erhoben, als befürchtete er, ich könnte mich auf ihn stürzen. Dann rannte er aus dem Zimmer. Mir war das Blut ins Gesicht geschossen, und ich blieb eine ganze Weile sitzen. Ich konnte es einfach nicht begreifen. Er begehrte mich. Glaubte ich jedenfalls. Und ich glaubte auch, ich hätte mich wie ein ganz normaler Mensch verhalten, aber offenbar irrte ich mich da. Irgendetwas an dieser ganzen Sache entzieht sich mir, denn ich verstehe es noch immer nicht.

Als ich schließlich zu den anderen hinausging, sagte Leah, ich solle aufpassen, Owen habe vorwitzige Hände. Hätte ich ihn wegschubsen sollen? Hatte er erwartet, dass ich mich ihm widersetze, anstatt mich auf ihn einzulassen? Das ist *krank*! Die ganze Sache ist krank, und ich möchte nichts mehr damit zu tun haben.

Ich will die unendlich vielen Bars aus *Triton*. Oder auch nur die drei echten Bars. Damit käme ich klar. Aber was gestern vorgefallen ist, will mir einfach nicht einleuchten. Wenigstens muss ich ihn nie wiedersehen, wahrscheinlich jedenfalls.

Freitag, 4. Januar 1980

Heute Vormittag bin ich nach Cardiff reingefahren, um meine Büchergutscheine einzulösen. Lears ist einfach toll. Es ist riesig – zwei Stockwerke, mit einer ganzen Wand voll SF und einigen amerikanischen Importen. Ich habe mir eine weitere Ausgabe von *Destinies* gekauft und *Rotverschiebung* und *Einstein, Orpheus und andere* und *Vier Quartette* und *Charisma* von Michael Coney (der *Der Sommer geht* geschrieben hat) und, Wunder über Wunder, ein neues Buch in der *Amber*-Serie von Roger Zelazny! Als ich das entdeckte, habe ich einen schrillen Schrei ausgestoßen. *Im Zeichen des Einhorns!* Das gelbe Titelbild ist grässlich, aber ich werde Sphere ewig dankbar dafür sein, dass sie es veröffentlicht haben, und Lears dafür, dass sie es führen!

Im Zeichen des Einhorns ist mir lieber als sämtliche Jungen in den Valleys.

Heute Nachmittag haben wir einen Ausflug in die Beacons unternommen, um zu sehen, ob die Wasserfälle gefroren sind. Sind sie nicht, dafür ist es bei Weitem nicht kalt genug, auch wenn sie in manchen Wintern ein paar Tage gefrieren. Auf dem Parkplatz stand auch kein Eiswagen, und Tantchen Teg hat das in einem Tonfall bedauert, als hätte sie das Gegenteil erwartet. Ich liebe die Berge. Mir gefällt der Horizont, den sie bilden, selbst im Winter. Als wir wieder runtergefahren sind, erst in Richtung Merthyr und dann über den Bergsattel nach Aberdare – eine Strecke, die Tantchen Teg einmal gelaufen ist, als sie noch in der Schule war –, hatte ich das Gefühl, mich in eine riesige Steppdecke zu kuscheln.

Mein neuer Gehstock ist immer noch da. Opa ist der Einzige, dem er aufgefallen ist, als wir ihn heute Abend auf dem Rückweg besuchten. Er hat gesagt, er sei aus Haselnussholz. Ich sagte, ich hätte ihn von meinem Weihnachtsgeld auf dem Markt gekauft. Er sagte, er sei ein schönes Stück, und ich sollte mir eine Gummihülse besorgen, um die Spitze zu schützen, die gäbe es auch auf dem Markt. Heute wirkte er viel munterer. Tantchen Teg versucht wirklich alles, um ihn da rauszuholen.

Samstag, 5. Januar 1980

Im Zug habe ich *Im Zeichen des Einhorns* gelesen, in einem Rutsch, damit ich es bei Daniel lassen kann, wenn ich in die Schule zurückgehe. An diesen Büchern gefällt mir vor allem Corwins Stimme, die so persönlich ist, und wie er die Ereignisse herunterspielt und sich darüber lustig macht und im nächsten Moment wieder äußerst ernst klingt. Auch die Trümpfe und die Schatten finde ich toll, und die Höllenritte durch die Schatten. (Ich glaube, ich werde zu »Kentucky Fried Chicken« künftig immer »Kentucky Fried Lizzard Partes« sagen.) Allerdings finde ich, dass er die Idee der Schatten nicht ausgereizt hat. Wenn man hindurchlaufen und selbst Schatten finden kann, dann gibt es viele Dinge, die man damit machen könnte.

In Leominster war ich damit durch, und danach habe ich noch einmal *Vier Quartette* gelesen und mich an den Wörtern geradezu berauscht. Daraus könnte ich seitenweise abschreiben. Manchmal versteht man nur schwer, was es bedeutet, aber das ist Teil des Vergnügens, dass man die Bilder zu etwas Stimmigem zusammenfügt. Darin verbirgt sich eine Geschichte, genau wie in »Young Lochinvar«, aber sie kommt nur selten an die Oberfläche. Ich bin so froh, dass ich jetzt ein eigenes Exemplar besitze. Ich werde sie wieder und wieder lesen. Ich werde sie wieder und wieder lesen, und zwar im Zug, mein ganzes Leben lang, und jedes Mal werde ich mich an heute erinnern und einen Zusammenhang herstellen. (Ist das Magie? Ja, in gewisser Hinsicht, aber vor allem geht es darum, dass ich *mein* Buch lese.)

Shropshire ist immer noch furchtbar flach, keine Berge weit und breit. Im winterlichen Nieselregen sieht es jämmerlich aus. Der Himmel ist so niedrig, dass man den Eindruck hat, man könnte die Hand danach ausstrecken. Ich kann mir vorstellen, wie es ist, gleichzeitig an Klaustrophobie und Agoraphobie zu leiden.

Daniel hat mich abgeholt. Als ich aus dem Bahnhof trat, saß er bereits in seinem Bentley und las den *Punch*. Er entschuldigte sich wiederholt dafür, dass er mich nicht zum Bahnhof gebracht hat, als ich abgereist bin. Was hätte ich dazu sagen sollen? Dass es mir nichts ausgemacht hätte? Aber das wäre gelogen. Was spielt es für eine Rolle, wenn er sich hinterher schuldig fühlt? »Mir wäre es lieb, wenn das nicht noch einmal vorkommt«, sagte ich. Er verzog das Gesicht.

Ich habe einen Dreikönigskuchen mitgebracht. Ich habe ihn selbst gebacken, und Tantchen Teg hat ihn glasiert. Er enthält keine konkrete Magie außer dem Gedanken an die Heiligen Drei Könige und T.S. Eliots Gedicht über sie, aber allein die Tatsache, dass wir ihn mit ihren Schüsseln und Löffeln und unseren Händen gemacht hatten, verlieh ihm auf magische Weise etwas Reales. Den Schwestern ist das offenbar aufgefallen, denn sie haben ihren eigenen Kuchen aufgetischt und mir gesagt, ich solle meinen in die Schule mitnehmen und zusammen mit meinen Freunden essen. In der Schule würde er vor Magie buchstäblich leuchten, aber das behielt ich für mich. Ich habe ihren Sägemehlkuchen gegessen, gelächelt und mich bemüht, die nette Nichte zu spielen. Dabei habe ich so getan, als fände ich es ganz furchtbar aufregend, wieder in die Schule zu gehen und zu erfahren, was die anderen Mädchen zu Weihnachten geschenkt bekommen hatten.

Während ich dasaß, Kuchen mampfte und lächelte, bis

meine Gesichtsmuskeln wehtaten, wurde mir bewusst, dass sie gar nicht versucht hatten, mir irgendetwas Magisches anzutun. Ich meine, das mit den Ohrringen war nicht ohne, aber sie haben sich ihrer Autorität als Erwachsene bedient und mich ganz normal zu dem Juwelier gefahren und dergleichen mehr, sie haben nicht versucht, mich auf magischem Wege zu nötigen oder mir vorzugaukeln, ich hätte mir schon immer Ohrringe gewünscht. Ich frage mich, wie viel sie wohl wissen und woher. Von den Feen vielleicht? Oder von jemandem, der es von den Feen erfahren hat? Theoretisch könnte ich jemandem, der noch nie eine Fee gesehen hat, all mein magisches Wissen beibringen.

Später las ich wieder die *Vier Quartette* und musste immer wieder an die Feen aus dem Jura denken, und ich fragte mich, ob die Feen nicht vielleicht eine lebendige Manifestation der magischen Vernetzung der Welt sind. Ich weiß noch, nachdem ich von zu Hause weggelaufen war, sah ich in Birmingham eine Fee an einer Straßenecke stehen. Es regnete, und der Asphalt war nass und glänzte, und da stand er, dem Anschein nach völlig unbekümmert. Ich ging zu ihm hinüber, und er sah mich, nickte und verschwand. Wo er gerade noch gewesen war, wuchs etwas Gras aus einem Riss im Asphalt.

SONNTAG, 6. JANUAR 1980

Ich vergesse immer, wie laut es in der Schule ist. Mir klingelt es buchstäblich in den Ohren.

Gestern Abend habe ich im Bett *Per Anhalter durch die*

Galaxis gelesen. Ich wollte es schnell lesen, damit ich mich bei Deirdre dafür bedanken konnte, aber wie sich herausstellt, ist es umwerfend komisch und äußerst geistreich, sodass ich mich nun ehrlich dafür bedanken kann, denn ich hätte es mir nie im Leben gekauft, weil es aussieht wie der letzte Quatsch. Ob die Lesegruppe sich das Buch schon vorgenommen hat?

Was die anderen Mädchen zu Weihnachten geschenkt bekommen haben – Notizen, damit die nette Nichte artig Bericht erstatten kann: Die Reichsten haben einen Sony Walkman bekommen. In die Schule durften sie ihn natürlich nicht mitbringen, weil Musik verboten ist. Moira und Leah und Nasreen konnten nicht fassen, dass so etwas Wichtiges hier nicht erlaubt war. Sie leben ständig mit laufendem Radio. Ein Sony Walkman ist offenbar ein kleiner, tragbarer Kassettenrekorder mit Kopfhörer, den man an seinem Gürtel festmacht, damit man Musik hören kann, während man spazieren geht. Zugegeben, das klingt ziemlich schick, auch wenn ihr Musikgeschmack möglicherweise ein anderer ist als meiner. Viele Mädchen haben Musik geschenkt bekommen, und wenn schon keinen Walkman, dann wenigstens Schallplatten und Kassetten. Lorraine hat ein Skateboard bekommen, und ihre Brüder haben ihr gezeigt, wie man damit umgeht. Offenbar ist das genauso toll wie Skifahren. Weitere beliebte Geschenke sind Kleider, Parfum, Schminksets mit einem kleinen Spiegel im Deckel – an der Schule ebenfalls verboten, aber einige Mädchen haben sie trotzdem reingeschmuggelt – und »Seife an der Schnur«, was zur Folge hatte, dass ich meine ein bisschen weniger mag.

Deirdre hat meinen neuen Gehstock bewundert. Sie hat

gefragt, ob er aus Irland stammt. Nein, erwiderte ich, aus Wales, was ja auch stimmt, und sie sagte, dann ist er wohl irgendwie keltisch. Dem habe ich zugestimmt. Sie war froh, dass mir das Buch gefiel, und ich war froh, dass es mir ehrlich gefallen hat. Sie freute sich über ihr Seifenset oder hat jedenfalls so getan.

Den Kuchen habe ich in die Küche gegeben, mit der Bitte, der ganzen Lower 5c ein Stück aufzutun. Es ist ein großer Kuchen, und wenn sie ihn dünn genug schneiden, müsste er reichen. Mir war es egal, ob die Mädchen ihn aßen oder nicht. Tatsächlich aßen die meisten ihr Stück, auch wenn mir einige dabei einen argwöhnischen Blick zuwarfen. Meine Gedanken darüber, dass diese Könige Gold und Weihrauch und Myrrhe und die Warnung vor Herodes brachten, werden ihnen nicht schaden, aber das kann ich ihnen nicht sagen. Sharon hat ihr Stück an Deirdre weitergereicht. Ich weiß nicht, was Juden über Jesus denken. Halten sie ihn nur für ein merkwürdiges Kind, zu dem Könige mit Geschenken kamen und der sich irrtümlicherweise für den Messias gehalten hat? Oder halten sie ihn nur für einen Mythos? Sharon kann ich nicht fragen, aber Sam vielleicht. Deirdre hat die Bohne gefunden, in dem Stück, das Schussel ihr gegeben hat, und war ganz außer sich vor Freude. Außer der Königsbohne und dem Lyrikwettbewerb hat sie wahrscheinlich noch nie etwas gewonnen. Ich weiß nicht, ob sie in Irland Dreikönigskuchen kennen.

Die Schule zieht mich wie Treibsand in sich hinein.

Am Dienstag trifft sich der Buchclub!

Montag, 7. Januar 1980

Ich bin vor das Tor gegangen, um mir die Schule von außen anzuschauen und den Morgen einzuatmen, und da wimmelte es auf dem Gelände plötzlich von Feen. Ich hätte erwartet, dass sie alle verschwinden würden, sobald sie bemerkten, dass ich sie sehen konnte, aber sie nahmen keine weitere Notiz von mir und gingen mir sogar kaum aus dem Weg. Die meisten von ihnen waren hässliche, mit Warzen bedeckte Geschöpfe, aber es waren auch einige darunter, die Elbenjungfern glichen. Ich habe versucht, auf Walisisch und auf Englisch mit ihnen zu sprechen, aber sie haben mich ignoriert. Was das wohl zu bedeuten hat?

Aus dem Krankenhaus ist ein Brief eingetroffen – am Donnerstagmorgen habe ich einen Termin bei einem Dr. Abdul. Ich habe ihn der Schulschwester und Miss Ellis gezeigt, und ich gehe auch hin, obwohl ich nicht einsehe, was das bringen soll. In den letzten Tagen ging es meinem Bein auch so etwas besser. Die orthopädische Klinik befindet sich in Gobowen, also muss ich in den Ort fahren und dort einen weiteren Bus nehmen.

Miss Carroll war sehr nett zu mir. Sie hat sich erkundigt, wie es in den Ferien war, und ob ich irgendwelche Bücher geschenkt bekommen habe. Ich fragte sie das Gleiche, und sie hat auch Bücher und Büchergutscheine bekommen. So alt ist sie gar nicht. Wahrscheinlich wollte sie Bibliothekarin werden, weil sie Bücher liebt und gerne liest. Dagegen hätte ich auch nichts, jedenfalls in einer richtigen Bibliothek, aber eine Schulbibliothek wäre grässlich, vor allem hier.

Dienstag, 8. Januar 1980

Heute Abend trifft sich der Buchclub!

Im Englischunterricht ist als Nächstes *Am grünen Rand der Welt* dran. Ich lese es schon den ganzen Tag, wenn ich die Zeit dafür finde. Hardy ist ziemlich langatmig, wenn auch streng genommen nicht so langatmig wie Dickens. In einer schrecklichen Szene schleppt sich eine gefallene Frau namens Fanny Robin einen Zaun entlang, während sie ein Kind gebärt. Ich finde, der Rest des Buches ist zu schwach, um daneben zu bestehen. Das Happy End ist ein Albtraum – Bathsheba und Gabriel Oak heiraten, und »wann immer ich aufblicke, bist du da, und wann immer du aufblickst, bin ich da«. Da muss einem doch die Luft wegbleiben! Oma mochte Hardy, aber mir gefällt er nicht. Ich habe es versucht, aber ich finde ihn zu bedrückend und zu einfallslos. Die Handlung läuft bei ihm wie ein Uhrwerk ab, und manchmal passieren auch schreckliche Dinge, aber alles ist immer sehr oberflächlich. Das ist mir zuwider. Er könnte eine Menge von Silverberg und Delany lernen.

Außerdem werden wir *Der Sturm* lesen und ein paar Sachen von Keats. Ich bin mit beidem schon durch. Das Gute an *Der Sturm* ist, dass wir eine Aufführung im Theatre Clwyd in Mold besuchen werden, ein Schulausflug. Wahrscheinlich werden alle herumkichern und mir furchtbar auf die Nerven gehen, aber ein echtes Stück in einem Theater! *Der Sturm* habe ich noch nie gesehen, nur *Romeo und Julia* im Sherman Theatre, zusammen mit Tantchen Teg, und *Ein Mittsommernachtstraum* mit der Schule im New Theatre. Das Theater in Mold ist wahrscheinlich nicht so gut wie das in Cardiff, aber was soll's. Wie sie wohl Caliban auf die Bühne bringen? In meiner Vorstellung sieht er immer so aus wie die erste Fee, die ich hier gesehen habe, voller Warzen und Spinnweben. Und was sie wohl aus Ariel machen?

In Geschichte sind wir immer noch beim langweiligen 19. Jahrhundert – puh, die ganze Zeit nur Gesetzeserlasse und Irland und Gewerkschaften. Wenn doch nur mal wieder eine Epoche dran wäre, in der etwas los war! In Französisch ist der Konjunktiv an der Reihe. Es heißt, er sei schwierig, aber in Latein ist er das nicht. In Latein fangen wir mit dem ersten Buch von Vergils *Aeneis* an. Bisher finde ich es toll.

Ein mir feindliches Volk
durchfährt das Tyrrhenische Meer,
trägt Ilium fort nach Italien, trägt die besiegten Penaten.

Allerdings ließe sich »Etruskisches Meer« besser skandieren, oder?

Mittwoch, 9. Januar 1980

Gestern Abend hat sich der Buchclub getroffen. Ich bin ein wenig zu spät gekommen, weil der Bus nicht pünktlich war, aber sie hatten noch nicht angefangen, und Janine hatte mir direkt gegenüber von der Platon-Büste einen Platz reserviert.

Es war toll! Mark, ein rundlicher Typ Mitte vierzig mit dicken Brillengläsern und einem kleinen Bart, hat die Gesprächsleitung übernommen. Wir haben über die Foundation-Trilogie geredet. Am meisten Spaß hat es gemacht, als wir uns mit der Psychohistorie auseinandergesetzt haben, ob das überhaupt möglich ist. Ich glaube nicht, wegen dem

Chaos. Ich glaube nicht, dass eine Mutation wie der Muli damit klarkäme, aber normale Menschen würden wahrscheinlich genauso in die Irre gehen. (Mit Magie würde man es vielleicht hinkriegen, allerdings nicht auf demselben Niveau wie Hari Seldon. Aber das habe ich nicht erwähnt.) Dann hat Wim es mit *Die Geißel des Himmels* und ein paar Dick-Büchern verglichen, in denen die Geschichte manipuliert wird. Ich habe laut überlegt, ob man eine Erzählung schreiben könnte, in der eine Geheimgesellschaft schon immer den Lauf der Geschichte manipuliert hat?

»Wen oder was gibt es denn schon lange genug?«, fragte Greg in die Runde.

»Die katholische Kirche?«, schlug Janine vor.

Pete schnaufte verächtlich. »Wenn das stimmt, haben sie sich wirklich nicht besonders klug angestellt. Sie haben über die halbe Welt geherrscht, aber das ist schon eine Weile her.«

(Janine und Pete sind wieder zusammen. Sie haben unter dem Tisch Händchen gehalten. Ich weiß nicht, ob sie ihm verziehen hat, dass er zu Wim hält, oder ob sie sich Hughs Sicht der Dinge angeschlossen hat. Ich konnte sie nicht fragen, auch als wir hinterher ein wenig geplaudert haben, weil Wim dabei war.)

»Es sei denn, es gibt eine kleine Gruppe innerhalb der Kirche, deren Ziele mit denen der Kirche nicht identisch sind«, sagte ich.

»Die Templer?«, schlug Keith vor.

»Außerirdische Hightech-Templer!«, rief Wim.

Wir hatten uns ein ganzes Stück von den Foundation-Romanen entfernt. Aber das war okay, so läuft das nun mal. Es ist wirklich großartig, mit Leuten zu reden, die die gleichen Bücher gelesen haben wie ich und deren Gedanken auf derselben Wellenlänge liegen wie meine. Die Vorstellung, außerirdische Hightech-Templer könnten den Lauf der Geschichte manipulieren – vielleicht damit die Menschen auf den Mond fliegen, wo sie etwas versteckt haben, wie in *Die Sirenen des Titan* –, ist einfach super.

Am Schluss habe ich noch von *Im Zeichen des Einhorns* erzählt, konnte es aber niemandem leihen, weil Daniel es noch hat. Ich werde ihn bitten, es mir zu schicken. Fast alle waren wirklich begeistert, und die zwei oder drei Anwesenden, die die ersten beiden Bände noch nicht gelesen hatten – wie ich sie beneide! –, mussten sich alles genau erzählen lassen. Nur Brian mag Zelazny nicht. Greg hat gesagt, er würde die Bücher für die Bibliothek bestellen, aber erst im April, weil sie kein Geld für Neuanschaffungen haben, bevor das nächste Haushaltsjahr beginnt. Wenn ich reich wäre, würde ich den Bibliotheken jede Menge Geld schenken.

»Bis dahin können wir das Buch über Fernleihe besorgen«, sagte Greg und lächelte mich an.

»Was mich daran erinnert«, sagte ich. »Was hat Zelazny sonst noch geschrieben?«

Eine ganze Menge, wie sich herausstellte, aber fast nichts davon ist erhältlich. Greg wird sich darum kümmern, möglichst alles auf meine Fernleiheliste zu setzen. Er ist einer der nettesten Menschen, die ich kenne. Anfangs merkt man das nicht, weil er sehr verschlossen ist, aber unter der Oberfläche ist er wirklich allerliebst.

Nächste Woche ist Cordwainer Smith an der Reihe! Phantastisch.

Als wir bereits am Gehen waren, kam Wim zu mir rüber. »Habe ich das richtig verstanden – du hast *Ein Spiel von Traum und Tod* noch nicht gelesen?«, fragte er.

»Das stimmt.«

»Ich könnte es dir leihen, wenn du nicht warten willst, bis es kommt. Wenn du möchtest, können wir uns am Samstag hier treffen.«

Also treffe ich mich am Samstag um halb zwölf mit Wim in der Bibliothek.

Niemand, der mir ein Buch von Zelazny leiht, kann ein solcher Schuft sein, wie behauptet wird.

Donnerstag, 10. Januar 1980

Im Krankenhaus, im Bett, im Streckverband. Furchtbare Schmerzen, deswegen die schreckliche Handschrift. Wehe, das hilft nicht!

Freitag, 11. Januar 1980

Ich komme mir vor, als hätte mich jemand entführt. Gestern bin ich ins Krankenhaus gekommen, um mich ambulant untersuchen zu lassen. Der Arzt, Dr. Abdul, hat sich fünf Minuten lang meine Röntgenbilder angeschaut, zwei Minuten lang an meinem Bein herumgedrückt und dann gesagt, ich müsste eine Woche im Streckverband verbringen. Er wies seine Sprechstundenhilfe an, mir einen Termin zu geben, stellte fest, dass sofort ein Bett frei war, telefonierte mit Daniel und der Schule, und bevor ich wusste, wie mir geschah, lag ich auf der Folterbank. Es fällt mir schwer, irgendetwas zu tun. Schreiben erst recht. Ich schreibe vorwärts, weil ich rückwärts jetzt nicht hinkriege, obwohl ich viel geübt habe. Wenn ich etwas trinken möchte, kippe ich mir immer wieder Wasser über die Brust. Es fällt mir sogar schwer zu lesen. Mein Bein ist auf diesem Ding befestigt, auf weißen Metallstreben hochgelagert und festgeschnallt, und dabei ist es so sehr gestreckt, dass es jede Sekunde teuflisch wehtut, und ich muss ganz flach liegen. Bewegen kann ich mich fast gar nicht. Ich habe alle drei Bücher gelesen, die ich in der Tasche hatte, eines davon zweimal. (*Unternehmen Schwerkraft* von Hal Clement.) Ich hätte mehr mitnehmen sollen, aber ich war nur auf die lange Wartezeit in der Sprechstunde vorbereitet.

Schmerzen, Schmerzen, noch mehr Schmerzen, und diese Bettpfannen sind wirklich eine Demütigung. Ich muss auf einen Knopf drücken, wenn ich etwas trinken möchte oder eine Bettpfanne brauche, und manchmal kommen sie eine Ewigkeit nicht, und wenn ich deswegen etwas früher nach der Schwester rufe, weil ich das einkalkuliere, kommen sie sofort. Als wäre das alles noch nicht schlimm genug, steht am hinteren Ende des Krankensaals auch noch ein Fernseher, vor dem es kein Entrinnen gibt, denn da läuft die ganze Zeit ITV mit haufenweise Werbung. Ob so wohl die Hölle ist? Schwefelseen wären mir auf jeden Fall lieber, in denen könnte ich wenigstens ein wenig herumschwimmen.

Zwischen zwei und drei und zwischen sechs und sieben bekommen alle Patienten Besuch. Heute muss ich mir schon den zweiten Tag anschauen, wie die Leute mit Blumen und Trauben und merkwürdiger Miene hier aufmarschieren. Ich kann den Blick nicht abwenden, es ist schon fast zwanghaft. Ich erwarte niemanden, und es kommt auch niemand. Daniel könnte mich besuchen. So weit ist es nicht, und er weiß, dass ich hier bin. Aber wahrscheinlich lassen sie ihn nicht.

Morgen kann ich mich nicht mit Wim treffen, wahrscheinlich glaubt er, ich wäre nicht gekommen, weil ich Schlechtes über ihn gehört habe.

Am anderen Ende des Krankensaals hat eine Frau angefangen zu schreien, kurze, abgehackte Schreie. Sie haben Wandschirme um das Bett herum aufgestellt, damit wir anderen nicht sehen, was sie mit ihr machen. Das alles ist eindeutig schlimmer als die Hölle, wie sie von den meisten Leuten beschrieben wird.

Samstag, 12. Januar 1980

Noch immer auf der Folterbank.

Miss Carroll hat gestern Abend gegen Ende der Besuchszeit mit einem Stapel leichter Taschenbücher vorbeigeschaut. Sie stammen aus der Schulbibliothek, sind also normalerweise nicht weiter spannend, aber in dem Moment kamen sie mir vor wie Manna. Sie konnte nicht lange bleiben. Niemand hat ihr gesagt, dass ich hier bin, aber als ich nicht in die Bibliothek kam, hat sie sich nach mir erkundigt. Und dann ist sie gleich hierhergekommen. Als sie mir das erzählte, hätte ich fast losgeheult. Ich wusste ja nicht, wie schwer es war, sich in dieser Haltung die Nase zu putzen. Sie hat mir versprochen, Greg zu sagen, wo ich bin, und er kann es Wim und den anderen ausrichten. Heute Abend kommt sie wieder und bringt noch mehr Bücher.

Lieber Gott, wenn es dich gibt und wenn du die Menschen liebst und sie glücklich machen kannst, dann schenke Alison Carroll so viel Glück wie nur möglich.

Sie hat mir drei Bücher von Piers Anthony mitgebracht, die ersten Bücher zwei verschiedener Serien, wahrscheinlich, weil sie am Anfang des Alphabets stehen und sie es eilig hatte. Ich habe sie noch nicht gelesen, weil sie, wenn ich ehrlich bin, ziemlich bescheuert aussehen. Ich lese längst nicht mehr die ganze Bibliothek in alphabetischer Reihenfolge, obwohl ich froh bin, dass ich das früher getan habe. Jedenfalls machen sie mir Spaß. Bisher habe ich *Flint von Außenwelt* und *Melodie von Mintaka* gelesen, und als Nächstes ist *Chamäleon-Zauber* an der Reihe, ein Fantasyroman. Ich hatte recht, das ist alles ziemlicher Mist, aber sie lenken mich ab, und ich muss mich nicht groß konzentrieren, was wirklich für sie spricht, denn mein Gehirn schickt unablässig Botschaften wie »au, au, au« oder »mach mein Bein los, und zwar sofort«. Vergangene Nacht hatte ich einen seltsamen Traum, in dem ich plötzlich im Körper von irgendwelchen Aliens steckte. Aber alle hatten ein kaputtes Bein; sogar als ich mich im Körper einer Ballerina befand, musste sie mit einem Gehstock tanzen. Vermutlich haben sich da die Schmerzen bemerkbar gemacht, sogar im Schlaf. Gestern Abend habe ich so lange gelesen, bis ich eingeschlafen bin, und dann haben sie mich geweckt, um mir eine Schlaftablette zu geben.

Sonntag, 13. Januar 1980

Gestern Abend hat Miss Carroll wieder vorbeigeschaut und mir weitere Bücher und ein paar Trauben gebracht. Heute Nachmittag ist Greg gekommen, zusammen mit Janine und Pete und noch mehr Büchern. Während sie hier waren und wir uns über Piers Anthony unterhalten haben, den Pete mag und den Greg mit Chaucer (!) verglichen hat, kam Daniel herein. Erst habe ich ihn gar nicht bemerkt, weil ich nicht wie gebannt zur Tür rüberstarrte oder zu den Besuchern der anderen Patienten, denn ausnahmsweise hatte ich ja selbst welche. Plötzlich stand er, sichtlich verlegen, neben dem Bett. Ich konnte ihm ansehen, dass er nicht wusste, ob er mich küssen sollte oder nicht, und letztlich ließ er es bleiben. Er hat mir auch Bücher mitgebracht und eine große Karte von seinen Schwestern und noch mehr Trauben, kleine rote. Keine Ahnung, warum die Leute immer Trauben anschleppen – sollen die vielleicht besonders gesund sein? Janine hat mir einen Mars-Riegel geschenkt, was mir viel lieber war, auch wenn ich beim Essen alles verschmiert habe. Was man hier vorgesetzt bekommt, ist jenseits von Gut und Böse.

Anfangs wussten wir nicht so recht, worüber wir reden sollten. Ich habe Daniel den andern vorgestellt, und dann herrschte erst einmal Schweigen. Nur Greg sagte, dass er eigentlich bald gehen müsse. Dann erwähnte Daniel zum Glück, dass er mein *Im Zeichen des Einhorns* dabeihatte, und sofort entbrannte eine Diskussion, wer es als Nächstes bekommen sollte, und wir redeten alle über Bücher, bis die Besuchszeit vorbei war und die Schwester die Glocke läutete und alle gehen mussten. Ich habe Daniel nicht gefragt, ob er mich später noch einmal besuchen kann, aber offenbar konnte er das nicht, denn es wurde sieben Uhr, und er tauchte nicht wieder auf. Trotzdem, es war wirklich nett von ihm, dass er sich am Sonntagnachmittag für mich Zeit genommen hat.

Die Bücher, die mir Greg mitgebracht hat, sind alle über Fernleihe gekommen, und er hat sie in meiner Abwesenheit ohne meinen Ausweis ausgetragen. Er hat im Spaß gesagt, das gehöre zum Service jeder guten Bibliothek, aber das stimmt natürlich nicht. Leider handelt es sich ausschließlich um gebundene Bücher, die ich in dieser Haltung nur furchtbar schwer lesen kann. Ein Taschenbuch kann ich mir mit einer Hand seitlich über den Kopf halten, aber mit einem Hardcover geht das nicht. Ich habe *Die Nacht ist unser* von Mary Renault und kann es nicht lesen. Na ja, immerhin kann ich mir den Buchrücken auf meinem Nachttisch anschauen.

Eine Woche. Bis Mittwoch also. Noch drei weitere Tage teuflischer Qualen.

Alle paar Stunden schaut eine Schwester vorbei und fragt mich, ob ich eine Schmerztablette haben möchte. »Aber nimm sie nur, wenn du sie auch wirklich brauchst«, sagte sie. Wie sollte jemand, der so festgezurrt ist wie ich, sie nicht brauchen? Ich nehme sie, aber sie helfen kaum.

Ich schlafe äußerst schlecht, träume komisches Zeug und wache dauernd auf, wegen der Schmerzen oder weil im Krankensaal irgendwo Unruhe herrscht. Die Schlaftabletten, die sie mir aufdrängen, lassen mich einschlafen, aber sie wirken nicht lange.

Montag, 14. Januar 1980

Letzte Nacht oder ganz früh heute Morgen hat meine Mutter wieder einen ihrer nächtlichen Angriffe auf mich unternommen. Ich bin aufgewacht und konnte mich nicht bewegen, und da wusste ich, dass sie hier war, dass sie über mir schwebte. Im Krankensaal ist es nie dunkel – in der Schwesternstation brennt immer Licht, in den Boden sind kleine Lämpchen eingelassen, und irgendwo weiter hinten hatte jemand seine Leselampe an. Also hätte ich sie eigentlich sehen müssen, aber ich sah sie nicht, sondern spürte nur, dass sie da war. Ich hatte solche Schmerzen, dass ich nicht wusste, was ich tun sollte. Ich versuchte mich daran zu erinnern, was mir beim letzten Mal geholfen hat, und das war natürlich die Litanei gegen die Furcht gewesen, also sagte ich sie auf, und sie half wieder. Nachdem ich mich beruhigt und meine Selbstbeherrschung zurückgewonnen hatte, konnte ich mich wieder bewegen, und dann war sie fort.

Woher wusste sie, dass ich hier bin und mich nicht wehren kann? Warum hat mein Schutzzauber nicht gewirkt? Eigentlich dürfte es keine Rolle spielen, wo ich mich befinde.

Heute Morgen kam Dr. Abdul vorbei, das erste Mal, seit er mich letzten Donnerstag in diese Vorrichtung gespannt hat. Er hat an meinem Bein herumgedrückt, bis ich aufgeschrien habe, und gesagt, ich wäre auf dem Weg der Besserung. Dann hat er sich dem nächsten Patienten zugewandt. Ich finde nicht unbedingt, dass ich auf dem Weg der Besserung bin. Es fühlt sich eher so an, als würde alles nur noch schlimmer.

Na ja, vielleicht fühlt es sich so an und hilft mir trotzdem. Schließlich ist er Arzt. Man muss einen ziemlich guten Schulabschluss haben, wenn man Arzt werden will. (Was für einen Schulabschluss sie wohl in Pakistan haben? Möglicherweise den gleichen wie bei uns, schließlich waren sie mal britisch und gehörten noch zu Britisch-Indien, als Opas Großmutter von dort weggegangen ist. Aber taugt der Schulabschluss dort wirklich etwas? Nasreen weiß das bestimmt, ihr Vater kommt ja von da.) Jedenfalls muss Dr. Abdul auch in Pakistan ziemlich gut in der Schule gewesen sein, sonst hätten sie ihn bestimmt nicht genommen. Er muss klug und fleißig gewesen sein und gewusst haben, was er tat. Er würde bestimmt niemanden an einer solchen Vorrichtung festschnallen, wenn er sich nichts davon verspräche.

Warum hilft die Litanei gegen die Furcht?

Während der abendlichen Besuchszeit kam Miss Carroll vorbei und hat mir Bücher gebracht, und zwar ein paar Krimis von Josephine Tey, auf die ich sogar richtig Lust habe, und Taschenbücher sind es auch. Sie hat gesagt, dass sie mich in der Bibliothek vermisst, und in der Schule hätten sie für mich gebetet.

Dienstag, 15. Januar 1980

Noch immer auf der Folterbank. Fühle mich ziemlich niedergeschlagen.

Ich verpasse den Buchclub, und weil ich weiß, dass alle dort sein werden und Miss Carroll gestern hier war, weiß ich auch, dass mich niemand besuchen kommt.

Opa und Tantchen Teg wissen nicht einmal, dass ich hier bin, sonst hätten sie mir wenigstens eine Karte geschickt. Woher hat es dann meine Mutter erfahren? Hier gibt es keine Magie. Und auch keine Feen – überhaupt nichts. Und ich dachte, die Schule wäre bar jeder Magie, aber im Vergleich mit diesem grässlichen Krankensaal ist das gar nichts.

Mit den Tey-Büchern bin ich durch. *Der Erbe von Latchetts* gefällt mir besonders gut. Aber was hat es mit der Grube in Dothan auf sich? Ist das aus der Josephsnovelle?

Nur noch ein Tag auf der Folterbank. Langsam frage ich mich, ob Sadisten einen guten Schulabschluss machen können, aber wenn Dr. Abdul ein Sadist wäre, würde er öfter vorbeikommen und sich an meinem Anblick weiden. In Wirklichkeit bin ich ihm völlig gleichgültig. Er hat mir nicht einmal ins Gesicht geschaut und auch kaum einen Blick auf mein Bein geworfen. Ihn interessieren nur die Röntgenbilder. Aber vielleicht ist das ja auch gut. Nur weil er einen guten Schulabschluss hat, soll ich ihm blind vertrauen?

Mittwoch, 16. Januar 1980

Sie lassen mich erst hier raus, wenn Dr. Abdul mich untersucht hat, und er kommt erst morgen.

Heute Nachmittag hat Wim mich besucht. Er hatte *Ein Spiel von Traum und Tod* und *Die Insel der Toten* dabei. Als Erstes fiel mir seine Lederjacke auf, und dass er sich sichtlich unwohl in seiner Haut fühlte, sogar noch mehr als Daniel. Mir wurde plötzlich nur allzu bewusst, dass ich einen bescheuerten Krankenhauskittel trug, mit Flecken vorne drauf, wo ich mit meinem Essen gekleckert hatte (es ist wirklich schwer, im Liegen ordentlich zu essen), und dass ich mir seit über einer Woche nicht mehr die Haare gewaschen hatte. Ich war ganz gerührt, dass er den weiten Weg gekommen war, um mich zu besuchen, sogar noch mehr als bei den anderen.

»Greg hat gestern Abend erzählt, dass du hier liegst«, sagte er. »Da dachte ich, ich bringe dir die vorbei. Obwohl es so aussieht, als bräuchtest du sie gar nicht.« Er deutete auf die Bücherstapel auf meinem Nachttisch.

»Davon habe ich den größten Teil schon gelesen«, sagte ich.

Er zog eine Augenbraue nach oben.

»Hier gibt es sonst nichts zu tun«, sagte ich.

»Sieht ziemlich trostlos aus«, pflichtete er mir bei. »Wie ist das Essen?«

»Grässlich.«

Er lachte. »Meine Mutter arbeitet als Köchin hier.«

»Zu Hause ist das Essen bestimmt viel besser«, sagte ich.

»Nein, ist es nicht«, erwiderte er. »Kochen ist nicht ihre Stärke. Aber sie gibt selbst zu, dass das Essen hier furchtbar ist, also muss es wirklich richtig übel sein. Deshalb habe ich ja gefragt.«

»So viel anders als in der Schule ist es auch nicht.«

»Eigentlich hätte ich erwartet, dass sie euch in Arlinghurst etwas Vernünftiges vorsetzen, bei dem, was ihr da hinblättert.«

»Wohl wahr, aber es ist alles schauderhaft. Würzfleisch und Vanillepudding.«

»Ich hab dir etwas Astronauteneiscreme von der NASA mitgebracht«, sagte er und zog ein Päckchen aus der Tasche.

Ich hielt es hoch, damit ich es richtig sehen konnte. Das Päckchen war schwarz, mit dem Bild eines Astronauten darauf und dem Schriftzug *Astronauteneiscreme – wie sie auf den Apollo-Missionen gegessen wurde*. Ich sah Wim ehrfürchtig an. »Alle anderen haben mir Trauben mitgebracht. Woher hast du die?«

Er wirkte ein wenig verlegen, sofern das überhaupt möglich ist. »Mein Vetter hat einen ganzen Haufen davon aus Florida mitgebracht. Das ist das letzte Päckchen. So toll schmeckt sie nicht, es ist mehr die Idee, die zählt. Ich habe sie mir für einen besonderen Anlass aufgespart.«

Ich hörte auf, das Päckchen in der Hand hin- und herzudrehen und blickte ihm in die Augen. »Du hast einen Vetter, der in Amerika war?«

Er lächelte mich an, und mir verschlug es wieder den Atem. »Amerika ist real, weißt du, es kommt nicht nur in der Science Fiction vor. Greg war dort. Er ist auf einen Worldcon in Phoenix gegangen. Er ist Harlan Ellison begegnet!«

»Was ist ein Worldcon?«

»›World Science Fiction Convention‹. Da treffen sich die Leute fünf Tage lang und reden über Science Fiction. Letztes Jahr fand er in Brighton statt, und ich bin hingegangen. Es war genial. Jenseits von genial. Das kannst du dir gar nicht vorstellen.«

Ich war schon der Meinung, dass ich mir das vorstellen konnte. »Wie ein Buchclub, nur hoch drei?«

»Hoch zehn, mindestens. Robert Silverberg war da. Ich hab mich mit ihm unterhalten! Und mit Vonda McIntyre!«

Ich konnte kaum fassen, dass ich im selben Zimmer saß wie jemand, der sich mit Robert Silverberg unterhalten hatte. »Wo findet er dieses Jahr statt?«

»In Boston. Er ist meistens in Amerika. Die Göttin weiß, wann wieder einer in England ist. Aber es gibt auch britische Cons. An Ostern wird einer in Glasgow ausgerichtet. Da sind natürlich nicht so viele amerikanische Autoren. Aber das Tolle sind ja nicht nur die Autoren, sondern auch die Fans. Du glaubst gar nicht, mit wem ich in Brighton alles geredet habe.«

»Fährst du nach Glasgow?«

»Ich hab schon angefangen, dafür zu sparen. Nach Brighton bin ich mit dem Fahrrad gefahren, und geschlafen hab ich in einem Zelt, aber um an Ostern in Glasgow zu sein, brauche ich wenigstens das Geld für ein halbes Hotelzimmer, und es wäre nett, mit dem Zug fahren zu können«, sagte Wim. Seine Begeisterung war ansteckend.

»Ein Hotelzimmer. Geld für den Zug. Wie viel kostet eine Eintrittskarte?«

»Bei einem Con heißt das ›Mitgliedschaft‹«, verbesserte er mich. »Ich hab meine fünf Pfund schon bezahlt.«

»Hm, ob Daniel mir das spendieren würde? Wenn er mich überhaupt gehen lässt. Aber vielleicht kann ich ihn ja überzeugen mitzukommen. Das würde ihm bestimmt Spaß machen.«

»Wer ist Daniel?«, fragte Wim und rutschte ein Stück von mir weg. »Dein Freund?«

»Mein Vater«, sagte ich. »Er liest SF. Am Sonntag hat er Greg und Janine und Pete getroffen, und wir haben uns die ganze Zeit über Bücher unterhalten. So eine Convention würde ihm bestimmt gefallen.« Allerdings war ich mir nicht so sicher, ob seine Schwestern ihn gehen lassen würden. Das würde ihnen überhaupt nicht passen, wenn er etwas unternahm, wobei sie ihn nicht beaufsichtigen konnten. Dass ihre nette Nichte nach Glasgow wollte, würde ihnen wahrscheinlich ebenso gegen den Strich gehen. Ich würde darauf achten müssen, dass sie mir nicht in die Quere kamen.

»Du hast wirklich Glück«, sagte Wim zu meiner Überraschung.

»Glück? Wieso das?« Ich musste blinzeln. Für gewöhnlich finde ich nicht, dass ich viel Glück habe, selbst wenn mein Bein nicht auf eine Folterbank gespannt ist.

»Dass du einen reichen Vater hast, der SF liest. Meiner hält das für kindisch. Als ich zwölf war, fand er es okay, aber er ist der Meinung, dass Lesen grundsätzlich etwas für Weicheier ist, von diesem Kinderkram ganz zu schweigen. Jedes Mal, wenn er mich beim Lesen erwischt, brüllt er mich an. Meine Mutter liest manchmal ›nette Liebesromane‹, wie sie es ausdrückt, Catherine Cookson und so was, aber nur, wenn er nicht zu Hause ist. In unserem Haus gibt es keine Bücher. Ich würde alles dafür geben, Eltern zu haben, die lesen.«

»Ich habe Daniel diesen Sommer erst kennengelernt«, sagte ich. »Meine Eltern sind geschieden, und ich hab den größten Teil meiner Kindheit bei meinen Großeltern verbracht. Sie hatten kein Geld, aber gelesen haben sie, und sie haben mich auch dazu ermutigt. Und Daniel ist eigentlich auch nicht reich. Seine Schwestern haben das große Geld, und sie geben ihm etwas davon ab, halten ihn aber an der kurzen Leine. Sie bezahlen auch dafür, dass ich nach Arlinghurst gehe, vor allem, um mich aus dem Haus zu haben. Ich weiß nicht, ob sie ihm genügend Geld geben, damit wir nach Glasgow gehen können, weil sie das vielleicht gar nicht wollen. Aber mich lassen sie vielleicht dorthin gehen.«

»Wo ist deine Mutter?« Es war eine völlig unschuldige Frage, aber er stellte sie so beiläufig, dass sie wie einstudiert wirkte.

»Sie lebt in Südwales. Sie ist …« Ich zögerte, weil ich weder sagen wollte, dass sie eine Hexe war, noch dass sie verrückt war, obwohl beides zutrifft. Es gibt kein Wort, das beides umfasst. Merkwürdig. »Sie ist geistesgestört.«

»Den Mädchen in der Schule hast du erzählt, sie wäre eine Hexe«, sagte Wim und strich sich das Haar aus dem Gesicht.

»Woher weißt du das?«

»Meine Freundin arbeitet in der Wäscherei, und sie hat mir davon erzählt.«

Mein Herz setzte einen Schlag aus. Seine Freundin? Er war zwei Jahre älter als ich, also war er bestimmt nicht an mir interessiert, und das wusste ich auch, obwohl er mich besuchen gekommen war und mir ziemlich viel Aufmerksamkeit schenkte. Als er seine Freundin erwähnt hatte, war mir sofort das Mädchen eingefallen, das vor den Ferien erschöpft Schuluniformen in die Waschmaschine gestopft hatte. Andererseits war es erstaunlich, dass er sie überhaupt nach mir gefragt hatte.

»Sollen sie mich hassen, solange sie mich nur fürchten«, zitierte ich. »Das hat Tiberius …«

»Ich habe *Ich, Claudius* gelesen«, sagte er. »Du hast den Mädchen erzählt, deine Mutter sei eine Hexe, damit sie Angst vor dir haben?«

»Die sind alle wirklich ganz schön fies«, erklärte ich. »Sie kennen sich schon lange, und ich kannte niemanden, und ich rede auch nicht so wie sie, und da fand ich, das ist eine gute Strategie. Größtenteils hat es auch funktioniert, auch wenn ich mir manchmal recht einsam vorkomme.«

»Also ist sie gar keine Hexe?« Er klang merkwürdig enttäuscht.

»Na ja – eigentlich schon. Eine verrückte Hexe. Eine böse Hexe, wie in den Märchen.« Ich wollte nicht über sie sprechen, ich wollte ihm nicht von ihr erzählen. Was sowieso ziemlich schwer ist.

Er beugte sich vor und sah mir in die Augen. Seine Augen waren sehr, sehr blau, fast so blau wie der Himmel. »Kannst du Gedanken lesen?«

»Was?« Ich war völlig baff.

»Du weißt schon, wie in *Es stirbt in mir.*« Er blieb, wo er war, nur Zentimeter von mir entfernt, und blinzelte nicht ein einziges Mal. Es ist ein Wunder, dass ich nicht erstickt bin, so sehr hatte es mir den Atem verschlagen, und das, obwohl ich wusste, dass er eine Freundin hat.

»Nein! Ich glaube nicht, dass das irgendjemand kann«, sagte ich mit seltsam piepsiger Stimme.

»Ich war nur neugierig.« Er klang irgendwie zaghaft und unsicher, als bereute er, dass er gefragt hatte. Allerdings bewegte er sich noch immer nicht von mir weg. »Es ist nur … als ich dich das erste Mal gesehen habe, hatte ich das Gefühl, du könntest direkt in mich reinschauen. Und als ich hörte, dass du behauptet hast, deine Mutter sei eine Hexe, da dachte ich – kennst du das nicht auch, dass du vor lauter SF-Lesen irgendwann gar nicht mehr weißt, was möglich ist und was nicht? Wenn du anfängst, Hypothesen anzuerkennen, von denen du weißt, dass sie verrückt sind, aber …« Er verstummte.

Als ich ihn das erste Mal gesehen habe, konnte ich nur daran denken, wie umwerfend gut er aussah, das weiß ich noch genau. Falls er das für irgendeine Art mystischer Kommunikation hielt, irrte er sich gewaltig. Die Glocke läutete, die Besuchszeit war vorbei.

»Sie ist eine Hexe«, sagte ich schnell, als er gerade aufstehen wollte. »Und Magie ist real.«

Er beugte sich wieder vor zu mir, die Augen weit aufgerissen. »Zeig es mir.«

»Das ist nicht so wie in den Büchern«, erwiderte ich leise, obwohl die Besucher, die sich verabschiedeten, einen solchen Lärm veranstalteten, dass uns bestimmt niemand hören konnte.

»Zeig es mir trotzdem.«

»Da gibt es nichts zu sehen. Und ich habe geschworen, die Finger davon zu lassen, außer jemand ist in Gefahr!« Noch während ich das sagte, wurde mir klar, wie sehr es sich nach einer lahmen Ausrede anhörte. »Aber da gibt es vielleicht doch etwas, das ich dir zeigen kann«, fuhr ich fort. Ich wollte unbedingt, dass er mir glaubte. »Falls du überhaupt in der Lage bist, es zu sehen. Allerdings musst du warten, bis sie mich hier rauslassen.«

»Du nimmst mich jetzt nicht auf den Arm, oder?«, fragte er argwöhnisch.

»Nein! Natürlich nicht!«

»Na gut«, sagte er ungnädig. »Vielen Dank.«

»Vielen Dank, dass du mich besucht und mir die Bücher gebracht hast«, sagte ich.

Ich sah ihm nach, wie er den Krankensaal verließ, und dann habe ich den restlichen Tag damit zugebracht, die Astronauteneiscreme zu essen (wirklich komisches Zeug) und, obwohl es mir schwerfällt, jedes einzelne Wort unseres Gesprächs niederzuschreiben, damit ich nichts davon vergesse.

Ich muss keine Magie wirken. Wenn er in den Wildererforst mitkommt, kann ich ihm wahrscheinlich eine Fee zeigen. Er glaubt daran, oder wenigstens glaubt er, dass er an etwas glaubt. Aber wenn wir im Wald stehen, und ich sehe Feen und er nicht, wird das äußerst peinlich, denn dann hält er mich für verrückt oder für eine Lügnerin, und beides wäre wirklich furchtbar.

Aber was soll ich machen?

Donnerstag, 17. Januar 1980

So schlimm hat es sich nicht einmal direkt hinterher angefühlt.

Sie haben mich wieder geröntgt. Dr. Abdul wollte mit Daniel sprechen und schien sich zu ärgern, dass er nicht da war – als würde ich ihn in der Hosentasche verstecken. Schließlich haben sie mich gehen lassen, aber sie haben darauf bestanden, dass ich einen Stock aus Metall verwende anstelle meines Feenstocks, gegen den es nun wirklich nichts einzuwenden gibt. Ich habe es nur mit Mühe zur Bushaltestelle geschafft und von der Bushaltestelle zur anderen Bushaltestelle. Gott sei Dank gibt es Mauern, auf die man sich setzen kann. Es fühlt sich viel schlimmer an als vorher, ich glaube, sie haben es endgültig kaputt gemacht, und das wollte er Daniel erklären, nur mir nicht.

Ich bin wieder in der Bibliothek. Miss Carroll ist der Meinung, ich gehöre ins Bett. Sie hat mir Malzbonbons und ein Glas Wasser gebracht, obwohl Essen in der Bibliothek streng verboten ist.

Schmerzen, Schmerzen, SCHMERZEN.

Freitag, 18. Januar 1980

In der Krankenstation im Bett. Auf einem Kissen zu liegen, und das ohne Streckverband, ist wundervoll. Wenn ich mich nicht bewege, tut es nicht ganz so sehr weh. Auch das Schulessen wusste ich bisher nicht angemessen zu schätzen. Das Gute am Krankenhaus waren natürlich die Besucher.

Hier kann mich außer Deirdre und Miss Carroll niemand besuchen. Wenn Janine oder Greg vorbeikämen, würden sie wahrscheinlich einen Anfall kriegen, und Wim wäre bestimmt ein Grund, mich von der Schule zu werfen. Aber wieso sollte er hier auftauchen?

Ich arbeite den ganzen Stoff nach, den ich verpasst habe, und eigentlich bin ich mit allem außer Mathe schon durch. Aber Mathe liegt mir einfach nicht, und vor lauter Schmerzen kann ich die Zahlen nicht richtig auseinanderhalten. In Geographie ist die Gletscherbildung dran. Das hatte ich schon mal, also bereitet es mir keine Schwierigkeiten. Es ist sogar ziemlich langweilig – na schön, Gletscher, Kare, Endmoränen, Trogtäler. Deirdre hatte noch nie davon gehört und gestand mir, dass sie davon Albträume bekommen hat. Ich war brav und habe ihr nicht die Geschichte von Clarkes »Der vergessene Feind« erzählt.

Morgen kann ich nicht in den Ort gehen, aber ich habe mich auch mit niemandem verabredet. Miss Carroll bringt meine Bibliotheksbücher zurück und holt die neuen. Vielleicht geht es mir bis Dienstag wieder besser. Oder jedenfalls so gut, wie es mir vorher gegangen ist.

Ich möchte wieder richtig laufen können. Ich habe das Gefühl, in der Falle zu sitzen. Das ist grässlich.

Die Nacht ist unser ist übertrieben freudianisch, kein bisschen subtil. Aber ein paar Stellen sind trotzdem gut.

Samstag, 19. Januar 1980

Daniel ist mich besuchen gekommen, was mich wirklich überrascht hat. Er hat den Kopf zur Tür reingestreckt und gefragt: »Na, was meinst du, wen hab ich mitgebracht?«

Ich hatte auf Sam gehofft, aber richtig geraten, dass es seine Schwestern waren. Zu meiner Überraschung war es nur eine von ihnen. »Hallo, Tante Anthea«, sagte ich, worüber sie sichtlich erschrak. Natürlich habe ich nur geraten, aber meiner Erfahrung nach war es meistens Anthea, die Älteste, wenn eine alleine war.

»Ich konnte einfach nicht anders, ich wollte unbedingt einmal in unserer alten Schule vorbeischauen«, sagte sie.

»Mich wundert eher, dass die anderen dem widerstehen konnten«, sagte ich, darum bemüht, die nette Nichte zu spielen.

»Dann wäre im Wagen nicht genügend Platz, meine Liebe.«

Also, in Daniels Wagen passen, wie in die meisten Autos, von Tantchen Tegs kleinem orangem Fiat 500 einmal abgesehen, vier Personen. Und sogar in den Fiat können sich vier Leute reinquetschen, wenn sie nicht allzu groß sind. In dem Moment wurde mir klar, dass sie mich mit nach Hause nehmen wollten.

»Damit du dich erholen kannst«, sagte Daniel.

Ich fand ja, dass es sinnvoller gewesen wäre, wenn Daniel unter der Woche gekommen wäre und mit Dr. Abdul gesprochen hätte, aber anscheinend hat er mit ihm telefoniert – wer da wohl wen angerufen hat? Jedenfalls ist die Schule offenbar der Meinung, dass es eine Weile dauert, bis ich wieder am Unterricht teilnehmen kann, und da wäre es besser für mich, zu Hause gepflegt zu werden. Was ja durchaus richtig ist, wenn ich denn ein Zuhause hätte. Ich habe es mit jedem Argument versucht, das mir einfiel, ich habe sogar die nette Nichte gemimt und behauptet, ich wollte das Hockeyspiel gegen St. Felicity nicht verpassen, aber sie ließen nichts davon gelten.

Es dauerte nicht lange, und schon wurde ich zum Wagen geführt. Dabei war mir ihre Hilfe eher hinderlich. Wenn man einen Gehstock benutzt, dann ist dieser Stock und der Arm, der ihn hält, so etwas wie dein Bein. Wenn jemand also den Stock oder den Arm festhält oder hochhebt oder sonst irgendetwas damit macht, ohne darum gebeten worden zu sein, dann ist das in etwa so, als würde man jemanden am Bein packen, während er läuft. Ich wünschte, die Leute würden das begreifen. Ein paar von den Mädchen haben uns gesehen, und die Schulschwester weiß natürlich Bescheid, also erfährt Miss Carroll auch davon, und sie wird es bestimmt den anderen erzählen. »Den anderen«, sage ich, und ich meine nicht nur Wim, sondern auch Janine und die Übrigen. Aber ich muss schon zugeben, dass ich in erster Linie Wim meine. Ich glaube, ich bin ein bisschen in ihn verknallt. Dummerweise habe ich seine Zelazny-Bücher in der Schule liegen lassen, sodass ich sie nicht lesen kann.

Sonntag, 20. Januar 1980

Draußen stürmt es, und manchmal habe ich den Eindruck, dass das ganze Gebäude gleich umgeblasen wird. Die Fenster klirren, und der Wind pfeift durch die Ritzen und den

Kamin herunter. Während ich hier liege, spüre ich, wie das ganze Haus vibriert, als wäre es ein Segelschiff.

Bücher habe ich reichlich, und Daniel kommt hin und wieder hoch und fragt, ob ich mehr möchte. Ich habe ein Kissen und bin nicht mehr auf die Folterbank geschnallt. Ich kann ins Bad humpeln. Ich habe eine Karaffe mit Wasser, eine echte Karaffe mit einem richtigen Kristallstöpsel. Sie bringen mir das Essen, das nicht schlechter ist als in der Schule. (Wenn das Essen magisch ist, dann ist es die Magie von Old Hall, die hier seit Jahr und Tag ihre Wirkung tut, nicht mehr und nicht weniger.) Ich habe ein Radio, in dem Nachrichten kommen und *The Archers* und *Gardeners' Question Time* und, zu meiner Überraschung und Freude, *Per Anhalter durch die Galaxis*. Was für ein großartiges Hörspiel! Bestimmt könnte ich mir auch einen anderen Sender suchen als *Radio 4*, *Radio 1* zum Beispiel. Aber das würde nur die Tanten ärgern, und auf *Radio 4* laufen vielleicht noch andere unerwartete Perlen wir PAddG, während *Radio 1* ausschließlich Popmusik zu bieten hat. Die meiste Zeit lese ich sowieso.

Wie lange sitze ich hier wohl noch fest?

Zum Abendessen bin ich nach unten gehumpelt. Es gab überbackene Makkaroni, wie immer völlig verkocht und fast ungenießbar. Sie saßen alle da, haben gegessen und dümmliche Bemerkungen gemacht, genickt und gelächelt. Ich habe die nette Nichte gespielt. Eigentlich würde ich gerne mit Daniel darüber reden, was er davon hält, über Ostern nach Glasgow zu fahren, aber das mache ich besser, wenn sie nicht mithören.

Nach dem Essen habe ich gefragt, ob ich Tantchen Teg anrufen darf. Sie konnten nicht gut nein sagen, jedenfalls nicht in Daniels Gegenwart, also haben sie es mir erlaubt. Tantchen Teg war entsetzt, dass ich im Krankenhaus war und ihr niemand Bescheid gesagt hat, und sie glaubt nicht, dass sie es dort schlimmer gemacht haben. Sie versucht immer, alles möglichst positiv zu sehen, was manchmal ganz nett ist, und es gibt auf der ganzen Welt niemanden, mit dem man besser feiern kann, aber im Moment hilft mir das nicht weiter. Sie hat mir versprochen, Opa zu grüßen und ihm zu erklären, warum ich mich nicht gemeldet habe. Hoffentlich nimmt ihn das nicht zu sehr mit – aber wahrscheinlich erzählt sie ihm, dass es mir schon viel besser geht und dass ich bald wieder rennen kann. Schön wär's. Selbst wenn mein Bein mir nicht direkt wehtut, spüre ich jetzt doch beständig ein leichtes Ziehen. Ich bin mir sicher, dass es schlimmer geworden ist.

Das Telefon steht im Flur auf einem Tischchen mit einer gepolsterten Bank daneben. Während ich mit Tantchen Teg plauderte, saß ich auf der gepolsterten Bank. Nachdem ich aufgelegt hatte, fragte ich mich, wen ich sonst noch anrufen konnte, wenn ich schon einmal hier war und mich niemand störte. Allerdings kenne ich von niemandem die Telefonnummer. Es hatte keinen Sinn, Greg in der Bibliothek anzurufen, nicht an einem Sonntag. Privatnummern habe ich sowieso keine, nicht mal die von Janine. Auf dem Tischchen lag ein Telefonbuch, ein selbstgemachtes, um Nummern hineinzuschreiben, kein dickes gelbes. Ich blätterte es durch, ohne auf jemanden zu stoßen, den ich kannte, bis ich zu M kam, und da stand Sam, seine Adresse und seine Telefonnummer.

Seine Vermieterin nahm sofort ab, und sie erinnerte sich an mich. »Die kleine Enkelin«, sagte sie. Ich bin nicht klein, und es ist ein komisches Gefühl, von Sam als meinem Großvater zu denken. Ich habe schon einen Opa, die Stelle ist nicht frei. Aber ich mag Sam.

Nach einer Weile kam er ans Telefon. »Morwenna?«, sagte er. »Ist irgendetwas passiert?«

»Nicht direkt, ich bin nur zur Genesung in Old Hall, und da habe ich an dich gedacht und wollte dich anrufen.«

»Genesung von was?«, fragte er, also erzählte ich ihm alles, und dass ich dachte, dass alles nur schlimmer geworden war. »Vielleicht, vielleicht«, sagte er. »Aber manchmal tut es auch weh, wenn etwas heilt, hast du daran schon gedacht?«

»Mir sagt einfach niemand was«, entgegnete ich. »Dr. Abdul wollte mit Daniel sprechen, mit mir hat er nicht geredet. Ich könnte sterben, und sie würden mir nichts sagen.«

»Ich glaube schon, dass Daniel dir das sagen würde«, antwortete Sam, aber er klang nicht völlig überzeugt.

»Wenn sie ihn lassen«, sagte ich.

Sam schwieg einen Moment. »Vielleicht sollte ich euch einen Besuch abstatten«, sagte er schließlich. »Ich habe eine Idee. Lass mich bitte mit Daniel reden.«

Also musste ich Daniel rufen und ihm alles erklären, und er schickte mich ins Bett und sprach eine ganze Weile mit Sam. Dann kam er hoch und erklärte mir, dass Sam morgen kommen würde, mit dem Zug, und dass er ihn in Shrewsbury abholen würde.

Es ist eine seltsame Vorstellung, dass Sam verreist, und noch seltsamer ist die Vorstellung, dass er hier sein wird, aber er kommt morgen! Daniel hat gesagt, dass Sam schon ein recht alter Mann ist und nur noch selten irgendwohin fährt, also sollte ich mich geehrt fühlen, und das tue ich auch.

Montag, 21. Januar 1980

Sam hat mir einen kleinen Strauß Schneeglöckchen aus dem Garten seiner Vermieterin mitgebracht. »Das sind die ersten«, sagte er. Trotz der langen Fahrt mit Zug und Auto – Daniel hat ihn in Shrewsbury abgeholt – waren sie noch fast frisch und dufteten herrlich. Mor hat Schneeglöckchen immer geliebt. Es waren ihre Lieblingsblumen, und wir haben welche auf ihrem Grab gepflanzt. Ob sie wohl schon blühen? Eine der Tanten hat meine in eine kleine Kristallvase getan, die zu der Karaffe passt, und jetzt stehen sie auf meinem Nachttisch.

Sam hat mir auch zwei Bücher von Platon mitgebracht – *Nomoi* und *Phaidros*, was ich schon immer einmal haben wollte, denn das lesen sie in *The Charioteer*. Sie sind nicht neu, ganz offensichtlich hat er sie schon einige Zeit, aber er muss eine halbe Ewigkeit damit zugebracht haben, nach ihnen zu suchen. Außerdem hat er mir ein kleines blaues Pelican-Taschenbuch gegeben, *Die Griechen* von H.D.F. Kitto, damit ich die Zusammenhänge besser verstehe, wie er gesagt hat. Das hilft mir bestimmt nicht nur bei Platon, sondern auch bei Mary Renault. Hoffentlich ist es interessant geschrieben. Das Geschichtsbuch von Churchill, das ich als Preis bekommen habe, habe ich noch immer nicht angefangen.

Außerdem hat er mir noch ein Döschen Beinwurzsalbe mitgebracht, die sonderbar riecht. »Ich weiß nicht, ob das etwas hilft, aber ich dachte, einen Versuch ist es wert«, sagte er. Ich habe mein Bein damit eingerieben, und es hat überhaupt nichts geholfen, außer dass es jetzt komisch riecht, aber es ist der Gedanke, der zählt.

Sam ist der Meinung, dass ich mich akupunktieren lassen sollte. Sam verfügt über eine gewisse Magie, keine echte Magie, aber er ist so ganz er selbst. Es würde jeder Art von Magie schwerfallen, bei ihm irgendeinen Ansatzpunkt zu finden. Es war interessant, ihn in Gesellschaft der Tanten zu beobachten; er ist äußerst höflich zu ihnen, behandelt sie aber so, als wären sie nicht weiter wichtig, und sie wissen nicht, wie sie damit umgehen sollen. Er hat keine Ritzen, in die sie eindringen können. Wenn sie das Akupunktieren vorgeschlagen hätten – dabei werden einem Nadeln ins Fleisch gesteckt –, hätte ich mich nach Kräften gewehrt. So waren sie natürlich dagegen.

»Das ist doch nur ein törichter chinesischer Aberglaube, wie kannst du das ernst nehmen«, sagte die Erste.

»Morwenna hat furchtbare Angst vor Nadeln, sie hat sich ja nicht einmal die Ohren durchstechen lassen«, fügte die Zweite hinzu.

»Was um Himmels willen soll das denn bewirken?«, schloss die Dritte.

Aber Sam ließ sich nicht aus der Ruhe bringen. »Ich finde, wir sollten es versuchen. Was kann es denn schaden? Morwenna ist ein vernünftiges Mädchen.«

Er hat eine Praxis in Shrewsbury ausfindig gemacht und sich die Adresse aufgeschrieben. Er wollte auf der Stelle mit mir dorthin fahren, aber die Schwestern brachten Daniel dazu, dass er zuerst anrief. Er hat für morgen früh einen Termin gemacht.

Sam war den ganzen Nachmittag bei mir im Zimmer, und wir haben uns unterhalten. Er ist ein alter Mann und hat ein merkwürdiges Leben hinter sich – stell dir vor, du findest heraus, dass deine ganze Familie umgebracht worden ist! Das wäre, wie wenn Wales in diesem Moment im Meer versinken würde, und dann wäre nur noch ich übrig. Na ja, Vetter Arwel in Nottingham auch, aber nur wir beide von allen, mit denen ich aufgewachsen bin. Genau so war es für Sam. Als er nach dem Krieg zurückkam, waren sie alle fort, und in seinem Haus wohnten fremde Leute, und die Nachbarn taten so, als kennten sie ihn nicht. Die Brotbüchse seiner Mutter stand bei den Nachbarn auf dem Tisch, aber nicht einmal die gaben sie ihm.

»Und dir bedeuten sie rein gar nichts«, sagte er.

»Nicht nichts.«

»Das sind fremde Menschen. Selbst ich bin für dich fremd. Aber meine Familie, das waren deine Vettern und Basen. Die Regierung redet schon lange davon, eine Wiedergutmachung zu bezahlen. Aber wie kann man den Verlust einer Familie wiedergutmachen? Wie können sie dir deine Vettern zurückgeben, die du nie gekannt hast, und deine Basen, die nie geboren wurden, die jetzt in deinem Alter wären?«

Da begann ich zu begreifen. Ich könnte ein Gedicht darüber schreiben: »Hitler, gib mir meine Vettern und Basen zurück!«

Ich glaube, es stimmt Sam ein wenig traurig, dass ich keine Jüdin bin, dass seine Nachfahren das nicht sein werden. Aber er redet nicht darüber, und er macht mir das auch nicht im Mindesten zum Vorwurf. Er hat erzählt, dass er nicht in Polen geblieben ist, weil er überall die Toten spürte, als kämen sie jeden Moment um die Ecke. Das kann ich verstehen. Fast hätte ich mit ihm über Magie geredet, über das, was ich getan habe, um eine Karass zu begründen, über Mor, die unter den Feen herumirrt. Vielleicht hätte ich es getan, wenn wir die Zeit dafür gehabt hätten. Aber dann kam Daniel herein und sagte, sie müssten los, wenn sie seinen Zug kriegen wollten, also habe ich mich verabschiedet.

Sam hat mich geküsst, und er hat mir die Hand auf den Kopf gelegt und auf Hebräisch ein Gebet gesprochen. Er hat mich nicht um Erlaubnis gefragt, aber es hat mir nichts ausgemacht. Am Schluss hat er mich angeschaut und gelächelt, wie er das immer tut, mit ganz vielen Falten, und gesagt: »Du kommst schon klar.« Ich war erstaunt, wie beruhigend ich das fand. Ich höre es jetzt noch. »Du kommst schon klar.« Als wäre er davon überzeugt.

Ich kann die Schneeglöckchen riechen. Ich bin so froh, dass er hier war.

Dienstag, 22. Januar 1980

Sam hatte recht, was die Akupunktur betrifft.

Es war reine Magie. Das Ganze wird »Chi« genannt, und sie tun nicht einmal so, als wäre es keine Magie. Der Mann, der das macht, ist Engländer, was mich überrascht hat, nachdem die Tanten versucht haben, mir mit ihrem Gerede über hinterhältige Orientalen Angst zu machen. Er wurde in Bury St. Edmunds ausgebildet, drüben in den Fens in der Nähe von Cambridge, und zwar von Leuten, die in Hongkong gelernt haben. Er hatte gerahmte Zertifikate, wie bei einem Arzt. An der Decke hing eine Karte der Akupunkturpunkte des menschlichen Körpers. Ich hatte ausreichend Gelegenheit, sie mir anzuschauen, denn die meiste Zeit lag ich reglos auf dem Tisch, und in meinem Bein steckten riesige Nadeln.

Es tut überhaupt nicht weh. Eigentlich spürt man gar nichts, obwohl die Nadeln wirklich lang sind und tief drinstecken. Aber als die letzte Nadel in mich hineinglitt, hörten die Schmerzen auf, als hätte jemand einen Schalter umgelegt. Wenn ich das nur lernen könnte! Eine hat er an meinem Fußknöchel geringfügig falsch platziert, und das habe ich gespürt – es hat nicht richtig wehgetan, eher wie ein Nadelstich. Ich habe nichts gesagt, aber er hat sie sofort wieder herausgezogen und den Bruchteil eines Millimeters weiterbewegt, und dieses Mal habe ich nichts gespürt. Das ist Körpermagie, ganz ohne Frage.

Selbst wenn es die Schmerzen nur für die eine Stunde, die ich dort war, abgestellt hätte, wäre es die dreißig Pfund wert gewesen, mir jedenfalls. Doch darauf beschränkte es sich nicht. Ich wurde nicht auf wundersame Weise geheilt oder so etwas, aber auf dem Hinweg in die Praxis bin ich die Treppe hinaufgehumpelt, und auf dem Rückweg bin ich sie mit sicheren Schritten hinuntergegangen und fühlte mich nicht schlechter als vor meiner Zeit auf der Folterbank. Er möchte mich sechs Wochen lang jede Woche sehen. Heute, so sagte er, hätte er lediglich gegen die Schmerzen getan, was ihm möglich war, aber wenn er mich regelmäßig behandeln würde, könnte er vielleicht herausfinden, was mir fehlte, und etwas dagegen tun. Er bewunderte meinen Stock – ich hatte den Feenstock mitgenommen, denn er scheint mir mehr Kraft zu geben als der aus Metall, außerdem ist er nicht so hässlich.

»Ich möchte in die Schule zurück«, sagte ich zu Daniel, bevor wir wieder ins Auto stiegen. Eine blasse Wintersonne hing am Himmel, und die rosafarbenen Häuser von Shrewsbury waren in goldenes Licht getaucht. Wenn wir gleich losgefahren wären, hätte ich noch rechtzeitig in der Schule sein können, um am Buchclub teilzunehmen.

»Erst möchte ich sehen, wie es dir morgen geht«, sagte er. »Aber was hältst du davon, chinesisch essen zu gehen, nachdem dir die chinesische Medizin so gutgetan hat?«

Also gingen wir in ein Restaurant namens »Roter Lotus« und aßen Rippchen und Huhn mit gebratenem Reis und Chow-Mein und Rindfleisch in Austernsoße. Es war köstlich, so gut habe ich seit Jahren nicht mehr gegessen, vielleicht noch nie. Ich aß, bis ich fast geplatzt wäre. Während dem Essen erzählte ich Daniel von der Convention in Glasgow, dem Albacon, dem diesjährigen Eastercon, und was Wim über den Worldcon in Brighton gesagt und dass er Robert Silverberg getroffen und fünf Tage lang nur über Bücher geredet hat. Daniel meinte, er glaube nicht, dass seine Schwestern ihm erlauben würden, über Ostern zu verreisen, aber er hat nichts dagegen, dass ich gehen wollte, und er übernimmt sogar die Kosten!

Manchmal denke ich, ich würde Daniel wirklich gerne vor seinen Schwestern retten. Er war gut zu mir, was wahrscheinlich auch seine Pflicht als Vater ist, aber warum sollte er das für mich empfinden? Ich würde ihn gerne retten, aber ich glaube nicht, dass ich das kann, und jeder Versuch käme einer Kriegserklärung an seine Schwestern gleich, wohingegen sie mich wahrscheinlich in Ruhe lassen, wenn ich mich nicht einmische. Ich muss mich jetzt vor allem um mich selbst kümmern. Sie werden ihm nicht erlauben, nach Glasgow zu fahren. Immerhin haben sie der Akupunktur zugestimmt und einer Mahlzeit in einem chinesischen Restaurant, aber das wohl auch nur, weil der gute alte Sam sich dafür starkgemacht hatte.

Mit der Rechnung haben sie uns zwei Glückskekse hingelegt. Auf meinem Zettel stand: »Noch ist nicht alles verloren.« Soll mich das vielleicht aufheitern? Klingt irgendwie wie der Vers in der *Aeneis: Et haec olim meminisse iuvabit.* »Vielleicht werden wir uns auch daran einmal gerne erinnern.« Im ersten Moment denkst du, wie furchtbar, und dann wird dir klar, dass es stimmt und eigentlich nichts Schlimmes ist. Daniels Spruch lautete: »Sie essen gerne chinesisch«, was sich nicht bestreiten lässt. »Sie sind ein schrecklicher Vater« wäre vielleicht ein wenig grausam gewesen.

Als wir wieder im Auto saßen und ich mit dem Gurt herumfuhrwerkte, musterte mich Daniel mit ernster Miene. »Die Akupunktur hat dir wirklich gutgetan, nicht wahr?«

»Ja«, erwiderte ich.

»Dann solltest du in den nächsten sechs Wochen wieder hingehen, wie er gesagt hat.«

»Okay.« Ich schaffte es endlich, mich anzuschnallen.

Daniel warf seine Zigarette aus dem Fenster. »Ich kann dich allerdings nicht jede Woche abholen und wieder zurückfahren. Manchmal vielleicht.«

Ich begriff sofort, dass sie es ihm nicht erlauben würden. Er legte den Gang ein und bog aus dem Parkplatz, und die ganze Zeit über sagte ich nichts, denn was hätte ich schon sagen sollen.

»Du könntest den Zug nehmen«, fuhr er schließlich fort.

»Den Zug?« Bestimmt klang ich äußerst skeptisch. »Es gibt nicht einmal einen Bahnhof. Einen Bus vielleicht.«

»In Gobowen gibt es einen Bahnhof. Als meine Schwestern nach Arlinghurst gingen, sind sie immer dorthin gefahren, und die Schule hat sie abgeholt. Damals haben alle den Zug genommen.«

»Bist du sicher, dass es den noch gibt?« Immerhin stand der Bahnhof nicht auf der langen Liste von Bummelzügen, die von Beeching geschlossen und von Flanders und Swann in »Slow Train« besungen worden waren, aber vielleicht hatten sie ihn trotzdem dichtgemacht.

»Er liegt auf der Strecke nach Nordwales, nach Welshpool und Barmouth und Dolgellau«, sagte Daniel. Dolgellau war der einzige Ort, von dem ich schon mal etwas gehört hatte, denn dort hatten Oma und Opa einmal einen alten Kaplan besucht, der dorthin gezogen war, bevor ich überhaupt geboren wurde. Nordwales ist fast schon ein anderes Land. Von Südwales führt keine direkte Verbindung dorthin, man muss über England fahren, jedenfalls mit dem Zug oder auf den besseren Straßen. Wahrscheinlich gibt es in den Bergen auch Straßen, aber da war ich noch nie, obwohl es mich interessiert.

»Na schön«, sagte ich. »Ich muss also mit dem Bus in den Ort fahren, mit einem anderen Bus nach Gobowen und von da mit dem Zug.«

»Hin und wieder werde ich dich abholen können«, sagte er und zündete sich die nächste Zigarette an. »Welcher Tag würde denn am besten passen?«

Ich dachte darüber nach. Auf keinen Fall dienstags, sonst käme ich möglicherweise nicht mehr rechtzeitig zum Buchclub. »Donnerstags«, sagte ich. »Am Donnerstagnachmittag habe ich nur Religion und zwei Stunden Mathe.«

»Wenn ich mir deine Noten so anschaue, ist Mathe das Fach, das du eher nicht verpassen solltest«, sagte Daniel, aber ihm war anzuhören, dass er innerlich lächelte.

»Ehrlich, es spielt überhaupt keine Rolle, ob ich da bin oder nicht. Es will mir einfach nicht in den Kopf. Was ich an Mathe weiß, ist aus Physik oder Chemie. Mathe könnten sie genauso gut auf Chinesisch unterrichten, ich kapier's einfach nicht. Vermutlich fehlt der entsprechende Teil meines Gehirns. Und wenn ich darum bitte, mir etwas noch einmal zu erklären, verstehe ich es immer noch nicht.«

»Vielleicht solltest du Nachhilfe nehmen«, schlug Daniel vor.

»Das Geld wäre zum Fenster hinausgeworfen. Ich krieg das einfach nicht hin. Genauso gut könntest du einem Pferd beibringen zu singen.«

»Kennst du die Geschichte?«, fragte er, wobei er sich mir zuwandte und mir aus Versehen Rauch ins Gesicht blies. Igitt!

»Tötet mich nicht, gebt mir ein Jahr, dann bringe ich deinem Pferd das Singen bei. In einem Jahr kann alles Mögliche geschehen: Der König könnte sterben. Ich könnte sterben. Und vielleicht lernt das Pferd doch singen«, fasste ich zusammen. Das stammt aus *Der Splitter im Auge Gottes*, und deshalb ist es ihm wahrscheinlich auch eingefallen.

»In der Geschichte geht es darum, Dinge hinauszuschieben«, sagte Daniel, als wäre das sein Fachgebiet.

»In der Geschichte geht es um Hoffnung«, sagte ich. »Wir wissen nicht, was am Ende des Jahres passiert ist.«

»Wenn das Pferd singen gelernt hätte, wüssten wir das.«

»Vielleicht ist das der Ursprung der Zentauren-Legende. Vielleicht ist das Pferd nach Narnia gegangen und hat den Mann mitgenommen. Vielleicht wurde es der Vorfahre von Caligulas Pferd Incitatus, das zum Senator ernannt wurde. Vielleicht gab es eine ganze Sippe singender Pferde, und Incitatus war ihr Versuch, gleichgestellt zu werden, nur dass alles schiefging.«

Daniel warf mir einen irritierten Blick zu, und ich wünschte, ich hätte mir meine Ausführungen für jemanden aufgespart, der sie zu schätzen weiß.

»Dann also donnerstags«, sagte er. »Sobald wir zu Hause sind, rufe ich dort an und treffe die nötigen Vereinbarungen.«

Wenn es in der Geschichte darum gegangen wäre, Dinge hinauszuschieben, hätte sie eine eindeutige Moral gehabt, und der Mann wäre am Ende des Jahres gestorben. Ich stelle mir lieber vor, dass sie überleben.

Am Ende des Jahres brachen sie die Stalltür nieder,
und Mann und Pferd galoppierten gemeinsam fort,
dem Sonnenuntergang entgegen an einen schöneren Ort,
sprengten dahin und sangen glückliche Lieder.

Mittwoch, 23. Januar 1980

Heute Morgen hat es ein kleines bisschen geschneit, allerdings nicht so viel, dass ein Hobbit davon nasse Zehen bekommen hätte, und bis zum Frühstück war auch alles wieder geschmolzen.

Ich bin wieder in der Schule, die lauter ist denn je, so laut, dass es widerhallt.

Ein Spiel von Traum und Tod hat sich als Romanfassung von »Der Former« entpuppt, einer Variation von Brunners *Beherrscher der Träume*, oder umgekehrt. Ich weiß nicht, was zuerst geschrieben wurde, aber den Brunner habe ich zuerst gelesen. Allein die Vorstellung, mit Träumen zu arbeiten, ist sonderbar. *Ein Spiel von Traum und Tod* ist ein gutes Buch, aber auch ein beunruhigendes. Kaum zu glauben, dass es vom selben Autor stammt wie die *Amber*-Romane, die solchen Spaß machen.

Die Leute sind viel freundlicher zu mir als früher. Sharon hat »Hallo« gesagt, als ich nach dem Mittagessen zum Englischunterricht gegangen bin, und »schön, dass du wieder da bist«. Nachdem ich aufgestanden bin, hat Daniel darauf bestanden abzuwarten, wie es mir geht, und er hat mich erst am späten Vormittag nach Arlinghurst gefahren. Es hat sich nichts verändert. Bei der Kälte benimmt sich mein Bein wieder wie ein rostiger Wetterhahn, aber das ist immer noch so viel besser als vor der Akupunktur, dass es mir fast egal ist.

Ich habe Sharon verziehen, dass sie mir die kalte Schulter gezeigt hat. Ich werde höflich und nett sein, aber ich werde mir auch keine besondere Mühe geben, sie nicht Schussel zu nennen, wenn das alle tun. Deirdre dagegen, die zu mir gehalten hat, hat sich meine lebenslange Treue verdient, und das Wort »Dussel« wird mir niemals über die Lippen kommen. Obwohl ich mehr hinkte denn je, sagten alle heute seltsamerweise »Rote Socke« zu mir. Vielleicht haben sie jetzt größeren Respekt vor mir, nachdem ich im Krankenhaus war. Zum Glück hat es aber auch niemand für nötig gehalten, mich mit Mitleid zu überhäufen.

Es ist wirklich nett, Miss Carroll wiederzusehen. Während ich hier in der Bibliothek lese oder schreibe, stört sie mich nie, aber wenn ich an ihrem Schreibtisch vorbeikomme, hat sie immer ein paar freundliche Worte für mich übrig. Ich habe mich schon fast an die Bibliothek gewöhnt, an das ganze Holz und die hübschen Bücherregale, aber erst jetzt wird mir wieder klar, wie genial es hier ist. So ein Zimmer hätte ich gerne in meinem eigenen Haus, wenn ich einmal ein eigenes Haus habe, wenn ich erwachsen bin.

Die Insel der Toten ist wirklich seltsam. Mir gefällt die Idee, Welten zu erschaffen, und die außerirdischen Götter und die Aliens und der ganze Hintergrund. Allerdings weiß ich nicht, was ich von der eigentlichen Handlung halten soll.

Donnerstag, 24. Januar 1980

Heute Abend besuchen wir eine Aufführung von *Der Sturm* im Theatre Clwyd in Mold. Außer mir findet das anscheinend niemand aufregend, also tue ich so, also wäre es mir ebenfalls gleichgültig. Deirdre hat gesagt, sie fände Shakespeare furchtbar. Sie hat *Das Wintermärchen* und *Richard II.* gesehen, und sie mochte beide nicht. Gut möglich, dass das Ensemble nichts taugt, denn zumindest *Richard II.* müsste auf der Bühne großartig sein. »Lasst uns niedersitzen zu Trauermären von der Kön'ge Tod.«

Anscheinend ist die neue Freundlichkeit von Dauer. Haben meine Mitschülerinnen bisher gedacht, ich würde nur so tun, als wäre mein Bein kaputt? Oder ist sonst irgendwas geschehen? Ich mache kein großes Aufheben darum, als wäre es normal, bleibe jedoch abweisend, denn wenn ich etwas preisgebe, kassiere ich nur wieder eine Retourkutsche.

Ich lese *Der Herr der Ringe*. Mir war plötzlich danach. Ich kenne es fast schon auswendig, aber ich kann trotzdem noch ganz darin eintauchen. Ich kenne kein anderes Buch, bei dem man so sehr den Eindruck hat, sich auf eine Reise zu begeben. Wenn ich es weglege, um das hier zu schreiben, habe ich das Gefühl, zusammen mit Pippin auf den Widerhall des Steins im Brunnen zu warten.

Freitag, 25. Januar 1980

Das Erste, was mir an der *Sturm*-Inszenierung der Touring Shakespeare Company nicht gefiel, war, dass Prospero von einer Frau gespielt wurde. Sie war sehr gut, aber mit einer Mutter ist das Stück einfach nicht mehr stimmig. Schließlich geht es vor allem um den Gegensatz zwischen männlich und weiblich: Prospero und Sycorax, Caliban und Ariel, Caliban und Miranda, Ferdinand und Miranda. Zugegeben, so passen Prospero und Antonia auch in dieses Schema. Aber die Beziehung zwischen Prospero und Miranda ist überhaupt nicht mehr glaubhaft, schon gar nicht als Beziehung zwischen Mutter und Tochter. Und Prospero war mir auch nicht mehr sympathisch. Ich habe ihn als unnahbaren Mann gelesen, der mit einem Kleinkind nicht viel anfangen kann, aber eine solche Frau ist zu unnatürlich, um sie zu mögen. Womit ich nicht sagen will, dass die Frauen die Kinder am Hals haben sollten, aber – was bei einem Mann interessant ist, wenn er versucht, sein Möglichstes zu tun, wirkt bei einer Frau wie Vernachlässigung.

Allerdings muss sich Prospero das auch vorwerfen lassen, von welcher Warte man es auch betrachtet. Offenbar war er als Herzog von Mailand eine absolute Niete, und daran würde sich auch nichts ändern. Ich kann wirklich nachvollziehen, dass jemand seine ganze Zeit in der Bibliothek verbringen und sein Buch lesen möchte, anstatt sich um seine Pflichten zu kümmern. Aber es gibt nicht einen Hinweis darauf, dass er nach ihrer Rückkehr nicht genau das Gleiche machen würde. Es wäre sogar noch schlimmer, denn er würde alles lesen wollen, was seine Lieblingsautoren geschrieben haben, während er auf der Insel festsaß. Antonia war wahrscheinlich ein viel besserer Herzog. Klar, er war ein hinterhältiger Schweinehund, aber er würde bestimmt dafür sorgen, dass alle glücklich und zufrieden sind, weil das zu seinem Vorteil wäre. Die Leute waren wahrscheinlich entsetzt, als Prospero zurückkam, ertränkte Bücher oder nicht.

Von alldem wird in meinem Aufsatz über das Stück nur wenig stehen. Und ganz bestimmt schreibe ich nichts darüber, was ich von den Feen gehalten habe, denn die waren genial und erstaunlich lebensecht.

Ariel hat nicht gesprochen, sie hat ihren ganzen Text gesungen. Sie trug irgendetwas Weißes, eng Anliegendes, mit lauter Schleiern, die sie umschwebten, wenn sie sich bewegte oder gestikulierte. Sie hatte einen rasierten Kopf, der ebenfalls von einem Schleier verdeckt war. Als sie am Schluss in die Freiheit entlassen wird, fallen alle Schleier zu Boden, und wir sehen zum ersten Mal ihr Gesicht, und ihr Gesichtsausdruck gleicht dem einer Fee – wirklich überzeugend. Ob die Schauspielerin wohl schon welchen begegnet ist? Der Gesang brachte schön zum Ausdruck, wie sonderbar sie sprechen. Gut gemacht, Shakespeare, gut gemacht, Touring Company. Shakespeare kannte die Feen bestimmt, und zwar recht gut. Er hat einfach gemacht, was ich auch mache, und das, was sie sagen, so übersetzt, dass das wiedergegeben wird, was sie eigentlich gesagt hätten.

Caliban … tja, was ist Caliban? Beim Lesen dachte ich, er wäre eine Fee, ein sonderbarer, mit Warzen bedeckter Fisch. Aber nachdem ich das Stück jetzt gesehen habe, bin ich nachdenklich geworden. Seine Mutter Sycorax war eine Hexe. Über seinen Vater wissen wir nichts. Sycorax bekommen wir gar nicht zu sehen. War Prospero sein Vater? Ist Miranda seine Halbschwester? Oder war er, wie er sagt, schon da, als sie die Insel erreicht haben, um sie willkommen zu heißen und zum Diener gemacht zu werden? Er will Miranda vergewaltigen (»Ich hätte sonst die Insel mit Calibans bevölkert«), aber das macht ihn nicht zwingend zu einem Menschen, und seine Mutter genauso wenig. Er könnte ein Mensch sein, oder jedenfalls halb, er ist auf eine Art und Weise angreifbar, wie es die Feen nicht sind. Gestern Abend wurde viel geschlagen und gekatzbuckelt. Von diesem speziellen Caliban, von (ich habe das Programmheft) Peter Lewis' Caliban glaube ich, dass er zwischen den Welten existierte. Er wusste nicht, wo er hingehörte.

Shakespeare muss einige Feen gekannt haben. Ich weiß, dass ich das auch über Tolkien gesagt habe, und das glaube ich immer noch. Ich glaube es von vielen Leuten.

Was ich an Shakespeare so liebe, ist seine Sprache. Auf der Heimfahrt im Bus war ich noch ganz berauscht und musste Deirdre bitten, alles, was sie gesagt hatte, zu wiederholen, weil ich es beim ersten Mal nicht mitbekam. Ich weiß nicht, wie sie die Aufführung fand. Wir haben uns darüber unterhalten, wie Miranda und Ferdinand nach ihrer Hochzeit zusammenleben würden und wie Miranda mit Italien zurechtkommen würde, nachdem sie ihre Insel verlassen hatte. Käme es ihr auf Dauer immer noch vor wie eine schöne neue Welt? Deirdre glaubt ja, solange sie verliebt war. Aber das muss man sich mal vorstellen – mit einer ganzen Welt konfrontiert zu werden, wenn man bisher nur drei Menschen gekannt hat, von denen zwei eigentlich gar keine richtigen Menschen sind und einer der unnahbare Prospero! Plötzlich muss man mit der Mode klarkommen, mit Dienern und Höflingen! Deirdre fand es äußerst grausam, dass Prospero sie nicht darauf vorbereitet hat. Aber vielleicht wäre es noch grausamer gewesen, sie Magie zu lehren.

Prospero zerbricht seinen Stab und ertränkt seine Bücher, weil man Magie nicht nach Hause mitbringen kann. Hätte er es doch getan, wäre er dann wie Saruman geworden? Führt Macht zwangsläufig zu Gewissenlosigkeit? Es wäre nett, wenn ich ein paar Leute kennen würde, die Magie wirken und nicht böse sind. Nun ja, da gibt es Glorfindel, aber ich bin mir nicht sicher, ob Feen zählen. Feen sind anders. Ein weiterer interessanter Kontrast zu Prospero ist Faust.

Von Daniel kam ein Brief: Meine Akupunktur-Termine sind für Donnerstag vereinbart und auch bezahlt, und er hat der Schule geschrieben und sie gebeten, mir freizugeben, und zehn Pfund für Fahrkarten und Vesper beigelegt. Sobald sich die Gelegenheit dazu bietet, werde ich die Hälfte davon als Notgroschen beiseitelegen.

Samstag, 26. Januar 1980

Ich hab es in die Bibliothek geschafft, aber Greg war nicht da. Diesen Samstag arbeitet er nicht. Ich habe meinen riesigen Bücherstapel zurückgebracht und abgeholt, was für mich bereitlag. Wenn ich mich doch nur mit jemandem verabredet hätte, aber das ging ja nicht, schließlich war ich am Dienstag nicht hier. Ich hatte gehofft, Greg anzutreffen und ihn fragen zu können, was für ein Thema nächsten Dienstag drankommt.

Dann bin ich zum Buchladen runtergeschlendert, aber auch da bin ich niemandem begegnet. Ich habe keine Bücher gekauft. Es nieselte, was ziemlich entmutigend war. Ich habe mich ins Café gesetzt, ein Honigbrötchen gegessen und gelesen, und hin und wieder habe ich aufgeblickt, um in den Regen hinauszustarren. Es heißt immer, das wäre wunderbares Wetter für Enten, aber die Wildenten auf dem Teich wirkten genauso unglücklich wie die Menschen. Immerhin, die Erpel bekommen allmählich ihre Frühlingsfarben. Vielleicht ist es ein Frühlingsregen. In den Totensümpfen wären sie bestimmt froh darüber, dachte ich bei mir. Für Deirdre und mich habe ich Honigbrötchen gekauft – an Sharon brauche ich wirklich keine zu verschwenden, obwohl sie wieder mit mir redet.

Der Trödelladen hatte geöffnet, und ich habe die Bücher dort durchgeschaut, aber nichts Ansprechendes gefunden außer einer faltbaren Landkarte (aus Leinen, glaube ich) von Europa, auf der Deutschland riesig war und die Tschechoslowakei ganz fehlte. Vermutlich stammt sie aus dem Krieg oder aus der Zeit kurz davor. Jemand hat mit dem Filzstift eine rosafarbene Linie daraufgemalt, aber sonst ist sie in wirklich gutem Zustand. Die Länder sind in Pastellfarben markiert, nicht in so grellen Farben wie heute. Ich konnte nicht widerstehen, und sie hat auch nur fünf Pence gekostet. Ich weiß nicht, was ich damit machen werde, aber Landkarten sind einfach genial.

Schließlich bin ich langsam zurück in den Ort spaziert und habe bei Smiths vorbeigeschaut, was normalerweise völlige Zeitverschwendung ist, aber dieses Mal wurde ich mit einem Exemplar von *Isaac Asimov's Science Fiction Magazine* belohnt. Wo das wohl herkommt? Hoffentlich führen sie es jetzt regelmäßig. Ich habe es gekauft und dazu noch ein Päckchen Rolos, das ich nur allzu gerne mit Frodo und Sam teilen würde, wenn ich könnte, aber ich kann nicht. Außerdem habe ich eine Karte für Opa gekauft, mit dem Meer drauf und einer Sandburg, was mich an die Sommerferien erinnert, und ihm wird es genauso gehen.

Gill stand an der Bushaltestelle. »Na, heute ohne deinen Liebsten?«, fragte sie.

Ich sah ihr direkt in die Augen. »Auch wenn es dich nichts angeht – Hugh ist nur ein guter Freund, mehr nicht. Ich kenne ihn aus dem Buchclub.«

»Oh. Tut mir leid«, sagte sie. Ich war überrascht, dass sie mir glaubte. Zum Glück hat sie mich nicht mit Wim gesehen, denn dann wäre ich nicht in der Lage gewesen, das mit derselben Überzeugung zu sagen, obwohl es genauso wahr gewesen wäre.

Sonntag, 27. Januar 1980

Es braucht nur einen Krankenhausaufenthalt, und schon ist man in der Schule beliebt. Oder vielleicht muss man jemanden haben, der herumerzählt, man sei tapfer – wie Deirdre das getan hat. Vielleicht hat vorher niemand geglaubt, dass mit meinem Bein etwas nicht in Ordnung ist? Oder vielleicht empfinden sie Mitleid für mich? Hoffentlich nicht. Das fände ich furchtbar. Egal, jedenfalls hatte ich heute sieben Gebäckstücke auf dem Teller liegen, meines mitgerechnet. Zwei glasierte Brötchen, zwei Chelsea-Brötchen, ein glasiertes Törtchen und ein Eclair. Ich konnte sie gar nicht alle essen und habe eines der Chelsea-Brötchen Deirdre geschenkt. Ich habe nichts getan, damit das passiert, nicht nur keine Magie gewirkt, sondern rein gar nichts. Wirklich seltsam. Ich habe Miss Carroll gefragt, und sie meinte, wahrscheinlich läge es daran, dass ich im Krankenhaus gewesen bin und nach meiner Entlassung kein großes Getue gemacht habe, und ich bin im Schulgebet erwähnt worden, und jetzt bin ich wieder da, und die Mädchen denken an mich, wenn sie Brötchen kaufen gehen. Mir kommt das alles sehr merkwürdig vor.

Ich habe einen fröhlichen Brief an Sam geschrieben und ihm erzählt, was für eine tolle Idee das mit der Akupunktur war. Die Bücher, die er mir gegeben hat, habe ich noch nicht angefangen, also habe ich sie nicht erwähnt. Außerdem habe ich Daniel geschrieben, vor allem über unseren Theaterbesuch, und Tantchen Teg, über *Der Sturm* und die Akupunktur. Zum Schluss habe ich Opa die Karte geschickt.

Inzwischen bin ich bei der Schlacht auf den Pelennor-Feldern angekommen, vielleicht das Beste, was je geschrieben wurde.

Montag, 28. Januar 1980

Aujourd'hui, rien.

Das hat Ludwig XVI. in sein Tagebuch geschrieben, als die Bastille gestürmt wurde.

Ich habe Miss Carroll dabei geholfen, neue Bücher zu stempeln und einzuordnen. Sie sahen alle ganz furchtbar aus, denn sie gehörten zu der Kategorie von Büchern über Teenager mit Problemen – entweder sie nehmen Drogen oder werden von ihren Eltern schlecht behandelt, oder ihr Freund will sie ins Bett zerren, oder sie leben in Irland.

Solche Bücher sind mir echt zuwider. Zum einen sind sie so unerbittlich pessimistisch, und trotzdem weißt du schon am Anfang, dass alle ihre Schwierigkeiten überwinden werden, bis sie *auf dem besten Weg sind, erwachsen zu werden* und *begreifen, nach welchen Regeln die Welt funktioniert.* Das ist alles so offensichtlich, dass es wehtut. Ich habe bergeweise viktorianische Kinderbücher gelesen, weil sie bei uns zu Hause herumlagen, *Elsie Dinsmore* und *Eric, or Little by Little* und *What Kate Did.* Sie stammen von unterschiedlichen Autoren, sind aber alle auf dieselbe Art und Weise moralisch. Und das trifft auf diese Jugendbücher genauso zu, nur dass es da nicht so drollig ist und auch nicht so eindeutig dargelegt wird wie bei den Viktorianern. Wenn ich unbedingt ein Buch darüber lesen muss, das mir zeigt, wie ich trotz widrigster Umstände ein glücklicher Mensch werde, ziehe ich jederzeit *Pollyanna* von Judy Blume vor, obwohl es mir unbegreiflich ist, warum jemand solche Sachen liest, wo es doch so viel SF gibt. Selbst wenn man sich auf Bücher für Kinder beschränkt, kann man aus *Space Hostages* und *Bewohner der Milchstraße* so viel mehr über das Heranwachsen und über ethisches Verhalten lernen.

Ich habe meinen Aufsatz über *Der Sturm* geschrieben und den größten Teil von Deirdres, als Vorlage, die sie später abschreiben kann. Damit sie sich voneinander unterscheiden, dreht sich ihrer fast nur um Miranda und meiner fast nur um Prospero. Im Gegenzug macht sie meine Mathehausaufgaben. Ich komme mit diesen ganzen Gleichungssystemen einfach nicht klar, vor allem, weil ich ein paar Unterrichtsstunden verpasst habe.

Mit *DHDR* bin ich durch, was am Schluss wieder richtig wehtat, weil es einfach nicht weitergeht.

Dienstag, 29. Januar 1980

Heute Abend trifft sich der Buchclub, aber ich weiß nicht, was für ein Thema dran ist.

Mittwoch, 30. Januar 1980

Es ging um Tiptree! Ich bin so froh, dass ich wusste, dass sie eine Frau ist, denn das wäre wirklich ein ziemlicher Schock gewesen. Von ihr habe ich nicht alles gelesen, nur die beiden Sammelbände, also habe ich noch einiges nachzuholen. Trotzdem gab es genug, worüber wir reden konnten. Allein schon über »Das ein- und ausgeschaltete Mädchen« haben wir uns eine halbe Ewigkeit unterhalten – was für eine geniale Geschichte – und über »Liebe ist der Plan, der Plan ist Tod«, die ich beide wirklich gut kenne. Harriet leitete den Abend, was nett war, außer dass mir einfiel, dass sie auch den Abend über Le Guin geleitet hat, und da habe ich mich gefragt, ob da vielleicht etwas dahintersteckt. Ich meine, warum ging es bei ihr beide Male um weibliche Autoren, und wenn die Männer den Vorsitz hatten nie?

Keith kann Tiptree nicht ausstehen, er findet, dass sie Männer hasst, sogar schon, als er sie noch für einen Mann gehalten hat. Er hält »Houston, Houston, bitte melden!« für eine Horrorstory. Ich bin anderer Meinung, auch wenn ich verstehen kann, was Männer daran stört.

Pete hatte Geburtstag, also sind wir hinterher alle noch auf einen Sprung in das Pub gegangen. Brian stellte eine lustige Frage, die er auf Arbeit gehört hatte: »Wem würdet ihr lieber begegnen, einer Elfe oder einem Plutonier?« Ich musste eine Moment nachdenken, weil es bei der Frage eigentlich um Vergangenheit und Zukunft geht oder um Fantasy und Science Fiction. Ich bin schon vielen Elfen begegnet, auch wenn es nicht unbedingt Elben waren, nicht wie bei Tolkien. Ich sagte, einem Plutonier, wie alle anderen auch, außer Wim, der »einer Elfe« sagte und auch dabei blieb.

Nächste Woche stellt Wim Zelazny vor. Ich habe ihm die beiden Bücher zurückgegeben, die er mir geliehen hat, und er hat mir *Tore in der Wüste* und *Straße nach Überallhin* gegeben.

Er hat mich gefragt, ob wir uns am Samstag treffen wollen, und ich habe ja gesagt, gerne, und vielleicht würde er da auch eine Elfe sehen. Er hat mich angeschaut, als wollte er das glauben, ohne sich aber ganz sicher zu sein. »Wo?«, fragte er.

»Wir können im Wildererforst nach ihnen Ausschau halten, warum treffen wir uns also nicht im Café gegenüber?«

»Dieser Wald gehört Harriet«, sagte er. »He, Harriet, ist es in Ordnung, wenn Mori und ich am Samstag in deinem Wald spazieren gehen?«

Harriet wandte sich zu uns um – sie hatte sich gerade mit Hussein und Janine darüber unterhalten, ob Tiptree Frauen verachtete – und hob eine Augenbraue. »Aber natürlich, William. Allerdings ist es da um diese Jahreszeit ein wenig matschig. Für Veilchen und Schlüsselblumen ist es noch etwas früh, würde ich meinen.«

Ich hatte nicht gewusst, dass Wim eigentlich William hieß, aber es leuchtet durchaus ein. Warum ihn wohl niemand Will oder Billy nennt?

In dem Moment schaute Janine mich genau so an wie Gill, als sie mich mit Hugh gesehen hatte. Ich frage mich, warum Wim das getan hat – das so hinauszuposaunen? Schließlich hätten wir uns auch treffen können, ohne daraus einen Staatsakt zu machen. Und wenn er sich mit mir trifft, um eine Elfe zu sehen oder Magie, denn das erwartet er, warum möchte er dann, dass alle davon erfahren? Niemand würde ihm glauben, selbst wenn er davon erzählte. Die Leute halten einen einfach für verrückt oder für einen Lügner. Wenn er sie nicht sehen kann, wird es mir wahrscheinlich ebenso ergehen. Wenn überhaupt welche dort sind. Ich werde auf keinen Fall Magie wirken, nur um etwas zu beweisen, ganz egal, was er sagt. Außerdem kann man Magie immer abstreiten, wenn man will, und vielleicht macht er das auch. Oder wollte er, dass alle wissen, dass ich mich mit ihm treffe? Warum? Damit sie dann auf mich genauso wütend sind wie auf ihn? Bei Janine hat es jedenfalls geklappt.

Das ist alles so kompliziert! Ich möchte viele Freunde haben, nicht nur einen.

Auf dem Rückweg zum Auto hat mich Greg vor Wim gewarnt. Er hat nichts Konkretes gesagt, so wie Janine und Hugh. Er hat gesagt, Wim hätte eine Freundin gehabt, die glaubte, sie wäre wegen ihm in Schwierigkeiten geraten, und ich sollte vorsichtig sein.

»Darum geht es doch gar nicht«, erklärte ich ihm. »Er hat eine Freundin. Für mich interessiert er sich doch gar nicht. Ich meine, ich hab ein böses Bein und sehe irgendwie seltsam aus, und ich werde fett, weil ich nicht genug Sport treibe und andauernd esse, während Wim, na ja, Wim könnte jede habe.«

»Du hast ein nettes Lächeln«, sagte Greg – das sagen die Leute immer. Das ist so etwas wie eine automatische, vorprogrammierte Antwort, wenn ich sage, dass ich nicht hübsch bin, worüber ich mir keine Illusionen mache.

»Außerdem ist er ein ganzes Stück älter als ich.«

»Achtzehn Monate, nicht sechzig Jahre«, brummte Greg. »Und ich bin nicht blind. Ich würde sagen, dass er an dir interessiert ist und du an ihm. Ich habe gesehen, wie ihr einander anschaut.«

Ich konnte schlecht erwidern, dass Wim mich nur so anschaut, weil er glaubt, ich könnte Gedanken lesen wie in *Es stirbt in mir* (wie kommt er nur darauf?), oder dass er nur mit mir in den Wald geht, weil er eine Elfe sehen wollte. »Ich werde vorsichtig sein«, sagte ich stattdessen.

Für Wim muss es furchtbar sein, wenn jeder, den er kennt, über ihn Bescheid weiß, und jeder, den er kennenlernt, vor ihm gewarnt wird. Das hat Hugh gesagt. Hugh war gestern Abend nicht da, ich weiß nicht, wo er ist, ich habe ihn seit einer Ewigkeit nicht mehr gesehen.

Donnerstag, 31. Januar 1980

Es war klasse, mittags das Schulgelände zu verlassen und den Bus zu nehmen. Ich kam mir vor, als würde ich in die Freiheit entfliehen. Sogar mein Bein fühlte sich nicht besonders schlimm an – ich hatte das Gefühl, Gott und der Welt ein Schnippchen zu schlagen. Zwei Busse und einen Zug später war ich in Shrewsbury, ohne Probleme. Der Zug ist eine schäbige Regionalbahn, gar nicht so viel anders als ein Bus. Die meisten Fahrgäste kamen aus Nordwales und hatten einen seltsamen Akzent und sagten am Ende jeder Frage immer »ja/nein«, worüber sich die Leute in Südwales traditionell lustig machen. »Soll ich uns im Speisewagen eine Tasse

Tee holen, ja/nein?« – »Ist Shrewsbury schon die nächste Station, ja/nein?« Unzutreffendes bitte streichen. Ich habe nicht gelacht, aber viel hat nicht gefehlt. Das ist schwer, wenn jemand dermaßen einer Parodie gleicht.

Die Akupunktur verlief gut. Während ich auf dem Tisch lag, hörten die Schmerzen ganz auf. Das ist großartig – wenn einem plötzlich nichts mehr wehtut, nicht einmal andeutungsweise. Damit lebe ich nun schon seit Jahren, so lange, dass ich mich gar nicht mehr richtig daran erinnern kann. Schmerzen durchdringen alles. Deshalb habe ich ja auch von der Ballerina mit dem Gehstock geträumt.

Hinterher bin ich in ein Café gegangen und habe Ofenkartoffeln mit Eiersalat und ein Thunfischsandwich mit Mayonnaise gegessen, einen Doppeldecker. Ich saß in einer kleinen Nische, habe mein Buch gelesen (*Charisma*, das genial ist, aber auch seltsam) und mich sicher und anonym gefühlt. Dass *ich* hier sitze, spielt keine Rolle, ich bin nur »ein Mensch in einer Menge« oder »ein Schulmädchen, das in einem Café ein Buch liest«. Ich bin eine Klischeefigur, und wenn ich wieder gehe, wird eine andere meinen Platz einnehmen. Niemand wird mich bemerken. Ich bin ein unbedeutender Teil der Szenerie. Nichts fühlt sich sicherer an.

Dann bin ich zum Bahnhof zurückgelaufen, und unterwegs bin ich an dem Owen Owens vorbeigekommen, wo ich mit meinen Tanten einkaufen war. Das ist ein Kaufhaus, in dem es nicht nur Kleider gibt, sondern auch eine Schreibwarenabteilung. Also habe ich kurz reingeschaut, um nach Federn für meinen Füllfederhalter zu fragen. Wenn man mit einem Füller rückwärts schreibt, geht dabei die Feder kaputt – Linkshänder haben dasselbe Problem. Weil ich viel schreibe und fast immer rückwärts, verbrauche ich haufenweise Federn. Sie hatten welche, und ich habe eine gekauft, aber was noch viel besser war: Neben der Schreibwarenabteilung war auch eine Buchhandlung.

Ich wusste schon, dass in manchen Kaufhäusern auch Bücher verkauft werden, zum Beispiel bei Harrods. Meine Ausgabe von *Der Herr der Ringe* in drei wunderschönen Bänden mit den Anhängen stammt von dort, Tantchen Teg hat sie mir von einem Ausflug nach London mitgebracht. Aber Howells und David Morgans in Cardiff führen keine Bücher – wahrscheinlich, weil sie es mit Lears nicht aufnehmen können –, und ich hatte nicht erwartet, dass es bei Owen Owens welche gibt. Aber wie schön, ich hatte mich geirrt! Und zu meiner völligen Überraschung lag da ein neuer Heinlein: *Die Zahl des Tiers*, ein Taschenbuch von NEL, im Januar 1980 erschienen! Ich habe es sofort gekauft und musste dafür nicht mal meinen Notgroschen anbrechen.

Fast hätte ich es schon im Zug angefangen, aber ich war brav und habe nicht nur *Charisma* zu Ende gelesen, sondern auch *Tore in der Wüste* angefangen. Was für ein tolles Gefühl, einen fetten neuen Heinlein zu haben, auf den ich mich freuen kann! Als hätte ich einen Preis gewonnen. Es ist supertoll, hier zu sitzen und zu wissen, dass das Buch auf mich wartet.

Freitag, 1. Februar 1980

Ein neuer Monat!

Miss Thackerly hat Deirdre und mir einen scharfen Verweis erteilt, weil wir in Mathe geschummelt haben. Wir haben beide dieselben Fehler gemacht. Sie hat uns nach dem

Unterricht dabehalten und gesagt, sie würde uns dieses Mal noch nicht melden und auch nicht fragen, wer bei wem abgeschrieben hat, aber wenn sie uns noch einmal erwischt, droht uns ein Schulausschluss. Ich hatte ja keine Ahnung, dass das so schwerwiegend ist. Schüler schreiben andauernd voneinander ab. Deirdre bekommt immer meine Lateinhausaufgaben, und Claudines Französischhausaufgaben kursieren in der ganzen Klasse. Offenbar kommt es darauf an, sich nicht erwischen zu lassen. Ich habe Miss Thackerly versprochen, dass wir so etwas nicht wieder tun würden – Deirdre war den Tränen nahe und brachte kein Wort heraus. Für mich wäre es unangenehm, von der Schule zu fliegen, aber für sie würde es das Ende der Welt bedeuten.

Von Daniel kam ein Brief, wieder mit einem Fünfer. Ich werde ihm schreiben, dass ich *Die Zahl des Tiers* gekauft habe. Das Buch fängt gut an.

Samstag, 2. Februar 1980

Fast tat es mir leid, dass in der Bibliothek ein so großer Stapel auf mich wartete, obwohl das natürlich alles Bücher waren, die ich bestellt hatte. Greg war da und hat meinen Ausweis abgestempelt.

»Es gibt einen neuen Heinlein«, erzählte ich ihm.

»*Die Zahl des Tiers*«, erwiderte er und nickte. »Das steht ganz oben auf meiner Liste der Bücher, die ich im April bestellen möchte.«

»Es ist ungerecht, dass Bibliotheken ein beschränktes Budget haben«, sagte ich.

Er zuckte mit den Achseln und nahm die Bücher von der Dame hinter mir entgegen. Aber ich habe trotzdem recht. Die Regierung könnte, anstatt genügend Atombomben zu bauen, um alle Russen auf der Welt umzubringen, das Geld den Bibliotheken geben. Was bringt eine unabhängige nukleare Abschreckung Großbritannien im Vergleich mit gut ausgestatteten Bibliotheken? Irgendjemand hat da die falschen Prioritäten. Eigentlich bin ich kein Kommunist, ganz egal, wie sie mich nennen, aber ich glaube, es wäre aufschlussreich, sich die Budgets der Bibliotheken in der Sowjetunion anzuschauen.

Als ich den Hügel hinabschlenderte, schien eine irgendwie wässrige Sonne. Ich dachte, ich käme zu früh zu unserem Treffen, aber Wim saß bereits an einem Fenstertisch, trank Kaffee und aß ein getoastetes Rosinenbrötchen. Er wirkt immer so entspannt und selbstsicher. Wie macht er das nur? Heute trug er einen blauen Rollkragenpullover, der nur eine Nuance dunkler ist als seine Augen. Mir war nur allzu bewusst, dass ich, natürlich, wie immer, meine Schuluniform anhatte. Er sah aus wie ein Student, wie ein Erwachsener, worum ich ihn furchtbar beneide. Und ich? Ich hatte einen bescheuerten Rock an und einen bescheuerten Hut auf dem Kopf. Bestimmt sah ich aus wie zwölf. Ich bestellte und bezahlte einen Tee und ein Honigbrötchen, wie immer. Ich muss zugeben, dass ich kurz darüber nachdachte, etwas Raffinierteres zu bestellen, aber ich widerstand der Versuchung.

»Ich bin überrascht, dass du gekommen bist«, sagte er, als ich mich neben ihn setzte. Seine Lippen waren ganz fettig von der Butter des Rosinenbrötchens. Ich hätte sie ihm nur zu gerne abgewischt. Wenn ich schon dabei bin aufzuzählen, was ich gerne getan hätte – ich hätte auch gerne seinen

Pullover angefasst, um zu sehen, ob er so weich war, wie er aussah. Ein solches Verlangen muss ich nur selten unterdrücken.

»Ich habe gesagt, dass ich komme«, erwiderte ich.

»Ich dachte, Greg hätte dir alles über mich erzählt.«

»Deshalb hast du es also getan! Daraus bin ich einfach nicht schlau geworden.« Die Worte rutschten mir heraus, bevor ich darüber nachdenken konnte, ob es eine gute Idee war, das zu sagen.

»Du hast das schon gewusst?«, fragte er. »Über Ruthie und so weiter?«

»Janine hat mir schon vor einer ganzen Weile davon erzählt, und Hugh auch, allerdings etwas verständnisvoller.« Die Kellnerin kam mit meinem Tee und meinem Brötchen.

»Hugh ist in Ordnung«, sagte er und wischte sich mit der Serviette über die Lippen. »Janine hasst mich.«

»Greg hat mir ebenfalls davon erzählt, wenn auch eher vage.«

»Das ist das Problem an einem Ort wie diesem. Alle wissen alles über jeden, oder glauben es wenigstens. Ich kann es gar nicht erwarten, von hier wegzukommen. Und das alles hier zu vergessen.« Er starrte zum Fenster hinaus und rührte seinen Kaffee um.

»Wann ist es denn so weit?«, fragte ich.

»Nicht bevor ich meinen Abschluss gemacht habe. Nächstes Jahr im Juni. Dann bekomme ich ein Stipendium und gehe auf die Uni.«

»Was sind denn deine Hauptfächer?«, fragte ich. Ich wollte mein Honigbrötchen essen, aber ich wollte auch nicht mit vollem Mund reden. Also biss ich immer nur ganz wenig davon ab.

»Physik, Chemie und Geschichte. Du glaubst ja gar nicht, was für ein Theater das war. Es ist lächerlich, nur drei Fächer belegen zu dürfen und dann auch noch Geistes- und Naturwissenschaften zu trennen.«

»Ich habe sie gezwungen, den ganzen Stundenplan umzustellen, damit ich Chemie und Französisch nehmen kann. Der Französischunterricht findet immer dann statt, wenn eigentlich Mittagessenszeit ist, und die Lehrerin entschuldigt sich jedes Mal dafür, dass ich allen solche Ungelegenheiten bereite.«

Wim nickte. »Das muss eine beeindruckende Auseinandersetzung gewesen sein.«

»Ich konnte sie nicht dazu bringen, mit Biologie dasselbe zu machen. Und Daniel, mein Vater, hat mich unterstützt. Na ja, schließlich zahlt er ja auch dafür.«

»Meinen Eltern ist das scheißegal.«

»Ich wünschte, wir hätten dasselbe Bildungssystem wie in *Tore in der Wüste*. Ach ja, hier hast du es wieder.« Ich zog das Buch unter dem Stapel aus der Bibliothek hervor und gab es ihm zurück. Er hielt es einen Moment in der Hand, bevor er es in seine Jackentasche steckte. Im Vergleich zu seinem blauen Pulli sah es ziemlich lila aus. »Wusstest du, dass es einen neuen Heinlein gibt? *Die Zahl des Tiers*. Und er hat die Idee von dem Bildungssystem übernommen, in dem man dann seinen Abschluss macht, wenn man in allem genügend Punkte hat, und wenn man will, kann man bis in alle Ewigkeit irgendwelche Kurse belegen, aber Zelazny wird nirgendwo erwähnt.«

Wim lachte. »So läuft das in Amerika schon lange«, sagte er.

»Wirklich?« Ich hatte den Mund voll, aber das war mir

egal. Mir war es peinlich, dass ich so dumm gewesen war, aber ich war auch begeistert, dass es das wirklich gab. »Ich möchte dort auf die Universität gehen!«

»Das kannst du dir nicht leisten. Na ja, du vielleicht schon, aber ich nie im Leben. Es kostet jedes Jahr Tausende von Dollar, jedes *Semester.* Da muss man reich sein. Das ist der Nachteil. Wenn du genial bist, kannst du ein Stipendium bekommen, aber sonst wird alles mit Darlehen finanziert. Und wer würde mir schon was leihen?«

»Jeder«, sagte ich. »Oder wenn es das wirklich gibt, dann haben sie hier vielleicht Universitäten, wo das so läuft und die nichts kosten.«

»Das glaube ich nicht.«

»Stell dir das doch vor – von jedem etwas zu studieren, was dich eben interessiert.«

Eine ganze Weile saßen wir schweigend da und ließen unsere Phantasie schweifen. »Wie kommt es, dass du Heinlein liest?«, fragte Wim. »Ich hätte nicht erwartet, dass er dir gefällt. Er ist ein solcher Faschist.«

»Ein Faschist?«, stotterte ich. »Heinlein? Was redest du da?«

»Seine Bücher sind doch gnadenlos autoritär. Na ja, seine Kinderbücher sind okay, aber schau dir doch mal *Sternenkrieger* an.«

»Und was ist mit *Der Mond ist eine herbe Geliebte?*«, entgegnete ich. »Darin geht es um eine Revolution. Oder *Bewohner der Milchstraße.* Er ist kein Faschist. Er spricht sich für Menschenwürde aus und dafür, Verantwortung zu übernehmen, und für so altmodische Dinge wie Loyalität und Pflichtbewusstsein. Deshalb ist er noch lange kein Faschist!«

Wim hob die Hand. »Ganz langsam«, sagte er. »Ich wollte nicht in ein Hornissennest stechen. Ich hätte einfach nicht erwartet, dass du ihn magst, schließlich bist du ein Fan von Delany, Zelazny und Le Guin.«

»Ich mag sie alle«, erwiderte ich. Ich war enttäuscht von ihm. »Soweit ich weiß, gibt es da keinen wechselseitigen Ausschlussgrund.«

»Du bist wirklich seltsam«, sagte er, legte seinen Kaffeelöffel beiseite und musterte mich eingehend. »Heinlein ist dir wichtiger als die Sache mit Ruthie.«

»Ja, natürlich«, sagte ich, was mir sofort wieder leidtat. »Ich meine, was auch immer da vorgefallen ist – niemand behauptet, du hättest ihr absichtlich wehgetan. Ihr habt beide Dummheiten gemacht, und wenn du mich fragst, hatte sie daran sogar noch einen größeren Anteil. Natürlich, das ist nicht unwichtig, aber du meine Güte, Heinlein ist viel wichtiger, ganz egal, wie man die Sache betrachtet.«

»Gut möglich.« Er lachte. Die Frau hinter der Theke warf uns einen merkwürdigen Blick zu. »So hab ich da noch nie drüber nachgedacht.«

Ich musste ebenfalls lachen. Die Frau hinter der Theke und was sie dachte, spielte überhaupt keine Rolle. »Aus der Entfernung von Alpha Centauri betrachtet, aus der Perspektive der Nachwelt?«

»Das mit der Nachwelt hätte gut passieren können«, sagte er, wieder ernst geworden. »Wenn Ruthie schwanger gewesen wäre.«

»Hast du wirklich mit ihr Schluss gemacht, weil du dachtest, sie wäre schwanger?«, fragte ich und steckte mir das letzte Stück Honigbrötchen in den Mund.

»Nein! Ich hab mit ihr Schluss gemacht, weil sie es allen

erzählt hat, bevor sie mir etwas davon gesagt hatte, sodass alle Welt Bescheid wusste und ich es aus zweiter Hand erfahren habe. Sie ist bei Boots reinmarschiert und hat einen Schwangerschaftstest gekauft. Dann hat sie es ihrer Mutter erzählt. Und ihren Freunden. Genauso gut hätte sie sich ein Megafon kaufen und sich auf den Marktplatz stellen können. Und dann war sie nicht mal schwanger. Ich hab mit ihr Schluss gemacht, weil sie dumm war. Unfassbar dumm!« Er schüttelte den Kopf. »Und dann haben die Leute angefangen, mir aus dem Weg zu gehen. Als wäre ich Gift. Offenbar dachten sie, nur weil ich mit ihr geschlafen habe, müsste ich sie heiraten, mich für immer an sie binden, dabei gab es nicht mal ein Kind.«

»Warum hast du das den Leuten nicht erzählt?«

»Wem denn? Der ganzen Stadt? Janine? Wohl kaum. Die haben mir eh nicht zugehört. Die glauben alle, sie wüssten über mich Bescheid. Doch da irren sie sich.« Seine Miene hatte sich verfinstert.

»Aber jetzt hast du ja wieder eine Freundin«, sagte ich, wie um ihn aufzumuntern.

Er verdrehte die Augen. »Shirley? Mit der hab ich auch längst Schluss gemacht. Die ist auch dumm wie Bohnenstroh, wenn auch nicht ganz so dumm wie Ruthie, aber viel fehlt nicht. Sie arbeitet in der Schule in der Wäscherei, und damit ist sie glücklich und zufrieden, jedenfalls bis sie heiratet. Sie hat auch schon hier und da erwähnt, dass ich sie heiraten soll, also habe ich mich von ihr getrennt.«

»Da hast du ja einen ganz schönen Verschleiß«, sagte ich, weil mir nichts anderes einfiel.

»Bei einem Mädchen, das nicht auf den Kopf gefallen ist, wäre das etwas anderes«, erwiderte er und sah mich lange an.

Allmählich glaubte ich doch, dass er an mir interessiert war, aber das war unmöglich, nicht Wim, nicht an mir, ich bekam auch so schon kaum noch Luft.

»Lass uns losgehen und schauen, ob wir eine Elfe sehen«, sagte ich.

Er runzelte die Stirn. »Hör mal, das muss nicht sein«, sagte er. »Ich weiß, dass du das nur gesagt hast … na ja, ich hab dir eine wirklich seltsame Frage gestellt, und du lagst da und hattest furchtbare Schmerzen und …«

»Nein, es gibt sie wirklich«, fiel ich ihm ins Wort. »Ich weiß nicht, ob du sie sehen kannst, denn erst muss man an sie glauben, aber ich denke, viel fehlt bei dir nicht. Versprich mir nur, dass du nicht plötzlich anfängst, dich über mich lustig zu machen und mich nicht mehr leiden kannst, wenn du sie nicht siehst.«

»Ich weiß nicht mehr, was ich denken soll«, sagte er und stand auf. »Schau mal, Mori, du magst mich doch irgendwie, oder?«

»Okay«, sagte ich vorsichtig und blieb sitzen. Er stand über mir wie ein Turm, aber ich wollte mich jetzt nicht hochquälen.

»Ich mag dich irgendwie auch«, sagte er.

Für einen Augenblick war ich völlig glücklich, und dann fiel mir wieder ein, dass ich Magie gewirkt und eine Karass geschaffen hatte. Ich hatte geschummelt. Ich hatte nachgeholfen, dass das alles passierte. Eigentlich mochte er mich gar nicht, na ja, vielleicht doch, aber er mochte mich, weil ihm die Magie das nahegelegt hatte. Was nicht hieß, dass er selbst nicht ehrlich davon überzeugt war, dass er mich mochte, aber es machte alles viel komplizierter.

»Los, komm«, sagte ich, mühte mich auf die Beine und

zog meine Jacke an. Wim schlüpfte in einen schmuddeligen braunen Dufflecoat und ging hinaus. Ich folgte ihm, und gemeinsam blieben wir auf dem Gehweg stehen.

In dem Moment kam eine Inderin mit einem Baby in einem Kinderwagen aus der Buchhandlung. Sie trug ein Kopftuch, und ich musste an Nasreen denken und fragte mich, wie sie wohl klarkam. Wir warteten, bis die Frau vorbeigelaufen war, und überquerten dann die Straße zu dem Teich mit den Enten.

»Du möchtest nicht darüber reden?«, fragte Wim.

»Ich weiß nicht, was ich sagen soll«, erwiderte ich. Von der Karass-Magie wollte ich ihm nichts erzählen, und ich wusste nicht mehr, was ethisch vertretbar war, wenn ich ihn aus Versehen verhext hatte. Das war alles ein klein wenig aufregend und ein klein wenig beängstigend, und ich hatte das Gefühl, als wäre die Schwerkraft nicht mehr ganz so stark wie sonst, oder als hätte jemand den Sauerstoffgehalt der Luft gesenkt.

»Ich habe noch nie erlebt, dass es dir die Sprache verschlägt«, sagte er.

»Das haben nur wenige Menschen«, erwiderte ich.

Er lachte und folgte mir in den Wald. »Diese Sache mit der Magie – das denkst du dir doch nicht nur aus, oder?«

»Warum sollte ich das? Ich habe wirklich einen Eid abgelegt, nur noch Magie zu wirken, wenn jemand in Gefahr ist, denn es ist viel zu schwer, die Konsequenzen vorauszusehen. Und es ist auch schwer, Magie zu beweisen, weil man immer behaupten kann, etwas wäre aus anderen Gründen passiert. Und was die, äh, die Elfen angeht« – ich wollte nicht Feen sagen, das klang so kindisch –, »nicht jeder kann sie sehen, und auch nicht immer. Erst muss man an sie glauben.«

»Kannst du mir nicht ein Amulett geben oder so was, damit ich sie sehen kann? Oder mir ihre Namen beibringen? Ich bin nicht so dumm wie Thomas Covenant, weißt du.«

»Ein Amulett ist eine gute Idee.« Ich reichte ihm den Stein, den ich in der Tasche mit mir herumtrug, und er rieb nachdenklich mit den Fingern darüber. »Das hilft wahrscheinlich.« Er würde deswegen nicht unbedingt Feen sehen, denn ich hatte nur einen allgemeinen Schutzzauber hineingewirkt und einen speziellen gegen meine Mutter, aber wenn er es glaubte, konnte das nicht schaden. »Die Covenant-Romane habe ich nicht gelesen. Ich habe sie gesehen, aber auf dem Umschlag wurden sie mit Tolkien verglichen, und da ist mir die Lust vergangen.«

»Der Autor kann nichts dafür, wenn der Verlag so was auf seine Bücher schreibt«, sagte Wim. »Thomas Covenant ist ein Leprakranker, der in einer Fantasywelt herumrennt, Trübsal bläst und einfach nicht glauben will, dass irgendwas davon real ist. Dabei würden die meisten Leute ihren rechten Arm dafür geben, um mit ihm zu tauschen.«

»Wenn die Geschichte von einem schwermütigen Leprakranken erzählt wird, dann bin ich froh, dass ich das nicht gelesen habe!«

Er lachte. »Da kommen ein paar tolle Riesen drin vor. Und es ist eine Fantasywelt, es sei denn, er ist verrückt, was er selbst glaubt, und es wird auch offengelassen.«

Inzwischen befanden wir uns schon ziemlich tief im Wald. Harriet hatte recht, es war matschig. In den Bäumen saßen ein paar Feen. »Ich weiß nicht, ob du etwas sehen kannst, aber halt den Stein gut fest, und schau dort hoch«, sagte ich und deutete nach oben.

Wim drehte ganz langsam den Kopf. Die Feen verschwanden. »Für einen Moment dachte ich, ich hätte etwas gesehen«, sagte er leise. »Habe ich sie verscheucht?«

»Die Elfen hier in der Gegend sind sehr ängstlich. Sie reden nicht mit mir. In Südwales, wo ich herkomme, gibt es ein paar, die ich recht gut kenne.«

»Wo trifft man sie denn am ehesten an? Leben sie in den Bäumen, wie in Lórien?« Sein Blick huschte hin und her, aber die Feen, die zwischen den Zweigen hervorspähten, sah er nicht.

»Sie mögen Orte, wo früher Menschen gelebt haben, die aber von ihnen verlassen wurden«, sagte ich. »Ruinen, in denen Gras und Büsche wachsen. Gibt es so etwas hier in der Nähe?«

»Komm mit.« Wir stapften bergab durch Matsch und über nasses Laub. Die Sonne schien, aber es war trotzdem kalt und feucht, und der Wind war eisig.

Schließlich stießen wir auf eine etwa schulterhohe Steinmauer, die von Efeu überwuchert war, und als wir ihr ein Stück folgten, gelangten wir an eine Ecke, als wäre hier früher ein Haus gewesen, und drinnen, wo es etwas geschützt war, lugten Schneeglöckchen aus den modrigen Blättern. Wir machten einen Bogen um eine große Pfütze und setzten uns auf eine halbhohe Mauer. Da sah ich die Fee, der ich vor Janines Haus begegnet war und die an einen Hund mit durchscheinenden Flügeln erinnerte. Eine ganze Weile wartete ich schweigend. Auch Wim sagte nichts. Nach und nach tauchten weitere Feen auf – an einem Ort wie diesem war das kein Wunder. Eine von ihnen war schlank und wunderschön und weiblich, eine andere verhutzelt und gedrungen.

»Halt den Stein gut fest, und schau zu den Blumen hinüber und zum Spiegelbild der Blumen im Wasser«, sagte ich leise, obwohl es keine Rolle spielte, wie laut ich sprach. »Jetzt schau mich an.« Ich legte ihm meine Hände auf die Wangen und versuchte, ihm Selbstvertrauen zu geben. Er wollte unbedingt daran glauben und eine Fee sehen. Seine Haut war warm und ein wenig rau, wo er nicht ganz glattrasiert war. Als ich ihn berührte, stockte mir endgültig der Atem.

»Er möchte euch sehen«, sagte ich auf Walisisch zu den Feen. »Er tut euch nichts.«

Sie gaben mir keine Antwort, verschwanden aber auch nicht.

»Jetzt schau nach links«, sagte ich zu Wim und ließ ihn los.

Langsam drehte er den Kopf, und da sah er sie, ganz bestimmt. Er zuckte zusammen. Sie musterte ihn neugierig. Kurz fragte ich mich, ob sie ihn verzaubern und mit sich fortführen würde wie Tam Lin. Er streckte die Hand nach ihr aus, und sie verschwand, sie verschwanden alle, als hätte jemand das Licht ausgeschaltet.

»Das war eine Elfe?«, fragte er.

»Ja.«

»Wenn du das nicht gesagt hättest, hätte ich gedacht, das wäre ein Gespenst.« Er klang erschüttert. Ich hätte ihn gerne wieder berührt.

»Sie sehen nicht alle wie Menschen aus«, sagte ich, was stark untertrieben war. »Die meisten wirken ziemlich knorrig.«

»Wie Gnome?«, fragte er.

»Ja, mehr oder minder. Aber du musst verstehen – etwas in Büchern zu lesen und etwas zu sehen ist nicht das Gleiche. Wenn man darüber liest, leuchtet alles viel mehr ein, mit den guten und den bösen Feen, mit Gnomen und Elfen, aber so ist es nicht. Ich sehe sie schon mein ganzes Leben lang, und sie sind alle gleich, was auch immer sie sind und wie sie auch aussehen. Ich weiß auch nicht genau, *was* sie sind. Sie sprechen, jedenfalls die, die ich kenne, aber sie sagen seltsame Dinge, und auch nur auf Walisisch. Normalerweise. An Weihnachten habe ich eine getroffen, die Englisch sprach. Sie hat mir diesen Stock geschenkt.« Ich stocherte damit im Matsch herum. »Sie nennen sich nicht Elfen oder so etwas. Sie haben keine Namen. Und sie gebrauchen kaum Substantive.« Es tat so gut, mit jemandem über all das reden zu können! »Ich nenne sie ›Feen‹, weil ich das schon immer getan habe, aber eigentlich weiß ich nicht, was sie sind.«

»Also weißt du fast gar nichts über sie?«

»Nein. Jedenfalls nicht so, wie du denkst. Ich glaube, dass die Leute im Laufe der Zeit viele Geschichten über sie erzählt haben, und manche sind wahr, und manche sind erfunden, und dann bringen sie sie wieder mit anderen Geschichten durcheinander. Sie selbst erzählen keine Geschichten.«

»Aber wenn du nichts Genaues weißt, könnten sie auch Gespenster sein, oder?«

»Die Toten sind anders«, sagte ich.

»Das weißt du? Hast du welche gesehen?« Seine Augen waren riesengroß geworden.

Also erzählte ich ihm von Halloween und von dem Eichenlaub und den Toten, die in den Hügel hineingegangen waren, und dann musste ich ihm auch von Mor erzählen. Inzwischen war mir schon ziemlich kalt. »Wie ist sie denn gestorben?«, fragte er.

»Ich friere«, sagte ich. »Können wir wieder in den Ort gehen und noch etwas Heißes trinken?«

»Bekomme ich heute keine Elfen mehr zu sehen?«

Ich konnte nicht begreifen, warum er jetzt keine sah. »Schau doch, dort, neben der Pfütze«, sagte ich.

Wieder drehte er ganz langsam den Kopf und sah, glaube ich, eine der hässlichen Feen, die, bis auf die Augen, nicht wie Menschen aussehen, sondern eher wie Gnome. Er blinzelte.

»Hast du sie gesehen?«, fragte ich.

»Ich glaube schon. Ihr Spiegelbild. Wenn sie da ist und du sie sehen kannst, warum kann ich sie dann nicht sehen? Ich glaube dir, wirklich. Die andere habe ich ja auch gesehen.«

»Ich weiß es nicht. Es gibt so vieles, was ich nicht über sie weiß. Wenn sie nicht wollen, sehe ich sie auch nicht.«

Die Fee lächelte auf widerwärtige Weise, als könnte sie mich verstehen. »Los, komm«, sagte ich. »Sonst werde ich noch zum Eiszapfen.«

Es fiel mir schwer, aufzustehen und die ersten Schritte zu machen. Auf einer Mauer zu sitzen ist für mein Bein besser als Stehen, aber toll ist es trotzdem nicht. Wim bot mir seine Hilfe an, aber das bringt nichts, leider. Er legte mir die Hand auf den Arm, auf den anderen Arm, den linken. »Kann ich dir wenigstens die Tasche abnehmen?«, fragte er.

»Wenn du eine Tasche hast, kannst du die Bücher tragen. Aber die Tasche muss ich behalten.«

»Willst du damit sagen, dass sie irgendwie magisch ist?«

Wir starrten beide die Tasche an, die vor Büchern aus der Bibliothek fast platzte. Etwas, das weniger magisch aussah, hätte man beim bestem Willen nicht finden können. »Na ja, sie ist halt ein Teil von mir«, sagte ich kleinlaut.

Er hatte keine Tasche dabei, nahm mir aber trotzdem ein paar Bücher ab und trug sie unter dem Arm. »Also«, sagte er, nachdem wir aus dem Wald getreten waren. »Endlich richtigen Kaffee, nicht diese Nescafé-Brühe.«

»Was meinst du mit ›richtigem Kaffee‹?«, fragte ich.

»Bei Marios gibt es richtigen Filterkaffee, den sie aus

Kaffeebohnen machen. Man kann riechen, wie sie ihn mahlen und rösten.«

»Kaffee riecht vielleicht toll, aber er schmeckt furchtbar.«

»Du hast noch nie richtigen Kaffee getrunken«, sagte er im Brustton der Überzeugung. Und er hatte ja auch recht. »Warte nur ab!«

Marios ist eines der hell erleuchteten Neoncafés an der Hauptstraße, wo die Mädchen aus der Schule hingehen, um sich mit Jungs zu treffen. An den Tischen wimmelte es nur so von ihnen. Wir setzten uns ganz hinten an einen freien Tisch. Wim bestellte zweimal Filterkaffee. In der Jukebox lief »Oliver's Army«, und zwar ziemlich laut. Es war grässlich, aber wenigstens warm. Wim legte meine Bibliotheksbücher auf den Tisch, und ich tat sie zurück in die Tasche.

»Wie ist sie gestorben?«, fragte er noch einmal, als wir uns setzten.

»Dafür ist hier nicht der richtige Ort«, erwiderte ich.

»Im Wald war nicht der richtige Ort, und hier auch nicht?«, fragte Wim. Er umfasste meine Hand, die auf dem Tisch lag. Ich bekam keine Luft mehr. »Jetzt erzähl schon.«

»Es war ein Autounfall. Aber eigentlich steckt meine Mutter dahinter«, sagte ich. »Meine Mutter wollte etwas tun, das mit gewaltigen Mengen von Magie zusammenhing, um Macht zu erlangen und die Weltherrschaft, glaube ich. Die Feen haben davon erfahren, und sie haben uns gesagt, was wir dagegen tun konnten. Sie hat versucht, uns daran zu hindern, und dabei versuchte sie auch, Dinge einzusetzen, die nicht real waren, die über uns herfielen. Wir mussten einfach weitermachen. Ich dachte, wie würden beide sterben, aber das wäre es wert gewesen. Jedenfalls haben die Feen das gesagt, und wir waren beide dazu bereit. Alles, was sie gegen uns ins Feld warf, war magischen Ursprungs, das waren Illusionen, jedenfalls glaubte ich das, als ich die Lichter sah, aber es war ein echtes Auto.«

»Himmel, wie furchtbar für den Fahrer«, sagte Wim.

»Ich weiß nicht, was er gesehen oder was er gedacht hat. Ich war in keinem Zustand, um ihn zu fragen.«

»Aber ihr habt sie aufgehalten? Deine Mutter?«

»Wir haben sie aufgehalten. Aber Mor kam dabei ums Leben.«

Die Kellnerin stellte zwei rote Tassen mit schwarzem Kaffee vor uns auf den Tisch. Eine war übergeschwappt, auf die Zuckerpäckchen in der Untertasse. Wim zahlte, bevor ich etwas sagen konnte.

»Und was ist dann passiert?«, wollte er wissen.

Natürlich konnte ich ihm nicht erzählen, was in jenen schrecklichen Tagen nach Mors Tod passiert war, oder von dem Bluterguss auf ihrer Wange, wie sie im Koma lag, wie meine Mutter die Maschine abgeschaltet hat, wie ich hinterher angefangen habe, ihren Namen zu tragen, was niemand hinterfragte, obwohl ich mir sicher bin, dass Tantchen Teg mich durchschaute und Opa wahrscheinlich auch. Wir mochten vielleicht eineiig gewesen sein, aber letztlich waren wir zwei verschiedene Menschen.

»Mein Opa hatte einen Schlaganfall«, sagte ich, denn so unerträglich das auch war, war es doch noch erträglicher als alles andere, was ich hätte sagen können. »Ich habe ihn gefunden. Als hätte ihn der Blitz getroffen. Ich weiß nicht, ob sie dahintersteckte.«

Ich probierte meinen Kaffee. Er war grässlich, sogar noch grässlicher als löslicher Kaffee, sofern das möglich ist. Andererseits konnte ich mir auch vorstellen, mich an ihn zu gewöhnen, wenn ich mir nur entsprechend Mühe gab. Keine Ahnung, ob es die Anstrengung wert wäre, schließlich ist Kaffee ja auch nicht eben gesund.

»Und was willst du jetzt gegen sie unternehmen?«, fragte Wim.

»Ich glaube nicht, dass ich irgendwas unternehmen muss. Wir haben sie aufgehalten. Halloween war ihre letzte Chance.«

»Nicht, wenn deine Schwester nicht in den Hügel gegangen ist, wie sie es hätte tun sollen. Nicht, wenn sie noch dort ist. Das könnte sie ausnutzen. Du musst etwas tun, um sie aufzuhalten. Du musst sie töten.«

»Ich glaube, das wäre verkehrt«, sagte ich. Die anderen Mädchen aus der Schule standen auf, also fuhr bestimmt bald der Bus.

»Ich weiß, dass sie deine Mutter ist …«

»Das hat damit nichts zu tun. Niemand könnte sie mehr hassen als ich. Aber sie zu töten wäre einfach verkehrt. Es fühlt sich falsch an. Ich könnte mit den Feen darüber reden, aber wenn es der richtige Schritt wäre, hätten sie mir längst dazu geraten. Du machst dir eine falsche Vorstellung davon – für dich ist das nur eine Geschichte.«

»Das ist alles so verdammt merkwürdig«, sagte er.

»Ich muss los, sonst verpasse ich den Bus.« Ich stand auf und ließ meinen restlichen Kaffee stehen.

Er kippte den Inhalt seiner Tasse hinunter. »Wann sehen wir uns wieder?«

»Am Dienstag, wie immer. Beim Zelazny-Treffen.« Ich lächelte. Ich freute mich wirklich darauf.

»Ja, klar, aber nur du alleine?«

»Nächsten Samstag.« Ich schlüpfte in meine Jacke. »Eine andere Gelegenheit gibt es nicht.«

Wir schlängelten uns zwischen den Tischen hindurch. »Lassen sie euch denn sonst nie raus?«

»Nein. So gut wie nie.«

»Das ist ja wie im Gefängnis.«

»Ein bisschen schon.« Wir schlenderten zur Bushaltestelle. »Na ja, dann bis Dienstag«, sagte ich, als wir dort ankamen. Der Bus war bereits da, und die Mädchen strömten hinein. Und dann – nein, dafür muss ich eine neue Zeile anfangen.

Und dann küsste er mich.

Dienstag, 5. Februar 1980

Ich bin erst heute damit fertig geworden, alles aufzuschreiben, was am Samstag passiert ist.

Ich bin mir nicht sicher, ob mir *Die Zahl des Tiers* gefällt. Vieles daran ist toll, aber die Handlung ist völlig zerfasert, und die Schauplätze sind es auch. Oz und die *Lensmen*-Serie habe ich nie gelesen, und ich weiß nicht genau, was sie hier verloren haben.

Davon abgesehen herrscht allgemeine Aufregung, denn sämtliche Mädchen, die im Bus saßen, fragen mich unablässig nach »meinem Liebsten«, wo ich ihn kennengelernt habe, wie er so ist, was er tut, und so weiter und so fort. Ein paar von denjenigen, die im Café waren, kennen seinen Ruf und haben mich vor ihm gewarnt – siebzehn Jahre alt und hatte Sex mit seiner Freundin, wie entsetzlich! Was für eine seltsame Mischung aus Sittenstrenge und Lüsternheit. Die Mädchen, die einen Freund aus der Gegend hier haben, behaupten, es sei nichts Ernstes, und manche von ihnen haben zu Hause einen »festen Freund«. Darunter verstehen sie das Gleiche wie Jane Austen unter einer »guten Partie«, ein Junge aus derselben Schicht, den sie vielleicht heiraten. Mit den hiesigen Jungs spielen sie nur herum, und die meisten von denen wissen das. Das ist ekelhaft, sie sind ekelhaft, die ganze Sache ist ekelhaft, und über Wim möchte ich gar nicht im selben Atemzug nachdenken.

Der eigentliche Unterschied ist, dass wir keiner unterschiedlichen Schicht angehören. Wim und ich können uns beide Hoffnungen darauf machen, einmal auf die Universität zu gehen. Ich weiß nicht, was sein Vater macht, aber dass seine Mutter in der Krankenhausküche arbeitet, während ich hier zur Schule gehe, ist unerheblich. Na ja, vielleicht nicht unerheblich, aber nicht von entscheidender Bedeutung. Außerdem weiß ich sowieso nicht genau, ob Wim mein »Liebster« ist, und wenn er es ist, hat es nichts mit dem zu tun, worüber die anderen Mädchen unablässig reden, von wegen fester Freund und nicht so fester Freund. Ich bin erst fünfzehn. Ich weiß nicht, ob ich überhaupt jemals heiraten möchte. Wim ist kein x-beliebiger Zeitvertreib, während ich auf »den Richtigen« warte, als gäbe es das überhaupt. Was ich will, ist weit komplizierter. Ich möchte jemanden, mit dem ich über Bücher reden kann und der mein Freund ist, und warum sollten wir nicht miteinander schlafen, wenn wir das wollen? (Und verhüten.) Ich suche nicht nach der großen Liebe. Lord Peter und Harriet sind, glaube ich, die passenden Vorbilder für mich. Ob Wim wohl Dorothy Sayers gelesen hat?

Allerdings spielt das alles fast keine Rolle, denn da ist noch das ethische Problem mit der Magie. Wahrscheinlich sollte ich ihm das sagen, und dann wird er mich hassen, jeder würde das.

Ich habe die Schulschwester gebeten, einen Arzttermin für mich zu machen. Sie hat nicht nach dem Grund gefragt.

Mittwoch, 6. Februar 1980

Gestern Abend war das Zelazny-Treffen. Wim hält Zelazny für den größten Stilisten aller Zeiten. Brian ist der Meinung, dass Stil im Vergleich zu den Ideen unwichtig ist, und Zelaznys Ideen findet er durchwachsen, mit Ausnahme von den Schatten. Seltsam, was diesbezüglich für eine Uneinigkeit herrscht. Ich glaube, wenn wir darüber abgestimmt hätten, ob Stil wichtig ist oder ob es auf Ideen ankommt, hätte das Ergebnis anders ausgesehen als bei der Frage, ob Zelazny gute Ideen hat. Ich finde schon, und ich finde, dass beides von Bedeutung ist, was nicht heißen soll, dass die *Foundation*-Bücher schlecht sind, weil sie in einem schlichten Stil geschrieben sind, und Clarke genauso wenig. Zelaznys Geschichten bestehen manchmal nur aus Stil, ohne jede Substanz – *Götter aus Licht und Dunkelheit* hätte mir die Lust auf ihn fast endgültig verdorben. Aber meistens hält er die Balance.

Wir unterhielten uns über die *Amber*-Serie und darüber, was wohl als Nächstes passiert, und über den ironischen Tonfall, den er da verwendet, genauso wie in *Die Insel der Toten* und *Fluch der Unsterblichkeit*. Die Frage tauchte auf, ob das Science Fiction oder Fantasy ist. Hugh behauptet, die *Amber*-Romane seien Fantasy und *Die Insel der Toten* auch, trotz der Aliens und allem anderen – der Weltenentwurf würde in derart magischer Begrifflichkeit beschrieben.

»Aber dann verurteilst du ihn dafür, dass er poetisch ist!«, sagte Wim.

»Etwas als Fantasy zu bezeichnen ist kein abschätziges Urteil«, entgegnete Harriet.

Das Treffen hat wirklich Spaß gemacht. Hinterher sagte Wim zu Greg: »Haben Sie ein neues *Ansible*?«

Es gibt ein Magazin, ein »Fanzine« namens *Ansible*! Darin steht, was in der SF-Welt so vor sich geht, es ist witzig, und es gefällt mir so gut, dass ich den Autor David Langford liebe, ohne ihn jemals getroffen zu haben. Die »Ansibles« stammen aus *Planet der Habenichtse* und sind Geräte, mit denen man schneller als Licht kommunizieren kann. Genial. In dem Exemplar, das Greg aus einer Schublade zog, standen alle Einzelheiten über den Albacon, der an Ostern in Glasgow stattfindet. Ich habe sie mir abgeschrieben, und jetzt muss ich nur noch Daniel um das Geld bitten, wenn ich ihn das nächste Mal sehe, wahrscheinlich in den Ferien Ende nächster Woche, und meine Anmeldung abschicken.

Als wir die Bibliothek verließen, hielt Wim meine Hand. »Bist du sicher, dass ich dich vor Samstag nicht treffen kann?«, fragte er. »Bist du denn die ganze Zeit in der Schule eingesperrt?«

»Na ja, schon, bis auf Donnerstagnachmittag, da fahre ich nach Shrewsbury zur Akupunktur.«

»Wann ist das?«

»Ich nehme den Zug um halb zwei – aber musst du da nicht arbeiten?«

»Ich arbeite vormittags und gehe nachmittags aufs College. Deshalb konnte ich dich ja auch im Krankenhaus besuchen, erinnerst du dich? Übermorgen Nachmittag kann ich blaumachen, wenn ich will. Das kümmert niemanden.«

»Blaumachen« heißt so viel wie »Schule schwänzen«, jedenfalls hier in der Gegend. Als ich es zum ersten Mal hörte, wusste ich nicht, was es bedeutet.

»Vielleicht kümmert es dich, wenn du deine Prüfungen hast«, sagte ich.

»Das spielt überhaupt keine Rolle«, erwiderte er. »Dann treffen wir uns in Gobowen am Bahnhof, okay?«

Greg hat mich wie immer in die Schule zurückgefahren. »Hatte ich also recht«, sagte er.

Ich wurde rot. Allerdings glaube ich nicht, dass er das im Dunkeln gesehen hat. »Mehr oder weniger«, gab ich zu.

»Na dann viel Glück.«

»Stets heiße Düsen«, erwiderte ich.

Greg musste lachen. »Ich hab ja immer gesagt, dass Wim eine Freundin braucht, die ihm mit Heinlein kontern kann.«

Hatte er das wirklich immer gesagt? Oder glaubt er das nur, weil ich die Karass-Magie gewirkt habe? Greg hat schon existiert, bevor ich das gemacht habe, da bin ich mir sicher. Ich habe ihn in der Bibliothek getroffen. Aber damals hat er kein einziges Wort zu mir gesagt, außer dass er mir am ersten Tag keinen Ausweis ausstellen wollte, und dann hat er die Liste der Bücher entgegengenommen, die ich über Fernleihe bestellen wollte. Gab es die Leserunde und das SF-Fandom schon früher, oder ist das alles erst entstanden, als ich die Magie wirkte, damit ich eine Karass habe? Und *Ansible?* Ich weiß, dass die anderen das glauben, und dass es schon immer Conventions gab, seit 1939, und die Science Fiction reicht noch weiter zurück. Aber sobald Magie im Spiel ist, lässt sich nichts mehr beweisen.

Ich muss es Wim sagen. In ethischer Hinsicht ist das das einzig Richtige.

Donnerstag, 7. Februar 1980

Diese Woche hatte ich, als ich die Schule verließ, noch mehr das Gefühl auszubrechen, und das, obwohl es regnete, ein feuchter Nieselregen, der in jede Ritze eindringt. Wenn ich meine eigenen Kleider hier hätte, hätte ich mich vorher noch rasch umziehen können, habe ich aber nicht, kann ich also nicht. Arlinghurst möchte, dass seine Mädchen überall sofort erkennbar sind. Wenn sie uns zwingen könnten, unsere Uniformen auch in den Ferien zu tragen, dann würden sie das tun. Wenigstens ist die Jacke ganz ordentlich, und der Hut ist zwar grässlich, aber immerhin wasserdicht.

Wim wartete bereits in Gobowen. Der Bahnhof ist nicht besonders groß, eher ein Bushäuschen neben den Gleisen mit einem Fahrscheinautomaten und ein paar leeren Blumenampeln. Wim saß in dem Häuschen, die Füße hochgestellt und zusammengefaltet wie eine Büroklammer. Sein Fahrrad war draußen an ein Geländer gekettet und wurde nass. Neben ihm saßen eine fette Frau mit einem Kind und ein kahlköpfiger Mann mit einer Aktentasche, beide in Regenmänteln. Wim trug denselben Dufflecoat wie beim letzten Mal. Im Vergleich zu ihm sahen die anderen Leute aus, als wären sie schwarzweiß und er in Farbe. Im ersten Moment bemerkte er mich nicht, und dann machte der kahlköpfige Mann ein großes Tamtam darum aufzustehen, damit ich mich setzen konnte, und Wim lächelte und stand an seiner Stelle auf. Es war komisch, wie schüchtern wir in der Gegenwart des anderen waren. Es war das erste Mal, dass wir seit Samstag miteinander allein waren, und ganz allein waren wir ja nicht, da waren noch andere, aber die zählten nicht. Ich wusste nicht, wie ich mich verhalten sollte, und wenn er es wusste – und das sollte er eigentlich, schließlich hat er viel mehr Erfahrung –, zeigte er es nicht.

Der Zug kam, Leute stiegen aus, und wir stiegen ein. Es gab nur zwei Wagen, und die waren wieder voller Leute aus Nordwales mit ihrer komischen Singsangstimme und den ja/nein-Fragen. Wir fanden zwei Plätze nebeneinander, weil eine nette Frau sich auf einen Platz gegenüber setzte. Allerdings konnten wir uns nicht richtig unterhalten, wegen ihr und wegen dem sichtlich bekümmerten jungen Mann neben ihr, der eine Katzenbox auf dem Schoß hatte. Die Katze schrie andauernd, und er versuchte sie zu beruhigen. Es muss furchtbar sein, eine Katze mit dem Zug zum Tierarzt zu bringen. Aber vielleicht zog er ja auch um. Außer der Katze hatte er nicht viel dabei, aber das hatte vielleicht gute Gründe. Oder vielleicht musste er die Katze weggeben und fuhr zu ihrem neuen Zuhause. Aber dann würde er wahrscheinlich weinen, und das tat er nicht. Das Seltsame an dem Mann mit der Katze war, dass Wim ihn überhaupt nicht bemerkte. Als ich etwas über ihn sagte, nachdem wir in Shrewsbury ausgestiegen waren, wusste er nicht, wovon ich rede.

Ich glaube nicht, dass Wim oft nach Shrewsbury fährt, obwohl es doch so nah ist. Er wusste nicht, wo irgendwas war. Er wusste nicht, dass es im Owen Owens eine Buchhandlung gibt. Ich musste erst zur Akupunktur, also ließ ich ihn in einem Café – einer funkelnden Kaffeebar ganz aus Chrom und Glas –, nachdem er die nette Nische verschmähte, in der ich das letzte Mal gesessen hatte, weil es da keinen richtigen Kaffee gab. Vor Samstag hatte ich nicht einmal gewusst, dass es anderen Kaffee gibt als Nescafé (oder Maxwell House, aber das ist dasselbe), granulierter Kaffee, den man mit kochendem Wasser aufgießt. Irgendwie seltsam, darum ein so großes Getue zu machen.

Die Akupunktur tat wieder sehr gut. Der Akupunkteur sagte, es sei gut möglich, dass der Streckverband dem Bein Gewalt angetan hatte (so hat er sich wirklich ausgedrückt) und unklug gewesen war. Meine Wortwahl wäre da noch ein wenig deftiger, aber schließlich ist es ja mein Bein, und für ihn ist es nur ein Bein unter vielen. Während ich auf dem Tisch lag, habe ich die ganze Zeit die Karte betrachtet und mir die Punkte gemerkt und was sie bewirken. Gut möglich, dass mir das mal etwas nützt. Vielleicht hilft es schon, wenn ich nur darauf drücke. Wenn die Nadeln drinstecken, kann ich die Magie spüren, das »Chi«, das sich langsam durch meinen Körper bewegt und wie ein Funken überspringt, wo ich vorher Schmerzen hatte. Ich werde es ohne Nadeln versuchen – mal sehen, vielleicht kann ich die Schmerzen ja ableiten. Am einfachsten wäre es, sie irgendwo anders hineinzutun, in einen Stein oder ein Stück Metall, aber dann würden sie sich auf jeden übertragen, der das aufhebt. Die Akupunktur leitet sie, soweit ich das begreife, aus der Welt hinaus. Klasse Trick, wenn man's kann.

Hinterher bin ich – die Treppe schneller hinunter als hinauf! – dorthin zurückgegangen, wo ich Wim gelassen hatte, und setzte mich ihm gegenüber. Die Kaffeemaschine stieß eine nach Kaffee duftende Dampfwolke aus. »Lass uns irgendwo anders hingehen«, sagte er. »Mir reicht's hier.«

Als wir draußen waren, besserte sich seine Laune wieder. Er hielt meine Hand, was nett war, aber noch netter wäre gewesen, wenn ich dabei eine Hand frei gehabt hätte. Wir gingen in die Kaufhausbuchhandlung, ohne etwas zu finden, aber es hat Spaß gemacht, sich umzuschauen und einander auf Bücher hinzuweisen. Er ist viel wählerischer als ich und mag auch Autoren, die ich nicht so toll finde, zum Beispiel Dick. Er findet Niven (!) furchtbar und mag Piper nicht besonders. (Wie kann irgendjemand H. Beam Piper nicht hinreißend finden?) Zenna Henderson kennt er überhaupt nicht, und natürlich hatten sie von ihr nichts da. Ich werde mir die Bücher von Daniel mitnehmen und Wim ausleihen.

Danach habe ich darauf bestanden, ihn zum Essen einzuladen, obwohl es schon mitten am Nachmittag war. Ich war am Verhungern. Wir entdeckten ein Imbisslokal, wo wir uns hinsetzten und Fish & Chips mit Weißbrot und Butter aßen, und ich trank einen wirklich grässlichen Tee, der so lange gezogen hatte, dass er dunkelorange war, und Wim ein Vimto, was ihm, wie er sagte, nicht mehr untergekommen war, seit er acht Jahre alt gewesen war. Darüber musste ich lächeln. Er streichelte mir auch den Handrücken, was noch netter war, als sich beim Gehen an der Hand zu halten, und außerdem viel bequemer. Mir lief ein Schauder den Rücken hinunter.

Das Imbisslokal war nicht voll, also bestellten wir nach dem Essen noch ein Vimto und eine Limonade – der Tee war so furchtbar, dass ich nicht einmal so tun konnte, als würde ich ihn trinken. So saßen wir im Warmen und Trockenen, während unsere Jacken, die über unseren Stuhlrücken hingen, langsam vor sich hin dampften. Wir unterhielten uns über Tolkien. Er verglich ihn mit Donaldson und mit einem Buch namens *Das Schwert von Shannara,* das ich nicht kenne, das aber wie ein mieser Abklatsch klingt. Und dann kamen wir nach und nach auf die Elfen zu sprechen. »Vielleicht waren es doch Gespenster«, sagte er.

»Die Toten können nicht sprechen. Mor konnte nicht sprechen, als ich sie gesehen habe.« Es gelang mir, ihren Namen ganz normal zu sagen, ohne auch nur zu zittern.

»Vielleicht nicht, wenn sie erst vor Kurzem gestorben sind. Darüber habe ich nachgedacht. Wenn sie erst vor Kurzem gestorben sind, können sie nicht sprechen, und sie sehen auch noch so aus wie früher. Und man kann sie zum Sprechen bringen, indem man Blut verwendet wie bei Vergil, das hast du doch gesagt, oder? Später beziehen sie ihre Lebenskraft aus Dingen, die lebendig sind, von Tieren und Pflanzen, und sie werden ihnen immer ähnlicher und immer weniger wie Menschen, und sie können sprechen, solange sie so leben.«

»Aber sie sprechen gar nicht so wie Menschen, nicht einmal wie tote Menschen«, sagte ich. »Was du sagst, klingt einleuchtend, und es würde auch gut in eine Geschichte passen, aber ich bin mir nicht sicher, ob es sich richtig anfühlt.«

»Es würde erklären, warum sie die Ruinen mögen«, erwiderte er. »Ich bin hinterher noch mal dahin gegangen, am Samstag. Ich konnte sie andeutungsweise erkennen, jedenfalls aus den Augenwinkeln, wenn ich deinen Stein berührte.« Er deutete auf seine Hosentasche, als er das sagte. Mir gefiel die Vorstellung, dass er etwas mit sich herumtrug, das so lange mir gehört hatte. Der Stein würde ihn zwar bestenfalls vor meiner Mutter beschützen – aber bei der Göttin, das war bestimmt nichts Schlechtes.

»Eigentlich müsstest du sie sehen können«, sagte ich. »Dort wimmelt es nur so von ihnen.«

»Das sind Gespenster«, sagte er. »Du glaubst nur, dass es Elfen sind.«

»Ich weiß nicht, was sie sind, und ich glaube auch nicht, dass das eine Rolle spielt.«

»Möchtest du es denn nicht herausfinden?«, fragte er mit leuchtenden Augen. Das war der Geist der Science Fiction!

»Ja«, antwortete ich, meinte es allerdings nicht wirklich ernst. Sie sind, was sie sind, das ist alles.

»Aber womit beschäftigen sie sich, was meinst du?«

»Mit Orten?«, sagte ich, denn das wusste ich mit Sicherheit. »Sie ziehen nicht viel herum. Glor… mein Freund hat Magie gewirkt, damit ich an Halloween nach Südwales runtergefahren bin. Er ist nicht hierhergekommen, um mit mir zu reden.«

»Nun ja, das ist für Gespenster doch typisch, dort zu verweilen, wo sie herkommen.«

Ich schüttelte den Kopf.

»Wirst du mir beibringen, Magie zu wirken?«, fragte er als Nächstes.

Ich zuckte zusammen. »Ich glaube nicht, dass das eine gute Idee ist.«

»Warum nicht?«

»Weil es gefährlich ist. Wenn du nicht weißt, was du tust, und damit meine ich nicht dich, sondern jeden, der nicht genug weiß, dann ist es verdammt schwer, nicht irgendetwas zu tun, das weitreichende Konsequenzen hat.« Das war die ideale Gelegenheit, um ihm von der Karass-Magie zu erzählen, und das wusste ich auch, aber ich wollte einfach nicht. »Wie

George Orr in *Die Geißel des Himmels*, nur mit Magie, nicht mit Träumen.«

»Hast du so etwas schon jemals getan?«, fragte er.

Also musste ich es ihm doch erzählen. »Das wird dir jetzt nicht gefallen. Aber ich war sehr einsam und sehr verzweifelt. Ich habe einen Schutzzauber gegen meine Mutter gewirkt, weil sie mir andauernd schreckliche Träume geschickt hat. Und da ich schon mal dabei war, habe ich gleich noch versucht, eine Karass heraufzubeschwören.«

Er sah mich verständnislos an. »Was ist eine Karass?«

»Du hast noch keinen Vonnegut gelesen? Ach, egal. Ich glaube, er würde dir gefallen. Fang mit *Katzenwiege* an. Jedenfalls, eine Karass ist eine Gruppe von Leuten, die wirklich auf einer Wellenlänge liegen. Das Gegenteil ist ein Granfalloon, eine Gruppe, die sich nur einbildet, auf einer Wellenlänge zu liegen, wie in der Schule. Ich habe Magie gewirkt, um Freunde zu finden.«

Er prallte buchstäblich zurück und hätte dabei fast den Stuhl umgeworfen. »Und du denkst, das hat geklappt?«

»Am nächsten Tag hat mich Greg zur Leserunde eingeladen.« Ich ließ das so stehen, während er selbst seine Schlussfolgerungen zog.

»Aber wir haben uns doch schon monatelang getroffen. Du hast uns nur … gefunden.«

»Das hoffe ich. Aber vorher wusste ich nichts davon. Es gab nichts, was darauf hindeutete, auch nicht auf das Fandom.«

Ich sah ihn an. So etwas wie er war seltener als ein Einhorn – ein wunderschöner Junge in einem rotkarierten Hemd, der las und nachdachte und über Bücher redete. Inwieweit hatte meine Magie sein Leben verändert, sodass er zu dem wurde, was er war? Hatte es ihn vorher überhaupt gegeben? Und wenn ja, was war er gewesen? Das würde ich nie herausfinden. Jetzt war er hier, und ich auch, und das war alles.

»Aber ich war dort«, sagte er. »Ich bin regelmäßig hingegangen. Ich weiß, dass ich da war. Letzten Sommer war ich in Brighton auf dem Seacon.«

»Er' perrhenne«, sagte ich, wobei ich die Aussprache raten musste.

Ich bin es gewohnt, dass andere Menschen Angst vor mir haben, aber es gefällt mir nicht. Wahrscheinlich hat es nicht einmal Tiberius gefallen. Doch nach einem entsetzlichen Augenblick wurden Wims Gesichtszüge wieder weich. »Es hat dir einfach geholfen, uns zu finden. All das hättest du nicht ändern können«, sagte er, griff nach seiner Vimto und trank die Flasche aus.

»Ich wollte es dir erzählen, denn dabei stellt sich die ethische Frage, warum du mich magst ... ob du mich deswegen magst«, sagte ich, um alle Zweifel auszuräumen.

Er lachte, allerdings ein wenig unsicher. »Darüber werde ich wohl nachdenken müssen«, sagte er.

Zurück zum Bahnhof schlenderten wir die nassen Straßen entlang, ohne Händchen zu halten. Aber im Zug, der leerer war als auf dem Hinweg, saßen wir nebeneinander, und nach einer Weile legte er den Arm um mich. »Das muss ich alles erst mal verarbeiten«, sagte er. »Ich wollte schon immer, dass es auf der Welt Magie gibt.«

»Mir sind Raumschiffe lieber«, sagte ich. »Oder wenn schon Magie, dann sollte sie etwas weniger verwirrend sein, Magie mit einfachen Regeln, wie in den Büchern.«

»Lass uns über irgendwas Normales reden«, sagte er.

»Zum Beispiel, warum hast du so kurze Haare? Mir gefällt es, aber es ist ungewöhnlich.«

»Das ist nicht normal. Früher hatten wir lange Zöpfe. Oma hat sie uns immer geflochten, und nach ihrem Tod haben wir das selber getan. Als Mor gestorben ist, habe ich sie mit der Schere abgeschnitten. Natürlich schief und krumm, und meine Freundin Moira hat versucht, sie auf jeder Seite ein bisschen abzuschneiden, bis fast nichts mehr übrig war. Seither lasse ich sie immer kurz. Die gleiche Länge haben sie erst seit ein paar Wochen. Früher sind sie in alle Richtungen abgestanden.«

»Du Armes, Kleines«, sagte er und drückte mich sanft.

»Warum hast du lange Haare? Für einen Mann, meine ich.«

»Es gefällt mir einfach«, sagte er und strich sich verlegen über den Kopf. Seine Haare haben die Farbe von Honig oder jedenfalls von Honigbrötchen.

In Gobowen kettete er sein Fahrrad los. »Wir sehen uns am Samstag«, sagte er.

»In dem kleinen Kaffee neben dem Buchladen?«, fragte ich.

»Bei Marios, damit ich einen richtigen Kaffee bekomme«, sagte er.

Ich glaube, es ist Wim wichtig, mit mir in der Öffentlichkeit gesehen zu werden. Das hat wahrscheinlich etwas mit Ruthie zu tun und seinem Gefühl, ein Paria zu sein.

Bevor ich in den Bus stieg, küssten wir uns wieder. Ich konnte es bis runter in die Zehen spüren. In gewisser Hinsicht ist das auch Magie, genauso wie das »Chi«.

Freitag, 8. Februar 1980

Aujourd'hui, rien.

Heute haben wir uns beim Mittagessen Rätsel erzählt, und ich habe die Frage gestellt, wem die anderen lieber begegnen würden, einer Elfe oder einem Plutonier. Deirdre wusste nicht, was ein Plutonier ist. »Ein Außerirdischer vom Planeten Pluto«, erklärte ich ihr. »Wie ein Marsianer, nur noch mehr.«

»Dann eine Elfe«, sagte sie. »Und du, Morwenna, was wärst du lieber?«

Das ist typisch Deirdre, »begegnen« und »sein« durcheinanderzubringen; andererseits war es so auch eine größere Herausforderung. Wem man lieber begegnen will, ist eine Frage des Weltbildes, Vergangenheit und Zukunft, Fantasy und Science Fiction. Was wärst du lieber – dabei muss ich immer an Tiptrees Erzählung »Und ich erwachte und fand mich hier am kalten Berghang« denken, der es gelingt, beides zu sein.

Am Montag habe ich einen Arzttermin.

Samstag, 9. Februar 1980

Wim scheint prinzipiell zu früh zu kommen, außer als er eine Reifenpanne hatte und – zum ersten Mal – zu spät zur Leserunde kam. Er saß bereits im Marios, als ich eintrat, und hatte sogar schon einen Kaffee für mich bestellt.

Er schaute meine Bibliotheksbücher durch und runzelte die Stirn oder nickte, je nachdem. *Ein Weltreich zu erobern* von Mary Renault war eingetroffen, und er wollte wissen, was ich an historischen Romanen fand, und als ich sagte, ich hätte es bereits gelesen, wollte er wissen, warum ich Bücher mehrfach las. Ein paar Mädchen, die ich kannte, waren, zusammen mit Jungs aus der Gegend, in dem Café, darunter auch Karen, die immer wieder feixend zu uns rüberschaute.

»Können wir nicht woandershin gehen?«, sagte ich, nachdem Wim seinen Kaffee ausgetrunken hatte.

»Wohin denn?«, fragte er. »Hier kann man doch nirgendwo hin. Außer du willst wieder auf Gespensterjagd gehen.«

»Hätte ich nichts dagegen.«

In dem Moment trat Karen an unseren Tisch. »Komm mit auf die Toilette, rote Socke«, sagte sie.

Wim zog eine Augenbraue hoch, aber ich war froh, dass sie vor ihm nicht »Krüppel« oder »Schleimer« zu mir gesagt hatte.

»Nicht jetzt«, erwiderte ich.

»Nein, komm«, sagte sie und verzog das Gesicht. Sie legte mir die Hand auf den Arm und kniff mich ziemlich fest. »Los, mach schon.«

Es war einfacher mitzugehen, als eine Szene zu machen. Karen war nicht unbedingt meine Freundin, aber sie war Sharons und Deirdres Freundin. Ich seufzte und stand auf. Die Toiletten waren rot gestrichen, und über den Spiegeln hing eine Reihe heller, nackter Glühbirnen. Karen überprüfte ihr Make-up – obwohl Make-up samstags genauso verboten ist wie an jedem anderen Tag, war sie völlig zugekleistert.

»Craig, also mein Freund, hat gesagt, er hätte *deinen* Freund gestern Abend mit einem anderen Mädchen in der Disco gesehen – mit Shirley, die in der Schule in der Wäscherei arbeitet.«

»Vielen Dank«, sagte ich. »Ich kann ja wohl schlecht mit ihm in die Disco gehen.«

»Dir macht das nichts aus?«, fragte sie ungläubig.

Natürlich machte es mir etwas aus, aber das ging sie einen feuchten Kehricht an. Ich lächelte nur, stieß die Tür auf und ging zum Tisch zurück.

Wim war immer noch da, woran ich einen kurzen Augenblick gezweifelt hatte. Ich setzte mich und nahm seine Hand, weil ich wusste, dass Karen uns beobachtete. »Lass uns gehen«, sagte ich.

»Was hat sie dir erzählt?«, fragte er.

»Du weißt besser als ich, dass in diesem Kaff jeder weiß, was jeder andere treibt.« Ich stand auf und zog meine Jacke an.

Er machte ein langes Gesicht, doch seine Miene wurde auch ein wenig berechnend. »Mori, ich …«

»Los, komm«, unterbrach ich ihn. Hier wollte ich nicht darüber reden, nicht vor diesem über die Maßen neugierigen Publikum.

»Wie soll da überhaupt was draus werden, wenn ich dich nur bei der Leserunde sehe, am Samstagnachmittag und für ein paar Stunden am Donnerstag in Shrewsbury?«, fragte er streitlustig, während wir die Straße hinaufgingen, vorbei an Smiths und BMS. »Du kannst doch sowieso nie mit mir auf eine Party gehen.«

»Das weiß ich. Ich kann nichts dafür, dass ich in der Schule festsitze. Vielleicht wird ja wirklich nichts draus.«

»Willst du mit mir Schluss machen, weil ich mit Shirley tanzen war?« Er sah mich von oben herab fragend an.

»Nicht so sehr, weil du das getan hast, sondern weil ich deswegen nicht gedemütigt werden möchte. Ich mein ja nur – selbst wenn ich nicht in der Schule festsitzen würde, könnte ich nicht mit dir tanzen gehen.«

»Das ist es gar nicht«, sagte er rasch. »Fürs Tanzen hab ich gar nicht so viel übrig, aber irgendwas muss man ja tun.«

»Und für Shirley hast du auch gar nicht so viel übrig, aber irgendwas musstest du ja tun?«, fragte ich gehässig.

»Oder ich könnte mit dir Schluss machen, weil ich dich fast nie sehe und alles so umständlich ist«, erwiderte er in seltsam nachdenklichem Tonfall.

Wir waren bei der Ecke vor dem Thorntons angelangt, wo wir nach unten abbiegen mussten, falls wir zur Buchhandlung und dem Wildererforst gehen wollten. Ich blieb stehen, und er auch. »Soll das, was du da sagst, vielleicht irgendeinen Sinn ergeben?«, fragte ich gereizt. Jungen sind komisch.

»Hältst du es für möglich, dass wir uns jetzt trennen, hier an dieser Ecke, und nie wieder ein freundliches Wort miteinander sprechen?«, wollte er wissen. Der Wind blies ihm die Haare aus der Stirn, und er hatte nie umwerfender ausgesehen.

»Ja!«, sagte ich. Ich konnte mir das nur zu gut vorstellen, und in der Leserunde würden wir nur noch über Bücher reden und einander kein einziges Mal anschauen.

»Dann ist ja gut. Wenn wir Schluss machen können, dann hat die Magie, die du vielleicht gewirkt hast, unser Schicksal nicht vorherbestimmt«, sagte er.

»Was?« Da ging mir ein Licht auf. »Oh.«

Er grinste. »Wenn wir also nicht zusammen sind, weil uns die Magie dazu gezwungen hat, dann ist ja alles gut.«

Eine umständlichere Art und Weise, die Sache zu betrachten, hätte ich mir nicht vorstellen können. »Also war das mit Shirley in der Disco ein wissenschaftliches Experiment?«

Er hatte den Anstand, ein wenig betreten dreinzuschauen. »Mehr oder minder. Ich hasse die Vorstellung, zu etwas gezwungen zu werden. Dieser ganze Kram von ›wahrer Liebe‹ und ›den Richtigen finden‹, zu heiraten und gebunden zu sein, ist mir äußerst zuwider. Und die Vorstellung, dass Magie ...«

»Wim, ich habe zugegeben, dass ich dich irgendwie mag«, sagte ich. »Als *du mich* gefragt hast. Ich habe kein Wort von Schicksal, wahrer Liebe, Heirat oder irgendsolchem Quatsch gesagt und werde das auch nie tun. Darauf bin ich nicht aus. Ich suche Freunde, nicht den Märchenprinzen, verdammt noch mal. Ich habe sowieso nicht vor zu heiraten, jedenfalls nicht in den nächsten Jahren.«

»Das bist du«, sagte er und ging langsam weiter, also folgte ich ihm. Jetzt gingen wir bergab. »Das ist nicht die Magie. Ich mag dich, wirklich. Aber ich hab mir gedacht, wenn wir uns trennen können und du dem zustimmst, dann haben wir uns frei entschieden, und alles wäre gut.«

»Du willst also eigentlich gar nicht Schluss machen?«

»Nicht, wenn du es nicht willst.«

Was ich über Magie weiß und er nicht, ist, wie vertrackt sie ist und wie viel leichter es ist, Leute dazu zu bringen, Dinge zu tun, die sie sowieso tun wollten. Es würde nur dann etwas beweisen, wenn wir uns tatsächlich trennen würden, nicht wenn wir nur der Meinung waren, dass es theoretisch möglich war. Aber ... ich wollte nicht. »Ich will nicht«, sagte ich.

»Was hast du zu ihr gesagt?«, fragte er.

»Zu wem?«

»Der kleinen Miss Hitler vorhin im Café?«

Ich stieß ein leises Schnauben aus. »Sie heißt Karen. Ich hab ihr gesagt, dass ich wohl schlecht in die Disco gehen kann, und dann hab ich gelächelt. Die Genugtuung wollte ich ihr nicht geben.« Wir waren jetzt fast bei dem Buchladen, und er blieb wieder stehen.

»Du hast auch jeden Grund zu lächeln. Ich werde mich nicht noch mal mit Shirley treffen.«

»Es ist mir egal, ob du dich mit Shirley triffst, solange ich es weiß ... glaube ich jedenfalls.« Die Theorie stammte von Heinlein, und sie leuchtete mir wirklich ein. Nur was die praktische Umsetzung betraf, war ich mir unsicher.

»Sie ist strohdumm«, sagte er, was beruhigend ist. Es ist nett, einer substantiellen Eigenschaft wegen gemocht zu werden.

Wir überquerten die Straße und schlenderten durch den Wildererforst zu dem eingefallenen Gemäuer. Die Schneeglöckchen waren verwelkt. Erste Blätter lugten aus der Erde, aber noch keine anderen Blumen. Es wimmelte nur so von Feen, die meisten davon so knorrig wie Bäume, aber sie schenkten uns keinerlei Beachtung. Wim konnte sie aus den Augenwinkeln wahrnehmen – sagte er jedenfalls. Wir saßen eine Weile auf der Mauer und beobachteten sie. Als wir wieder aufstehen wollten, streifte er aus Versehen meinen Gehstock und stieß ein lautes Keuchen aus. »Jetzt kann ich sie wirklich sehen«, sagte er und setzte sich, den Gehstock auf dem Schoß. »Mannomann«, rief er aus, was ich ziemlich schwach fand.

Eine Ewigkeit später, nachdem er die Feen sehr lange beobachtet hatte, sagte ich, dass es Zeit wäre zu gehen, und griff nach meinem Gehstock. Ohne ihn konnte er sie wieder nur noch halb sehen. »Wenn ich nur wüsste, was sie sind«, sagte er, als wir in den Ort zurückstapften. »Kann ich den Stock haben? Ich meine, hast du noch so einen?«

»Ja, habe ich, aber er ist aus Metall und furchtbar hässlich, und dieser hier gibt mir Kraft. Die Feen haben ihn mir geschenkt.«

»Vielleicht haben sie ihn dir gegeben, damit ich sie sehen kann«, überlegte er laut. »All die Farben und Formen!« Er klang wie betrunken. Dabei waren das doch nur Feen, und sie hatten überhaupt nichts Interessantes getan.

»Vielleicht«, sagte ich. »Aber jetzt brauche ich ihn jedenfalls.«

Er nahm meine Hand, während wir weiter unter den Bäumen entlangspazierten. »Das mit dem Tanzen tut mir leid«, sagte er. »Ich meine nicht Shirley, das hab ich absichtlich getan. Ich meine, dass ich tanzen war. Daran habe ich nicht gedacht, und ich möchte nicht, dass du dich schlecht fühlst, weil du etwas nicht tun kannst.«

»Schon in Ordnung«, sagte ich, obwohl es das nicht war. Mein Bein ist in etwa wieder in dem Zustand wie früher, bevor der Streckverband alles kaputt gemacht hat. Ich habe gute Tage und schlechte Tage. Im Krankenhaus haben sie gesagt, dass es so bleiben wird. Die Akupunktur hilft vielleicht, und vielleicht kann ich auch lernen, das selbst zu machen, und das wäre gut, aber tanzen werde ich so bald nicht.

Ich musste zum Bus, also gingen wir weiter durch den Ort. »Na schön – Dienstagabend, Donnerstagnachmittag und nächsten Samstag? Wenn mehr nicht drin ist, dann nehme ich eben das«, sagte er.

»Nächstes Wochenende beginnen die Ferien. Die ganze nächste Woche ist frei. Samstag klappt also nicht.«

»Fährst du weg?«

»Ich werde eine Nacht bei Daniel in Old Hall bleiben und dann für ein paar Tage nach Aberdare fahren, um Tantchen Teg und meinen Großvater zu besuchen.«

»Und um deine Mutter umzubringen?«, fragte er. »Nein, ich weiß, aber ich könnte das. Das würde nicht gegen irgendwelche althergebrachten Gebote verstoßen.«

»Nach den Geboten, die ich kenne, wäre es mir nicht einmal erlaubt, mit jemandem, der meine Mutter getötet hat, eine Mahlzeit einzunehmen, ganz egal, was ich von ihr halte«, erwiderte ich, obwohl ich das hauptsächlich von Mary Renault hatte und nicht aus einer echten Überlieferung. Schon seltsam, dass niemand mehr die alten Gebote lehrt. »Außerdem ist das nicht nötig.«

»Ich könnte dich begleiten.«

»Sei nicht albern – wo würdest du denn übernachten? Außerdem musst du arbeiten. Wir sehen uns wieder, wenn ich zurückkomme.«

»Ich werde dich vermissen«, sagte er und küsste mich ganz lange und ganz sanft.

Na ja, wenigstens ist es nicht langweilig.

Sonntag, 10. Februar 1980

Heute Morgen hat es Frost gegeben. Als ich aufwachte und aus dem Fenster schaute, war alles weiß und scharf umrissen. Bis wir in die Kirche gingen, war alles wieder geschmolzen.

Die Predigt handelte von Dankbarkeit und dass wir unsere Gebete nicht nur heruntersagen, sondern uns zwei besondere Dinge aussuchen sollten, die uns besonders am Herzen lagen. Als es Zeit war zu beten, dankte ich dem Herrn also für Wim und die Fernleihe.

Ich habe Tantchen Teg geschrieben, dass ich nächsten Sonntag zu ihr komme. Gestern hatte ich keine Karte für Opa gekauft, und auch nicht letzte Woche, weil Wim mich beide Male abgelenkt hat. Ich werde eine mitnehmen.

Inzwischen mache ich mir Sorgen, dass Wim vielleicht gar nicht an mir interessiert ist, sondern an der Möglichkeit, dass Magie real ist.

Montag, 11. Februar 1980

Ein Weltreich zu erobern ist wirklich klasse. Vielleicht ist es ihr bestes Buch. Davon angeregt, wenn auch nicht direkt, sondern von den Gedankengängen in ihren Büchern, habe ich *Phaidros* gelesen und *Nomoi* angefangen, komme aber gerade nicht weiter.

Miss Carroll scheint es gutzuheißen, dass ich etwas anderes lese als SF. Sie hat sich mit mir über das alte Griechenland unterhalten und vorgeschlagen, dass ich nächstes Jahr Griechisch lerne. Allerdings weiß ich nicht, wie lange ich hier noch zur Schule gehe, aber wenn, dann wäre das eine wirklich gute Idee. Ich glaube nicht, dass sie mich das machen lassen werden, was Wim macht – Geistes- und Naturwissenschaften gleichzeitig zu studieren. Außerdem möchte ich Englisch, Geschichte und Latein belegen, was eine sehr gängige und konventionelle Mischung ist. Ich würde auch gerne mit Physik und Chemie weitermachen, aber ohne die nötigen Mathekenntnisse ist das, wie Miss Carroll angemerkt hat, eher schwierig. Wenn ich Glück habe, komme ich in Mathe mal grad so durch.

Beim Arzt habe ich gefragt, ob er der Schweigepflicht unterliegt, und er hat gesagt, ja, natürlich. Dann habe ich ihn gefragt, ob er mir die Pille verschreibt. Er hat mich gefragt, ob ich sexuell aktiv bin, und ich habe gesagt, noch nicht, aber ich würde darüber nachdenken. Er hat sich mein Geburtsdatum angeschaut und den Kopf geschüttelt, aber er hat mir das Rezept ausgestellt. Er hat mir erklärt, dass ich sie einen ganzen Monat lang nehmen muss, bevor sie wirkt, dass ich einen Tag nach meiner Periode damit anfangen muss, und dass es in Ordnung ist, wenn ich sie einmal vergesse, aber mehr nicht, und ich sollte sie jeden Tag um die gleiche Uhrzeit nehmen. Das Rezept habe ich auf dem Rückweg bei Boots eingelöst. Außerdem habe ich ein Päckchen Kondome gekauft (sei allzeit bereit) und einen Cadbury-Schokoriegel, mehr zur Tarnung, aber gegessen habe ich ihn trotzdem.

Die Pille und die Kondome lasse ich in meiner Tasche, denn sonst sind sie nirgendwo sicher.

Dienstag, 12. Februar 1980

Deirdre wäre heute fast dabei erwischt worden, dass sie meine Vergil-Übersetzung abgeschrieben hat. Es gibt zwei Verben, »progredior« und »proficiscor«, die beide seltsamerweise immer im Passiv stehen, und sie fangen beide mit »pro« an, und das eine bedeutet »weitergehen« und das andere

»aufbrechen«, und ich bringe sie immer durcheinander, auch in dem Text, den Deirdre abgeschrieben hat. Miss Martin, die ziemlich schlau ist, hat uns beide streng angeschaut, als Deirdre die Stelle laut vorlas, und gesagt, Fehler mit passiven Verben seien offenbar ansteckend, und dann hat sie Deirdre nach vorne gerufen, wo sie die nächsten Absätze durchgehen musste, die Absätze, die wir nicht vorbereitet hatten. Sie hat nicht allzu viel Mist gebaut, also dachte ich, wir wären noch einmal davongekommen. Dann musste ich das nächste Stück interpretieren, das ebenfalls neu war. Nach dem Unterricht, während es läutete und alle den Flur entlangrannten, um in den Physikraum zu gelangen, fing sie mich ab und fragte: »Haben du und Deirdre bei dem Vergil ein bisschen zusammengearbeitet, Morwenna?«

»Sie kam nicht so richtig weiter«, sagte ich, was stimmte und viel besser klang als: *Sie hat alles bei mir abgeschrieben.*

»Sie wird es nie lernen, wenn sie nicht lernt, alleine zu lernen«, sagte Miss Martin, was wie ein Aphorismus klingt, und vielleicht ist es auf Lateinisch auch einer, und da wäre der Satz auch nur drei Wörter lang, nein, sechs, vielleicht sieben.

Von Daniel kam ein Brief, dass er mich am Freitag abholt, und dass ich natürlich am Sonntag nach Aberdare fahren kann. Außerdem hat er geschrieben, dass mir vorher noch eine Überraschung bevorsteht. Was er damit wohl meint? Vielleicht hat er noch ein Paket mit Büchern geschickt?

Heute Abend trifft sich der Buchclub, und das Thema ist *Pavane.*

Mittwoch, 13. Februar 1980

Hussein hatte die Gesprächsführung, und wir haben nicht nur über *Pavane* geredet, sondern auch über Brunners brillantes *Zeiten ohne Zahl,* Dicks *Das Orakel vom Berge* (das ich nicht gelesen habe), Ward Moores *Der große Süden* und Alternativweltgeschichten im Allgemeinen. Außerdem wurde *Zeitpatrouille* erwähnt und *Guardians of Time* und Christopher Priests *Ein Traum von Wessex* (das muss ich mir unbedingt bestellen!), von dem Wim sagt, es sei genial. Die Frage wurde aufgeworfen, ob das alles wirklich SF ist, oder ob es einen Unterschied zwischen den »Parazeit«-Sachen wie *Der Mann, der die Zeit betrog* gibt und Büchern wie *Pavane,* wo alles in einem Universum spielt, in dem die Geschichte anders verlaufen ist.

Wir kamen immer wieder auf *Pavane* zurück und auf die Art und Weise, wie das Buch eine große Zeitspanne umfasst, was es, das sagt jedenfalls Greg, zu SF macht, die Perspektive. Dann hat Brian die Lord-Darcy-Bücher erwähnt (ich liebe Randall Garrett!) und gefragt, ob sie SF sind, was wirklich fies war, denn sie sind ganz offensichtlich Fantasy, außer dass sie überhaupt nicht wie Fantasy sind, sondern wie SF. Harriet meinte, sie gehörten eher in eine Kategorie mit Dunsanys Club- und Lügengeschichten, so skurril, wie sie wären. Ich widersprach ihr (wahrscheinlich habe ich zu viel geredet und zu laut), weil ich finde, dass ihre Nähe zur SF genau das Gegenteil von skurril ist, sie nehmen Magie und behandeln sie wie eine Wissenschaft unter vielen, vor allem in *Komplott der Zauberer.*

Janine redet anscheinend nicht mehr mit mir, und Pete genauso wenig. Sie werden drüber hinwegkommen, sagt Wim. Ich hoffe es.

Hugh wirkt ziemlich verwirrt. Greg glaubt – jedenfalls hat er das im Auto gesagt –, Hugh hätte gedacht, dass wir automatisch ein Paar werden würden, weil wir gleich alt sind. So etwas Bescheuertes habe ich in meinem ganzen Leben noch nie gehört, und das habe ich auch gesagt, denn ich mag Hugh zwar, aber darauf wäre ich bestimmt nicht gekommen. Greg lachte nur und sagte, das würde sich schon alles klären, und hatte ich McCaffrey gelesen? Ich weiß nicht, was das damit zu tun hat, aber auf dem Rest des Rückwegs unterhielten wir uns über Drachen und dergleichen.

Wim und ich treffen uns morgen wieder in Gobowen. Offenbar glaubt er, dass wir uns nicht oft genug sehen, aber ich finde, es reicht dicke. Ich brauche zwischendurch Zeit, um nachzudenken – und um alles aufzuschreiben! Wahrscheinlich macht er das nicht.

Mir ist gerade erst eingefallen, dass morgen Valentinstag ist. Ich glaube nicht, dass ihm das etwas bedeutet – oder vielleicht doch? Ich hab keine Ahnung. Miss Carroll denkt schon, und ich sollte etwas in der Hinterhand haben, falls er mir etwas schenkt. Aber was? Sie hat ein Buch vorgeschlagen – natürlich! –, und das wäre eine tolle Idee, wenn ich die Zeit hätte, in eine Buchhandlung zu gehen. Ich könnte ihm eine Karte basteln. Na ja, außer dass niemand eine Karte haben möchte, die ich gebastelt habe. Ich könnte ein Gedicht für ihn schreiben, oder eines der Gedichte, die ich schon verfasst habe, für ihn in Schönschrift abschreiben. Aber was ist, wenn es ihm nicht gefällt? Über Gedichte haben wir uns noch nie unterhalten. Ich hab keine Ahnung, ob er mit Lyrik etwas anfangen kann. Wenn er Heinlein nicht so furchtbar fände, könnte ich ihm *Die Zahl des Tiers* schenken, aber das geht nicht. Sonst habe ich nichts Neues, und wahrscheinlich hat er schon alles, was ich habe.

Mal sehen, wenn ich morgen etwas früher losgehe, kann ich auf dem Weg zum Bahnhof wahrscheinlich noch an dem Buchladen vorbeigehen.

Donnerstag, 14. Februar 1980

Oje, das war vielleicht peinlich.

Daniels »Überraschung« bestand darin, dass er mich nach Shrewsbury fahren wollte. Keine Ahnung, warum er das ausgerechnet heute gemacht hat, wo morgen doch Ferien sind, aber ich sollte nicht erwarten, dass er sich vernünftig verhält. Er saß draußen im Wagen und wirkte sehr zufrieden mit sich selbst, wie eine Katze, die ein Schälchen Sahne bekommen hat. Als ich ihn sah, bin ich augenblicklich stehen geblieben, starr vor Entsetzen.

Wim wollte sich in Gobowen am Bahnhof mit mir treffen. Ich konnte ihn unmöglich erreichen, um ihm zu sagen, was passiert war. Wenn ich nicht dort hinging, würde ich ihn erst nach den Ferien wiedersehen. Er würde glauben, ich hätte Schluss gemacht, und das am Valentinstag!

Die Alternative war, Daniel von Wim zu erzählen. Darüber dachte ich nach, als ich ins Auto einstieg. Das Problem war nur, dass ich ihn bisher noch mit keinem Wort erwähnt hatte, denn meine Briefe an Daniel drehten sich ausschließlich um Bücher. Es war eine scheußliche Situation. Ich konnte Daniel wohl kaum bitten, unverrichteter Dinge nach Hause zu fahren, was mir aber echt lieber gewesen wäre.

»Ich konnte mir kurzfristig freinehmen«, sagte Daniel. »Wir können gerne wieder zum Chinesen gehen.«

»Das ist nett, aber ...«, sagte ich und hielt inne.

»Aber was?«, fragte er, ließ den Motor an und fuhr die Einfahrt hinunter und zwischen den beiden abgestorbenen Ulmen hindurch, die jetzt noch viel furchtbarer aussahen, denn die anderen Bäume bekamen bereits Blätter. »Ich dachte, du würdest dich freuen.« Er klang wirklich betroffen.

»Ich bin mit einem Freund in Gobowen am Bahnhof verabredet«, sagte ich. »Meinst du, wir könnten dorthin fahren und ihn mitnehmen?«

Daniels Gesicht wurde seltsam ausdruckslos, und dann lächelte er. »Natürlich«, sagte er und wendete. Zum Glück war die Straße verlassen.

Jetzt konnte ich ihn unmöglich darum bitten, vorher noch bei dem Buchladen vorbeizufahren.

»Ist das *dein* Freund oder nur *ein* Freund?«, fragte er.

»Na ja, so was wie mein Freund. Sehr sogar.« Vor lauter Verlegenheit hatte ich einen Knoten in der Zunge.

»Magst du mir nichts über ihn erzählen?« Daniel klang ermutigend, aber auch ein wenig verwirrt.

Ich wusste nicht, was ich sagen sollte. »Er heißt Wim. Ich habe ihn beim Buchclub kennengelernt. Er ist siebzehn, und er mag Delany und Zelazny. Er geht aufs College und hat Englisch, Geschichte und Chemie belegt, und er arbeitet nebenher. Ich hab mir überlegt, dass ich das nächstes Jahr auch so machen kann, falls es nötig ist.«

»Warum sollte das nötig sein?«, fragte Daniel.

»Ich werde im Juni sechzehn, und dann musst du nicht mehr für mich aufkommen. Ich könnte für mich alleine leben.«

»Ich werde so lange für dich aufkommen, bis du deine

Ausbildung abgeschlossen hast«, sagte Daniel, der *Tore in der Wüste* und *Die Zahl des Tiers* nicht gelesen hatte.

»Wusstest du, dass es einen neuen Heinlein gibt?«, fragte ich.

»Das hast du mir am Sonntag erzählt. Ich freue mich darauf, selbst wenn es nicht sein bestes Buch ist.«

Kurz darauf waren wir am Bahnhof Gobowen. Er lag völlig verlassen da. Dieses eine Mal war ich vor Wim dort, weil er mich auf der anderen Seite des Gebäudes erwartete und ich mit dem Auto gekommen war anstatt mit dem Bus. »Er ist bestimmt bald da, er kommt immer zu früh«, sagte ich. Daniel parkte auf dem Vorplatz.

»Wie lange geht ihr schon miteinander?«, wollte er wissen.

Ich zählte zusammen. »Fast zwei Wochen.«

Immerhin, Daniel sagte nicht, dass ich ihm das doch hätte erzählen müssen oder dass ich zu jung war oder irgendetwas in der Art. »Noch eine neue Rolle«, sagte er stattdessen, und er lächelte. »Ich bin furchtbar nervös.«

»Was meinst du, wie ich mich fühle?«, entgegnete ich.

Er lachte, und in dem Moment kam Wim im Leerlauf auf den Vorplatz des Bahnhofs gerast, das Gesicht von seinen langen Haaren umweht. »Ist er das?«, fragte Daniel.

»Ja«, antwortete ich mit mehr Stolz, als mir zustand. Ich stieg aus dem Wagen, dem Wim keinerlei Beachtung geschenkt hatte. Er ist kein besonders aufmerksamer Mensch.

Daniel stieg ebenfalls aus. »Das Fahrrad können wir in den Kofferraum legen«, sagte er.

»Warte bitte hier, bis ich ihm alles erklärt habe«, sagte ich.

Ich stapfte zu Wim hinüber. Daniel lehnte sich an den Wagen, rauchte eine Zigarette und schaute mir nach. Wim sah mich, sah den Bentley und sah meinen Vater – und zählte zwei und zwei zusammen. »Wim, mein Vater ist völlig unerwartet aufgekreuzt, um mich zur Akupunktur zu bringen. Ich wusste wirklich nichts davon. Willst du mit uns nach Shrewsbury kommen, im Auto?«

Er wirkte wie vom Donner gerührt. »Im Auto? Mit deinem Dad?«

»Er hat nichts dagegen. Wenn du möchtest. Aber wir sind dann nicht für uns, und wir können nicht über Magie reden oder so was, denn davon weiß er nichts.«

»Das Leben kann nicht seltsam genug sein«, sagte Wim, ein Zaphod-Zitat. Dann küsste er mich, ein wenig zaghaft, aber schließlich stand Daniel ganz in der Nähe. Er zog ein Päckchen aus seiner Jackentasche und reichte es mir fast trotzig. »Alles Gute zum Valentinstag.«

Ich öffnete es sofort. Es waren drei Bücher! *In einer fremden Haut* von Theodore Sturgeon mit einem schönen Titelbild, auf dem ein Frauenkopf und der Mond abgebildet waren, *Der steile Horizont* von Christopher Priest und etwas, von dem ich noch nie gehört hatte, von einem Autor, der mir neu war, *Das Tor von Ivrel* von C. J. Cherryh. Ich war überwältigt. »O Wim, das ist wirklich nett! Und ich hab keins davon. Ich hatte keine Gelegenheit, dir was zu kaufen, aber ich hab dir das gemacht.« Ich zog das Gedicht aus der Tasche – ich hatte es auf gutes blaues Papier geschrieben, das Miss Carroll mir gegeben hatte, in meiner schönsten Handschrift. (Es fängt an mit: »Sie schleppten sich über den nackten Fels der Wüstenei des Geistes.«)

Er las es, und ich wartete, während er es las, und beobachtete ihn, wobei mir nur allzu bewusst war, dass Daniel ebenfalls wartete. Wim errötete und steckte es ein. Ich weiß nicht, ob es ihm gefallen hat oder nicht.

Dann stellte ich ihn Daniel vor, und sie gaben einander die Hand wie zwei Richter. Die Lage entspannte sich etwas, als sie gemeinsam das Fahrrad in den Kofferraum hievten. Schließlich stiegen wir alle ein und machten uns auf den Weg nach Shrewsbury. Dabei wurde mir bewusst, dass die beiden eine Stunde zusammen verbringen mussten, während ich bei der Akupunktur war. Ging es noch peinlicher? Daniel geschieht es recht – warum hat er mich auch nicht vorgewarnt? Aber der arme Wim hat das nun wirklich nicht verdient.

Im Wagen redeten wir über Zelazny, ein Thema von tiefgreifendem und unerschöpflichem Interesse, und dann unterhielten wir uns über *Imperiums-Stern,* und dass es auch nur eine gewöhnliche Abenteuergeschichte hätte sein können, es aber nicht war. Daniel und Wim konnten einander anscheinend ganz gut leiden; allerdings saß Wim hinten, also konnten sie einander nicht sehen. Als wir in Shrewsbury eintrafen, war es für meinen Termin noch zu früh. Also schauten wir uns in der Buchhandlung um, und Wim und Daniel diskutierten über Heinlein, in etwa so, wie auch Wim und ich über ihn diskutiert hatten, nur ausführlicher. Ich war auf Daniels Seite, und das wussten sie beide, aber ich bemühte mich, den Mund zu halten und mir einfach nur die Regale anzuschauen. Als er einmal nicht in meine Richtung blickte, kaufte ich *Im Zeichen des Einhorns* und *Katzenwiege* für Wim und gab sie ihm, nachdem wir rausgegangen waren.

Dann musste ich die beiden allein lassen. Sie wollten hinterher zur Praxis kommen und mich abholen. Mir war noch nie so bange vor der Akupunktur, nicht einmal beim ersten Mal, als ich noch Angst vor den Nadeln hatte. Während ich auf dem Tisch lag, versuchte ich, gedanklich Luft zu schöpfen, und konzentrierte mich nicht auf das Diagramm oder auf sonst irgendwas. Es schien mir auch nicht so gutzutun wie manchmal, oder vielleicht war es besser, wenn ich nicht so sehr darauf achtete, wie es mir dabei ging.

Als ich vor die Tür trat, warteten sie auf mich, beide an die Mauer gelehnt. Im Vergleich zu Wim wirkte Daniel alt und schlaff. Wim erzählte gerade, wie es auf dem Seacon in Brighton gewesen war, und sagte, dass er sich auf den Albacon in Glasgow freute. »Ich wünschte, ich könnte hingehen«, sagte Daniel.

»Warum denn nicht?«, fragte Wim.

Daniel zuckte nur mit den Achseln, sichtlich niedergeschlagen.

Wir gingen in das chinesische Restaurant, wo wir im Wesentlichen das Gleiche aßen wie beim letzten Mal. Wim und ich versuchten, mit unseren Essstäbchen klarzukommen, und wir unterhielten uns über Silverberg, wobei wir immer wieder zu den Dingen abschweiften, die am Dienstagabend bei der *Pavane*-Leserunde zur Sprache gekommen waren. Daniel hatte alles gelesen außer *Ein Traum von Wessex*. Mir entging nicht, dass er und Wim recht beeindruckt voneinander waren, was schön war, aber auch merkwürdig. Als Daniel auf die Toilette ging, nahm Wim meine Hand. »Ich mag deinen Dad«, sagte er.

»Gut«, sagte ich.

»Du hast echt Glück.«

»Sieht so aus, als hätte ich es ganz gut getroffen«, erwiderte ich. Die meisten Leute würden Daniel nicht eben für einen tollen Vater halten, aber es gibt weit schlimmere Menschen. Da fiel mir ein, bei welcher Gelegenheit Wim das schon einmal gesagt hatte und worüber wir uns da unterhalten hatten. »Ach, das ist wirklich zum Schreien – er hat gesagt, dass er so lange für mich aufkommen wird, bis ich meine Ausbildung abgeschlossen habe. Dabei kennt er …«

Wim lachte laut auf, und in dem Moment kam Daniel zurück, also mussten wie es ihm erklären. Zum Glück fand er es auch komisch.

Auf dem Zettel in Wims Glückskeks stand »Du hast ein Geschenk erhalten«, auf Daniels stand »Das Glück lacht dem Tüchtigen« und auf meinem »Pack das Glück jetzt beim Schopfe«.

Schließlich hat Daniel uns zurückgefahren. Er fragte Wim, wo er ihn absetzen sollte, und Wim sagte, irgendwo in Fahrradentfernung wäre okay, also setzte er ihn am Kreisverkehr ab. Ich stieg aus, während sie das Fahrrad aus dem Kofferraum holten, nahm meinen ganzen Mut zusammen und fragte Wim nach seiner Telefonnummer. »Dann kann ich dich nächste Woche anrufen, wenn ich weg bin«, sagte ich. »Und heute Nachmittag wäre es auch praktisch gewesen.«

»Nein, wäre es nicht, ich bin direkt von der Arbeit gekommen«, sagte er. Aber er gab sie mir, und Daniel hat sie sich auch aufgeschrieben. Dann gab Daniel Wim seine Karte – natürlich hatte er eine Karte! Wim und ich umarmten einander und küssten uns sehr schicklich, und dann fuhr Daniel mich zurück in die Schule.

Freitag, 15. Februar 1980

Sharon wurde als Erste abgeholt, wie immer. Wenn ihr mich fragt, hat es eine ganze Menge für sich, eine Jüdin zu sein. Allerdings gibt es auch einen Haufen Dinge, auf die man achten muss. Ich muss daran denken, Sam zu fragen, was passiert, wenn man gegen die Regeln verstößt.

Immerhin, Daniel gehörte zu den ersten regulären Eltern. »Dein junger Mann hat mir gefallen«, sagte er, als ich ins Auto stieg.

»Er mochte dich auch«, sagte ich und legte den Sicherheitsgurt an.

»Ich hab mir gedacht, wir könnten ihn morgen zum Tee einladen, in Old Hall. Wenn er mit dem Zug nach Shrewsbury fährt, holen wir ihn dort ab. Ihr beide könntet spazieren gehen oder etwas in der Art, und dann könnten wir zusammen Tee trinken.«

Daniel klang so zaghaft und hoffnungsvoll, dass ich eigentlich nicht nein sagen konnte. Außerdem wusste ich, dass Wim das gefallen würde. Bestimmt würde er sich gerne in Old Hall umschauen und die Tanten kennenlernen, denn er wusste, dass sie magisch waren. Er hätte keine Angst vor ihnen, weil er vor nichts Angst hatte. Außerdem wollte ich Wim gerne sehen, natürlich wollte ich das, selbst unter weniger als idealen Umständen. »Großartig«, sagte ich. »Aber hast du auch deine Schwestern gefragt?«

»Anthea hat es vorgeschlagen.«

»Haben sie nichts dagegen, dass ich mit einem Jungen aus dem Ort gehe?«

»Na ja …« Daniel zögerte. »Sie haben schon gesagt, dass so etwas früher nicht üblich war, aber ich bin mir sicher, dass sie ihre Meinung ändern werden, wenn sie Wim kennenlernen und sehen, wie intelligent und höflich er ist.«

Höflich heißt so viel wie *Mittelschicht*. Das habe ich gelernt, seit ich in Arlinghurst auf die Schule gehe. Irgendjemand hat mal gesagt, das englische Klassensystem sei den Leuten auf die Zunge gebrannt. Wim hat einen Shropshire-Akzent, spricht aber grammatikalisch korrekt. Er klingt wie ein gebildeter Mensch und nicht so arrogant und überheblich wie die Mädchen in der Schule, aber für Daniel zählt das offenbar schon als *höflich*. Wie bescheuert, dass so etwas von Bedeutung ist!

Ich habe mit allen zu Abend gegessen und musste eine Menge Fragen beantworten, über die Schule, über Wim und wieder über die Schule. Ich habe mich bemüht, die nette Nichte zu spielen. Alles ging glatt. Die Ohrringe wurden nicht erwähnt.

Nach dem Abendessen habe ich Wim angerufen. Jemand, wahrscheinlich seine Mutter, nahm ab, reichte mich aber recht schnell an Wim weiter. Ich war sehr erleichtert, dass er zu Hause war. Er hätte ja auch zusammen mit Shirley in der Disco sein können. »Hast du morgen schon was vor?«, fragte ich.

»Warum?«

»Daniel hat vorgeschlagen, dass du zum Tee hierherkommst. Wir würden dich in Shrewsbury am Bahnhof abholen.«

»Ich dachte, du fährst nach Südwales?« Er klang furchtbar weit weg.

»Erst am Sonntag. Aber ich kann verstehen, wenn du keine Lust hast. Samstags arbeitest du doch nicht, oder?«

»Doch, schon, aber nur vormittags.«

»Na ja, es ist deine Entscheidung.« Ich wollte ihn nicht drängen.

»Hätten wir auch etwas Zeit für uns?«, fragte er. »Alleine, meine ich?«

Na also. »Daniel hat gesagt, wir könnten zusammen spazieren gehen oder so. Außerdem lassen sie mich eh die meiste Zeit in Ruhe.«

»Was soll ich denn da anziehen? Zum Nachmittagstee im Herrenhaus?«

Wie süß, dass er sich deswegen Gedanken machte! »Komm einfach wie immer«, sagte ich. »Schließlich ist es kein förmliches Abendessen mit Krawattenpflicht.«

»Werden die Schwestern auch da sein?«

»Ganz bestimmt.«

»Das wird ja immer besser«, sagte er, und seine Stimme triefte vor Ironie.

»Na schön, dann bis morgen. Du nimmst den Ein-Uhr-Zug, oder?«

»Okay, dann bis morgen.«

Nachdem ich aufgelegt hatte, fühlte ich mich kalt und einsam und irrte eine Weile durch das Haus. Daniel war in seinem Arbeitszimmer und trank, und die Schwestern schauten im Wohnzimmer fern. Es macht die Sache fast noch schlimmer, dass ich ihn morgen sehen werde und nicht erst in einer Woche. Damit hatte ich mich schon abgefunden.

Samstag, 16. Februar 1980

Die Sonne schien, und Wim stand in Hemd und Krawatte am Bahnhof; damit sah er jünger aus, mehr wie ein Schulknabe. Das sagte ich natürlich nicht. Daniel war so nett, uns zur Burg Acton Burnell zu fahren, einer Ruine, die von grünem Frühlingsgras und Efeu überwuchert ist.

»Hier ist ja überhaupt niemand«, sagte Wim, als wir ausstiegen.

»Na ja, es ist Februar. Der Mob kommt erst später«, sagte Daniel.

Wim zog eine Augenbraue hoch. »Touristen«, erklärte Daniel. »Im Sommer wimmelt es hier nur so von ihnen. Also, von hier aus könnt ihr zu Fuß gehen, es ist nicht viel weiter als eine Meile. Oder wenn euch nicht danach ist, ruft von der Telefonzelle aus an, ja, Morwenna?«

»In Ordnung«, murmelte ich. Er meinte natürlich, falls mein Bein abfiel. Ich sollte nicht mürrisch reagieren, wenn Leute Rücksicht auf mich nehmen. Das ist unhöflich.

Die äußere Mauer war eingestürzt und der Burggraben voller Nesseln, und man konnte fast erkennen, was was war, wenn man schon einmal in einer richtigen Burg wie Pembroke oder Caerphilly gewesen war, wo alles markiert ist. Die Feen waren überall, weshalb ich natürlich auch vorgeschlagen hatte, einen Abstecher hierher zu machen.

Mir ist früher schon aufgefallen, dass es zwei Sorten von Menschen gibt, mit denen man eine Burg besichtigen kann. Die einen sagen: »Hier würden wir die Bottiche mit dem siedenden Öl aufstellen und dort die Bogenschützen.« Die anderen sagen: »Und hier würden wir das Sofa aufstellen, und dort würden wir die Bilder aufhängen.« Zu meiner Zufriedenheit gehörte Wim eindeutig dem ersten Lager an. Er war mit der Schule in Conwy und Beaumaris gewesen, also kannte er sich mit Burgen aus. Wir schlugen erfolgreich eine Belagerung zurück (und kuschelten uns hin und wieder in eine windgeschützte Ecke), bevor er auch nur nach den Feen fragte.

»Haufenweise«, sagte ich und setzte mich auf eine Fensterbank, damit er meinen Stock nehmen und sie sehen konnte. Ich schaute durch die kreuzförmige Schießscharte hinaus, aber die so reizvoll eingerahmte Aussicht bestand aus Strommasten auf Feldern und der roten Telefonzelle unterhalb der Burg.

Wim setzte sich mit dem Stock auf dem Schoß neben mich und beobachtete sie eine Weile. Sie schenkten uns kaum Beachtung. Als wir Kinder waren, spielten die Feen mit uns, vor allem Verstecken und andere Spiele, bei denen wir hintereinander herjagten. Die Feen in der Burg schienen solche Spiele miteinander zu spielen – sie rannten von einem Raum in den nächsten, duckten sich hinter Mauern, flitzten durch Türen. Auch ohne Stock konnte ich sie sehen, also saßen Wim und ich da und fragten uns, was sie da trieben. Da kam plötzlich eine erstaunlich hochgewachsene Feenfrau mit langem Haar, in dem Schwanenfedern steckten, durch eine Mauerlücke gerauscht, sah uns und blieb stehen. Ich nickte ihr zu. Sie runzelte die Stirn und stolzierte zu uns herüber. »Hallo«, sagte ich, und dann auf Walisisch: »Guten Tag.«

»Geh«, sagte sie auf Englisch. »Brauchen. In …« Sie gestikulierte.

»In den Valleys?«, fragte ich. Wenn es um Feen und Substantive ging, war ich Ratespiele gewohnt. »In Aberdare? In den Kohle- und Eisentälern?«

Ich konnte spüren, dass Wim mich anstarrte.

»Gehören«, sagte sie und deutete auf mich.

»Dorthin, wo ich herkomme?«, fragte ich. »Ich fahre morgen.«

»Geh«, sagte sie. »Zusammenfügen.« Dann sah sie Wim an, lächelte und strich ihm über die Wange. »Schön.« Na ja, das war er auch. Sie rauschte weiter, zur Tür hinaus, und eine lange Reihe warziger grauer Gnome strömte durch die

Lücke in der Mauer und folgte ihr, ohne einen Blick in unsere Richtung zu werfen.

Wim schaute ihr ehrfürchtig nach. »Wow«, sagte er nach einer Weile.

»Verstehst du jetzt, warum ich sage, dass es schwer ist, sich mit ihnen zu unterhalten?«, fragte ich.

»Unmöglich, ja«, sagte er. »Bei solchen Bruchstücken weiß man ja nicht, ob man sich die Hälfte ausdenkt oder was.« Er hörte mir nur mit halbem Ohr zu und schaute der Fee nach. »Sie war wirklich schön.«

»Sie hat dich gemeint.«

Er lachte. »Das meinst du doch nicht ernst, oder? Echt? Heiliger Strohsack!« Er konnte gar nicht den Blick von ihr abwenden, bis sie außer Sichtweite war.

»Du *bist* schön«, sagte ich.

»Ich bekomme Pickel«, sagte er. »Ich schneide mich beim Rasieren. Ich trage eine bescheuerte Krawatte. Sie …«

»Hast du ›Firiël‹ gelesen? In *Die Abenteuer des Tom Bombadil*? Das Ende? Genau so empfindest du.«

»Tolkien wusste wirklich, wovon er redet«, sagte Wim.

»Ich glaube, er hat sie gesehen. Ich glaube, er hat sie gesehen und sich daraus die Elben zurechtgeträumt. Ich glaube, für ihn sind sie das, was nach ihrem Schwinden noch übrig ist.«

»Vielleicht hat er sie als Kind gesehen und sich an sie erinnert«, sagte Wim. »Ich würde zu gerne wissen, was sie wirklich sind. Du hast recht, sie sind keine Gespenster, oder jedenfalls nicht nur. Und Außerirdische sind sie eindeutig auch keine. Sie sind gar nicht richtig stofflich. Als sie mich berührt hat …«

»Manchmal sind sie es mehr und dann wieder weniger«,

sagte ich und dachte an die Wärme zurück, die Glorfindel ausgestrahlt hatte, als er an Halloween neben mir saß.

»Was hat sie nur gemeint? Geh, brauchen, in, gehören, geh, zusammenfügen.«

Ich war beeindruckt, dass er sich das alles gemerkt hatte. »Ich glaube, sie wollte, dass ich in die Valleys gehe, weil ich dort wegen irgendetwas gebraucht werde. Vielleicht hast du recht, was meine Mutter betrifft, oder vielleicht ist es etwas anderes. Morgen fahre ich ja sowieso.«

»Die halbe Zeit kann ich es gar nicht glauben. Was du mir über deine Mutter erzählt hast und über Magie und das alles. Und dann läuft *sie* uns über den Weg.« Er wandte sich mir zu und legte sehr fest die Arme um mich. »Wenn du ausziehst, um die Welt zu retten, möchte ich dabei sein.«

»Ich werde dich jeden Tag anrufen.«

»Du brauchst mich!«

Ich fragte ihn nicht, inwiefern er mir denn helfen wollte, denn das wäre grausam gewesen. »Bisher bin ich auch alleine klargekommen.«

»Außer dass du dabei fast ums Leben gekommen wärst«, entgegnete er. »Und deine Schwester ist wirklich gestorben.«

»Zu so etwas ist sie jetzt nicht mehr in der Lage. Ich glaube nicht mal, dass sie uns damals töten wollte. Und das gerade eben – das ist nichts Ungewöhnliches, außer dass sie Englisch gesprochen hat und dass sie sich hier normalerweise gar nicht um mich kümmern. Vielleicht liegt es daran, dass wir etwas näher dran sind.«

»Nichts Ungewöhnliches!« Wim sah mich an, als wäre das die seltsamste Sache, von der er je gehört hatte. »Und näher dran an was?«

»Wales?«

»Aber nur, wenn näher dran jetzt weiter entfernt bedeutet. Die walisische Grenze ist nur ein paar Meilen von Oswestry entfernt.«

»Na gut. Aber sie möchten, dass ich etwas tue, und ich werde es tun oder auch nicht, und es wird klappen oder auch nicht, und ich werde es überleben oder auch nicht.«

»Ich werde dich begleiten.«

»Ich reise nicht ins Elfenland, um ein Abenteuer zu bestehen«, sagte ich. »Ich fahre nach Südwales, wo ich meine einigermaßen sonderbaren Verwandten besuche, und wo ich wahrscheinlich etwas für die Feen tun soll, dessen Sinn ich nicht verstehe, wie zum Beispiel eine Blume in einen Teich werfen oder einen Kamm in einen Sumpf, was irgendwann später Nachwirkungen haben wird.«

»Einen Kamm in einen Sumpf?«, wiederholte er. »Was hat das denn bewirkt?«

»Jemand ist weggezogen und gestorben«, sagte ich und senkte schuldbewusst den Kopf. Es tat mir leid, dass ich es überhaupt erwähnt hatte.

»Wirst du dein ganzes Leben lang solche Dinge tun?«, fragte er.

»Keine Ahnung. Ich mach das, seit ich zurückdenken kann. Aber ich bin immer weniger von Nutzen für sie. Und ich glaube – ich glaube, dass Kinder das besser können, weil es für sie nicht so viele Grautöne gibt.«

»Ich könnte helfen.«

»Mal sehen. Falls ich feststelle, dass ich dich brauche, melde ich mich, und dann kannst du mir zu Hilfe eilen.«

Gott sei Dank gab er sich damit zufrieden.

Wir schlenderten über die Felder nach Old Hall. Da gibt es einen Wanderweg, den Daniel mir auf der Karte gezeigt hatte und der leicht zu finden war, bis auf ein Stück, wo das Schild fehlte. Die Gegend hier ist furchtbar langweilig – nichts als Felder und Nutzpflanzen.

Die Tanten waren sehr nett zu Wim, allerdings auf eine widerlich herablassende Art und Weise. Sie fragten ihn, was sein Vater macht. Zu meiner Überraschung ist er Landwirt. Wim ist überhaupt nicht so, wie ich mir einen Bauernsohn vorstelle. Seine Mutter arbeitet Teilzeit als Köchin im Krankenhaus. Er hat zwei jüngere Schwestern mit sechs und acht, die Katrina und Daisy heißen. Mir war das alles neu, dabei weiß er alles über meine seltsame Familie. Ich wusste, dass ich zu viel geredet habe!

Das Essen war grässlich, schwerer Früchtekuchen und trockenes Gebäck, wässriger Tee und Schinkenaufschnitt. Immerhin, das Brot war gut, Daniel hat es aus Shrewsbury mitgebracht.

Sie haben nicht versucht, Wim unter ihren Einfluss zu bringen, das wäre mir bestimmt aufgefallen. Offenbar billigten sie es, dass ich mit ihm zusammen war. Es war normal, und das erwarteten sie von mir. Natürlich hätte die nette Nichte einen Freund, auch wenn er vielleicht nicht genau so wäre wie Wim, aber Wim genügte ihren Ansprüchen. Solange ich erwachsen werde und irgendwann wegziehe und ihre Welt nicht allzu sehr durcheinanderbringe, werden sie mich dulden. Schließlich sind sie nicht böse, nur eben äußerst sonderbar, und das auf eine sehr englische Art und Weise.

Ich habe Daniel begleitet, als er Wim zum Bahnhof gefahren hat. »Denk daran, ruf mich an, wenn du mich brauchst, dann komme ich sofort. Ich kann in dreieinhalb Stunde hier sein«, sagte er. Wirklich lieb von ihm. Ich werde ihn in gut einer Woche wiedersehen.

Sonntag, 17. Februar 1980

Im Zug.

Der steile Horizont ist seltsam. Ich bin nicht mal überzeugt, dass das Science Fiction ist. Das Ende ergibt überhaupt keinen Sinn. Am Anfang dachte ich, es gefällt mir, aber jetzt bin ich mir da nicht mehr so sicher.

Tantchen Teg holt mich in Cardiff am Bahnhof ab. Wenn nicht, ist das auch nicht schlimm, denn ich habe sechs Pfund zweiundsiebzig dabei. In gewisser Hinsicht bedeutet Geld Freiheit, aber nicht das Geld an sich, sondern was es einem ermöglicht. Ich glaube, das ist es, was Heinlein gemeint hat.

Diese Zuglinie folgt auf der ganzen Strecke der walisischen Grenze. Irgendwann muss ich mal nach Nordwales fahren oder auch nur über die walisische Grenze, die, wie Wim sagt, nur ein paar Meilen von Oswestry entfernt ist. Ich habe es auch auf der Karte gefunden. Hätten sie uns in Geografie lieber beigebracht, wie man Karten liest, als diese bescheuerte Gletscherbildung. Auch wenn mir das vielleicht hilft, die Landschaft deutlicher zu sehen, jedenfalls dort, wo die Gletscher waren. In manchen Teilen der Welt haben sich so oft Gletscher gebildet, dass von den Bergen nur noch Stummel übrig sind, und alles ist so flach wie ein Seeboden, außer ein paar Hügeln, wo die vulkanischen Kerne der Berge stehen geblieben sind. Das würde ich mir gerne mal anschauen, aber ich bin froh, dass es nicht hier passiert ist. Ich liebe die Berge so, wie sie sind.

Als wir an Abergavenny vorbeigerauscht sind (und über die Grenze nach Wales), war der Bahndamm urplötzlich von Schlüsselblumen übersät. Das muss ich unbedingt Opa erzählen. In Cardiff blühen bestimmt schon die Narzissen, lange vor dem Davidstag.

Das schreibe ich jetzt in Tantchen Tegs Wohnung, kurz bevor ich ins Bett gehe.

Während der Besuchszeit sind wir zu Opa gefahren. Zu meinem Entsetzen haben wir dort nicht nur Tantchen Flossie angetroffen, sondern auch Tantchen Gwennie, die ich überhaupt nicht leiden kann. Es gibt nicht viel Schlimmeres als eine Station voller seniler und sterbender alter Männer, aber Gwennie übertrifft alles. Sie hat nicht das geringste Taktgefühl und ist nicht im Mindesten liebenswürdig. Sie ist unhöflich und außerdem stolz darauf, immer zu sagen, was sie denkt. Sie ist zweiundachtzig, aber es liegt nicht daran, dass sie alt und ungeduldig ist. Oma hat immer gesagt, dass sie schon mit sechs so war.

»Warum hast du nur Liz im Stich gelassen?«, begrüßte sie mich.

»Weil sie verrückt ist und kein normaler Mensch mit ihr zusammenleben kann«, sagte ich. Man muss ihr Paroli bieten, sonst kommt man unter die Räder. »Ich kann nicht begreifen, wie irgendjemand in unserer Verwandtschaft glauben konnte, ein Kind wäre bei ihr gut aufgehoben.«

»Hmpf. Und wie gefällt es dir bei diesem Tunichtgut von deinem Vater?«

»Ich sehe ihn nicht oft, weil ich meistens in der Schule bin«, erwiderte ich, womit ich mich zugegebenermaßen um eine ehrliche Antwort herumdrückte.

Bisher war es uns gelungen, Opa gegenüber zu verheimlichen, dass ich bei Daniel untergeschlüpft bin, aber jetzt kam natürlich alles heraus. Tantchen Teg bemühte sich, das Thema zu wechseln, und erwähnte, dass sie versuchen würde, Opa in den Sommerferien aus Fedw Hir herauszuholen, denn dann kann sie sich um ihn kümmern, falls sich nichts anderes ergeben hat. Tantchen Gwennie schlug sofort vor, dass Tantchen Teg aufhören sollte zu arbeiten, denn dann konnte sie ja ihre Wohnung verkaufen, wieder nach Aberdare ziehen und sich ausschließlich um Opa kümmern. Wie kann sie es wagen? Allein die Vorstellung, was aus Tantchen Teg wird, wenn Opa stirbt! Ich begreife einfach nicht, wie so selbstsüchtige Menschen wie Tantchen Gwennie darauf kommen, andere Leute müssten sich aufopfern. Sie sagt etwas, und du stehst einfach nur da und kannst nicht fassen, dass du das wirklich gehört hast. Opa hat ihr entgegnet, sie soll keinen solchen Unfug reden, immerhin.

Aber eine lustige Geschichte hat Tantchen Gwennie erzählt, und zwar, wie sie ihren Führerschein verloren hat, und das muss ich unbedingt aufschreiben. Sie ist zweiundachtzig, vergessen Sie das nicht. Also, sie ist von Manchester, wo ihre grässliche Tochter wohnt, nach Swansea zurückgefahren, wo sie wohnt. Sie befand sich auf der Straße, die »Heads of the Valleys« heißt, eine Schnellstraße mit zwei Spuren in jeder Richtung, aber keine Autobahn, also darf man da nur sechzig Meilen fahren. Sie fuhr neunzig. Ein Polizist hat sie angehalten – ein junger Frechdachs, wie sie sich ausdrückte. »Wissen Sie, wie schnell Sie gefahren sind, Madam?«, fragte er.

»Neunzig«, erwiderte sie, als wäre das ihr gutes Recht.

»Sind Sie sich darüber im Klaren, dass die Höchstgeschwindigkeit auf dieser Straße sechzig ist?«, fragte er.

»Junger Mann«, sagte Gwennie, »ich bin auf dieser Straße schon neunzig gefahren, da waren Sie noch lange nicht auf der Welt.«

»Dann ist es höchste Zeit, dass Ihnen jemand den Führerschein abnimmt«, erwiderte er blitzschnell, und das tat er dann auch, also muss sie jetzt den Zug nehmen!

Im Unterschied zu mir findet sie das furchtbar. »Ich kann Züge nicht ausstehen. Und der Bahnhof in Crewe ist schrecklich. Immer muss man den Bahnsteig wechseln. Um den Zug nach Cardiff zu nehmen, muss man bis ganz nach hinten zu Bahnsteig 12 gehen, die Treppe hinauf und dann wieder hinunter! Das mache ich nie wieder! Nein, Luke, das ist das letzte Mal, dass du mich siehst. Ich komme erst wieder nach Südwales, wenn ich gestorben bin, und dann muss mein Sarg in Crewe umsteigen!«

Als sie das sagte, musste ich laut lachen, was ihr, das muss ich ihr zugutehalten, nichts ausmachte.

Ich habe Wim angerufen und ihm erklärt, dass ich bisher noch nicht weitergekommen bin. Morgen muss ich unbedingt nach Glorfindel suchen. Ich habe Tantchen Teg von Wim erzählt, und sie wollte alles wissen – nicht, was sein Vater machte und welche Fächer er belegt hatte, sondern wie er war. Ich hab ihr erzählt, dass er umwerfend aussieht, und dass er mich auch mag. Sie möchte ihn kennenlernen. Als ich ihr sagte, dass er mich eigentlich begleiten wollte, machte sie sich sofort Gedanken, wo er denn dann geschlafen hätte. Ihre schicken braunen Sofas sind für Gäste viel zu kurz.

Montag, 18. Februar 1980

Ich bin den Kar hochgegangen. Dieses Mal habe ich Tantchen Teg nicht wieder irgendwelche Lügen erzählt, nur eben nicht die ganze Wahrheit. Ich hab ihr einfach gesagt, ich wollte ein wenig für mich sein und spazieren gehen. Als ich an der Bibliothek vorbeikam, war keine Menschenseele zu sehen. Warum interessieren sich die Leute nur so wenig für Bücher? Der Fluss verläuft hinter dem Bahndamm, und er ist wunderhübsch, vor allem jetzt, wenn die Birken ausschlagen. Dieses frühe Grün ist wirklich einmalig! Große Wolken rasten am Himmel die Valleys hinauf, als hätten sie in Brecon eine dringende Verabredung. Zwischendurch ließ die Sonne alles grün aufleuchten.

Als ich nach Ithilien kam, war Glorfindel bereits dort, und Mor und die Fee, die mir den Stock gegeben hat, und jede Menge andere Feen, von denen ich viele recht gut kannte. Ich werde nicht wieder das Unmögliche versuchen und aufschreiben, was sie gesagt haben. Jedenfalls hat Glorfindel mir erklärt, dass ich ein Portal öffnen muss, damit Mor bei ihnen leben und eine von ihnen werden kann, und damit sie die Magie, über die sie verfügten, auch richtig anwenden konnten. »Dann seid ihr also Gespenster?«, entgegnete ich. Ich wusste, dass Wim mich das fragen würde, und außerdem interessierte es mich auch.

»Manche«, sagte er.

Manche von ihnen sind Gespenster? »Und die anderen?«

»Sind«, sagte er.

Na ja, klar, das wusste ich. Sie sind. Sie existieren. Sie sind da, und sie kennen sich mit Magie aus, und sie leben ihr Leben ganz anders als wir. Aber woher sind sie gekommen? Sind diejenigen, die sprechen, früher einmal Menschen gewesen?

Das Portal, das ich öffnen soll, muss mit Blut geöffnet werden – natürlich. Und da ist noch etwas, etwas, das ich nicht verstehe. Ich habe ihn nach meiner Mutter gefragt, und er hat gesagt, sie könne uns nichts tun, jedenfalls nicht, sobald ich das getan habe. Das heißt also, dass es hier eindeutig darum geht, eine Gefahr abzuwenden. Zum Glück muss ich nicht wieder ins Labyrinth, denn bis dahin ist es ein weiter Weg. Ich soll nur runter zur Phurnacite-Fabrik, und der Bus bringt mich fast bis ganz dorthin. Blutmagie ist immer riskant, aber Glorfindel weiß, was er tut. Das wusste er schon immer. Das Seltsame ist nur, dass er es weiß, und trotzdem braucht er mich, denn er kann keine Gegenstände bewegen.

Es war merkwürdig, Mor so unter den Feen zu sehen, als wäre sie selbst schon eine halbe Fee. Ich kam mir wirklich komisch vor. Sie wirkte so weit weg. Ihr wuchsen keine Blätter aus der Haut oder so was, aber überrascht hätte mich das nicht.

Heute Abend habe ich Wim angerufen und ihm alles erklärt, so gut ich konnte. »Was für ein Risiko gehst du dabei ein?«, fragte er.

»Na ja, es besteht immer die Gefahr, dass man sich in der Magie verliert oder dass die Magie sich weiter ausbreitet als beabsichtigt.«

»Was meinst du damit, sich in der Magie verlieren? Sterben?« Er klang ziemlich aufgebracht.

»Gut möglich.«

»Gut möglich? Hör mal, ich komme sofort zu dir.«

»Nicht nötig«, sagte ich. »Das klappt schon alles. Er weiß, was er tut.«

»Da hast du mehr Vertrauen in ihn als ich.«

Telefongespräche sind so unzureichend, man sieht kein Gesicht und keine Gesten. Ich weiß nicht, ob es mir gelungen ist, ihn zu beruhigen.

Was den Tod betrifft – na ja, der Unterschied besteht

wohl darin, jemand zu sein, der weiß, dass er jederzeit sterben kann, und jemand, der das nicht weiß. Ich weiß es, und Wim weiß es nicht. Darauf läuft es hinaus. Ich wünsche niemandem, dass es ihm einmal so ergeht wie mir, als ich begriff, dass die Scheinwerfer, die auf mich zukamen, *real* waren. Aber ohne diese Erkenntnis glauben die Leute immer, es gäbe gefährliche Dinge, die einen töten können, und alles andere ist sicher. Doch so läuft das nicht. Wir hatten die Gefahr, von der wir wussten, dass sie uns töten konnte, bereits hinter uns gelassen, und überquerten einfach nur die Straße. Ich glaube nicht einmal, dass sie uns töten wollte. Lebend waren wir für sie nützlicher.

Bei Sonnenuntergang ist es so weit, und das ist, laut der *Western Mail*, um halb sechs.

Dienstag, 19. Februar 1980

Nach dem Mittagessen bin ich mit dem Bus das Tal hochgefahren. Tantchen Teg musste zu einer Konferenz in die Schule, und wir wollten uns um sieben Uhr in Fedw Hir treffen, zur Besuchszeit. Ich stieg in Abercwmboi aus, in der Nähe der Fabrikruinen. Ich war früh dran, und in dem Moment wünschte ich mir, ich hätte mir an dem Nachmittag etwas anderes vorgenommen, mich zum Beispiel mit Moira und Leah und Nasreen verabredet. Ich überlegte, ob ich sie anrufen sollte, aber dann musste ich an Leahs Party denken, bei der ich sie das letzte Mal gesehen hatte, und dass sie eigentlich nicht mehr meine Freunde waren, sondern eben Leute, die ich kannte. Sie würden alles über Wim erfahren wollen, aber ich wollte gar nicht erst versuchen, mich in ihrer Sprache über ihn zu unterhalten, denn das würde das, was ich für ihn empfinde, nur abwerten.

An dem rostigen Zaun am Ende der Straße, die zur Fabrik führte, hing ein Schild: »Landrückgewinnungsprojekt der Kommune Mid Glamorgan«. Mein Herz schlug höher, denn ich musste an den Marsch der Herren von Gondor denken. Diese Festung hatten wir Mordor genannt, und sie war gefallen. Jetzt zuckte hier kein Höllenfeuer mehr himmelwärts. An manchen Bäumen zeigte sich sogar das erste Frühlingsgrün. Feen waren allerdings keine zu sehen. Mein Bein schmerzte ein wenig, wahrscheinlich stark genug, um sie auf Distanz zu halten.

Die Schornsteine waren kalt, und alle Fenster waren geborsten. Das Gemäuer wirkte jämmerlich, eine fünf Jahre alte Ruine, die noch nicht so stark zerfallen war, dass sich die Feen dafür interessiert hätten. Das Schild, das vor den Hunden warnte, hing schief. Die Hunde, wenn es sie denn jemals gegeben hatte, waren zusammen mit den Arbeitern verschwunden. Der schwarze Teich wirkte noch immer böse, auch wenn er inzwischen von Gras gesäumt war. Ich ging auf die andere Seite der Fabrik, wo ich mich in eine der Nischen setzen und die Augen zu den Bergen aufheben konnte. Ich wollte mich ausruhen, damit der Schmerz in meinem Bein so weit nachließ, dass sich die Feen wieder hertrauten. Ich las *In einer fremden Haut*, das wirklich genial ist und großartig geschrieben, wenn auch ein wenig sonderbar. Es sind lauter Kurzgeschichten. Ich bin froh, dass wenigstens eines der Bücher, die Wim mir geschenkt hat, gut ist.

Nachdem ich damit fertig war, fing ich nicht sofort mit *Das Tor von Ivrel* an, sondern versuchte, die Schmerzen aus meinem Bein fließen zu lassen, wie bei der Akupunktur. Einerseits ist das keine Magie, andererseits doch. Es findet alles in meinem Körper statt. Wie ich da saß, gelangte ich zu der Feststellung, dass alles Magie ist. Wenn man etwas benutzt, stellt man eine Verbindung dazu her, und unser Dasein in der Welt verbindet uns mit ihr. Auch die Sonnenstrahlen sind Magie, und die Menschen und Tiere und Pflanzen beziehen daraus ihre Kraft, und die Welt dreht sich, und alles ist Magie. Feen sind mehr in der Magie als in der Welt, und Menschen sind mehr in der Welt als in der Magie. Vielleicht sind Feen – zumindest diejenigen, die keine toten Menschen sind, die sich verirrt haben – Konzentrationen, Personifikationen von Magie? Und Gott? Gott ist alles, bewegt sich durch alles, ist das Muster, das alles bildet, was sich bewegt. Deshalb hat es so oft böse Folgen, wenn man mit Magie herumpfuscht, denn dann widersetzt man sich diesem Muster. Fast konnte ich das Muster sehen, während Sonne und Wolken über den Hügeln einander abwechselten, und ich verbannte einen Teil der Schmerzen an einen Ort, wo ich sie nicht spürte.

Glorfindel kam als Erster, und dann folgten ihm alle anderen. Eine solche Menge von Feen hatte ich noch nie gesehen, nicht einmal letztes Jahr, als wir Liz aufhalten mussten. Wie ich Glorfindel so ansah, beschloss ich, dass ich aufhören sollte, ihn so zu nennen, ihn in ein Muster zu pressen, das ich aus einer Geschichte hatte. Es war nicht sein Name, auch wenn Namen nützlich sein können.

Die Feen waren überall, umdrängten mich fast. Niemand hatte mir gesagt, ich sollte irgendetwas Besonderes mitbringen, und das hatte ich auch nicht, aber ich war bereit.

Die Sonne ging langsam hinter den Bergen unter. Glorfindel führte uns alle ohne ein Wort zum Teich. Ich hätte wissen sollen, dass es dort stattfinden würde. Ich blieb am Ufer stehen. Mor trat neben mich. Sie sah so jung aus und auch so unnahbar. Ich konnte es fast nicht ertragen, sie anzuschauen. Ihr Gesichtsausdruck glich dem der Feen. Sie war sich noch immer ähnlich, aber sie hatte sich von dem fortbewegt, was sie gewesen war, hin zur Magie. Sie war jetzt schon mehr eine Fee als ein Mensch. Ich holte mein Taschenmesser hervor, um mir in den Daumen zu schneiden, aber Glorfindel – anders kann ich von ihm einfach nicht denken – schüttelte den Kopf.

»Zusammenfügen«, sagte er. »Heilen.«

»Was?«

»Zerbrochen.« Er deutete auf Mor und mich. »Wieder eins.«

Die Fee, die mir meinen Stock geschenkt hatte, trat vor.

»Macht wieder eins«, sagte Glorfindel. »So bleiben.«

»Nein!«, sagte ich. »Das will ich nicht. Und du auch nicht. Erst zur Hälfte, hast du an Halloween gesagt. Das hätte ich schon damals tun können, wenn ich es gewollt hätte.«

»Bleiben. Heilen. Zusammenfügen«, sagte Glorfindel.

Die Fee, die aussah wie ein alter Mann, berührte meinen Stock, und er wurde zu einem Messer, einem scharfen Messer aus Holz. Er bedeutete mir, ich solle es mir ins Herz rammen.

»Nein!« Ich ließ es fallen.

»Leben«, sagte Glorfindel. »Gemeinsam. Eins.«

»Nein!« Ich wich vor dem Messer zurück, in Zeitlupentempo natürlich, denn es war auch mein Stock, und ohne ihn konnte ich mich nur langsam bewegen. Mor hob es auf und hielt es mir hin.

»Jenseits des Sterbens«, sagte der alte Mann. »Gemeinsam leben, werden, zusammenfügen. Eins. Heilen. Kraft, erlangen, beeinflussen, immer sicher, immer stark, gemeinsam.«

»Nein«, sagte ich, leiser dieses Mal. »Hört doch, das will ich nicht. Letzten Winter vielleicht, direkt nachdem es passiert ist, aber jetzt nicht mehr. Mor weiß das. Glorfindel weiß das. Ich habe das alles hinter mir gelassen. Seither ist viel geschehen. Ich habe mich verändert. Ihr seht mich vielleicht als Hälfte eines zerbrochenen Paars, und für euch ist der Tod vielleicht eine Möglichkeit, klar Schiff zu machen und mehr Macht zu erlangen, um die reale Welt zu berühren, aber so sehe ich das nicht. Jetzt nicht mehr. Ich habe mich anderen Dingen zugewandt.«

»Du tust, was du tust«, sagte er, und dieses Mal fand ich diese Äußerung weit weniger beruhigend. »Helfen. Zusammenfügen. Handeln.«

Mor hielt mir das Messer hin, und zwar mit der Klinge zuerst. Um mich herum wimmelte es nur so von Feen, handfesten, greifbaren Feen, die mich auf das Messer zuschoben. Das Messer war wirklich vorhanden, das wusste ich. Ich stützte mich seit Wochen darauf, hatte eine besondere magische Verbindung zu ihm aufgebaut und das Messer zu mir.

»Nein, das will ich nicht«, beharrte ich. »Ein wenig Blut und Magie, um Mor zu helfen, um euch zu helfen, wenn es euch denn hilft, ja, dem habe ich zugestimmt, aber nicht dem Tod.«

Was würde Wim denken? Noch schlimmer, was würde Tantchen Teg denken, die keine Ahnung hatte, das es Feen gab, und die glauben würde, ich wäre hier hochgegangen, ohne ein Wort zu sagen, und hätte mich umgebracht? Und Daniel? »Ich kann nicht«, sagte ich.

Ich versuchte zurückzuweichen, aber sie schmiegten sich an mich, stießen mich nach vorn, auf das Messer zu.

»Nein«, sagte ich noch einmal, lauter dieses Mal. Sie hatten mich umstellt, und das Messer kam mir immer näher, und das Messer wollte Blut, mein Leben, es wollte mich dazu verführen, eine Fee zu sein. Wenn ich eine Fee wäre, könnte ich das magische Muster immer sehen. Es gäbe keine Schmerzen mehr, keine Tränen. Ich würde begreifen, wie Magie funktioniert. Und ich wäre mit Mor zusammen, ich wäre eins mit Mor. Aber das waren wir nie gewesen. Ich trat einen Schritt zurück und sagte so ruhig wie möglich: »Nein. Ich möchte keine Fee sein. Ich möchte nicht eins mit ihr sein. Ich möchte leben, ein Individuum sein. Ich möchte in der Welt erwachsen werden.« Die Gelassenheit half, aus dem gleichen Grund, aus dem die Litanei gegen die Furcht hilft – Furcht ist etwas, dessen sich die Magie bedient. Und sie von ganzem Herzen zurückzuweisen half noch mehr, denn die Magie versuchte auch, an den Teil von mir heranzukommen, der eine Fee werden wollte, der schon immer eine Fee hatte sein wollen.

Vor mir befanden sich Mor und das Messer, hinter mir der Teich. Überall um mich herum die Feen. Ich streckte die Hand nach dem Messer aus. Was auch immer es sonst noch sein mochte, es war aus Holz, und Holz brennt für sein Leben gern – Flammen sind das Muster, das dem Holz eingebrannt ist, das potenzielle Feuer, das Sonnenfeuer. Die Sonne ging bereits unter, aber das Holz fing trotzdem Feuer, und ich war Feuer, ich war eine Flamme, die für einen Augenblick auf meine Gestalt beschränkt war, und dann war ich eine riesige Flamme. Das Land hier war mit dem Feuer vertraut. Hier hatte das Höllenfeuer gebrannt, hier war die Kohle aus den Minen verarbeitet worden, hier hatte sie ihr

Gift und ihren Rauch abgegeben. Kohle wollte brennen, war mit dem Feuer noch vertrauter als Holz. Die Feen flohen vor mir, alle außer Mor, die das brennende Messer umklammert hielt und dadurch mit mir verbunden war. Wir waren zwei riesige Spiegelgestalten aus Feuer.

Ich hatte kein Eichenlaub, und wir befanden uns auch nicht in der Nähe des Todesportals, aber ich war Feuer, und sie war Feuer, und ich hatte das Muster, und ich liebte sie. Sie war nicht ich, aber sie war in meinem Herzen, und das würde sie auch immer sein. »Gut festhalten, Mor«, sagte ich, und obwohl sie Feuer war, lächelte sie ihr wirkliches Lächeln, das Lächeln, das sie immer am Weihnachtsmorgen gelächelt hatte, als Oma noch lebte und wir aufwachten und die Ballons in der Diele hingen, was bedeutete, dass der Weihnachtsmann da gewesen war und unsere Strümpfe darauf warteten, geöffnet zu werden. Ich öffnete einen Spalt zwischen den Flammen und der Stelle, wo der Tod sich mit dem Muster verband, und schleuderte Mor mitsamt dem Messer hindurch, und dann schloss ich den Spalt wieder, sank zu Boden und ließ die Flammen kleiner werden, bis ich wieder meine eigene Gestalt angenommen hatte.

Ich brannte noch immer, war noch immer Feuer, aber ich wusste, wie ich aufhören, wie ich wieder zu Fleisch und Blut werden konnte, zu dem, was ich bin. Es wäre so leicht, das zu vergessen, sich von dieser Transformation verzehren zu lassen. Ich reckte mich meinem Körper entgegen, und damit kehrten auch die Schmerzen zurück. Ich war nicht einmal angesengt, aber mein Bein beschwerte sich, weil es so lange mein Gewicht hatte tragen müssen.

Die Feen waren zurückgewichen, aber nicht allzu weit. Glorfindel sah mich wehmütig an, und der alte Mann wirkte ausgesprochen zornig. »Lebt wohl«, sagte ich und ging mehrere Schritte rückwärts den Hügel hinauf. Inzwischen war die Sonne untergegangen, und alles lag im Halbschatten. Die Feen schwanden dahin. Ich drehte mich langsam um.

Und da war sie, natürlich, auf der Straße in der Dämmerung. Bestimmt hatte Tantchen Teg ihr erzählt, dass ich hier war, und wahrscheinlich war sie dem Aufruhr unter den Feen gefolgt, um mich zu finden.

Sie hat sich überhaupt nicht verändert. Sie sieht wie eine Hexe aus. Sie hat langes, fettiges schwarzes Haar, dunkle Haut, eine Hakennase und einen Leberfleck auf der Wange. In einem Film über eine Hexe wäre sie die Traumbesetzung. Andererseits sind die Schwestern auch Hexen, dabei sind sie makellos blond und stammen eindeutig aus der englischen Provinz. Die Kleider, die sie trug, waren typisch für sie – also jedes dritte Kleidungsstück, das ihr in ihrem Kleiderschrank in die Hände gefallen war. Auf diese Weise fand sie die Sachen, die am meisten magisch aufgeladen waren, so glaubte sie jedenfalls. Allerdings fand sie so auch lauter Sachen, die nicht zusammenpassten und für die jeweilige Jahreszeit denkbar ungeeignet waren, in diesem Fall ein riesiger Patchwork-Strickpullover und ein langer, dünner schwarzer Rock.

»Mama«, sagte ich, kaum mehr als ein Flüstern. Ich hatte entsetzliche Angst, weit mehr als vor den Feen und dem Messer. Vor ihr hatte ich schon immer Angst gehabt.

»Du warst mir schon immer am ähnlichsten«, sagte sie im Plauderton.

»Nein«, erwiderte ich, aber meine Stimme überschlug sich und war fast nicht zu hören.

»Was könnten wir gemeinsam nicht alles erreichen! Ich könnte dir so viel beibringen!«

Ich weiß noch, wie Mor und ich sie einmal schikaniert haben, als sie dem Wahnsinn am nächsten war. Damals müssen wir zehn oder elf gewesen sein. Sie hatte mich die Treppe vor dem Eingang hinuntergestoßen, weil sie mich in den Laden geschickt hatte, um Zigaretten zu holen, und ich war mit leeren Händen zurückgekehrt, weil sie mir dort keine verkaufen wollten. Ich blutete, und Mor half mir auf, und da sahen wir einen großen schwarzen Vogel langsam über das Friedhofstor hinwegflattern – wahrscheinlich eine Krähe, aber in dem Alter waren das alles Raben für uns. Auf Walisisch ist das sowieso dasselbe Wort. »Einst, um eine Mitternacht gräulich«, fing Mor an, und ich stimmte mit ein, und sie, Liz, meine Mutter, zog sich ins Haus zurück und dann in ihr Zimmer, während wir Poes kompletten *Raben* rezitierten.

Ich hatte das Muster gesehen, aus dem die Welt bestand. Ich hatte Mor geholfen, an den Ort zu gelangen, wohin die Menschen nach dem Tod gehen sollen. Ich war Feuer gewesen. Meine Mutter war eine jämmerliche Patchwork-Hexe, die in ihrem Leben so oft mit Magie herumgepfuscht hatte, dass sie ihre ganze Integrität verloren hatte und nichts mehr war außer geballtem Hass, der sich selbst verzehrte. Mithilfe der Feen hatten wir schon ihre Macht beschnitten.

»Ich habe dir nichts zu sagen«, rief ich mit lauter Stimme und machte einen Schritt auf sie zu.

Dann hinkte ich weiter, wobei mein Bein ziemlich wehtat, aber ich schenkte dem keine Beachtung, und ihr ebenso wenig. Mir entging nicht, dass sie Magie wirkte, etwas, das gegen mich gerichtet war, aber meine Schutzzauber, die ich in der Schule gewirkt hatte, hielten stand, und ihr Angriff versickerte harmlos im Boden, so wie der Schmerz bei der Akupunktur.

Ich stapfte weiter, an ihr vorbei. Sie streckte die Hand aus und packte mich. Ihre Finger waren wie Klauen.

Ich wandte mich um und sah sie an. Ihre Augen waren furchterregend, wie früher schon. Ich holte tief Luft. »Lass mich in Ruhe«, sagte ich und schüttelte sie ab.

Sie holte aus, um mich zu schlagen, und in dem Moment wurde mir klar, dass ich größer war als sie. Ich versetzte ihr einen Stoß, und sie verlor das Gleichgewicht und stürzte. Ich marschierte weiter den Hügel hinauf. Rennen konnte ich nicht – ich konnte kaum einen Fuß vor den anderen setzen –, aber so schnell würde ich nicht aufgeben.

»Wie kannst du es wagen!«, sagte Liz, die noch immer am Boden lag. Sie klang völlig überrascht. Dann beschwor sie wieder Magie herauf, und wie an dem Tag, als Mor gestorben war, ließ sie grässliche Gestalten auf mich los, die gar nicht wirklich existierten. Damals hatten wir sie ignoriert, so gut wir konnten. Jetzt packte ich sie und hüllte mich in sie ein. Ohne Angst, an der sie sich laben konnten, machten sie nicht viel her.

Ich hörte ein lautes Reißen, drehte mich um und stieß ein entsetztes Keuchen aus. Sie hatte ihre einbändige Ausgabe vom *Herrn der Ringe* hervorgeholt und eine Seite herausgerissen. Das Buch gehörte ihr, aber es war die erste Ausgabe, die ich gelesen hatte. Sie warf die Seite nach mir, und in der Luft zwischen uns wurde daraus ein brennender Speer. Inzwischen war es so dunkel geworden, dass der Feuerschein alles in fahles Licht tauchte. Ich wich unbeholfen aus. Sie riss eine weitere Seite heraus. Ich konnte es kaum ertragen. Ich weiß, dass Bücher nur Wörter sind, und ich besitze selbst zwei Tolkien-Ausgaben, aber trotzdem wäre ich am liebsten zu ihr gestürzt, um ihr den Band wegzunehmen. Die Speere waren nicht so schlimm wie das, was sie dem *Herrn der Ringe* antat, und sie wären es auch nicht gewesen, wenn sie mich getroffen hätten. Wie konnte sie Bücher nur so gegen mich einsetzen? Andererseits war es wohl ziemlich naheliegend.

Aber ich konnte das auch. Ich zog die hungrigen Ungeheuer an mich und schleuderte sie in ihre Richtung. Sie verwandelten sich in Drachen und riesige außerirdische Schildkröten und Menschen in Raumanzügen und einen Jungen und ein Mädchen in Rüstung mit gezückten Schwertern, die eine Barriere zwischen uns bildeten, mich beschützten, durch die Abenddämmerung auf sie zustürzten. Ich machte einen weiteren Schritt bergauf, von ihr weg.

Natürlich konnte sie eine Illusion ebenso gut ignorieren wie ich.

Immer mehr Speere schossen durch die Luft. Sie brannten nicht mehr und waren schwerer zu sehen. Offenbar hatte sie gleich mehrere Seiten auf einmal herausgerissen und nach mir geworfen. Ich blieb stehen und griff in Gedanken nach dem Muster der Welt. Die Buchseiten waren aus Papier. Papier war Holz, aus dem man nur allzu leicht Speere formen kann, aber was wollte Holz eigentlich sein? Ein Speer kam mir so nahe, dass ich spüren konnte, wie er an mir vorbeizischte, und da wusste ich plötzlich, was ich zu tun hatte, und lachte laut. Genau das hatte Mor gesagt, und zwar hier, vor langer Zeit. Es war nicht einmal besonders schwierig. Aus dem Speer, der ein Blatt Papier war, wurde ein Baum. Aus den anderen ebenfalls – diejenigen, die sie bereits geworfen hatte und die im Boden steckten. Für einen Moment standen sie da, mit den Wurzeln in der Erde, mit weit ausgreifenden Ästen, Eiche und Esche und Dornbusch, Birke und Vogelbeere und Tanne, große, ausgewachsene Bäume in voller

Blüte. Und dann marschierten sie bergab: Der Birnamswald stieg zum Dunsinan hinab. »Die Huorns werden helfen«, sagte ich, und dabei standen mir Tränen in den Augen.

Wenn man Bücher nur genug liebt, erwidern sie diese Liebe.

Sie waren keine Illusion. Sie waren Bäume. Bäume sind das, was Papier einmal war und sein möchte. Fast konnte ich Liz durch die Äste erkennen. Sie tobte und schrie. Die Buchseiten verwandelten sich in Bäume, kaum dass sie sie herausgerissen hatte, und manchmal sogar schon vorher. Das Buch in ihrer Hand wurde zu einem riesigen Wirrwarr aus Efeu und Dornenzweigen, die sich in alle Richtungen ausbreiteten. Die ganze Einöde, wo die Fabrik gestanden hatte, war ein Wald, mit den Ruinen der Gebäude mittendrin. Unter den Bäumen flitzten Feen umher. Natürlich! Eine Eule flog über den Teich hinweg.

»Manchmal dauert es etwas länger, als man denkt«, sagte ich.

Ich ging immer weiter, bergauf und fort von der Fabrik. Sie zeterte noch immer, da unten zwischen den Bäumen. Ich ging einfach davon, so schnell ich konnte, was nicht besonders schnell war. Jetzt befand ich mich außerhalb ihrer Reichweite. Ich machte noch zwei Schritte und hatte die Straße erreicht.

Und dort konnte ich mich am Zaun festhalten, während ich mich weitermühte, was fast so gut war wie ein Stock. Ich musste es nur bis zur Bushaltestelle schaffen. Mein alter Stock war in Opas Haus. In dem Moment wurde mir bewusst, dass ich aufs Haar Fanny Robin in Hardys bescheuerter Geschichte glich, und kicherte los.

Als ich, noch immer kichernd, das Ende des Zauns

erreichte und damit die Bushaltestelle, standen sie direkt vor mir.

Ich war mehr als ein bisschen überrascht, Wim zu sehen, äußerst verwundert, Daniel zu sehen (wie war er nur seinen Schwestern entwischt?), und zutiefst erstaunt, Sam zu sehen. Die drei waren wie aus dem Nichts erschienen. Die Erklärung dafür war allerdings einfach. Wim hatte beschlossen, mir nachzufahren, und er hatte Daniel angerufen, der wiederum Sam angerufen hatte. Sie hatten nicht gesehen, wie ich in Flammen aufgegangen war und wie ich Buchseiten in Bäume verwandelt hatte, zumindest Daniel nicht. Wim hat vielleicht etwas aus den Augenwinkeln gesehen, und was Sam gesehen hat, weiß ich nicht. Er lächelte nur.

Ich war nicht im Mindesten auf ihre Hilfe angewiesen, aber es war nett, sie zu sehen.

Mittwoch, 20. Februar 1980

Erst haben wir mit dem Wagen meinen Stock geholt, und dann haben wir Opa in Fedw Hir einen Besuch abgestattet. So bald wird er Daniel nicht verzeihen, aber da kann man nichts machen. Tantchen Teg hat für alle Abendessen gerichtet, und ich habe ihr geholfen. Dann haben wir beschlossen, die Nacht in Opas Haus zu verbringen, denn in der Wohnung ist dafür wirklich nicht genug Platz. Ich kam mir vor wie in einem dieser Träume, wo sich alles am falschen Ort befindet. Opa findet Wim nett. Er hat sich schon immer einen Sohn gewünscht. Und Wim findet Sam sehr, sehr nett. Es ist wirklich seltsam, dass sie alle hier sind.

Und hier bin ich, noch immer am Leben, noch immer in der Welt. Und ich beabsichtige, in der Welt und am Leben zu bleiben, bis ich, na ja, bis ich eben sterbe. An Ostern fahre ich nach Glasgow und schaue mir an, wie das Science-Fiction-Fandom so ist. Nächsten Juni werde ich meine Prüfungen bestehen und dann aufs College gehen und schließlich auf die Universität. Ich werde leben und lesen und Freunde haben, eine Karass, Leute, mit denen ich reden kann. Ich werde erwachsen sein und mich verändern und meinen Weg gehen. Und wo ich auch bin, werde ich Bibliotheken aufsuchen, irgendwann vielleicht auch auf anderen Planeten. Ich werde mit den Feen sprechen, wenn ich sie sehe, und Magie wirken, wenn Gefahr besteht. Aber ich werde sie nicht einsetzen, um mir einen Vorteil zu erschleichen oder um mein Leben unwirklich zu machen oder um mich dem Muster zu widersetzen. Es werden Dinge geschehen, die ich mir nicht vorstellen kann. Niemand weiß, was die Zukunft bringt, außer dass sie völlig anders ist als die Vergangenheit. Ich werde leben. Ich! Ich werde meine Bücher lesen. Ich werde niemals meine Bücher ertränken oder meinen Stab zerbrechen. So lange ich lebe, werde ich lernen. Irgendwann werde ich sterben, und nach dem Tod wird ein neues Leben auf mich warten oder der Himmel oder was auch immer sonst mit Menschen geschieht, wenn sie sterben. Ich werde sterben und verwesen, und meine Zellen werden neues Leben hervorbringen, ein Teil des Musters sein, ganz gleich, auf welchem Planeten ich mich dann befinde.

So ist das Leben, und so möchte ich es auch leben.

Das Tor von Ivrel ist wirklich genial.